Wolfgang Burger
Drei Tage im Mai

PIPER

Zu diesem Buch

Anfang Mai: Eine drückende, hochsommerliche Hitze lähmt das Leben in Heidelberg. Die Woche von Kripochef Alexander Gerlach beginnt träge, doch dann wird er zu einer Geiselnahme gerufen. Ein Mann hat mit vorgehaltener Waffe eine Immobilienfirma gestürmt. Streit war aus dem Büro des Chefs zu hören, dann ein Schuss. Seitdem ist es still … Alle Versuche, mit dem Geiselnehmer in Kontakt zu treten, laufen ins Leere. Welches Motiv steckt hinter der Tat? Feinde des erfolgreichen Geschäftsmannes finden sich zuhauf, denn vor Kollateralschäden zugunsten seiner Karriere ist er nie zurückgeschreckt. Schließlich gibt Gerlach den Befehl zur Stürmung, doch die beiden Männer sind plötzlich wie vom Erdboden verschluckt.

Wolfgang Burger

DREI TAGE IM MAI

Ein Fall für Alexander Gerlach

PIPER

Mehr über unsere Autorinnen, Autoren und Bücher:
www.piper.de
Aktuelle Neuigkeiten finden Sie auch auf Facebook, Twitter und YouTube.

Von Wolfgang Burger liegen im Piper Verlag vor:
Alexander-Gerlach-Reihe:
Band 1: Heidelberger Requiem
Band 2: Heidelberger Lügen
Band 3: Heidelberger Wut
Band 4: Schwarzes Fieber
Band 5: Echo einer Nacht
Band 6: Eiskaltes Schweigen
Band 7: Der fünfte Mörder
Band 8: Die falsche Frau
Band 9: Das vergessene Mädchen
Band 10: Die dunkle Villa
Band 11: Tödliche Geliebte
Band 12: Drei Tage im Mai
Band 13: Schlaf, Engelchen, schlaf
Band 14: Die linke Hand des Bösen
Band 15: Wen der Tod betrügt
Band 16: Wenn Rache nicht genügt
Band 17: Der sanfte Hauch des Todes
Band 18: Am Ende des Zorns
Band 19: Als die Nacht am tiefsten war

Unser Versprechen für mehr Nachhaltigkeit
• Klimaneutrales Produkt
• FSC®-zertifiziertes Papier
• Hergestellt in Europa

FSC www.fsc.org
MIX
Papier | Fördert gute Waldnutzung
FSC® C083411

Ungekürzte Taschenbuchausgabe
ISBN 978-3-492-30993-6
1. Auflage März 2017
2. Auflage März 2023

Umschlaggestaltung: FAVORITBUERO, München
Umschlagabbildung: Phoelix / shutterstock (Haus);
Eric Isselee / shutterstock (Fuchs)
Satz: Kösel Media GmbH, Krugzell
Gesetzt aus der Stone Serif
Druck und Bindung: CPI books GmbH, Leck
Printed in the EU

Für Amelie und Sebastian

Erster Tag – Montag, 4. Mai

1

Ich hatte wirklich schon bessere Tage erlebt. Der erste Mai war in diesem Jahr auf einen Freitag gefallen und hatte endlich Sonnenschein gebracht, nach dem nicht enden wollenden Aprilregen. Wie hatte ich mich auf ein ruhiges, extralanges Wochenende gefreut! Und nun? Nun hatte ich Streit mit Theresa, Stress mit meinen Töchtern, immer neuen Ärger mit meiner Mutter – und das bittere Sahnehäubchen bildete mein geliebter, siebzehn Jahre alter Peugeot Kombi, der soeben mit Pauken und Trompeten durch die TÜV-Prüfung gefallen war. Eigentlich wäre die Untersuchung schon im April fällig gewesen, aber irgendwie hatte ich es nicht früher geschafft.

Heute aber, pünktlich um acht, hatten ich und mein braves Auto hoffnungsfroh vor den Toren gestanden, waren auch fast sofort drangekommen, der Prüfingenieur schien ein umgänglicher, besonnener Mann zu sein, lächelte wohlwollend und verlor sogar ein paar nette Worte über mein altes Auto. Das Lächeln war ihm im Verlauf der Untersuchung leider rasch vergangen: leckende Servolenkung, Ölverlust am Motor, angerostete Bremsleitungen und noch etwas höchst unschön und teuer Klingendes mit der Vorderachse. Der Prüfer war kein Unmensch. Er meinte es gut mit uns und gab mir den Rat mit auf den Weg, ich solle mich doch besser nach einem neuen Auto umsehen.

»Ihr Oldie da, das lohnt sich nie und nimmer«, hatte er gemeint, als er mir tröstend die Hand drückte. »Das ist ein Fass ohne Boden.« Er überreichte mir das Prüfprotokoll wie eine Sterbeurkunde und winkte sogar zum Abschied.

Allmählich zerrte auch die trockene Hitze, die Westeuropa seit Tagen in ihren glühenden Krallen hielt, an meinem Nervenkostüm. Dieser viel zu frühe, knisternde Hochsommer, der die Menschen nervös machte, aggressiv und unleidlich. Schon jetzt, um kurz nach halb neun, zeigte das Thermometer an der Czerny-Apotheke siebenundzwanzig Grad. Spätestens um zehn, halb elf würden wir wieder die Dreißig-Grad-Marke reißen. Da mein Auto nicht über so moderne Einrichtungen wie eine Klimaanlage verfügte, wurde mir schon während der Fahrt zur Polizeidirektion heiß und heißer, und ich verspürte nicht die geringste Lust auf Arbeit und Ärger im Büro. Louise und Sarah waren heute Morgen verachtungsvoll schweigend in Richtung Schule abgezogen, und seit meine Mutter nicht mehr bei uns lebte, war es plötzlich ungewohnt still geworden in unserer Wohnung. Beim Frühstück hatte ich mich regelrecht einsam gefühlt, nachdem ich zuvor wochenlang gehofft hatte, sie würde endlich eine eigene Bleibe finden und uns wieder in Ruhe lassen.

Im Radio erklärte ein vermutlich selbst ernannter und widerlich gut gelaunter Meteorologe, die Ursache der ungewöhnlichen Wetterlage seien wüstentrockene Winde aus Nordafrika.

Durch die heruntergekurbelten Fenster hörte ich, dass wenigstens einige Vögel sich über die Sonne freuten. Der Duft von Flieder und frühem Sommer wehte herein. Und der von Dieselabgasen. Vor mir tuckerte ein uralter Traktor mit Germersheimer Kennzeichen in Richtung Innenstadt und behinderte qualmend und knatternd den Berufsverkehr.

Ich versuchte, mich zu entspannen, nicht mehr an den TÜV zu denken und vor allem nicht an Theresa. Ich versuchte, meine Gedanken auf etwas Positives zu lenken, etwas, worauf ich mich freuen konnte. Aber das Einzige, was mir einfiel, war Lorenzo. Morgen Abend würde ich ihn endlich wieder einmal besuchen. Er würde für uns beide kochen, vielleicht spielten wir anschließend ein wenig Schach, wobei ich üblicherweise verlor, was mir aber nicht das Geringste ausmachte. Wir würden auf seiner Terrasse sitzen mit Blick auf die Heidelberger Altstadt, das berühmte Schloss, den im Abendlicht träge schimmernden Neckar.

Was die Arbeit betraf, bestand Hoffnung auf eine ruhige Woche. Der eine oder andere war schon in Urlaub, und die Hitze hatte aus Sicht der Kriminalpolizei immerhin den Vorteil, auch die Bösewichte unserer Gesellschaft kraft- und fantasielos zu machen.

Was ich in diesen Minuten allerdings nicht bedachte: Nicht jeder Verbrecher ist ein Bösewicht. Nicht jedes Verbrechen geschieht aus Berechnung, nach einem genau kalkulierten Plan. Zu diesem Zeitpunkt hatte Alfred Leonhard, einer der reichsten, angesehensten und meistgehassten Männer der Kurpfalz, noch zwei Tage und sechs Stunden zu leben. Oft ist es ein Segen, dass wir unsere Zukunft nicht kennen.

Ein erster kleiner Lichtblick dieses Montags, der so niederschmetternd begonnen hatte, war die morgendliche Routinebesprechung. Das lange Wochenende sei weitgehend friedlich verlaufen, berichtete die Erste Kriminalhauptkommissarin Klara Vangelis. Auch sie schien heute nicht die Fitteste zu sein. Offenbar setzten selbst ihr, obwohl griechischer Abstammung, die hohen Temperaturen zu. Nachts konnte man nicht mehr richtig schlafen, und nach der morgendlichen Dusche war man schon wieder erschöpft.

»Das Übliche im Hochsommer«, begann sie ihren Bericht. »Betrunkene in der Altstadt, Betrunkene auf den Neckarwiesen, der erste Badeunfall des Jahres, die traditionellen Samstagabendprügeleien und ein paar ungewöhnlich freche Taschendiebstähle bei der Maikundgebung des DGB am Freitag …«

Trotz der Wetterkapriolen war sie auch heute untadelig gekleidet zum Dienst erschienen. Nur das Grau ihres Kostüms und die Farbe ihrer Strümpfe schienen eine Nuance heller zu sein als sonst. Auch von den anderen Fronten – handgreifliche Familienkonflikte, Brände mit unklarer Ursache, Menschen, die keines natürlichen Todes gestorben waren – gab es erfreulich wenig zu berichten.

»Die einzigen Leichen, die wir hatten, waren Schnapsleichen«, sagte sie abschließend und klappte ihr in braunes Leder gebundene Notizbüchlein zu. »Davon aber reichlich.«

Die Komasäufer schienen immer jünger zu werden und ihr Zustand, wenn sie in den Notaufnahmen der Kliniken abgeliefert wurden, immer beklagenswerter.

»Wenigstens ist bei Schnapsleichen die Täterermittlung nicht so kompliziert«, meinte Sven Balke grinsend, der neben ihr saß, seine durchtrainierten Beine von sich streckte und sich mit einigen Papieren lässig Luft ins Gesicht wedelte. Obwohl er schon einige Jahre hier im Süden Deutschlands lebte, hörte man deutlich, dass er aus dem Norden stammte. Im Gegensatz zu mir machte er einen mit der Welt und seinem Leben zufriedenen Eindruck. Er steckte in den unvermeidlichen Jeans und trug dazu ein eng sitzendes T-Shirt, das die Rundungen seines muskulösen Oberkörpers nicht verheimlichte. Nirgendwo an seinem Körper schien es ein Gramm Fett zu geben. Am linken Ohr glitzerten Piercings im Morgenlicht. Balke war der heimliche oder in manchen Fällen nicht ganz so heimliche Schwarm mancher jungen Kollegin. Bis vor wenigen Monaten hatte er mit Evalina Krauss Büro und Frühstück geteilt. Dann war jedoch irgendetwas vorgefallen, was dazu führte, dass die junge Oberkommissarin sich krank meldete und wenig später um ihre Versetzung in eine andere Dienststelle ersuchte. Seit Anfang April war sie nun in der Polizeidirektion Heilbronn tätig und ließ nichts mehr von sich hören.

»Zum Abschluss was Lustiges«, übernahm Balke mit selbstzufriedener Miene. »Irgendein Knallkopf hat vergangene Nacht einen Porsche im Neckar versenkt. Einen fast neuen Neunhundertelfer mit Mannheimer Nummer.«

»Wie geht das denn?« Es gelang mir, ein Gähnen zu unterdrücken. Meine beiden Mitarbeiter hatten das Wochenende über Dienst gehabt, während ich auf der faulen Haut gelegen und mich mit meinen Töchtern und diversen anderen Damen herumgeärgert hatte. Da konnte ich als Vorgesetzter nicht mit dem Gähnen anfangen. »An der Bundesstraße sind doch überall Leitplanken, oder irre ich mich?«

»Das geht nur mit voller Absicht«, erklärte er fröhlich. Sollte er etwa schon wieder eine feste Freundin haben? »Er ist gar nicht auf der Bundesstraße unterwegs gewesen, sondern von der Uferstraße sozusagen falsch abgebogen.«

»Da ist doch eine Böschung. Und eine Hecke. Da gehen Treppen runter auf die Neckarwiesen …«

»Die Treppen, genau.« Immer noch grinsend faltete er seine Papiere zusammen. »Ich bin vorhin selbst draußen gewesen und habe mir das Elend angesehen. Der Typ ist volle Kanne die Treppe runter, hat dabei den Auspuff abgerissen, ist über die Wiesen gebrettert und mit Karacho ins Wasser.«

»Was ist mit dem Fahrer?«

»Verschwunden. Die Fahrertür war offen, als die Feuerwehr die Karre rausgezogen hat. Seine Leiche ist aber bisher nirgendwo angeschwemmt worden. Vermute, er ist ausgestiegen und an Land geschwommen.«

»Merkwürdiges Hobby. Hoffentlich wird das nicht Mode.«

»Car diving.« Balke grinste immer noch, und ich beneidete ihn um seine gute Laune. »Jedenfalls war das definitiv kein Unfall, sondern Absicht. Nehme an, es war nicht seine Karre.«

Erneut übermannte mich um ein Haar eine Gähnattacke.

»Irgendwelche Zeugen?«, fragte ich, weil man als Chef der Kriminalpolizei solche Sachen fragt, um Interesse an der Arbeit seiner Mitarbeiter zu zeigen.

»Fehlanzeige.« Balke schüttelte kraftvoll den Kopf. Wo nahm der Mann nur seine Energie her? »Das Ganze muss morgens zwischen drei und vier Uhr passiert sein. Die paar Leutchen, die um die Zeit noch auf den Neckarwiesen herumgelegen haben, waren alle zu besoffen oder bekifft, um noch irgendwas zu checken.«

»Ist der Porsche als gestohlen gemeldet?«

Die Ringe in Balkes linkem Ohr blitzten und funkelten. »Rübe versucht gerade, den Halter zu erreichen.«

Rübe war Balkes Spitzname für Rolf Runkel, einen älteren Kollegen, dem wir allzu komplizierte Fälle nicht mehr zumuten mochten.

»Geht aber nicht ans Telefon, der Herr Porschebesitzer, und die Handynummer, die wir von ihm haben, ist nicht mehr aktuell. Lars Scheffler heißt der Typ, übrigens ein Stammkunde von uns. Hat schon dreimal vor Gericht gestanden. Zweimal Verdacht auf Drogenhandel, jedes Mal Freispruch zweiter Klasse mangels Beweisen. Beim dritten Anlauf hat er dann immerhin ein halbes Jahr auf Bewährung gekriegt wegen schwerer Körperverletzung in Tateinheit mit Nötigung.«

»Vielleicht ein Racheakt der Konkurrenz?«, spekulierte ich lustlos, obwohl es in der Heidelberger Drogenszene zurzeit erfreulich ruhig war.

Balke nickte und gähnte gleichzeitig. Nun konnte auch ich mich nicht mehr zurückhalten, und selbst Klara Vangelis musste heftig die Zähne zusammenbeißen, um sich keine Blöße zu geben.

»Dass dieser Scheffler seine Angeberkarre selbst versenkt hat, halte ich jedenfalls für ziemlich unwahrscheinlich«, sagte Balke.

Versicherungsbetrug, wollte ich schon vorschlagen. Aber

so dämlich war wohl keine Versicherung, dass sie das bezahlte.

Durch die offenen Fenster hörte ich das Rauschen des Verkehrs auf dem Römerkreis. Eine Straßenbahn bimmelte empört. Eine Frau lachte hell. Eine andere schimpfte über die Radfahrer. Eine einsame Amsel sang tapfer gegen die unbarmherzige Sonne an, klang jedoch mehr nach Pflichterfüllung als nach Liebeswerben und Lebensfreude.

»Spricht was dagegen, dass Rübe das weiter bearbeitet?«, fragte Balke in die Stille hinein. Dagegen sprach aus meiner Sicht überhaupt nichts, und damit war unsere Besprechung zum Wochenstart auch schon zu Ende. Die beiden erhoben sich und verschwanden durchs verwaiste Vorzimmer.

Sönnchen, meine unersetzliche Sekretärin, hatte mich in meinem Elend im Stich gelassen, um zusammen mit ihrem Verlobten und demnächst Ehemann zwei Wochen Urlaub zu machen. Irgendwo im Süden trieben die beiden nicht mehr ganz taufrischen Turteltäubchen sich herum, am Meer, wo es wahrscheinlich kühler und auf jeden Fall sehr viel angenehmer war als hier.

So musste ich mir meinen ersten Büro-Cappuccino des Tages notgedrungen selbst machen. Als der duftende Becher vor mir stand, nahm ich mein Handy und wählte die Nummer des guten Herrn May. Herr May betrieb in Wieblingen eine kleine KFZ-Werkstatt und hatte meinen Peugeot schon einmal vor dem Schrottplatz gerettet, nachdem andere, größere Werkstätten nur noch mitleidig lächelnd abgewinkt hatten. Herr May nahm jedoch nicht ab, und ich beschloss, es später noch einmal zu versuchen.

Dann machte ich mich an den Papierkram, dessen Erledigung leider zu den Aufgaben eines Kripochefs zählt, und versuchte, weder an Theresa noch den TÜV zu denken. Einen ordentlichen Gebrauchtwagen hätte ich mir zur Not leisten können. Aber der Peugeot war mir über die Jahre ans Herz gewachsen, und seine Verschrottung wäre mir vorgekommen wie die Ermordung eines lange gehegten Haustiers.

Sollte Theresa hoffen, dass ich anrief, um mich zu entschuldigen, dann konnte sie alt und zittrig werden in ihrem inzwischen so geliebten Schweden. Von wegen Schweden! Nicht in das Land hatte sie sich ja verliebt, sondern ...

Schluss!

Aus!

Auch ich hatte meinen Stolz, verflucht noch mal! Ich zwang mich zu Disziplin und Konzentration, quälte mich von Unterschrift zu Unterschrift. Vernehmungsprotokolle, Urlaubsanträge, sogar ein Verbesserungsvorschlag lag auf dem rasch niedriger werdenden Stapel. Trotz Cappuccino wurden meine Augenlider schwer. Das bisschen Luft, das durch das offene Fenster hereinwehte, wurde von Minute zu Minute heißer. Ich erhob mich, um das Fenster zu schließen und die Rollläden herunterzulassen. Viel würde auch das nicht helfen, denn mein Büro lag im obersten Stockwerk der Heidelberger Polizeidirektion. Über mir befand sich nur noch ein sparsam isoliertes Flachdach, das demnächst zu glühen beginnen würde.

2

Um siebzehn Minuten nach neun schreckte mich das Telefon aus meiner Aktenschläfrigkeit. Um ein Haar hätte ich den Kaffeebecher umgeworfen, als ich nach dem Hörer griff.

»Bewaffnete Geiselnahme in Leimen«, berichtete eine Kollegin aus der Notrufzentrale in einem Ton, als hätten wir solche Fälle dreimal am Tag.

»Schlimm?«

»Bisher weiß ich nur von einer Frau mit Schussverletzung. Die Meldung ist erst ein paar Sekunden alt.«

»Wer ist die Geisel?«

»Keine Ahnung.«

»Die Verletzte?«

»Keine Ahnung. Wollen Sie vielleicht mal zu mir runterkommen, Herr Gerlach?«

»Wo genau in Leimen?«

»In irgendeinem Industriegebiet. Ich suche gerade noch die Adresse auf dem Stadtplan.«

Ich ließ meinen Papierkram liegen, wie er lag, stürzte den letzten Schluck lauwarmen Kaffee hinunter und machte mich auf den Weg zur Einsatzleitzentrale ein Stockwerk tiefer.

Dort gab es inzwischen neue Informationen. »Die Verletzte ist Chefsekretärin einer Immobilienfirma«, sagte die Kollegin, mit der ich eben telefoniert hatte. Sie war einige Jahre jünger als ich, Anfang vierzig vielleicht, hatte ruhige, dunkle Augen und offenbar keine Neigung zu Panikattacken. Schon wieder summte ihr Telefon. Sie trug ein Headset, drückte einen hektisch blinkenden Knopf auf der breiten Konsole, an der sie saß, hörte kurz zu, sagte: »Danke, okay«, drückte einen anderen Knopf. »Sie ist jetzt auf dem Weg ins Krankenhaus.«

Rolf Runkel platzte herein, in der Rechten einen farbenfrohen, noch fast vollen Kaffeebecher, und baute sich schnaufend neben mir auf. Kurz darauf erschien auch Sven Balke. Er hatte es nicht ganz so eilig und hielt eine beschlagene Coladose in der Hand.

»Schwer verletzt?«, fragte ich.

»Nicht lebensgefährlich, sagen sie.«

Mein Handy schlug Alarm. Es war meine Mutter. Ich nahm das Gespräch an und sagte: »Nicht jetzt, Mama.«

Während meines kurzen Telefonats hatte die Kollegin ihre Computermaus hin und her geschoben. Auf dem linken ihrer beiden großen Flachbildschirme war ein Stadtplan von Leimen zu sehen, einem Städtchen wenige Kilometer südlich von Heidelberg.

»Moment mal«, murmelte die Kollegin verwirrt. »Irgendwie …«

Der Mauszeiger wanderte nach oben, zuckte hin und her. Markierte schließlich einen Punkt in einem Industriegebiet am nördlichen Stadtrand. Ein roter Kreis erschien.

»Da«, sagte sie. »Leonhard Immobilien. Liegt aber gar nicht in Leimen. Das Industriegebiet gehört noch zu uns, sehe ich gerade. Rohrbach Süd.«

Da war wohl wieder einmal in irgendeinem Kopf etwas durcheinandergeraten. So ist es oft in solchen Fällen. In der ersten Hektik hagelt es falsche oder nur halb richtige Informationen, und es fällt schwer, sich einen Überblick zu verschaffen.

»Wissen wir schon irgendwas über die Geisel?«

»Vielleicht der Chef von der Firma selber? Die Chefsekretärin sitzt ja normalerweise vorm Chefbüro. Ob noch mehr Personen in der Gewalt des Täters sind, ist unklar. Zurzeit räumen sie das Gebäude. Acht Stockwerke voller Büros. Wird ein bisschen dauern.«

»Und was ist mit dem Täter?«

Die Kollegin hob die nackten Schultern. Sie steckte in einem hellen und luftigen Kleid mit schmalen Trägern und duftete nach einem angenehm frischen Parfüm. Ich bat sie, das Sondereinsatzkommando in Göppingen vorzuwarnen. »Sie sollen schon mal die Triebwerke ihrer Hubschrauber warmlaufen lassen.«

Dann sah ich Balke an.

Balke sah mich an.

Er zerdrückte die Coladose in der Hand und warf sie in den nächsten Papierkorb.

Als ich zwanzig Minuten später in der Nähe des achtgeschossigen Bürogebäudes aus unserem klimatisierten Dienstwagen kletterte, herrschte um uns herum das in solchen Situationen übliche, mehr oder weniger geordnete Chaos. Die

Straße war bereits mit Flatterband abgesperrt, die Parkplätze an den Straßenrändern bis auf drei übrig gebliebene Fahrzeuge geräumt. Außerhalb der Absperrung drängelte sich eine überschaubare Menge Menschen, von denen sich vermutlich die meisten bis vor Kurzem im abgeriegelten Gebäude aufgehalten hatten. Immer noch kamen neue hinzu, die zu ihrem Arbeitsplatz wollten, aber nicht durften, oder aus dem gläsernen Ausgang gelaufen kamen, viele mit einer Aktentasche unter dem Arm oder einem wichtigen Ordner in der Hand. Es roch nach heißem Asphalt und Männerschweiß und irgendwelcher Chemie. Ich sah mich nach einem schattigen Platz um. Der war zum Glück leicht zu finden, denn beide Seiten der Straße säumten kräftige Platanen mit ausladenden Kronen.

Während der Blaulichtfahrt in den Heidelberger Süden hatte Balke – obwohl er am Steuer saß – schon einmal ein wenig im Internet recherchiert.

»Alfred Leonhard«, hatte er mir vorgelesen. »Vierundvierzig, verheiratet, eine Tochter. Unternehmer, Multimillionär, Kunstliebhaber und Mäzen.«

Bisher wussten wir allerdings nicht einmal, ob der reiche Kunstliebhaber wirklich die Geisel war.

Inzwischen schien die Evakuierung beendet zu sein. Ein kräftig gebauter Kollege in Uniform verließ als Letzter das Bürohaus, das am nördlichen Rand des Industriegebiets stand, und kam mit großen Schritten zielstrebig auf uns zu. Nur wenige Meter entfernt rauschte – für uns unsichtbar – der Berufsverkehr in Richtung Stadt.

»Im Haus ist jetzt keiner mehr«, berichtete der schweißüberströmte Hauptkommissar und drückte zünftig meine Hand. »Außer unsere Leute natürlich und der Typ mit der Pistole und seine Geisel.«

»Sehr gut«, lobte ich den atemlosen Kerl, aus dessen Augen die Hoffnung leuchtete, mit meiner Ankunft die Verantwortung für diese unerfreuliche Angelegenheit loszuwerden. »Die drei Autos da drüben sollten wir sicherheitshalber auch noch wegschaffen. Falls Sie die Halter nicht erreichen, lassen Sie sie abschleppen.«

Der Name des Kollegen war J. Reilinger, las ich auf seiner breiten Brust, er gehörte zum Polizeirevier Heidelberg Süd.

»Wie sieht es in der Tiefgarage aus?«

Die dunkle Einfahrt gähnte rechts neben dem Gebäude.

»Da steht nur noch der Wagen vom Herrn Leonhard. Ich hab allen gesagt, sie sollen ihre Autos wegfahren. Hinten ist auch noch ein kleiner Parkplatz, aber da stehen nur ein paar Firmenfahrzeuge.«

»Die müssen auch weg.« Die Schlüssel zu diesen Fahrzeugen befanden sich mit großer Wahrscheinlichkeit im soeben geräumten Gebäude, und der Geiselnehmer durfte auf keinen Fall in den Besitz eines Fahrzeugs kommen.

Dass der Range Rover des Firmeninhabers in der Tiefgarage stand, ließ darauf schließen, dass er im Haus war. Und da er bislang nicht aufgetaucht war, war er vermutlich tatsächlich das Opfer dieser Geiselnahme.

»Wissen wir schon irgendwas über den Täter?«

»So um halb neun rum muss er gekommen sein. Die Sekretärin ist grad erst im Büro gewesen, hat mir der Mann erzählt, der sie dann gerettet hat. Der Chef, also der Herr Leonhard, der ist schon früher …«

»Lassen Sie die Halter aller Wagen feststellen, die im Umkreis von, sagen wir, zweihundert Metern parken«, fiel ich ihm ins Wort. Auch der Täter war ja vermutlich in einem Auto gekommen. »Versuchen Sie, mit allen Kontakt aufzunehmen. Mal sehen, wer davon nicht erreichbar ist.«

Reilinger winkte einen jungen Kollegen herbei und gab die nötigen Anweisungen. Der spurtete dienstbeflissen davon.

»Was ist mit Videoaufzeichnungen?«, fragte ich. »Hängt im Eingangsbereich des Gebäudes eine Überwachungskamera?«

Der Kollege wischte sich den Schweiß von der Stirn. Sein Gesicht leuchtete so rot, als würde ihm demnächst der Kopf platzen. Nicht nur ihm zuliebe trat ich in den Schatten einer der Platanen, von wo wir das Gebäude und die Straße im Auge behalten konnten, ohne dabei gegrillt zu werden. Dieser Tag schien noch heißer werden zu wollen als seine Vorgänger.

»Im Eingang hab ich eine Kamera gesehen«, berichtete Reilinger eifrig. »Im Moment ist aber keiner da, der uns die Aufzeichnungen geben könnte. Ich hab als Allererstes die Leute in Sicherheit gebracht und allen gesagt, sie müssen sich zur Verfügung halten. Nicht, dass die einfach alle heimlaufen. Zum Glück ist da drin vor neun noch nicht so viel Betrieb. Sind alles Büros. Fünf oder sechs Firmen, und alle gehören dem Herrn Leonhard. Vor dem Notausgang an der Rückseite stehen auch zwei Leute von uns und passen auf. Aus dem Haus kommt jetzt keiner mehr ungesehen raus.«

»Ausgezeichnete Arbeit. Wir brauchen natürlich von sämtlichen Personen, die im Haus waren, Namen, Adressen und wenn möglich Handynummern.«

Stolz überreichte er mir eine mit krakeliger Hand auf kariertem Ringbuchpapier geschriebene Liste. Unter den erfolgreich in Sicherheit Gebrachten befand sich leider auch der Hausmeister, stellte sich heraus. Dessen Handynummer nicht verzeichnet war. Er befand sich auch nicht in der immer noch größer werdenden Menschentraube jenseits der Absperrung.

»Ich hab den aber nicht fortgeschickt!«, versicherte Reilinger eilig. »Ich hab den Mann überhaupt nicht gesehen.«

Balke machte sich auf den Weg, um den Hausmeister aufzuspüren, der hier Facility-Manager genannt wurde.

»Was wissen Sie über diesen Herrn Leonhard?«, fragte ich den stämmigen Hauptkommissar, dessen Gesichtsfarbe sich allmählich wieder dem gesunden Bereich näherte.

»Dass er ein sehr angesehener Mann ist bei uns in Ladenburg.«

»Ladenburg?«

»Da wohnt er«, verkündete Reilinger stolz. »Und ich wohn da auch.« Er war in dem pittoresken Städtchen zwischen Heidelberg und Mannheim aufgewachsen, das die Römer vor fast zweitausend Jahren gegründet hatten.

»Erster Vorsitzender vom Tennisclub ist er und Ehrensenator vom Karnevalsverein, und sogar für die nächste Gemeinderatswahl will er sich aufstellen lassen, heißt es. Also, meine Stimme kriegt er. Wissen Sie, der Herr Leonhard hat viele Arbeitsplätze geschaffen in der Region und Aufträge für die Bauindustrie. Das halbe Viertel hier hat er gebaut, zum Beispiel, nicht nur das Haus da drüben, wo er jetzt sein Büro hat. Und er spendet auch viel, wo Not am Mann ist. Für die Sanierung von der Mannheimer Kunsthalle hat er fünf Millionen springen lassen! Weil ihm die Kunst so am Herzen liegt. Der Herr Leonhard, wissen Sie, der ist ein Macher. Seine Firma hat er praktisch aus dem Nichts aufgebaut. Der ist nicht reich auf die Welt gekommen, wie so viele, die's angeblich zu was gebracht haben. Der hat auch viel strampeln müssen …«

»Wo liegt denn sein Büro?«, unterbrach ich die Lobeshymne des offenkundigen Leonhard-Fans.

»Ganz oben, logisch, Chefetage. Wo genau, weiß ich auch nicht.«

Hinter der Absperrung wurden Umleitungsschilder aufgestellt, sah ich, um den nicht enden wollenden Strom von Autos zu kanalisieren. Ich beobachtete, wie ein uniformierter Kollege in schwarzer, schusssicherer Weste zu einem am Straßenrand gegenüber parkenden Mercedes lief, einstieg und zügig wegfuhr. Jemand hielt das Absperrband hoch, die Menge bildete bereitwillig eine Gasse, und ein glatzköpfiger Besitzer nahm seinen glänzenden Wagen freudestrahlend in Empfang.

»Und wie geht's jetzt weiter?«, wollte Reilinger wissen. »Übernehmen Sie das jetzt?«

»Der Fall liegt ab sofort bei uns. Wer hat Sie eigentlich alarmiert? Der müsste den Täter ja gesehen haben.«

»Ein Herr Bruckner, der müsste da drüben irgendwo ...«

Reilinger verschwand und kam Sekunden später zurück mit einem etwa dreißigjährigen Mann in schwarzem Rollkragenpulli, schwarzer Bügelfaltenhose und noch schwärzeren Schnürschuhen im Schlepptau.

Bruckner drückte markig meine Hand. Sein kurz geschnittenes und auf Scheitel frisiertes Haar war so friesenblond wie das von Sven Balke. Er trug eine kantige Brille mit dickem, schwarzem Rand.

»Er hat sogar noch kurz mit der verletzten Sekretärin reden können, bevor sie in Ohnmacht gefallen ist«, erklärte Reilinger stolz.

Bruckner sah ständig um sich, als fürchtete er, der Geiselnehmer oder sonst irgendjemand könnte plötzlich auf ihn zu schießen beginnen.

»Ja, also«, begann er mit überraschend heller und überhaupt nicht zu seinem männlichen Auftritt passender Stimme. »Um kurz nach halb neun ist es g-gewesen. Ich war heute sehr früh im Büro, halb sieben schon. Musste noch was für A-Alfi vorbereiten ... a-also, Alfred, mein Chef, Alfred Leonhard. Wir d-duzen uns alle in der Firma. Für einen wichtigen K-Kundentermin um neun.«

Der Zeuge neigte ein wenig zum Stottern. Vielleicht nur, wenn er – wie gerade jetzt – aufgeregt war.

Gegen halb neun, plus minus fünf Minuten, hatte er gehört, wie die Chefsekretärin, Veronika Zöpfle, ihr Büro betreten hatte. Er selbst hatte kurz zuvor ausnahmsweise und vielleicht zu seinem Glück die Tür zugemacht.

»Sonst ist bei uns ja open office, aber ... ich ... Und auf einmal hat sie einen Schrei losgelassen, die Veronika. Einen Schrei, der mir durch Mark und B-Bein gegangen ist. Und dann hat es geknallt, und dann hat es im Flur so komisch g-gerumpelt. Und wie ich die Tür aufreiße, da liegt sie da. Erst habe ich gedacht, sie ist tot. Ich habe echt gedacht, die Veronika ist tot, wie sie da so gelegen hat. Der Knall, das war natürlich ein Schuss, das war mir klar, und es hat auch so gerochen, als hätte wer geschossen, und die Veronika ist getroffen, habe ich g-gedacht, und wenn ich nichts mache, dann verblutet sie v-vielleicht.«

»Den Täter selbst haben Sie nicht gesehen?«

»Der muss da schon in Alfis Büro gewesen sein. Mein Büro liegt genau g-gegenüber von dem von der V-Veronika. Normalerweise haben wir open office, wie gesagt, aber vorhin, ich hatte die Tür zugemacht, weil ich privat ... na ja ... t-telefonieren musste ich. Meine F-Freundin, es ist b-bisschen k-kompliziert zurzeit ...«

Ich versuchte, meinen Leidensgenossen in Liebesdingen wieder aufs richtige Gleis zu locken: »War Frau Zöpfle ansprechbar?«

»Das war sie. Anfangs wenigstens. Sie hat die Augen aufgemacht und mich so komisch angeguckt. Bisschen schräg irgendwie, wie wenn die Pupillen nicht recht wüssten, wohin sie gucken sollen. ›Pistole‹, hat sie g-geflüstert. Sonst habe ich nichts verstanden. Aber sie hat es zwei- oder dreimal deutlich gesagt: ›Pistole‹, da bin ich mir sicher.«

Bruckner warf einen nervösen Blick auf seine goldene, ultradünne und vermutlich nicht billige Armbanduhr mit selbstverständlich schwarzem Lederarmband. Er konnte mir auch zeigen, wo genau sich Leonhards Büro befand. Praktischerweise standen wir direkt darunter. »Ganz oben rechts, die ersten zwei Fenster, das ist ein Lagerraum oder so etwas. Die nächsten acht Fenster, das ist das Chefbüro, und die nächsten zwei Fenster, das ist das Vorzimmer. Mein B-Büro ist auf der a-anderen Seite.«

»Frau Zöpfle war also schon in ihrem Büro, als der Täter kam?«

»Genau. Die Tür zwischen Vorzimmer und Alfis Büro ist zu gewesen, das konnte ich vom Flur aus sehen. Dabei steht die sonst auch immer offen. Wenn er nicht g-gerade wichtigen B-Besuch hat, natürlich. Und drinnen, also in Alfis Büro, da haben sich zwei angebrüllt. Und dann hat's noch mal geknallt …«

Und dann hatte Bruckner die verletzte Sekretärin in den glücklicherweise noch offen stehenden Lift geschleift und die Polizei gerufen.

»Dann haben Sie die Stimme des Täters gehört?«

»Hm. Ja. Muss wohl.«

»Ist er eher jung oder alt?«

»K-Kann ich nicht sagen, sorry. Ich habe auch gar nichts verstehen können, überhaupt nichts. Nur einmal, da hat Alfi ›Scheiße!‹ gebrüllt. Aber das ist auch alles gewesen, was ich verstanden habe.«

»Aber es war ein Mann?«

»Denke schon, ja. Doch, wahrscheinlich ein Mann.«

»Herr Leonhard hat aber eher nicht ängstlich geklungen?«

»Ach, wissen Sie, Alfi ist nicht so leicht zu erschrecken.«

»Hat der Täter Dialekt gesprochen oder Hochdeutsch?«

»Ich kann es wirklich nicht sagen, sorry. Das ist alles so furchtbar schnell gegangen. Ich habe Gebrüll gehört, Alfi hat regelrecht getobt. Und Veronika hat am Boden gelegen mit verdrehten Augen, und – na ja, man ist nicht besonders konzentriert, wenn um einen herum geschossen wird.«

Wütend hatte Alfred Leonhard also geklungen.

»S-sauwütend sogar. Und dann hat es noch mal g-geknallt, und dann ist es still gewesen, und dann ist endlich die Aufzugtür zugegangen.«

»Denken Sie, er ist verletzt?«

Bruckner zögerte mit der Antwort. Sah schon wieder auf seine goldene Uhr. »Geschrien hat er nicht. Es hat auch nicht gerumpelt, als wäre er umgefallen. Aber ich habe auch wirklich nicht groß gelauscht, ehrlich gesagt. Ich habe die

Veronika in den Lift geschleppt, da ist sie schon nicht mehr bei Besinnung gewesen, und habe gehofft, dass bald wer kommt. Ist kein tolles Gefühl zu wissen, ein paar M-Meter von dir ist einer mit einer K-Knarre, der ja wohl nicht mehr alle Latten im Zaun hat.«

Mein Handy unterbrach unser Gespräch. Es war Klara Vangelis: »Wir haben einen Mordfall an der Raststätte Hardtwald West. Das Opfer ist männlich, Alter zwischen dreißig und vierzig, leider keine Papiere.«

Zwei gelb blinkende Abschleppwagen kamen mit heulenden Motoren angerast, mussten wie alle der Umleitung folgen und um den Block fahren.

»Todesursache?«

»Ein Kopfschuss aus kurzer Entfernung. Mitten in die Stirn.«

Das klang eher nach Hinrichtung als nach Raubmord.

»Der Tod muss nachts zwischen zwei und drei Uhr eingetreten sein. Vom Täter haben wir bisher keine Spur. Zeugen scheint es nicht zu geben.«

Und ich hatte mich auf eine ruhige Woche gefreut …

Die Abschleppwagen tauchten links von mir wieder auf, bremsten scharf, und die Fahrer machten sich daran, die beiden letzten noch verbliebenen Fahrzeuge am Straßenrand zu entfernen, deren Halter offenbar auf die Schnelle nicht zu finden waren.

»Was ist aus den Kunden geworden, die um neun kommen wollten?«, fragte ich Bruckner, der sich inzwischen eine vornehm aussehende braune Zigarette angesteckt hatte.

»Die habe ich gleich angerufen, als klar war, dass der Termin platzt. Jetzt sind sie wieder im Hotel. Sind ja zum Glück pflegeleicht, diese Asiaten. Kein Vergleich mit den Russen. Oder den Amerikanern.«

Er war so etwas wie Leonhards persönlicher Assistent, erklärte er mir. Und auch der Firmenchef war heute früher als sonst im Büro gewesen. »Wenn dieser Koreadeal hinhaut, das wird ein Zig-Millionen-Projekt.«

Balke kam zurück. »Keine Ahnung, wo der Herr Facility-Manager sich versteckt«, verkündete er missmutig. »Seine Handynummer weiß anscheinend keiner.«

Das Gebäude war ein fantasielos gestalteter Zweckbau. Die Außenwände waren hellgrau gestrichen, die Fensterrahmen – immerhin ein Hauch von Originalität an dieser architektonischen Fehlleistung – dunkelrot. Im Foyer befand sich eine kleine Rezeption, stellten wir fest, als wir durch die weit offen stehenden Glastüren ins angenehm kühle Innere traten. Die Rezeption schien jedoch auch dann unbesetzt zu sein, wenn das Gebäude nicht gerade evakuiert war.

»Und wieder erfolgreich eine Stelle wegrationalisiert«, kommentierte Balke sarkastisch.

Auf dem aus goldbraunem und sorgfältig poliertem Holz gefertigten Tresen stand lediglich ein einsames Telefon neben einem Keramikschälchen voller bunter Bonbons und einer in Folie eingeschweißten Liste mit Namen, Telefon- und Raumnummern. Ganz unten war auch der Hausmeister verzeichnet. Dort fanden wir neben der vierstelligen internen Nummer auch seine Handynummer, die Balke umgehend in sein Smartphone tippte. Die oberste Zeile der Liste lautete: »Sekretariat Herr Leonhard – V. Zöpfle.«

Ansonsten waren in dem nach Putzmittel riechenden Foyer die üblichen großen Pflanzen in weißen Hydrokulturkübeln zu besichtigen. In einer schattigen Ecke stand eine wuchtige Sitzgruppe aus schwarzem Leder. Auf dem Tisch lagen Prospekte, die offensichtlich jeden Morgen ordentlich auf Stapel sortiert wurden. An der dem Eingang gegenüberliegenden Wand hing zwischen den beiden Aufzügen tatsächlich eine Videokamera, die uns dumm anglotzte.

Balke ließ sein Handy sinken und schimpfte: »Schon wieder kein Empfang!«

Kurz überlegte ich, ob wir nach oben fahren sollten, um uns auch dort ein wenig umzusehen. Aber erstens trugen wir keine Schutzwesten, und zweitens würden wir dort vermutlich nichts weiter zu sehen bekommen als einen langen, menschenleeren Flur mit vielen offen stehenden Türen rechts und links.

An der zartgelb gestrichenen Wand hinter dem Empfangstresen hingen drei abstrakte Gemälde in schrillen Farben, die offensichtlich zusammengehörten.

»Mutig«, fand Balke, »so was da hinzuhängen, wo jeder rein und raus kann.«

Ob die Bilder wertvoll waren, wussten wir nicht. Reproduktionen waren es jedenfalls keine.

Wir verließen das Gebäude wieder, hielten uns draußen dicht an der Wand, um von oben nicht gesehen zu werden. Durch die Bäume hatten wir – außer in den anderthalb Sekunden, in denen wir die Fahrbahn überquerten – perfekten Sichtschutz. Balkes Smartphone hatte jetzt wieder Netz, und ich hörte ihn halblaut mit dem Hausmeister telefonieren. Schließlich nickte er mir befriedigt zu.

»Sitzt bei einem Kollegen im Haus gegenüber gemütlich beim Kaffee und hat noch gar nicht mitgekriegt, was hier los ist. Er kommt sofort, hat er versprochen.«

»Rufen Sie ihn bitte gleich noch mal an. Wir brauchen Pläne von dem Gebäude. Außerdem will ich wissen, was mit dieser Videokamera ist.«

»Die funktioniert, sagt er. Aber der Rekorder dazu steht blöderweise in Leonhards Vorzimmer.«

Und da kamen wir vorläufig wohl eher nicht ran. Ich wählte versuchsweise die Nummer des Sekretariats im achten Stock, aber es nahm wie erwartet niemand ab. Die Durchwahl zu Leonhards Schreibtisch hatte ich mir von Bruckner geben lassen, ebenso wie die Handynummer des Chefs sowie die seiner Ehefrau.

3

Im Schritttempo fuhr der Krankenwagen vor, den wir für den Krisenfall angefordert hatten. Reilinger wies dem Fahrer einen Stellplatz im Schatten und außerhalb des Sicht- und Schussfelds des Täters zu. Kurz darauf kurvte ein weißer Mercedes-Kastenwagen mit der Aufschrift einer tatsächlich existierenden Dossenheimer Wäscherei um die Ecke – unsere mit inzwischen schon wieder ziemlich veralteter Elektronik vollgestopfte mobile Einsatzzentrale. Balke dirigierte ihn neben uns.

Aus dem Führerhaus sprangen zwei dynamische, junge Kollegen, rissen die Hecktüren auf und begannen in routinierter Eile, Geräte einzuschalten, Computer hochzufahren, Monitore zurechtzurücken, lose gewackelte Stecker festzudrücken. Offenbar waren sie bereits informiert, worum es bei diesem Einsatz ging, denn sie stellten keine Fragen.

»Wird übel werden bei der Hitze«, meinte der größere der beiden. »Gut, dass wir wenigstens Schatten haben.«

»Hat die Kiste keine Klimaanlage?«

»Kaputt«, erwiderte er mit resigniertem Grinsen. »Wenn er nicht im Schatten steht, gibt die ganze schöne Elektronik in einer halben Stunde den Geist auf.«

Wir legten den Sprechfunkkanal fest, den wir benutzen würden, bis dieses Drama sein Ende gefunden hatte. Zwei kleine Videokameras auf massiven Stativen wurden am Straßenrand aufgebaut, die es uns erlaubten, die Fenster im achten Stock im Auge zu behalten, ohne aus dem Schatten treten zu müssen. Dort gab es momentan nicht allzu viel zu sehen, denn alle Außenjalousien waren heruntergelassen.

Klara Vangelis hatte ich gebeten, in der Direktion ein kleines Team zusammenzustellen, sozusagen unsere Basisstation, das uns mithilfe der dort zur Verfügung stehenden Recherche- und Fahndungswerkzeuge unterstützen würde.

Reilinger kam mit einem Zettel in der Hand auf mich zumarschiert.

»Mit den Autos geht's gut voran. Ungefähr die Hälfte können wir schon abhaken. Bisher haben wir nur einen kleinen Hyundai in der Parallelstraße, der noch nicht abgeklärt ist. Der gehört einer ausländischen Studentin, die wir bisher nicht erreicht haben.«

Wir überlegten, wie der Täter hierhergekommen sein könnte, falls er kein Auto benutzt hatte.

»Mit dem Bike«, meinte Balke als passionierter Radfahrer.

»Mit der Tram?«, überlegte Reilinger. »Die Haltestelle Rohrbach Süd ist keine fünfhundert Meter von hier.«

Irgendwie konnte ich mir einen Geiselnehmer nicht recht vorstellen, der mit der Straßenbahn anreiste. Und ein herrenloses Fahrrad schien nirgendwo herumzustehen.

Balke telefonierte. »SEK ist im Anmarsch«, sagte er kurz darauf. »Sie wollen wissen, wo sie mit ihren Helis landen können.«

Da wusste Reilinger Rat. »Westlich von hier sind Felder und Wiesen. Wenn sie bei St. Ilgen runtergehen, kann der Spinner da oben sie nicht sehen.«

Auch ich hielt mein Handy jetzt fast ständig in der Hand. Ohne große Hoffnung wählte ich Leonhards Festnetznummer, aber niemand nahm ab. Ich probierte es mit seiner Handynummer – der Teilnehmer war nicht erreichbar. Ich wählte die Handynummer seiner Frau. Diese immerhin nahm nach dem zweiten Tuten ab. Ihr »Ja?« klang atemlos.

Ich stellte mich vor.

»Polizei? Ist etwas ...?«

»Es geht um Ihren Mann.«

»Hatte er ... einen Unfall?«

Ich klärte sie mit wenigen Worten auf, wollte sie schonen, beruhigen, was jedoch nicht nötig zu sein schien.

»Er ist nicht verletzt?«, fragte sie am Ende nur.

»Meines Wissens nicht. Aber wir wissen im Moment leider noch sehr wenig.«

Jemand schleppte zwei Sixpacks Wasserflaschen heran, wie ich aus den Augenwinkeln beobachtete, und wurde mit fröhlichem Hallo empfangen.

»Und was will dieser ... Geiselnehmer?«, fragte Frau Leonhard leise und sachlich. »Was verlangt er?«

»Bisher haben wir weder Kontakt zu Ihrem Mann noch zum Täter. Meine wichtigste Frage ist im Augenblick, und deshalb rufe ich Sie an: Hat Ihr Mann Feinde?«

Ihr Lachen klang wie zerbrechendes Glas. »Wenn Sie im Jahr zwischen vierzig und fünfzig Millionen Umsatz machen, dann haben Sie ganz unweigerlich Feinde. Und wenn Sie Ihr Geld im Immobiliensektor verdienen, dann sowieso.«

»Ich würde mich gerne mit Ihnen zusammensetzen und das Thema ein bisschen detaillierter besprechen.«

»Wir können uns treffen, natürlich. Soll ich zu Ihnen kommen?«

»Ich komme zu Ihnen. Da haben wir mehr Ruhe als hier.«

Und außerdem konnte ich mir gleich einen Eindruck von Leonhards Lebensumständen machen.

Sie nannte mir eine Adresse, die mir nichts sagte. Als wir uns verabschiedeten, klang Frau Leonhards Stimme noch immer erstaunlich entspannt. Als hätten wir auf einem langweiligen Stehempfang einen halben Abend lang Nettigkeiten ausgetauscht. Menschen reagieren nun mal sehr unterschiedlich auf schlechte Nachrichten.

Reilinger hatte seine Uniformjacke inzwischen abgelegt und wusste selbstverständlich, wo Leonhards Haus stand. »Im Kaiserviertel«, erklärte er mit gewichtiger Miene. »Wir nennen es so, weil da alle Straßen nach römischen Kaisern benannt sind.«

Er winkte eine Kollegin zu sich und trug ihr auf, mich nach Ladenburg zur Valentinianstraße zu fahren. Die Polizistin war nicht mehr ganz jung, das dunkelblonde, lockige Haar trug sie offen, und natürlich musste ich bei ihrem Anblick sofort an Theresa denken. Ich biss jedoch tapfer die Zähne zusammen und schluckte meinen aufschäumenden Zorn wieder herunter. Gemeinsam gingen wir zu einem Streifenwagen, der um die Ecke im Schatten eines der Nachbargebäude stand.

Die Familie Leonhard wohnte gediegen, aber keineswegs protzig. Das moderne, zweistöckige und kalkweiß gestrichene Flachdachgebäude hatte ein Architekt erdacht, der Licht und klare Linien liebte. Die Fenster waren groß und bis zum Fußboden heruntergezogen, die breiten Rahmen schwarz gestrichen. An den meisten Fenstern gab es nicht einmal einen Sichtschutz, als wollten die Bewohner aller Welt signalisieren, dass sie nichts zu verbergen hatten. Während andere Häuser in der Straße sich hinter hohen Hecken und Zäunen versteckten, war hier zur Straße hin alles offen. Rechts war eine breite, offen stehende Garage angebaut, in der ein tannengrünes BMW Cabrio stand. Der große Vorplatz war kunstvoll gepflastert, ein Gartentor existierte nicht. Der Zaun zwischen dem etwa zwei Meter breiten Vorgarten und dem Gehweg war niedrig und eher symbolischer Natur.

Der Vorgarten war nicht ungepflegt, aber hie und da gedieh fröhlich Unkraut. Kleine Rhododendren blühten tapfer gegen die brennende Sonne an. Das ganze Anwesen strahlte die Botschaft aus: Uns geht es gut, und wir schämen uns nicht dafür.

Frau Leonhard hatte unseren Wagen offenbar gesehen, denn die Haustür aus schwarzem Holz öffnete sich schon, bevor ich die Hand nach dem messingglänzenden Klingelknopf ausgestreckt hatte. Die Hausherrin war zierlich, blass, ernst und – perfekt passend zum Ambiente – komplett schwarz gekleidet. Als wäre sie schon Witwe. Das glatt fallende, halblange Haar, das gerade geschnittene, ärmellose Kleid, die Schuhe mit ganz unwitwenhaft hohen Absätzen, alles an ihr war schwarz. Wie bei Bruckner, dachte ich. Bis auf den weißgoldenen, schmalen Ehering und kleine Perlen an den Ohren trug sie keinen Schmuck.

Zur Begrüßung rang sie sich sogar ein Lächeln ab. Ihr Händedruck war überraschend fest, als spielte sie Tennis oder Klavier, der Blick ihrer dunklen Augen dagegen vage und nervös. Winzige Fältchen in den Augenwinkeln ließen mich vermuten, dass auch sie den vierzigsten Geburtstag schon hinter sich hatte. Allerdings schien sie einigen Aufwand zu treiben, um dies zu verheimlichen.

»Kommen Sie bitte«, sagte Careen Leonhard, deren Stimme jetzt viel unsicherer klang als vorhin am Telefon. »In der Sonne ist es ja nicht auszuhalten.«

»Ist Ihnen zum Thema Feinde inzwischen etwas eingefallen?«, fragte ich, als wir uns im geräumigen Wohnraum auf einer eckigen, dunkelgrauen Couchgarnitur niederließen. Zwei Wände des Raums fehlten einfach, sodass wir praktisch im Freien saßen. Normalerweise waren sie vermutlich verglast, aber die Glasflächen waren mithilfe irgendeines geheimnisvollen Mechanismus zum Verschwinden gebracht worden, und nur eine beunruhigend dünne, runde Säule in der Ecke sorgte dafür, dass uns die Decke nicht auf den Kopf krachte. In dem parkähnlich angelegten Grundstück spendeten große Bäume Schatten, und ein unsichtbarer Rasensprenger tickerte und zischte. Noch angenehm kühle, nach frisch gemähtem Gras duftende Luft wehte herein. Nachbargebäude waren aufgrund irgendwelcher Kunststücke des Gartenarchitekten nicht zu sehen. Am Ende des Grundstücks stand eine hohe, weiße und überwiegend mit Efeu bewachsene Mauer, vor der Rosen blühten und wieder Rhododendren, diese jedoch sehr viel größer und üppiger als ihre Artgenossen im Vorgarten.

Frau Leonhard hatte die Beine eng nebeneinandergestellt,

saß aufrecht auf der Kante ihrer Couch wie eine römische Statue und zupfte mit ihren schmalen Händen am Rocksaum herum. Das betont zurückhaltende Make-up hatte vermutlich einige Zeit in Anspruch genommen. Die Fingernägel waren blutrot lackiert, der Lippenstift war von derselben Farbe, die ohnehin großen, dunklen Augen kunstvoll betont. Mit einem Mal wirkte sie sehr zerbrechlich und schutzbedürftig. Mir gegenüber saß jetzt ein in die Jahre gekommener, verschreckter Teenager, nicht gerade magersüchtig, aber nicht weit davon entfernt. Ihr Parfüm war dezent, roch teuer und gut.

»Gott, wo soll ich anfangen?«, murmelte sie nach Sekunden mit abgewandtem Blick. Auf einem der Nachbargrundstücke brummte ein Rasenmäher. Eine Krähe empörte sich lautstark über die Ruhestörung und flatterte davon.

»Sie wissen, mein Mann verdient sein Geld mit Immobilien«, sagte Frau Leonhard mit plötzlich wieder festerer Stimme. »Er baut sie. Er besitzt sie. Er verkauft sie, und einen großen Teil vermietet er auch. Es gibt Lieferanten, die der Meinung sind, er hätte sie über den Tisch gezogen. Es gibt Käufer, die derselben Ansicht sind. Es gibt Mieter, die finden, man würde sich nicht genug um ihre Wohnung kümmern. Es gibt Mieter, denen man aus irgendwelchen Gründen kündigen musste. Wenn ich Ihnen eine Liste aller Menschen machen sollte, die nicht gut auf Alfi zu sprechen sind, Gott, da hätte ich für den Rest des Tages zu tun …«

Mitten auf dem großen, ansonsten völlig leeren Couchtisch protzte in einer Glasvase ein ungeheurer Blumenstrauß. Rote Rosen reckten stolz die Köpfe, weiße Gerbera, edle Lilien. Die Blumen schienen noch frisch zu sein, dufteten dennoch schon betäubend nach Vergänglichkeit. Der Raum war L-förmig geschnitten. Im schmalen Teil stand ein riesiger schwarzer Esstisch mit zwölf hochlehnigen, lederbezogenen Stühlen. Darauf standen ein vergessenes Weinglas und ein kleines Schälchen, dessen Inhalt ich nicht erkennen konnte. Was ich nirgendwo entdeckte, war ein Fernseher. Vermutlich hatte man in diesen Kreisen ein eigenes Zimmer für diesen profanen Zweck. Auf dem Ecktisch rechts neben mir lagen große Bücher unordentlich aufeinander, hauptsächlich Bildbände zum Thema Kunst. An den Wänden hingen Gemälde, die meisten abstrakt und für meinen Geschmack zu bunt.

Frau Leonhards Blick hatte endlich in ihrem Handy einen Ruhepunkt gefunden, einem übergroßen Smartphone, wie auch Balke eines mit sich herumtrug. Ihres war allerdings weiß statt schwarz. Manchmal schob sie es mit ihren sorgfältig manikürten Fingernägeln ein wenig herum.

Die Menge der Kunst an den Wänden empfand ich als erdrückend. An manchen Stellen hingen aus Platzmangel drei, vier Bilder übereinander, wenige großformatige hingen allein, mit Abstand zu den anderen, als wären sie besonders wertvoll oder bedeutend. Lediglich in der Ecke rechts von mir gab es keine Gemälde zu besichtigen, sondern ein im modernen Ambiente sehr deplatziert wirkendes Arrangement aus zwei ausgestopften Rehköpfen mit kleinen Geweihen, einer alten, kostbar aussehenden Flinte mit fein ziselierten, silbernen Beschlägen und einem Messer mit kräftigem Griff und langer, gerader Klinge.

»Alfi jagt«, sagte Careen Leonhard achselzuckend dazu. »Früher. In letzter Zeit findet er zum Glück nicht mehr die Zeit dazu. Ich persönlich finde den staubigen Krempel da abscheulich, aber Alfi besteht darauf, dass es hängen bleibt.«

Und wenn der Herr des Hauses sich etwas in den Kopf gesetzt hatte, dann brauchte es vermutlich schon ein Panzerbataillon, um ihn umzustimmen.

Sie schob das Handy eine Winzigkeit nach rechts. »Die Flinte ist ein Erbstück. Von einem reichen Onkel. Beziehungsweise von der Tante, die ihren Mann um zwanzig Jahre überlebt hat. Angeblich ist sie über hundert Jahre alt, aber … nun …«

Sie hob die schmalen Schultern, ließ sie wieder fallen.

»Fällt Ihnen jemand ein, der Ihren Mann so sehr hasst, dass er zur Waffe greifen würde? Jemand, mit dem er vielleicht erst vor Kurzem Streit hatte?«

Die alten Geschichten würden später an die Reihe kommen. Manchmal trugen Menschen ihren Zorn auch jahrelang mit sich herum. Und dann geschah etwas, ein kleines Erlebnis, ein falsches Wort vielleicht nur, das ihr mühsam ausbalanciertes inneres Gleichgewicht ins Kippen brachte. In den meisten Fällen jedoch war die Wut noch frisch, lag der Konflikt in der jüngsten Vergangenheit.

Für Sekunden sah sie mich an, als wäre ich ein überraschend aufgetauchtes und nicht recht ins gepflegte Ambiente passendes Accessoire. Ich dachte schon, sie hätte mich nicht verstanden, und wollte meine Frage wiederholen, aber da begann sie von selbst zu sprechen.

»Allinger«, sagte sie. »Mit dem gab es viel Streit in den vergangenen Jahren. Er hatte eine Baufirma.«

Sie schob das Handy ein wenig nach links, dann gleich wieder zurück. Ließ es immer nur für kurze Zeit aus den Augen. Als erwartete sie einen wichtigen, einen lebenswichtigen Anruf. Genauer: als fürchtete sie einen Anruf, den sie in meiner Gegenwart nicht entgegennehmen mochte.

»Warum sagen Sie: ›hatte‹?«

Sie schrak hoch. »Bitte, was?«

»Sie sagten, Herr Allinger *hatte* eine Baufirma.«

Das weiße Handy wanderte fünf Millimeter von ihr weg. »Die beiden kennen sich seit einer Ewigkeit. Früher hat er von Alfi regelmäßig Aufträge bekommen. Aber dann gab es immer mehr Probleme mit der Qualität. Allinger wurde alt, sagt Alfi. Hatte seinen Laden und seine Leute nicht mehr im Griff. Lange hat Alfi beide Augen zugedrückt. Aber vor zwei Jahren wurde es dann wirklich schlimm. Der Schaden betrug mehrere Hunderttausend Euro. Fragen Sie nicht, wie Alfi getobt hat. Es ging um eine Großbäckerei in Ludwigshafen. Allinger hatte am Zement gespart und auch sonst Materialien verwendet, die nicht der Ausschreibung entsprachen. Es gab großen Ärger bei der Abnahme, der Kunde kam mit Nachforderungen und wollte seine Rechnungen nicht bezahlen. Eine Halle musste komplett abgerissen und neu gebaut werden. Anschließend hat man eine Weile herumprozessiert, und dann war der alte Herr Allinger bankrott. Er ist ein einfacher Mann. Hat das Baufach sozusagen von der Kelle auf gelernt und sich über die Jahre nach oben gestrampelt. Und auf einmal war er wieder ganz unten.«

»Wo finde ich ihn?«

»Ich meine, in Schwetzingen.« Der Bildschirm ihres Handys leuchtete auf, eine altertümliche Telefonschelle ertönte. Erschrocken nahm sie es zur Hand, musste dreimal über den Touchscreen streichen, bis es endlich verstummte. Dann ließ sie es fallen, als wäre es glühend heiß. »Soweit ich weiß, musste er sogar sein Haus verkaufen und bei Verwandten unterkriechen. Alfi hat mir erzählt, Allinger schreibt ihm hin und wieder noch böse Briefe oder ruft ihn an, um ihn zu beschimpfen. Meist, wenn er betrunken ist, und das ist er wohl oft in letzter Zeit.«

»Hat Ihr Mann Sie heute schon angerufen?«

»Wie?« Überrascht sah sie mich an. »Weshalb sollte er?«

»Der Geiselnehmer?«

Jetzt spielte sie wieder mit ihrem Smartphone. »Nein, auch der nicht.«

Ich nahm mein eigenes Handy zur Hand, wählte die Nummer von Klara Vangelis und bat sie zu klären, wo sich der verarmte und verbitterte ehemalige Bauunternehmer zurzeit aufhielt.

»Weiter?«, fragte ich freundlich lächelnd, als ich das Gerätchen wieder auf den nicht ganz staubfreien Rauchglastisch legte.

Careen Leonhard sah mir jetzt aufmerksam ins Gesicht. »Was wird das, Herr Gerlach? Was hat dieser … Mensch vor?«

»Ich hoffe, es geht nur um Geld.«

»Was wäre die schlimmere Variante?«

»Rache.« Es hatte Fälle gegeben, bei denen Geiselnehmer sich am Ende zusammen mit ihren Geiseln in die Luft sprengten. Oder erst die Geisel und dann sich selbst erschossen. »Aber meistens geht es zum Glück nur um Geld.«

»Ich meine, Alfi hat eine Versicherung für solche Fälle. Wie viel könnte er verlangen?«

Ich nahm die Brille ab, rieb mir die brennenden Augen. »Unmöglich zu sagen. Vor zwei Jahren hatten wir einen Fall, da war der Täter ein sturzbetrunkener Rentner und seine Geisel der Wirt, bei dem er die Zeche nicht zahlen konnte. Der Rentner hat fünfhundert Euro verlangt. Bei der Reemtsma-Entführung damals wurden Millionen bezahlt. Viele Millionen.«

»Und wenn er kein Geld verlangt?«, bohrte sie weiter.

Ich hob die Achseln. »Ich weiß es nicht, Frau Leonhard. Ich weiß momentan so gut wie gar nichts. Lassen Sie uns weitermachen mit unserer Liste.«

»Dieser Verrückte aus Wieblingen ist mir noch eingefallen, als Sie telefonierten. Wie hieß er noch? Pankovsky? Plakovsky? Ein ziemliches Raubein jedenfalls. Eine Familie mit drei Kindern in einer Zweizimmerwohnung, stellen Sie sich das mal vor! Im Mietvertrag war nur von zwei Erwachsenen die Rede, und dann waren plötzlich drei Kinder da, zwischen vier und neun Jahren. Es gab Klagen vonseiten der Nachbarschaft, und nachdem mehrere Parteien mit Mietminderung drohten, blieb Alfi schließlich gar nichts anderes übrig, als die Familie Pankovsky oder Plakovsky an die Luft zu setzen. Der Mann ist dann später mehrfach hier aufgetaucht und hat auf der Straße randaliert. Einmal musste Alfi sogar die Polizei rufen, bis wieder Ruhe war.«

»Wann war das?«

»Das letzte Mal vor … acht Wochen vielleicht? Die Kündigung hatten sie schon im November bekommen. Mit Termin Ende Februar. Das fand ich sehr human von Alfi. So wie die Bagage sich aufgeführt hat, hätte er ihnen auch fristlos kündigen können.«

Erneut telefonierte ich mit Vangelis.

»Allinger können wir schon streichen«, sagte sie, nachdem sie sich den neuen Namen notiert hatte. »Er ist vor drei Wochen gestorben.«

»Woran?«

»Autounfall.«

»Selbstmord?«

»Nicht auszuschließen. Er hatte zwei Komma drei Promille.«

Ich sah Frau Leonhard an. »Wie spricht er?«

»Plakovsky? Laut. Sehr laut.«

»Hochdeutsch oder Dialekt?«

Sie schüttelte den Kopf mit den schwarzen Haaren. »Nein, nein. Trotz des östlich klingenden Namens ist er ein waschechter Kurpfälzer. Wie Allinger übrigens auch. Und ein grober Klotz dazu. Zwei Meter groß, Hände wie ein Bagger und ein Organ wie ein Ozeandampfer. Als er da draußen auf der Straße herumgetobt hat«, fuhr die schmale, schwarze Frau nach einigen stillen Sekunden fort, »da hatte ich Angst um Alfi. Er nimmt ja nie etwas ernst. Viel Feind, viel Ehr – das ist eine seiner Lieblingsweisheiten. Als erfolgreicher Unternehmer kannst du nicht Everybody's Darling sein, sagt er immer. Ein Unternehmer muss imstande sein, auch unangenehme Entscheidungen zu fällen, ohne anschließend in Depressionen zu versinken. Entscheidungen, die anderen Menschen wehtun. Und auch einem selbst. Unternehmer kannst du nur mit ganzem Herzen sein, sagt er oft, oder gar nicht.«

Dieses Mal war es mein Handy, das Alarm schlug – es war Sven Balke: »Das SEK ist gelandet. Und das LKA schickt uns zur Unterstützung noch eine Psychologin. Eine Spezialistin für Verhandlungsführung. Sie wollen Ihnen nicht ins Handwerk pfuschen, soll ich Ihnen ausrichten, es ist nur für alle Fälle. Im Moment steht sie aber noch auf der A 8 im Stau. Hoffentlich hat ihr Auto eine gute Klimaanlage.«

Im ersten Moment war Ärger in mir hochgekocht. Aber vielleicht konnte eine Psychologin an meiner Seite nicht schaden, wenn es kompliziert wurde. Der Täter war ein Mann. Da bewirkte eine Frau oft mehr.

Frau Leonhard hatte mich beim Telefonieren mit ausdrucksloser Miene beobachtet. Wie sie mir so gegenübersaß, die Füße in den hohen schwarzen Pumps exakt ausgerichtet, der Scheitel akkurat in der Mitte, bot sie ein Bild vollkommener Symmetrie. Auf dem ebenfalls gläsernen Ecktisch zwischen den beiden Couches entdeckte ich ein gerahmtes Foto, das drei Personen zeigte.

»Darf ich?«

Sie nickte nicht einmal, schien mit ihren Gedanken schon wieder woanders zu sein. Ich musste mich halb erheben, um das Bild zu erreichen. Der Metallrahmen war überraschend schwer. Die Aufnahme zeigte Leonhard, links daneben seine Frau, auch hier wieder in Schwarz, und auf der anderen Seite ein Mädchen etwa im Alter meiner Töchter. Ihr Haar war so dunkel und glatt wie das der Mutter, reichte ihr allerdings fast bis zur Taille. Das Kleid war papageienbunt, das schmale Gesicht blass und nichtssagend.

»Ihre Tochter?«

Jetzt nickte sie doch, allerdings so abwesend, als ginge sie das alles nichts an.

»Hübsches Mädchen. Sehr hübsch. Wie heißt sie?«

Auch das Kompliment zu ihrem Kind entlockte ihr kein Lächeln. Careen Leonhard sah mir ins Gesicht, als beobachtete sie ein fremdartiges Lebewesen bei seinen unbegreiflichen Lebensäußerungen.

»Felizitas«, antwortete sie erst nach Sekunden. »Das Bild ist schon drei Jahre alt. Oder vier? Inzwischen ist sie einundzwanzig und studiert in Frankfurt.« Mit einer fahrigen

Bewegung fasste sie sich an die Stirn. Schüttelte den Kopf, als müsste sie unangenehme Tagträume verscheuchen.

Irgendwo draußen plätscherte ein unsichtbarer Brunnen, hörte ich jetzt, nachdem der Rasenmäher verstummt war. Außerdem vernahm ich das weit entfernte Gekreische und Gejohle eines heute vermutlich gut besuchten Schwimmbads. Ich stellte das Foto an seinen Platz zurück, warf einen letzten Blick darauf. Leonhard hatte die Arme um die Schultern der beiden Frauen gelegt. Die Ehefrau schmiegte sich pflichtschuldig strahlend an ihn. Das Lächeln der Tochter dagegen wirkte gezwungen, wenn nicht eisig.

Frau Leonhard stöhnte unvermittelt auf. »Ich kann Ihnen nicht helfen, Herr Gerlach«, stieß sie hervor. »Ich weiß zu wenig von Alfis Geschäften. Und ich ... entschuldigen Sie, ich kann jetzt auch nicht mehr. Ich werde Dr. Kühn anrufen, einen von Alfis Anwälten. Er weiß von diesen Dingen tausendmal mehr als ich und wird Ihnen eine Aufstellung aller laufenden oder kürzlich abgeschlossenen Prozesse und sonstigen Streitigkeiten machen.«

»Es tut mir leid, aber ein bisschen muss ich Sie doch noch quälen: Hat es in der jüngsten Vergangenheit Drohungen gegeben? Vielleicht aus dem privaten Umfeld? Es muss ja nicht unbedingt etwas mit den Geschäften Ihres Mannes zu tun haben.«

Mutlos hob sie ihre Mädchenschultern, ließ sie wieder sinken. Sah an mir vorbei. »Alfi spricht nicht gerne über solche Dinge«, sagte sie tonlos. »Er ist ein sehr ritterlicher, beschützender Mann. Hält die Widrigkeiten seines Alltags von mir fern. Wenn überhaupt, dann erzählt er mir lustige Dinge. Anekdoten oder kleine Peinlichkeiten. Erfolge natürlich. Welcher Mann spricht nicht gerne über seine Erfolge? Eines müssen Sie noch wissen: Ganz entgegen seinem Ruf ist Alfi im Grunde sehr weichherzig. Wenn man ihm nur ordentlich lästig wird, dann gibt er um des lieben Friedens willen klein bei. Und das spricht sich natürlich herum.«

»Wie ist das Verhältnis zwischen Ihrem Mann und seiner Tochter?«

Ihr Blick wurde eiskalt. »Denken Sie etwa, Lizi bedroht ihren Vater mit einer Waffe?«

»Der Täter ist ein Mann, das wissen wir ja immerhin schon. Ich weiß nur gerne, mit wem ich es zu tun habe. Ihre Tochter studiert in Frankfurt, sagten Sie?«

»Journalistik und Literatur und … ich weiß nicht. Noch etwas, das mir gerade …«, eine flatternde Handbewegung, »… entfallen ist.«

Jetzt starrte sie wieder auf ihr Handy, als fühlte sie sich von dem kleinen Ding bedroht. »Haben Sie sonst noch Fragen? Ich kann jetzt … Das hier … Bitte!«

»Sie selbst sind nicht berufstätig?«

»Weshalb fragen Sie denn so etwas?«, murmelte sie mit müdem Blick. »Ich bin es doch nun ganz bestimmt nicht, die Alfi zu erpressen versucht.«

»Wie kommen Sie darauf, dass Ihr Mann erpresst wird?«, fragte ich sofort. Noch immer hielt ich es nicht für ausgeschlossen, dass der Geiselnehmer längst Kontakt mit ihr aufgenommen hatte. Dass das Lösegeld in diesen Minuten bei irgendeiner Bank in einen Aktenkoffer gezählt wurde.

»Welchen Grund sollte er … der Täter denn sonst haben für das, was er tut?«

»Verzweiflung. Ausweglosigkeit. Dummheit.«

»Und am Ende wird er gefasst und bekommt mildernde Umstände wegen seiner schweren Kindheit.«

»Durchaus möglich. Sind Sie nun berufstätig?«

»Ich wüsste nicht, was Sie das angeht.«

Ich atmete tief ein. »Frau Leonhard«, sagte ich betont ruhig. »Ich weiß, das alles ist sehr schwer für Sie. Aber ich kann mir an einem Tag wie heute auch Angenehmeres vorstellen, als mir vor dem Bürohaus Ihres Mannes die Füße plattzustehen.«

Sie entspannte sich, seufzte wieder ein wenig und wurde

dabei merklich kleiner. »Früher war ich Steuerberaterin«, sagte sie so leise, als wäre dies ein schandhafter Beruf. »In einem Büro in Mannheim. Aber als Lizi zur Welt kam, habe ich den Beruf aufgegeben. Ich wollte meine Tochter nicht von einer Kinderfrau erziehen lassen.«

»Ihre Handynummer habe ich ja.« Ich erhob mich, drückte mein Kreuz durch. »Sie telefonieren mit dem Anwalt und bitten ihn um eine möglichst vollständige Liste aller Menschen, die mit Ihrem Mann im Streit liegen.«

»Ich werde ihn gleich anrufen«, murmelte sie zerstreut und erhob sich mit einiger Verzögerung ebenfalls. Ihr nächster Satz: »Sie halten mich auf dem Laufenden?«, war dann keine Bitte, sondern eine Anweisung.

Als wir uns in der breiten, dunklen Haustür zum Abschied die Hände reichten, drückte sie mit deutlich weniger Kraft zu als bei der Begrüßung.

»Alfi ist wirklich nicht so hart, wie er gerne tut. Das beste Beispiel ist seine unsägliche Frau Zöpfle. Sie ist seit Ewigkeiten bei ihm. Und allmählich wird sie alt. Seit Jahren macht sie Fehler über Fehler. Aber denken Sie, Alfi wirft sie hinaus? Oder versetzt sie wenigstens auf einen Posten, wo sie keinen Schaden anrichten kann?«

Als ich die Straße schon fast erreicht hatte, öffnete sich die Tür noch einmal. Ich machte kehrt.

»Vergangenes Jahr gab es da so eine unappetitliche Geschichte«, sagte Careen Leonhard, als ich wieder vor ihr stand. Sie sprach so leise, als hätte sie Sorge, Nachbarn könnten mithören. »Sie müssen wissen, Alfi ist Jude. Er sieht nicht aus, wie man sich einen Juden vorstellt, er war seit Jahrzehnten in keiner Synagoge, hält sich an keine Ernährungsregeln oder Fastengebote, schert sich nicht um den Sabbat und isst Schweinemedaillons mit Genuss. Aber er ist nun mal Jude, weil alle seine Vorfahren Juden waren. Und letzten Sommer hatte er einen kleinen Unfall. Nein, keinen Unfall. Er hat einem Motorradfahrer die Vorfahrt genommen. Es ist wirklich nichts weiter passiert, der Motorradfahrer ist nicht einmal gestürzt, und Alfi hat sofort angehalten. Er hat sich entschuldigt, und anfangs sah alles danach aus, als wäre die Sache damit erledigt. Es hat sich jedoch herausgestellt, dass der Motorradfahrer zu einer dieser halb oder ganz kriminellen Rockerbanden gehört. Wochen später war morgens Alfis Auto zerkratzt. Er stellt es meistens nicht in die Garage, wenn er abends heimkommt, weil ihm das zu umständlich ist. Die Fernsteuerung funktioniert schon länger nicht mehr. Auf dem Auto standen so hässliche Sachen wie ›Judensau‹ und sogar ›Juda verrecke‹.«

»Ihr Mann hat Anzeige erstattet?«

»Natürlich hat er. Und ebenso natürlich hat die Polizei nichts unternommen. Keine Beweise, keine Zeugen, hieß es, nichts zu machen. Alfi hat ein wenig geschimpft, die Versicherung hat die Neulackierung bezahlt, und vier Wochen später war es wieder dasselbe. Dieses Mal gab es allerdings doch einen Zeugen, und die Beschreibung des Täters passte auffallend gut auf den Motorradfahrer. Alfi hat den Mann besucht, er wohnt irgendwo in Mannheim, um ihn zur Rede zu stellen.«

»Ganz schön mutig.«

»Nein, ganz schön leichtsinnig. Aber so ist er nun mal – immer denkt er, er müsse jedes Problem selbst lösen. Ergebnis dieses idiotischen Versöhnungsversuchs waren ein wackeliger Zahn, ein blaues Auge und zwei angeknackste Rippen. Da der Kerl vorbestraft war, hat er acht Wochen ohne Bewährung gekriegt.«

»Und seither ist Ruhe?«

»Meines Wissens ja. Das Auto ist jedenfalls nicht mehr zerkratzt worden.«

Sogar an den Namen des rabiaten Motorradfahrers erinnerte sie sich noch dunkel: »Irgendwas mit Schu… Schulze? Schuster? Er wohnt in Mannheim, ich meine, irgendwo im Hafen oder am Rand des Hafengebiets.«

Wenn der Mann vor Gericht gestanden hatte, dann sollte es kein Problem sein, ihn zu finden. Das Gekreische im nahen Schwimmbad schien zugenommen zu haben, obwohl die meisten Kinder und Jugendlichen um diese Uhrzeit noch in ihren Klassenräumen schwitzten.

4

Im angenehm gekühlten Streifenwagen ließ ich mich zum Tatort zurückkutschieren. Warum ich hinten Platz genommen hatte, war mir selbst nicht ganz klar. Vielleicht, weil meine Fahrerin bei der Herfahrt ständig auf mich eingeredet hatte wie ein Taxifahrer, der auf ein gutes Trinkgeld spekuliert.

»Wie ist es gelaufen?«, fragte sie prompt.

»Ganz gut«, antwortete ich.

»Ah so?«

Ich nahm das Handy zur Hand und beorderte ein Observationsteam vor das Haus, das ich soeben verlassen hatte. Ich konnte Frau Leonhard nicht festsetzen, ich konnte ihr Telefon nicht ohne einen größeren Verwaltungsakt abhören lassen, aber ich wollte zumindest wissen, was sie tat. Wohin sie fuhr, falls sie in ihr grünes Cabrio stieg.

Der Nachteil des Hintensitzens war, dass ich nun ständig die dunkelblonden, von den Bewegungen des Wagens unentwegt wippenden Locken der Kollegin vor Augen hatte. Und wieder musste ich an Theresa denken, und wieder kroch die Wut in mir hoch. Diese gallenbittere Wut der Enttäuschung, der Kränkung und – ja, verdammt, ich gebe es ja zu – der Eifersucht.

Mitte März war sie nach Schweden gefahren, um in der Düneneinsamkeit der schonischen Ostseeküste an ihrem neuen Buch zu arbeiten, das eine Art unterhaltsames Sachbuch über die Geschichte des ältesten Gewerbes der Menschheit werden sollte. In den ersten zwei Wochen hatten ihre anfangs im Stundentakt eintrudelnden Mails und SMS euphorisch geklungen. Jeden Abend hatten wir stundenlang telefoniert. Theresa hatte sich gleich in den ersten Tagen eine schwedische SIM-Karte zugelegt und außerdem einen Trick gefunden, wie sie per Internet beliebig lange mit der ganzen Welt telefonieren konnte, ohne dabei zu verarmen. Sie habe so einen klaren Kopf, schwärmte sie, könne ganz unglaublich gut schlafen, und die Ideen sprudelten schneller, als sie tippen konnte. Sie blühte regelrecht auf, vermisste mich von Tag zu Tag mehr und ich sie umgekehrt nicht weniger. Dummerweise hatte sich jedoch – hauptsächlich wegen meiner Mutter, die zu der Zeit emsig auf Wohnungssuche war – kein Wochenende gefunden, an dem ich nach Malmö fliegen und meine Liebste wieder in die Arme schließen konnte. Aber aufgeschoben war ja nicht aufgehoben, und so vertröstete ich sie wieder und wieder. Die Wahrheit war: Ich hatte sie kein einziges Mal besucht. Jedes, aber auch jedes Wochenende war irgendetwas gewesen, was zur nächsten Verschiebung führte. Worüber Theresa immer weniger amüsiert war.

Wieder einmal mein Handy – wieder einmal meine Mutter. Ich hatte im Trubel des Vormittags völlig vergessen, sie zurückzurufen.

»Mama«, sagte ich ungnädig. »Was ist?«

»Das Internet auf meinem neuen Handy …«

»Funktioniert es immer noch nicht?«

»Doch, schon. Aber mit dem WLAN … Sarah hat gesagt, wenn ich WLAN habe, dann ist es viel billiger mit dem Internet. Und ich hab doch WLAN in der Wohnung?«

»Ja, natürlich. Haben wir am Samstag zusammen eingerichtet. Das Kästchen im Flur mit den vielen grünen Lämpchen.«

»Da ist das Internet drin?«

»So ungefähr.«

»Aber mit dem Handy geht es nicht.«

»Ich lass mir was einfallen, Mama. Aber im Moment bin ich ein bisschen im Stress, okay?«

»Ist es wegen der Geiselnahme, von der sie im Radio dauernd reden?«

»Genau. Ich melde mich, sobald ich kann, versprochen.«

Das angeblich winterfeste Holzhaus, das Theresa zunächst für vier Wochen gemietet hatte, lag in einem lichten Kiefern- und Birkenwald, keine zweihundert Meter vom Strand entfernt, und schon beim Aufwachen hörte sie das beruhigende Rauschen oder – je nach Windrichtung – beunruhigende Tosen der Brandung. Meist leider auch das Rauschen und Tosen des Regens auf dem Dach. Das Haus verfügte zwar über eine Heizung, aber die kleinen Elektroheizkörper schafften es nicht, wohlige Wärme zu erzeugen. Das Kaminfeuer am Leben zu halten erwies sich als mühselig. Der Kamin zog schlecht, und außerdem musste man ständig putzen, weil die Asche sich auf geheimnisvolle Weise im ganzen Haus verteilte. Schon in der zweiten Woche hatte Theresas Begeisterung sich merklich gelegt. Die meiste Zeit war ihr kalt, beim Schriftstellern musste sie sich in eine Decke wickeln, wenn sie nicht gleich im Bett blieb. Der nächste Lebensmittelladen war drei Kilometer entfernt und hatte nur wenige Stunden am Tag geöffnet, die Brötchen, die dort verkauft wurden, waren aufgebacken und schon vor dem Frühstück vertrocknet, der Fischer, wo man üblicherweise fangfrischen Dorsch und geräucherten Aal kaufen konnte, machte Urlaub in Thailand. Wein gab es nur im Systembolaget in Kristianstad, und das war fünfzehn Kilometer entfernt. Hin und wieder fiel der Strom aus, das Kaminholz im Keller ging zügig zu Ende, und die Scheite, die neben dem Haus lagerten, wollten nicht recht brennen. Außerdem litt Theresa mehr und mehr unter der Einsamkeit und Langeweile. Alle anderen Häuser standen leer. Kein vernunftbegabter Mensch machte ausgerechnet im April Skandinavienurlaub am Meer. Die Mails aus Schweden wurden seltener und kürzer und unsere abendlichen Telefonate zäher und freudloser. Mit dem Manuskript ging es längst nicht mehr so flott voran wie in der Begeisterung der ersten Tage, und schließlich stand sie kurz davor, ihre Polarexpedition vorzeitig abzubrechen.

Aber dann kam Ingrid.

»Alles okay, Herr Gerlach?«, fragte die Blonde, die mich offenbar im Rückspiegel beobachtet hatte. »Wollen Sie nicht aussteigen?«

»War gerade in Gedanken.«

»Ganz schön verzwickter Fall, gell?«

Ich kletterte aus dem kühlen Wagen in die Gluthitze des späten Vormittags.

»Sie müssen mehr trinken«, belehrte mich die fürsorgliche Polizistin mit Theresas Locken. »Man muss sehr viel trinken bei so einer Hitze.«

Das Handy erlöste mich von der unverlangten Ernährungsberatung: Der Motorradfahrer, dem Leonhard mit seinem Range Rover die Vorfahrt genommen hatte, hieß Marco Schulz, hatte Klara Vangelis in Erfahrung gebracht. Der Mann war neununddreißig Jahre alt, Anführer des Mannheimer Rockerclans Iron Eagles und hatte bereits mehrfach wegen Körperverletzung, Nötigung und anderer Unerfreulichkeiten vor Gericht gestanden. Laut den Akten der Mannheimer Kollegen hauste der Chef der Eisenadler tatsächlich in einem ehemaligen kleinen Fabrikgebäude im Bereich des Mannheimer Rheinhafens. Eine Streife war schon auf dem Weg, um festzustellen, wo er sich zurzeit aufhielt.

Balke sah mir erwartungsvoll entgegen. »Oben ist immer noch tote Hose«, berichtete er aufgeräumt. »Aber hier unten hat sich inzwischen einiges getan.«

Das Sondereinsatzkommando war vor einer Viertelstunde angekommen. Auf dem Dach des Bürogebäudes in unserem Rücken, das zwei Stockwerke niedriger war als das, in dem Alfred Leonhard zurzeit in die Mündung einer Pistole blickte, hatten die schwarzen Männer bereits eine Kamera sowie zwei Richtmikrofone installiert.

»Falls die da oben ein Fenster aufmachen, können wir vielleicht das eine oder andere mithören«, meinte Balke.

Einer unserer nicht mehr ganz so energiesprühenden Techniker, der einen kantigen Schnauzbart unter einer beeindruckenden Hakennase trug, erklärte mir in hessischem Akzent, was es zu sehen und hören gab. Nämlich nichts. Auf dem neu hinzugekommenen Monitor war das zu besichtigen, was wir schon zur Genüge betrachtet hatten: Außenjalousien, die den Blick auf die dahinterliegenden Fenster versperrten. Aus den Lautsprechern, die die Signale der Richtmikrofone wiedergaben, drang einschläferndes Rauschen.

Obwohl das schon etwas angerostete scheinbare Wäschereifahrzeug im Schatten stand, betrug die Temperatur im Inneren inzwischen fast fünfunddreißig Grad.

»Die ganzen Geräte erzeugen natürlich Wärme«, erklärte der zweite Techniker, der ein ausnehmend fein geschnittenes Gesicht und einen faszinierend breiten Hintern hatte.

»Seit wann ist die Klimaanlage schon kaputt?«, fragte ich müde.

»Solange ich dabei bin, auf jeden Fall. Und das werden im Juli fünf Jahre.«

»Und wieso wird sie nicht repariert?«

Das Geld, was sonst.

Inzwischen war die Überprüfung der in der Umgebung parkenden Wagen abgeschlossen, erfuhr ich von Reilinger. Keiner der Halter kam als Täter infrage. Keiner hatte sein Fahrzeug verliehen. Allerdings war nicht auszuschließen, dass der Täter seinen Wagen weiter entfernt abgestellt hatte. Oder zu Fuß gekommen war.

»Sehen Sie mal.« Balke wies zum Himmel. »Mehr gelb als blau!«

»Saharasand«, wusste Reilinger. »Haben sie heut Morgen im Radio gesagt. In der Sahara sind Stürme, und der Sand fliegt bis zu uns herauf. Wenn's jetzt regnet, dann können Sie gleich mal Ihr Auto waschen. Und hinterher haben Sie eine Million von diesen winzig kleinen Kratzern im Lack.«

Das erinnerte mich an meinen Peugeot, bei dem kleine Kratzer im Lack das geringste Problem waren. Ich zückte mein Handy und wählte erneut die Nummer des guten Herrn May in Wieblingen. Immer noch nahm niemand ab.

»Wo steckt eigentlich der Chef des SEK?«

»Keine Ahnung«, erwiderte Balke. »Eben war er noch da. Hat sich anscheinend gerade in Luft aufgelöst. Gansmann heißt er. Ziemlich harter Knochen.«

Bei Balkes Worten kam mir ein Gedanke, der mich erblassen ließ. Ich wandte mich an Reilinger. »Von dem Moment, als Bruckner Sie angerufen hat, bis zu dem Zeitpunkt, als Sie angerückt sind, wie viel Zeit ist da vergangen?«

»Viertelstunde, maximal. Wir haben uns beeilt wie sonst was, aber …«

»In dieser Viertelstunde kann der Täter mit seiner Geisel in aller Seelenruhe in die Tiefgarage gefahren und in irgendein Auto gestiegen sein. Während wir hier unsere Show abziehen und die ganze schöne Technik installieren, sind die vielleicht schon zweihundert Kilometer weit weg.«

Balkes Augen waren immer schmaler geworden, während ich sprach.

»Wir gehen rein«, entschied ich nach einer kurzen Denkpause. »Ich will wissen, ob da oben überhaupt noch jemand ist.«

Balke machte erst große, dann sofort wieder kleine Augen. »Warum lassen wir das nicht die Jungs vom SEK machen?«

»Weil ihr Chef nicht da ist. Und weil ich es jetzt gleich wissen will.«

»Okay.« Er hatte schon seine Heckler & Koch gezückt, um sie zu überprüfen. Ich bat Reilinger um seine Waffe. Vier Augen sahen mehr als zwei. Und zwei Pistolen trafen besser als eine. Schusssichere Westen lagen in unserem Technikwagen bereit.

Ich krempelte die Ärmel meines Hemds noch ein wenig höher. Dann gingen wir los. Den Weg kannten wir ja schon.

Um die Straße zu überqueren, benötigten wir keine zwei Sekunden. Ich meinte die Blicke des Täters auf mir zu fühlen, mochte aber nicht nach oben sehen. Ich spürte sein Misstrauen, die zunehmende Unruhe. Vielleicht zielte er gerade auf uns.

Eine Amsel sang in der Nähe, als wollte sie uns Mut machen.

Erst der Schatten der Bäume, dann der Schatten des Hochhauses. Wir waren außerhalb des Gefahrenbereichs.

Der Eingang, über den sich ein großes, gläsernes Vordach spannte.

Das verlassene, mit schwarz glänzenden Granitplatten geflieste Foyer.

Balke hielt seine Waffe jetzt in der Hand, folgte mir mit fast lautlosen Schritten.

Das einsame Telefon auf dem matt schimmernden Tresen.

Die farbenfrohen Gemälde, die wir dieses Mal keines Blickes würdigten.

Die Videokamera, an deren Bilder wir nicht herankamen.

Die Fahrstuhltüren.

Als ich die große, flache Taste mit dem Pfeil nach oben drückte, spürte ich, wie der Schweiß meinen Rücken hinablief, und hoffte, dass Reilingers Dienstwaffe, die ich hinten in den Hosenbund gesteckt hatte, nicht allzu viel Rost ansetzte.

Der Gong ertönte, die Tür des rechten Lifts öffnete sich. Wir traten ein und konnten uns in einem wandfüllenden, golden getönten Spiegel bewundern, während die Kabine ohne Ruck nach oben glitt. Selbst in dem schmeichelnden Spiegel war ich blass. Balke stellte eine stoische Miene zur Schau. Aber auch er fühlte sich nicht wohl in seiner Haut, ich sah es an seinem unruhigen Blick.

»Wir gehen nicht näher ran als unbedingt nötig«, beruhigte ich ihn und mich selbst. »Wir gehen absolut kein Risiko ein.«

Der Lift bremste schon.

Nach links und rechts erstreckte sich ein leerer, schmuckloser, insgesamt vielleicht dreißig Meter langer Flur.

Hier waren die Platten am Boden hellgrau.

Ich verharrte einen Augenblick, um zu lauschen und meinen Atem zu beruhigen.

Still war es hier, beunruhigend still.

Ich bat Balke flüsternd, die Fahrstuhltüren zu blockieren für den Fall, dass wir uns eilig zurückziehen mussten, und trat in den Flur. Die meisten der Bürotüren waren geschlossen, da viele Mitarbeiter noch nicht im Haus gewesen waren, als der erste Schuss fiel.

Schräg gegenüber befand sich eine Tür, nicht breiter als die anderen und ebenfalls geschlossen, neben der ein dunkelblaues Schild mit weißer Schrift verkündete: »Sekretariat A. Leonhard.«

Ich brauchte nur vier Schritte, um den Flur zu überqueren, dann verharrte ich erneut, die Hand schon auf der Edelstahlklinke. Noch immer war nichts zu hören. Vorsichtig drückte ich die Klinke herunter, das Schloss knackte kaum hörbar, die Tür ging nach außen auf, das leise Quieken der Scharniere ließ mich für einen Moment erstarren.

Was tat ich hier? Hatte ich den Verstand verloren? Oder wollte ich irgendjemandem etwas beweisen? Mir selbst etwa? Egal jetzt. Die Sache war begonnen, nun würde ich sie auch zu Ende bringen.

Vor mir lag ein ganz normales Büro, vielleicht drei Meter

breit und fünf Meter tief. An der gegenüberliegenden Wand zwei große, einflüglige Fenster mit rot lackierten Rahmen, eines geschlossen, eines gekippt. Hier waren die Außenjalousien hochgezogen. Vermutlich hatte Frau Zöpfle am Morgen als Erstes das Fenster geöffnet, um ein wenig frische Luft hereinzulassen. Dabei gab es hier doch mit Sicherheit eine Klimaanlage. Aber manche Menschen mochten keine Klimaanlagen.

Auf der Fensterbank standen einige Kakteen und eine sichtlich liebevoll gepflegte Pflanze mit kleinen, dicken Blättern und winzigen gelben Blüten, die vermutlich problemlos einige Tage ohne Wasser überleben konnte. Die Fenster gingen nach Westen, sodass die Temperatur im Moment noch erträglich war. Der hellgraue Teppichboden war frisch gesaugt, die Spuren des Staubsaugers noch deutlich zu sehen. Auf Frau Zöpfles Schreibtisch das Übliche: ein Monitor, der etwas edler aussah als der auf meinem eigenen Tisch, eine schwarze, ergonomisch gebogene Tastatur, ein Stapel Ablagefächer, Locher, Stifte, wenig Papier, viel Ordnung. Alles farblich aufeinander abgestimmt. Der Stuhl sah teuer aus und rückenfreundlich.

An der linken Wand, hinter der sich Leonhards Büro befand, standen etwa zwei Meter hohe, ebenfalls graue Regale, deren Reihe nur durch die geschlossene Tür zum Chefbüro unterbrochen war. Rechts ein rundes Tischchen, auf dem neben einigen bunten Werbebroschüren ein niedriger Aktenstapel lag. Zwei Stühle für wartende Besucher, ordentlich nebeneinandergestellt und wie mit dem Lineal ausgerichtet.

Immer noch war kein Laut zu hören.

Ich schloss die Tür wieder so weit, dass nur ein handbreiter Spalt blieb, trat zur Seite, sodass ich unmöglich getroffen werden konnte, falls der Geiselnehmer das Feuer eröffnen sollte, und rief halblaut: »Hallo?«

Keine Reaktion.

Kein Geräusch, das darauf hindeutete, dass sich hinter der nächsten Tür Menschen aufhielten.

Ich rief ein zweites Mal, diesmal lauter.

Jetzt meinte ich, doch etwas zu hören. Vielleicht das Knarren eines Sessels, von dem sich jemand erhob.

Dann plötzlich, unerwartet laut in der Stille, eine herrische Männerstimme: »Wer ist da?«

»Gerlach ist mein Name. Ich bin Polizist. Ich bin allein und unbewaffnet und möchte mit Ihnen reden.«

»Hier gibt's nichts zu reden. Hauen Sie ab!«

»Was verlangen Sie? Je eher Sie es mir sagen, umso schneller ist das hier zu ...«

»Gar nichts verlange ich!«, fiel mir der Mann jenseits der Tür ins Wort. Er klang, als wäre er näher gekommen. Vielleicht stand er jetzt keine zwei Meter von mir entfernt. Mit der durchgeladenen Waffe in der Hand. »Hauen Sie jetzt ab, oder es knallt!«

»Sagen Sie mir wenigstens, ob es Herrn Leonhard gut geht.«

»Dem geht's ganz wunderbar.«

»Kann ich mit ihm sprechen?«

»Nein.«

Das Alter des Mannes war anhand der Stimme schwer zu schätzen. Irgendwo zwischen zwanzig und fünfzig. Er klang willensstark und entschlossen. Und er sprach mit deutlich hörbarem Kurpfälzer Einschlag.

»Ich lege eine Visitenkarte auf den Boden. Da steht eine Handynummer drauf, unter der Sie mich jederzeit erreichen können.«

Ich hatte das Kärtchen gerade ins Zimmer geschnippt, als ein Schuss fiel.

Ich sprang zurück, knallte die Tür ins Schloss und war eine halbe Sekunde später neben Balke im Lift, der auch schon den Knopf mit dem »E« drückte. Mein Puls raste. Die Türen schlossen sich, langsam, viel zu langsam, der Aufzug musste noch ein wenig nachdenken, bevor er entschied, sich in Bewegung zu setzen. Ich lehnte mich gegen die metallisch kühle Wand. Vor meinen Augen kreiselten Sternchen. Viel trinken, hatte die Kollegin mit Theresas Locken gesagt. Ich hätte auf sie hören sollen.

Immerhin wusste ich jetzt, dass dort oben noch jemand war und der Täter sich nicht im ersten Durcheinander mitsamt seiner Geisel verkrümelt hatte. Zweitens war geklärt, dass wir es mit einem Mann zu tun hatten, der sich halbwegs ausdrücken konnte und nicht den Eindruck machte, er wäre planlos in diese Situation gestolpert. Und noch etwas Drittes glaubte ich jetzt zu wissen: Wir hatten es mit einem ernst zu nehmenden Gegner zu tun. Mit einem Gegner, der genau wusste, was er tat. Das war gut, denn die gefährlichsten Täter sind die ohne Plan und Verstand.

Unsere Unterstützungskräfte in der Direktion hatten inzwischen herausgefunden, dass die angeschossene Sekretärin im Mannheimer Theresienkrankenhaus gelandet war. Keine Frage natürlich, dass ich bei dem Namen sofort wieder an eine gewisse blonde und übertrieben lebenslustige Dame denken musste.

Es hatte wohl anfangs Verwirrung gegeben, da ursprünglich gemeldet wurde, sie liege in einer Heidelberger Klinik. Aber noch während der Krankenwagen unterwegs war, hatte die Besatzung von allen Seiten die Nachricht bekommen, man habe kein Bett mehr frei wegen der vielen Kreislaufzusammenbrüche infolge der Hitze.

Richtig, mehr trinken!

»Gibt es noch eine von diesen Wasserflaschen?«, fragte ich Reilinger.

Er verschwand wortlos hinter unserem Technikwagen und brachte mir eine. Ich nahm einige große Schlucke und fühlte, wie mir fast sofort der Schweiß ausbrach. Ich trank gleich noch mehr. Anschließend war die bläulich schimmernde Plastikflasche schon halb leer. Nach einigem Hin und Her bekam ich unter der Nummer, die Klara Vangelis mir diktiert hatte, einen jungen Arzt an die Leitung, der Frau Zöpfle in der Notaufnahme untersucht und erstversorgt hatte.

»Sie ist so weit stabil«, erklärte er so gut gelaunt, als hätte er gerade erst über einen guten Witz gelacht. »Aber vorläufig nicht vernehmungsfähig. Das ist es ja wohl, was Sie von mir hören wollen.«

»Ist sie schwer verletzt? Wo hat der Täter sie getroffen?«

»Wieso getroffen?«

»Nach meinen Informationen ist sie angeschossen worden.«

Jetzt lachte er wirklich. »Ja, so ein Quatsch! Sie ist ohnmächtig geworden, wahrscheinlich vor Schreck, und dabei mit dem Kopf unglücklich auf den Boden geknallt. Jetzt hat sie eine Platzwunde am Hinterkopf und eine leichte Gehirnerschütterung und natürlich einen ordentlichen Schock. Ich denke, spätestens am Nachmittag können Sie mit der alten Dame reden.«

»Wie alt ist sie denn?«

»Augenblick ... Wo habe ich das denn ... Ah, hier: fünfundfünfzig.«

Sechs Jahre älter als ich und schon eine alte Dame ...

Balke hatte im Internet einen Artikel aus der Financial Times gefunden. »Schon zwei Jahre alt, aber total interessant!«

Er überreichte mir sein Handy, bei dem ich mich immer wieder wunderte, dass es noch in die Taschen seiner Jeans passte und dort auch überleben konnte. Der Artikel war Teil einer Serie: Der deutsche Mittelstand – Säule unseres Wohlstands. Der Beitrag selbst war überschrieben mit: »Vom erfolglosen Studenten zum Immobilienkönig«.

Zum zweiten Mal sah ich Alfred Leonhards Gesicht. Wirklich attraktiv war es eigentlich nicht. Die Augenpartie zu breit, der Mund zu schmal, das Haar zu struppig, die Miene zu verbissen. Ein Mann, den man nicht zum Feind haben wollte. Vielleicht nicht einmal zum Freund. Dennoch machte er sicherlich auf manche Frauen Eindruck, da er selbst auf den kleinen Fotos im Smartphone-Bildschirm noch ein unerschütterliches Selbstvertrauen ausstrahlte. Ein anderes Foto zeigte ihn mit strahlendem Lächeln in seinem Garten, den Arm wieder um seine schöne Frau gelegt, die zwei Köpfe kleiner war als er. Hier wirkte er sehr viel sympathischer als auf dem offiziellen Porträtfoto. Nur wenn man genauer hinsah, erkannte man, dass er seine Careen nicht im Arm hielt wie einen Menschen, den man liebt, sondern wie einen wertvollen Gegenstand, den man sich leisten kann. Ich sah ihn in weißen Shorts auf dem Tennisplatz, wo er es ebenfalls zu einigem Erfolg gebracht hatte. Ich sah ihn, die kräftigen Hände im Nacken verschränkt und erfolgsverwöhnt grinsend, hinter seinem Schreibtisch, der im Grunde nur aus einer Glasplatte auf zwei Stützen aus verchromtem Stahl bestand. An der Wand hinter dem Immobilienkönig stand eine raumhohe Regalwand voller Bücher, Ordner und Krimskrams.

Leonhard sei der lebende Gegenbeweis für die in unserem Land angeblich verbreitete Legende, Arbeit und Leistung lohnten sich nicht mehr, las ich. Gegen die Behauptung, wer es zu Wohlstand bringen wolle, der müsse erben oder reich heiraten. Nach dem Abitur hatte er begonnen, in Mannheim Betriebswirtschaft zu studieren, bald jedoch den Spaß an der Theorie verloren und sich den praktischen Aspekten der Betriebsführung zugewandt. Mit privat geborgtem Geld hatte er eine kleine, heruntergekommene Wohnung in der Heidelberger Altstadt gekauft, eigenhändig renoviert und wenig später mit ordentlichem Gewinn wieder verkauft. Die zweite Wohnung war schon etwas größer gewesen, die nächste wiederum größer und teurer als die zweite. Nach dem dritten Semester hatte er das Studium geschmissen, die grobe Arbeit Handwerkern übertragen und seine Talente der Organisation und Verwaltung seiner rasant wachsenden Firma gewidmet. Als seine ehemaligen Kommilitonen über ihren Diplomarbeiten brüteten, war Alfred Leonhard bereits Millionär. Heute war er – nach sachkundiger Schätzung, er selbst verweigerte zu diesem Punkt sympathisch lachend die Aussage – zwischen dreihundert und fünfhundert Millionen schwer.

5

Der Menschenauflauf hinter der Absperrung schien immer noch größer zu werden. Die Nachricht von der Geiselnahme hatte die Runde gemacht, und die ersten Journalisten hatten den Weg zu uns gefunden. Auf dem Dach eines Übertragungswagens des SWR justierte ein schwitzender Riese eine große Parabolantenne, drei, vier Menschen mit Mikrofonen interviewten Neugierige, ein schwitzender Zwerg schleppte eine große Fernsehkamera herum und filmte mit verkniffener Miene alles, was ihm vor die Optik kam. Die SEK-Leute waren mit der Installation irgendwelcher Technik beschäftigt, und die Psychologin stand immer noch im Stau.

Einige der schwarz vermummten Kämpfer befanden sich jetzt auf dem Dach des Leonhard'schen Gebäudes, berichtete mir Reilinger. Was sie dort suchten, wusste er nicht.

Balke kam auf mich zu mit einer Miene, als hätte er gerade etwas Leckeres gegessen.

Er wusste, was die Kollegen auf dem Dach trieben.

»Sie versuchen, über die Lüftungskanäle ein Mikrofon bis in die Höhe von Leonhards Büro runterzulassen. Mit etwas Glück können wir demnächst mithören, was dort so geredet wird. Auf dem Dach hinter uns …«, er deutete mit dem Daumen über die Schulter auf das Bürogebäude in unserem Rücken, »... liegen jetzt zwei Scharfschützen. Außerdem installieren die Rambos im Flur oben zwei nachtsichtfähige Kameras. Damit er nicht ungesehen abhauen kann.«

Ein sommersprossiger Kollege in Zivil, der wohl mit dem SEK angerückt war, packte gerade die zu den Videokameras gehörenden Empfänger und Monitore aus und baute sie in unserem Einsatzbus neben den anderen Gerätschaften auf.

Ein mitdenkender Mensch hatte inzwischen einen weißen und etwas wackeligen Kunststofftisch und vier ebenso weiße Plastiksessel organisiert und im Schatten aufgestellt. Dankbar setzte ich mich, denn allmählich begannen mir die Füße wehzutun. Balke folgte meinem Beispiel und legte ein auf kariertem Papier mit Kugelschreiber skizziertes Organigramm auf den Tisch. »Ich habe die Firmenschilder neben dem Eingang fotografiert und ein wenig im Netz gestöbert. Was Sie hier sehen, ist in groben Zügen Leonhards Imperium. Die meisten der Firmen sitzen in dem Bürohaus da drüben, das natürlich auch ihm gehört. Er hat es vor sechzehn Jahren nach eigenen Plänen bauen lassen.«

Im obersten Kästchen stand: Leonhard Wohn- und Industriebau GmbH.

»Scheint so eine Art Mutterfirma seines – wie man liest, ziemlich undurchsichtigen – Firmengeflechts zu sein. Die machen hauptsächlich Planung, Baubetreuung, Abwicklung und so weiter.«

Die Leonhard Immobilienverwaltung OHG dagegen beschäftigte sich mit dem, was der Name schon sagte: der Verwaltung, Vermietung und Erhaltung der Häuser, die Leonhard besaß. »Sie betreuen einige Hundert Mietshäuser im Raum Heidelberg, Mannheim und Ludwigshafen. Dazu einiges im Osten – Berlin, Dresden, Leipzig et cetera. Insgesamt reden wir von circa tausend Wohnungen, eher mehr. Exakte Zahlen findet man nirgends. Leonhard ist extrem knauserig mit Informationen und rückt nur damit heraus, wenn es gar nicht anders geht. In irgendwelchen Foren wird behauptet, sein Firmenkonglomerat würde vor allem der Steueroptimierung dienen. Dafür spricht, dass es auch eine Zweigstelle in Luxemburg gibt – sehen Sie hier: die AL Immoinvest SA.«

Der Zweck eines weiteren Teils des Konzerns namens AL-Immofinanz war ebenfalls unschwer zu erraten. Diese saß wieder in Deutschland, genauer in dem Gebäude, das nicht einmal dreißig Meter von uns entfernt in den Himmel ragte. Gut drei Viertel des Bürogebäudes schien von Firmen genutzt zu werden, die mehr oder weniger Leonhard gehörten. »Das heißt, er zahlt Miete an sich selbst«, meinte Balke gallig.

Lediglich im Erdgeschoss saß eine Firma, die nicht zu Leonhards Imperium gehörte. Was genau deren Unternehmenszweck war, wusste nicht einmal Balkes Smartphone.

»Die Pläne«, sagte ich, »hat der Hausmeister die inzwischen gebracht?«

Nein, hatte er nicht, da er gar keine besaß. Deshalb hatte Balke die Planzeichnungen der obersten Stockwerke vom Heidelberger Katasteramt besorgt, was – Wunder über Wunder – eine Sache von nicht einmal einer halben Stunde gewesen war. Die großformatigen Zeichnungen lagen noch aufgerollt in unserem Einsatzwagen. Balke sprang mit beneidenswerter Frische auf, holte sie, legte sie auf den Plastiktisch und beschwerte die Ecken mit vollen Wasserflaschen, da sie partout nicht flach liegen bleiben wollten. Dann nahm er wieder Platz. »Dieser Bereich hier …« Mit dem Zeigefinger umkreiste er einen kleinen und dann einen sehr viel größeren Raum. »Das muss das Vorzimmer sein, das Sie ja schon live gesehen haben, und das hier Leonhards Büro. Zweiundfünfzig Quadratmeter, nicht übel …«

Mein Handy unterbrach ihn. Es war Careen Leonhard. »Mit der Liste bin ich leider noch nicht weitergekommen.

Dr. Kühn hatte noch beim Gericht zu tun. Seine Assistentin hat mir aber hoch und heilig versprochen, dass er sich sofort bei mir meldet, wenn er zurück ist. Weshalb ich Sie anrufe: Mir ist noch ein Name eingefallen, von einer Journalistin, die Alfi in den vergangenen Wochen belästigt hat. Eine Psychopathin in meinen Augen, völlig hysterisch, unglaublich aggressiv.«

»Eine Journalistin ist imstande, Ihrem Mann Schwierigkeiten zu machen?«, fragte ich ungläubig.

»Schwierigkeiten vielleicht nicht gerade. Aber solche Menschen können einem schon sehr auf die Nerven gehen. Sie hat Alfi offenbar zu ihrem Lieblingsfeind auserkoren und behelligt ihn ständig mit bösen Gerüchten über ihn, die sie irgendwo aufgeschnappt hat. Gerüchte, die natürlich jeder Grundlage entbehren. In Wirklichkeit geht es darum, dass sie Menschen nicht leiden kann, die es zu etwas gebracht haben.«

»Wo hat sie diese Behauptungen veröffentlicht?«

»Bisher noch gar nicht. Ich weiß nur, dass sie Alfi ständig angerufen und täglich mit langen E-Mails bombardiert hat.«

»Warum hat er ihr überhaupt geantwortet?«

»Weil diese Schreiberlinge sich anderenfalls ihre Informationen aus dem Internet besorgen, das eine oder andere hinzudichten und alles nur noch schlimmer machen.«

»Journalisten neigen nicht dazu, ihre Opfer als Geisel zu nehmen …«

Sie spürte meine Skepsis und klang gekränkt, als sie sagte: »Sie kann Freunde haben. Sie kann mit ihren böswilligen Unterstellungen und ihrem Gestänker andere aufgestachelt haben.«

Ich beschloss, der Sache nachzugehen. »Wie heißt sie?«

»Das ist leider das Problem – ich erinnere mich nicht genau. Graf vielleicht oder Fürst. Eines weiß ich sicher: Früher hat sie hin und wieder für die FAZ geschrieben, hat Alfi mir einmal erzählt. Jetzt aber schon länger nicht mehr. Sie haben sie gefeuert, nehme ich an.«

Ich machte mir eine Notiz auf der Ecke des vor mir liegenden Plans und wandte mich wieder Sven Balke zu, der mit stoischer Miene und weit von sich gestreckten Beinen zugehört hatte.

»Allmählich könnte der Spinner da oben mal rauslassen, was er eigentlich will«, knurrte er und schlug sich auf die Schenkel. »Jetzt sitzt er seit über zwei Stunden da drin und hat noch keinen Pieps von sich gegeben.«

Was, wenn der Täter überhaupt kein Ziel verfolgte? Vielleicht hatten wir es doch mit einem verwirrten, zu allem und nichts entschlossenen Geisteskranken zu tun, der Leonhard nur zufällig zu seinem Opfer auserwählt hatte? Andererseits hatte er sich vorhin wirklich nicht angehört wie jemand, der nicht weiß, was er will und tut.

»Wo genau verläuft denn dieses Lüftungsrohr, durch das unsere Kollegen ihr Mikrofon schieben wollen?«, fragte ich und merkte beim Sprechen, wie trocken mein Mund war. Ich nahm einen weiteren Schluck aus der Flasche.

Mit einer Ecke seines Smartphones deutete Balke auf eine bestimmte Stelle. »Hier. Auf jedem Stockwerk gibt es einen Toilettenblock und eine Teeküche. Für jeden dieser Räume gibt es einen getrennten Lüftungsschacht. Wahrscheinlich, damit es im Klo nicht nach Kaffee riecht.«

Ich konnte nicht glauben, was er mir gerade zu erklären versuchte. »Das Rohr, durch das die Kollegen gerade ihr Mikrofon runterlassen, verläuft also in der Wand auf der anderen Seite des Vorzimmers?«

Balke nickte. »Im Moment ist das die einzige Möglichkeit. Die Kanäle für die Klimaanlage verlaufen rechts und links von den Fahrstühlen und auf den Stockwerken dann weiter in den Zwischendecken, hat mir der Hausmeister erklärt.«

»Wo steckt der übrigens?«

Balke sah sich um. »Eben war er noch da. Ich glaube fast,

er mag keine Bullen.« Kopfschüttelnd wandte er sich wieder dem Plan zu und erklärte mir, ein Mikrofon in den großen Kanälen der Klimaanlage wäre natürlich sehr viel besser. »Aber da kommen sie nicht durch wegen der Brandschutzklappen.«

Ich schlug mit der flachen Hand auf den Plan. »Und wie wollen die, bitte schön, durch zwei Wände hindurch irgendwas hören?«

Er hob die Hände und zog eine unbehagliche Grimasse. »Angeblich haben sie superempfindliche Mikrofone. Und da oben ist es im Moment sehr ruhig. Die Absaugung haben sie abgestellt und die Klimaanlage auch. Demnächst wird's ungemütlich im Chefbüro.«

Plötzlich überfiel mich eine ganz unprofessionelle Wut, die vielleicht nicht nur mit diesem Fall zu tun hatte. »Welcher Idiot hat sich diesen Schwachsinn denn ausgedacht?«

»Ich«, sagte eine heisere Männerstimme in meinem Rücken.

Ich wandte mich um und blickte in das hagere Gesicht eines drahtigen, nicht allzu großen Kerls in grünem Overall mit zahllosen, vermutlich mit lauter überlebenswichtigen Dingen vollgestopften Taschen. Er hielt mir seine sehnige Rechte hin, stellte sich mit eisigem Lächeln als »Gansmann« vor und zeigte eine Menge Zähne dabei. Der Leiter der Einsatzgruppe.

Nicht der allerbeste Start für eine fruchtbare Zusammenarbeit.

Dennoch schüttelten wir kräftig Hände. Heuchelten Kollegialität. Aber seine Miene ließ keinen Zweifel: Er war beleidigt. Und im Gegensatz zu mir schwitzte er kein bisschen.

Zu dritt beugten wir uns wieder über den Plan.

»Körperschall«, dozierte der SEK-Chef mit schmalen Lippen und hanseatischem Akzent. »Es könnte hinhauen, falls die Tür zwischen Büro und Vorzimmer offen steht, was ja nicht ausgeschlossen ist.«

»Vorhin war sie noch zu«, konnte ich mir nicht verkneifen anzumerken.

Erstaunt sah er mich an. »Sie waren oben?«

»Bisher habe ich mir eingebildet, dass ich hier die Verantwortung trage und die Entscheidungen treffe«, erklärte ich. »Aber wenn Sie das anders sehen ...«

Das tat er selbstverständlich nicht, weil er es gar nicht konnte. Die Zuständigkeiten in solchen Situationen waren glücklicherweise eindeutig geklärt.

Gansmann wandte den Blick ab und wurde ein wenig kleinlauter: »Ich muss Ihnen insoweit zustimmen, als ich mir auch keine allzu großen Hoffnungen mache. Aber Nichtstun und Herumstehen ist erfahrungsgemäß die schlechteste aller Alternativen.«

Sein Rasierwasser roch, als würde es bei unsachgemäßem Gebrauch Verätzungen hervorrufen. Was das Nichtstun und Herumstehen betraf – beziehungsweise seit Neuestem Herumsitzen –, war ich nicht seiner Meinung. Nicht selten hatte sinnloser Aktionismus Kolleginnen und Kollegen das Leben gekostet. Aber nun gut, was konnte hier schon schiefgehen? Wenn sein Hightech-Mikrofon nichts vom Geiselnehmer hörte, dann hörte der Geiselnehmer vermutlich auch nichts vom Mikrofon.

»Was ist eigentlich mit diesem Raum hier?«, fragte ich.

An Leonhards Büro grenzte auf der Südseite ein weiteres Büro von der Größe des Vorzimmers. Ein Eckzimmer, das Fenster sowohl nach Süden als auch nach Westen hatte. Balke telefonierte wieder einmal mit dem Facility-Manager. Der wusste es auch nicht.

»Der Raum wird derzeit nicht genutzt. In dem Haus stehen noch mehr Büros leer, sagt er. Leonhard hat in den letzten Jahren ständig Personal abgebaut. Vielleicht ist es jetzt eine Besenkammer?«

»Mit fast zwanzig Quadratmetern?«, fuhr ich ihn an. »Das ist doch idiotisch!«

So ging das nicht. Ich musste mich zusammennehmen. Ich war hier der Chef, darauf hatte ich gerade eben noch bestanden, und deshalb musste ich Ruhe verbreiten und Zuversicht. Niemand konnte etwas dafür, dass es heiß war. Niemand außer mir selbst vielleicht konnte etwas dafür, dass Theresa in Schweden saß und gerade im Begriff war, den Verstand zu verlieren. Aber ich war müde und allmählich auch hungrig. Ich sehnte mich nach einer kalten Dusche. Ersatzweise nahm ich einen weiteren großen Schluck aus meiner Flasche. Dann war sie leer. Balke reichte mir wortlos und ohne den Blick zu heben eine neue.

»Wahrscheinlich ist er einer von diesen Typen, die im Flieger immer zwei First-Class-Plätze nebeneinander buchen, damit keiner neben ihnen sitzt.« Balke mochte Leonhard nicht. Er mochte überhaupt keine reichen Menschen, das wusste ich längst. Eigentum ab einer gewissen Größe hielt er für Diebstahl.

»Von hier aus könnte es vielleicht gehen.« Ich sah Gansmann an. »Die Wand zu Leonhards Büro ist dünn, und direkt dahinter sitzen er und der Täter.«

Balke klang sehr kühl, als er sagte: »Es gibt auf dem Stockwerk keinen einzigen Raum, der nach Besenkammer aussieht. Und irgendwo müssen die Putzfrauen ihren Krempel ja schließlich lassen.«

Gansmann nickte konzentriert. »Einen Versuch ist es wert«, murmelte er. »Die Tür ist kein Problem, und Sie haben ganz recht, hier kommen wir wirklich sehr viel näher ran.«

Na also, geht doch, hätte Balke in besseren Zeiten gesagt. Aber der fuhr übellaunig fort: »Der Hausmeister sagt, er hat in diesen Raum da noch nie reingeguckt. Er hat nicht mal einen Schlüssel dafür. Und wie gesagt, es ist nicht das einzige Büro, das in dem Bunker da drüben unbesetzt ist. Halbe Etagen stehen leer.« Zum Beweis zerrte er einen zweiten Plan unter dem oben liegenden hervor. »Hier, das ist das siebte OG. Und diese Räume hier direkt unter Leonhards Büro, die stehen auch alle leer.«

Gansmann legte wortlos den anderen Plan wieder obenauf und klopfte mit der Spitze seines eisenharten Zeigefingers auf die mögliche Besenkammer. »Ich schlage vor, wir versuchen es«, sagte er entschlossen.

Er verfügte über Sportsgeist, das musste ich ihm lassen. Ich beschloss, mich ab sofort wieder professionell zu benehmen.

Auch Balke schien sich allmählich zu entspannen. »Vielleicht können wir sogar ein Loch durch die Wand bohren und eine Endoskopkamera durchschieben«, überlegte er mit einem Finger an der Nase. »Ich verstehe nicht viel von Bauplänen, aber das hier sieht mir sehr nach einer Leichtbauwand aus.«

Ich wiegte den Kopf. »Ganz ohne Geräusche wird es nicht abgehen.«

»Gipskarton und Steinwolle? Dazu brauchen Sie nicht mal eine Bohrmaschine. Da reicht ein Schraubenzieher.«

»Und wenn auf der anderen Seite Möbel stehen?«

Auf diesen Einwand wusste Balke keine Antwort.

»Auf der anderen Seite stehen sogar über die ganze Länge Regale«, sagte er nach einem weiteren kurzen Telefonat mit dem geheimnisvollen Hausmeister. »Zwischendrin hängen zwei, drei Gemälde, aber er kann nicht sagen, wo genau. Inzwischen ist ihm übrigens eingefallen, dass in dem Raum wahrscheinlich Akten lagern. Für die Tür hat angeblich nur der Chef höchstpersönlich einen Schlüssel. Vertrauliche Akten, nehme ich an, die das Finanzamt nicht in die Finger kriegen soll …«

Balke mochte auch keine Steuerhinterzieher.

Sein Handy, das er noch in der Hand hielt, piepte zweimal. Er liebkoste es kurz, grinste zufrieden und steckte es ein.

»Unsere Leute müssten sich für eine gewisse Zeit im Flur

aufhalten«, hatte sich Gansmann inzwischen überlegt. »Das ist natürlich nicht ganz ohne.«

Wir grübelten noch ein wenig hin und her und kamen schließlich überein, zunächst abzuwarten, was die Aktion mit dem superempfindlichen Körperschallmikrofon in der Teeküche bringen würde. Balke bat ich zu klären, was mit diesem Hausmeister los war. Weshalb der so auffallend unsere Nähe mied.

Diese Frage war schnell beantwortet. »Er ist vorbestraft«, erfuhr Balke von Klara Vangelis. »Wohnungseinbrüche in Serie. Drei Jahre ohne Bewährung, weil Wiederholungstäter.«

»Früher oder später wird der Täter Hunger kriegen«, fiel Gansmann noch ein, der inzwischen auch nicht mehr ganz so energiegeladen wirkte wie zu Beginn. »Und Durst natürlich, bei der Hitze und ohne Klimaanlage.«

Ich öffnete meine zweite Wasserflasche, die dabei fröhlich zischte und mir eine nicht unwillkommene Gesichtsdusche bescherte. In Leonhards Büro gab es eine gut bestückte Bar, hatte Balke in Erfahrung gebracht. »Verdursten werden sie erst mal nicht.«

»Aber aufs Klo werden sie irgendwann müssen«, überlegte Gansmann und steckte sich eine filterlose Reval an. »Obwohl, hier sehe ich ein Waschbecken …«

Balke hatte schon wieder das Handy am Ohr. »Das war Klara«, verkündete er kurz darauf. »Schulz ist nicht zu Hause. Seine Harley steht in der Garage. Allerdings hat er auch ein Auto: eine Corvette.« Er hielt mir das Display seines Smartphones unter die Nase und zeigte mir Fotos des antisemitischen Motorradfahrers. Das Gesicht war hager und nichtssagend, der Blick bemüht böse und unvermeidlich blöd, kein Bart, nein, überhaupt keine Haare auf dem Kopf. Vangelis hatte Balke nicht nur Bilder geschickt, sondern auch gleich die Vernehmungsprotokolle zum tätlichen Angriff auf den Immobilienkönig. Die lieferten uns allerdings keine neuen Erkenntnisse.

Sicherheitshalber gingen wir unsere Listen durch, aber eine Corvette war nicht verzeichnet.

»Hier steht übrigens was von Ihnen, Herr Gerlach.« Balke deutete auf eine Ecke des Plans. »›Graf? Fürst?‹, wenn ich richtig lese.«

Richtig, die Journalistin. »Können Sie mir die Nummer der FAZ besorgen?«

Selbstverständlich konnte er.

In der Redaktion der Frankfurter Allgemeinen Zeitung wurde ich eine Weile hin und her verbunden, aber niemand kannte eine Journalistin namens Graf oder Fürst. Schließlich landete ich bei einem brummigen älteren Herrn im Ressort Wirtschaft. »Herzog vielleicht? Das wäre dann die Susanne.«

»Susanne Herzog?«

»Sie war bis vor – lassen Sie mich überlegen –, bis vor drei Jahren bei uns. Ist dann in den vorgezogenen Ruhestand gegangen. Aus gesundheitlichen Gründen, wenn Sie verstehen, was ich meine.«

»Alkohol?«

»Das haben Sie gesagt.«

Von einem Privatkrieg der Journalistin gegen Alfred Leonhard wusste der Mann nichts, dessen Namen ich nicht verstanden hatte. »Die Herzogin arbeitet jetzt als Freie und schreibt für alle möglichen Blätter. Hin und wieder auch noch für uns. Meist so Hintergrundgeschichten nach dem Motto ›Wo Gold ist, ist immer auch Dreck‹. Die Sanne ist ein scharfer Hund. Scharfe Hündin müsste es in diesem Fall wohl heißen.« Er lachte keckernd und bekam einen Hustenanfall, der ihn eine Weile beschäftigte.

Susanne Herzogs Telefonnummer oder Adresse hatte er nicht griffbereit. Nach einigem Geraschel und Gehüstel diktierte er mir immerhin eine Handynummer.

»Sagten Sie vorhin Leonhard?«, fragte er, als ich mich verabschieden wollte. »Der Immobilien-Leonhard etwa?«

»Der Name sagt Ihnen etwas?«

»Ach, wissen Sie, die Herzogin wühlt nun mal für ihr Leben gern im Müll reicher Leute. Ihr Hobby ist, Saubermänner von ihrem Sockel zu zerren. In den Dreck, den sie selbst angerichtet haben, wenn Sie verstehen, was ich meine.«

»In welchem Zusammenhang haben Sie den Namen schon gehört?«

»In keinem bestimmten. Leonhard ist nun mal einer, den man kennt. Meines Wissens aber keiner von den besonders Fiesen. Andererseits, wenn die Herzogin ihm die Ehre ihrer Aufmerksamkeit erweist, dann wird da schon was zu holen sein. Die Sanne hat einen Instinkt wie ein Bluthund. Eine Bluthündin müsste es in diesem Fall wohl heißen.« Dieses Mal verkniff er sich das Lachen. »Die riecht meilenweit gegen den Wind, wenn irgendwo Leichen vergraben sind.«

»Was für Leichen könnten das sein?«

»Leonhard, das ist doch eine von diesen rührenden Vom-Tellerwäscher-zum-Millionär-Geschichten, nicht?«

»Und?«

Jetzt lachte er wieder, musste dieses Mal jedoch zum Glück nicht husten. »Ich bin nicht mehr der Jüngste, wissen Sie. Bin schon lange im Ressort Wirtschaft, habe schon vieles erlebt und eine Menge Leute kennengelernt, die es zu was gebracht haben. Und eines können Sie mir glauben: Noch nie, wirklich noch nie ist mir einer untergekommen, der es von ganz unten bis nach ganz oben geschafft hat, ohne dabei ein paar Kollateralschäden hinterlassen zu haben. Business ist nun mal Krieg und kein Streichelzoo.«

Wie befürchtet galt die mindestens drei Jahre alte Handynummer nicht mehr, die er mir genannt hatte. So bat ich meine Allzweckwaffe Klara Vangelis um Amtshilfe.

Mittagszeit. Die Sonne stand im Zenit, nicht das leiseste Lüftchen regte sich mehr. Meine zweite Flasche leerte sich fast von allein, und in unserem Technikwagen quittierten die ersten Geräte den Dienst. Der Asphalt auf den Straßen kochte, und selbst Gansmann schwitzte jetzt. Manchmal, wenn es ganz ruhig war, meinte ich, das Knistern des verdorrenden Laubs in den Bäumen über mir zu hören.

»Sehen Sie mal«, sagte Balke irgendwann in die Stille hinein und hielt mir sein Smartphone hin. »Hat Rübe mir vorhin geschickt.«

Das Schwarz-Weiß-Foto stammte aus einer Kamera zur Verkehrsüberwachung. Am unteren Rand waren Datum und Uhrzeit eingeblendet. Zu sehen war ein heller Porsche 911, hinter dessen Lenkrad ein junger, leicht panisch dreinschauender Mann mit straff nach hinten gebundenen, wahrscheinlich blonden Haaren saß. Die Aufnahme war von heute Morgen, vier Uhr siebzehn.

»Der Porsche aus dem Neckar?«

Balke nickte schadenfroh. »Paar Minuten später ist er baden gegangen. Die Kollegen haben in der Nacht an der B 37 zwischen Autobahnkreuz und Stadt eine Schwerpunktaktion gemacht. Der blonde Jüngling hat fast hundert Sachen draufgehabt, wo siebzig erlaubt sind.«

Noch immer war nicht bekannt, wer dieser merkwürdige Autodieb war, der einen gestohlenen Wagen, welcher weit über fünfzigtausend Euro wert war, so respektlos in einem Fluss versenkte.

»Bisher ist nur klar, dass er nicht der Halter ist«, sagte Balke. »Von dem haben wir übrigens auch ein paar hübsche Fotos in unserer Sammlung.«

»Hat er sich inzwischen gemeldet?«

»Rübe kann ihn nicht erreichen. Wahrscheinlich hat er noch gar nicht gemerkt, dass er kein Auto mehr hat.« Balke hielt immer noch das Smartphone in der Hand und schien etwas darin zu suchen. »Mit ehrlicher Arbeit hat er seinen Porsche jedenfalls nicht verdient. Die Kollegen vom Drogendezernat haben ihn schon länger auf dem Radar. Ah, hier, Lars Scheffler. Er ist keiner von den ganz Großen, aber bestimmt auch kein Straßendealer. Bisher ist er ihnen aber immer durch die Maschen geschlüpft, wenn sie ihn mal wieder am Haken hatten. Scheint ein smartes Kerlchen zu sein, der Herr Scheffler.«

6

»Feger, Klaus Feger. Bis März war er bei Alfi angestellt. Dann musste er ihn entlassen, weil es Probleme gab.«

Careen Leonhard hatte inzwischen lange mit dem Anwalt ihres Mannes konferiert und diktierte mir nun eine Liste der Personen, die mit ihm im Streit lagen.

»Welche Art von Problemen?«

»Sexuelle Belästigung. Feger ist schon über sechzig, kann aber immer noch nicht die Finger von den Damen lassen. Es hat Beschwerden gegeben, Alfi hat ihn zum Gespräch gebeten, hat ihn abgemahnt, und am Ende blieb nur noch die Kündigung.«

»Und jetzt klagt er.«

»Und wird natürlich verlieren.« Sie diktierte mir eine Adresse in Wiesloch.

Ich nahm das Handy in die andere Hand, um die rechte zum Schreiben frei zu haben. Der nächste Name, den Careen Leonhard mir nannte, lautete Tanja Schostakowitsch, eine ebenfalls unlängst gekündigte Angestellte.

»Ein CAD-Mäuschen hat Alfi sie immer genannt. Hübsch, geschwätzig und dumm. Ständig hat sie sich gemobbt gefühlt oder missachtet oder übergangen. Hundertmal war sie bei Alfi, um sich zu beschweren. Sie hat andere Mitarbeiter gegen ihn aufgehetzt und Alfi sogar öffentlich verleumdet.«

Irgendwann im Lauf des vergangenen Jahres war das Fass dann voll gewesen. Leonhard hatte die Frau an die Luft gesetzt, und prompt war sie zum Anwalt gelaufen, hatte auf Wiedereinstellung geklagt und verloren. Interessant an diesem Fall war, dass sie einige Tage später bei Leonhard aufgetaucht war, in Begleitung ihres großen Bruders, und Drohungen ausgestoßen hatte.

»Hat Ihr Mann Anzeige erstattet?«

»Alfi fand, das sei zwecklos. Die anderen waren bei dem Gespräch zu zweit, er war allein.«

Meine Liste wurde länger und länger. Wütende Mieter, notierte ich, angeblich oder tatsächlich betrogene Geschäftspartner, eine Angestellte, die sich bei Beförderungen übergangen fühlte und nun ihrem Arbeitgeber die Schuld daran gab, dass sie an Blasenkrebs erkrankt war.

Wenn Leonhards Lieblingsspruch »Viel Feind, viel Ehr« ein Körnchen Wahrheit enthielt, dann musste er ein höchst ehrenwerter Mann sein. Bald musste ich das Blatt umdrehen und auf der Rückseite weiterschreiben. Eher als tragisches Kuriosum schätzte ich die leider ziemlich dramatische Geschichte eines älteren Ehepaars ein, das in einer großen Wohnanlage in Frankenthal zur Miete wohnte. Die beiden hatten ihr Lebensglück darin gefunden, die Hausverwaltung, diverse Nachbarn und Alfred Leonhard selbst mit Vorwürfen, bösen Briefen und Prozessen zu überziehen. Einmal ging es um fünf Euro, die auf irgendeiner Abrechnung in die falsche Zeile gerutscht waren, oft um Ruhestörung und Kindergetrampel. Mal war das warme Wasser nicht warm genug, dann war es wieder zu heiß, und prompt hatte die Leonhard'sche Verwaltungsfirma eine Klage wegen fahrlässiger Körperverletzung auf dem Tisch. Und nun war vor wenigen Wochen die alte Dame auch noch beim Rauchen im fünften Stock vom Balkon gefallen, woran selbstverständlich nur Leonhard und seine Schurken schuld sein konnten. Das dadurch ausgelöste Ermittlungsverfahren wurde von der Staatsanwaltschaft Ludwigshafen bearbeitet, doch die Einstellung stand unmittelbar bevor, auch wenn der Witwer darauf beharrte, seine Frau sei nur deshalb über die Brüstung gekippt, weil sie wegen der ewigen Streitereien nervlich völlig zerrüttet war.

Der nächste Name lautete Christian Mühlenfeld.

»In diesem Fall ging es um eine Büroetage in Heidelberg an der Eppelheimer Straße«, berichtete Frau Leonhard. »Mühlenfeld hat beziehungsweise hatte eine Firma namens Savon Europe. Etwas mit Seifengroßhandel, fragen Sie mich bitte nicht nach Details. Allzu groß scheint der Handel nicht gewesen zu sein, denn kaum waren sie mit zehn, fünfzehn Leuten eingezogen, konnte der Inhaber die Miete nicht mehr bezahlen. Mühlenfeld war bei Alfi, um zu betteln. Angeblich Anlaufschwierigkeiten, das Übliche. Und wie Alfi nun mal ist – er hat die Miete gestundet und noch mal gestundet, aber irgendwann musste natürlich Schluss sein. Dr. Kühn hat ein Kündigungsschreiben verschickt, erfolglos, die Sache ist eskaliert, und die Räumung war dann – nun ja – etwas unschön. Sie mussten am Ende sogar die Polizei bemühen, um diese Seifenhändlerbande aus dem Haus zu treiben. Alfi war sehr bedrückt, als er an dem Abend nach Hause kam. Anfangs wollte er nicht mit der Sprache heraus, aber dann hat er mir gestanden, Mühlenfeld habe gedroht, ihn zu erschießen. Erst ihn und dann sich selbst.«

»Wann war die Räumung?«

»Das kann ich Ihnen in diesem Fall ganz genau sagen: vorige Woche Dienstag. Den Tag weiß ich so genau, weil ich nachmittags einen unangenehmen Zahnarzttermin hatte. Und als ich nach Hause kam, war Alfi schon da, ganz blass und nervös. So hatte ich ihn lange nicht mehr gesehen.«

Als ich auflegte, war der Akku meines Handys so gut wie leer, und Balke und Gansmann waren verschwunden. Ich nutzte die Ruhe, um darüber nachzudenken, was das Motiv des Täters sein könnte. Aber solange ich auch rätselte, es fielen mir immer wieder nur dieselben beiden Gründe ein: Entweder er wollte Geld, oder es ging um Rache. Er wollte

Leonhard bestrafen für ein Unrecht, das dieser ihm vermeintlich oder wirklich angetan hatte. In diesem Fall wäre erklärlich, warum er keinen Kontakt zu mir aufnahm. Dort oben spielte sich vielleicht gerade ein stilles Drama ab, an dessen Ende im schlimmsten Fall zwei Tote stehen könnten.

Sollte es doch um Geld gehen, dann brauchte der Täter zunächst ebenfalls keinen Kontakt zu mir. Vielleicht hatte er längst mit irgendjemandem telefoniert. Vielleicht lag das Geld schon bereit, und ich würde erst dann von ihm hören, wenn er das Haus verlassen wollte. Vermutlich in Begleitung seiner Geisel. Dann würde die Situation noch sehr viel schweißtreibender werden, als sie es jetzt schon war.

War das der Grund für Careen Leonhards seltsames Verhalten? Hatte sie, als ich bei ihr war, einen Anruf der Bank erwartet, dass das Lösegeld bereitlag? Oder einen zweiten Anruf des Geiselnehmers? Kurz bevor ich über meinen komplizierten Gedanken einschlief, stand Gansmann wieder vor mir und sah mich entschlussfreudig an.

»Ich schlage vor, wir versuchen trotz des Risikos, in den Eckraum zu kommen.«

»Das Mikrofon im Lüftungsschacht war also kein Erfolg?«

»Ein Teilerfolg«, behauptete er standhaft. »Das Mikrofon ist da, wo wir es haben wollten. Die beiden Personen, die wir damit überwachen wollen, haben nichts von dem Angriff bemerkt. Niemand ist verletzt worden. Nur hören wir im Moment leider nichts. Im Moment, sage ich bewusst. Es kann immer noch sein …«

Mein Telefon schlug Alarm. In der Annahme, es sei Klara Vangelis, nahm ich es ans Ohr.

»Leonhard hier«, sagte stattdessen eine ruhige, befehlsgewohnte Männerstimme, die mir sofort bekannt vorkam. »Ich soll Ihnen was ausrichten. Ich spreche doch mit dem Einsatzleiter?«

Offenbar hatte mein Visitenkärtchen am Boden des Vorzimmers seinen Zweck erfüllt. Leonhard klang, als wäre er es gewohnt, ausschließlich mit Führungskräften zu verhandeln.

»Sie sollen Ihre Leute zurückziehen, soll ich Ihnen sagen. Sofort.«

»Welche Leute?«, fragte ich scheinheilig.

»Die zwei Komiker mit Gewehren auf dem Dach gegenüber. Sie versuchen zwar, unsichtbar zu sein, aber das klappt nicht besonders gut. Sorgen Sie dafür, dass die verschwinden.«

Jetzt war ich mir sicher: Es war die Stimme, die mich vorhin vertrieben hatte. Ich hatte nicht mit dem Geiselnehmer gesprochen, sondern mit der Geisel.

»Wird erledigt. Kann ich Ihren ... Gast sprechen?«

»Nein. Er weigert sich, ans Telefon zu gehen.«

»Können Sie mir etwas über ihn sagen, ohne sich zu gefährden?«

»Er hört mit, sorry. Ich habe einen Pistolenlauf an der Schläfe.«

Die zwei kurzen Sätze hatten immerhin vier Informationen enthalten: Wir hatten es tatsächlich mit einem Mann zu tun und zweitens mit einem Einzeltäter. Und drittens hielt er eine scharfe Waffe in der Hand, keine Schreckschusspistole. Als Jäger hätte Leonhard den Unterschied sofort bemerkt. Viertens hatte der Täter eine Pistole und keinen Revolver, was bedeutete, dass er noch reichlich Munition hatte.

»Wir brauchen was zu essen und zu trinken.«

»Was darf es denn sein?«, fragte ich im Ton eines zuvorkommenden Obers.

Aber Leonhard hatte im Moment keinen Sinn für Humor. »Pizza. Für meinen – wie sagten Sie? – Gast eine Quattro Stagioni. Für mich Rucola und Parmaschinken.« Weiter bestellte er einige Flaschen Cola, gut gekühlt bitte, und Mineralwasser. »Medium. Und lassen Sie auch noch zwei große italienische Salate bringen. Dressing mit Essig und Öl. Keine Mayo.«

»Ihnen geht es so weit gut?«

»Ist mir schon besser gegangen. Trotzdem danke der Nachfrage.«

»Haben Sie eine Vorstellung, was er will?«

»Nein.«

»Wie lange das alles dauern soll?«

»Nein. Moment ...« Ich hörte Gemurmel. Dann wieder Leonhard: »Ich soll Ihnen sagen, wenn Sie keine Dummheiten machen und friedlich bleiben, wird niemandem was passieren. Sie sollen uns einfach nur in Ruhe lassen und tun, was er sagt.«.

»Aber er muss doch irgendwas wollen. Ich meine ...«

»Ich weiß es nicht. Im Augenblick weiß ich nur eines: Sie sollten nichts Unüberlegtes tun. Ich habe keine Lust, morgen als toter Held in den Zeitungen zu stehen.«

»Sagen Sie ihm bitte Folgendes: Ich kann ihm freien Abzug garantieren. Noch ist nichts wirklich Schlimmes passiert. Aber er muss mit mir reden. Sonst kommen wir nicht weiter.«

»Muss jetzt auflegen, sorry. Rufen Sie unter dieser Nummer an, wenn das Essen da ist. Dann erfahren Sie, wie das Zeug hierherkommt.«

Gansmann strahlte mich an, als wäre der Heilige Geist über ihn gekommen.

»Einer meiner Männer ist Spezialist im Öffnen von Schlössern«, verkündete er stolzgeschwellt. »Er hat sich die Tür eben angesehen. Mit dem Elektropick hat er sie in fünf Sekunden auf, sagt er. Zwei Kollegen werden ihn sichern. Alle drei kennen das Risiko und machen den Job freiwillig.«

Ich hatte immer noch Zweifel. »Sie werden nur wenige Meter vom Täter entfernt operieren. Da oben ist es sehr ruhig, und ganz ohne Geräusche wird es nicht abgehen.«

Gansmann hörte nicht auf zu strahlen. »Wir machen ordentlich Lärm auf der Straße.« Er war jetzt ganz in seinem Element, sprühte Funken vor Zuversicht und Tatkraft. »Wir lassen auf der Straße einen Bagger vorbeifahren oder eine Planierraupe. Irgendwas Schweres, das ordentlich Krach macht.«

»Ich glaube, da vorne habe ich eine Baustelle gesehen.« Balke war plötzlich auch wieder da und hatte schon das Handy am Ohr.

Vor unserem Einsatzwagen parkte mit leise quietschenden Bremsen ein dunkelblauer Opel Kombi mit Stuttgarter Kennzeichen ein. Heraus stieg mit weichen Bewegungen eine hagere Frau in Jeans und dünnem, cremeweißem Pulli, die etwa in meinem Alter war. Ihr Haar war fransig und schon völlig ergraut, Make-up hatte sie heute Morgen nicht für nötig oder angesichts der Hitze nicht für sinnvoll gehalten. Überhaupt schien sie auf ihr Äußeres nicht viel Aufmerksamkeit zu verschwenden. Sie schwang eine große, bunte Handtasche über die rechte Schulter und kam auf halbhohen Schuhen und mit elastischen Schritten und einem erwartungsvollen Lächeln im länglichen Gesicht auf mich zu.

»Herr Gerlach, nehme ich an?« Wir schüttelten Hände. Ihre war angenehm kühl und schlank. »Cordula Hagnau vom LKA. Ich bin die Psychologin, die Sie seit Stunden so sehnsüchtig erwarten.«

Immerhin verfügte sie über Humor. Und sie hatte ein offenes, unverkrampftes Lachen. Frau Hagnau war mir sofort sympathisch.

»Die A 8 ist doch immer wieder ein Abenteuer«, sagte sie augenrollend. »Aber gehen wir doch in den Schatten. Bei Ihnen hier ist es ja noch heißer als bei uns in Stuttgart.«

Wir setzten uns an den weißen Tisch, auf dem immer noch die Pläne lagen, und ich berichtete im Telegrammstil, wie die Sache stand.

»Im Grunde genommen gibt es nur zwei Arten von Geiselnahmen«, sagte sie, als ich geendet hatte. »Die einen sind

Zufallstäter. Bankräuber, zum Beispiel, die sich plötzlich von der Polizei umstellt sehen.«

»Darum handelt es sich hier definitiv nicht.«

»Genau.« Sie nickte anerkennend, immer weiter lächelnd. »Alle anderen wollen irgendwas.«

So weit war ich auch ohne psychologischen Beistand gekommen.

»Entweder wollen sie was von der Geisel selbst oder von jemandem außerhalb. Von der Familie, zum Beispiel. Forderungen gibt es bisher keine?«

»Bisher gibt es überhaupt nichts.«

»Wer sagt uns, dass der Täter nicht schon vor Stunden mit der Frau seiner Geisel telefoniert hat?«

»Daran haben wir natürlich auch schon gedacht.«

»Und was sagt die Frau?«

»Nein. Aber ich weiß nicht, ob ich ihr trauen kann. Außerdem, wer sagt uns, dass die Frau das Geld besorgen soll? Er hat eine erwachsene Tochter. Er hat Angestellte mit Prokura.«

»Verfügt die Frau über Vermögen? Oder die Tochter?«

»Die Frau wird Zugriff auf die Familienkonten haben. Auf die Geschäftskonten wahrscheinlich eher nicht.«

»Vielleicht hat ein Komplize des Täters das Geld schon abgeholt?«

»Dann müsste der Geiselnehmer da oben immer noch einen Weg finden, von hier wegzukommen.«

»Und dazu muss er verhandeln. In dem Moment beginnt mein Job. Deshalb bin ich hier und gehe Ihnen auf die Nerven. Er wird ein Auto verlangen.«

Das stand schon in der Tiefgarage: Leonhards Range Rover.

»Damit kommt er nicht weg. Wir haben ihn blockiert.«

»Dann sollten Sie die Blockade schleunigst wieder entfernen und an dem Wagen einen Sender anbringen. Dann können wir ihn später gefahrlos ziehen lassen, und irgendwann, wenn er glaubt, er hat es geschafft, schlagen Sie zu.«

Diese Frau war klug und erfahren, musste ich mir eingestehen. Und sie war nicht einmal besserwisserisch. Vielleicht hatte sie auch nur den kühleren Kopf wegen der Klimaanlage ihres Opels.

»Wie werden Sie vorgehen?«, fragte ich, als das Gespräch zu versanden drohte. »Wie treten Sie einem Menschen gegenüber, von dem Sie nicht das Geringste wissen?«

»Das Zauberwort lautet immer und überall: Vertrauen. Im Grunde genommen ist es ja eine völlig absurde Situation. Geiselnehmer und Verhandler verfolgen konträre Ziele, die niemals beide zugleich erreicht werden können. Dennoch müssen Sie es schaffen, ein Vertrauensverhältnis aufzubauen zu einem Menschen, den Sie nie gesehen haben, von dem Sie nur die Stimme kennen und das Geschlecht, vielleicht noch das ungefähre Alter. Nach einiger Zeit, meistens ziemlich rasch, wissen Sie auch, wie er im Großen und Ganzen tickt. Ob er eher dumm ist oder intelligent. Ob er besonnen ist oder zu Wutausbrüchen neigt. Steht ein Mann auf der anderen Seite, dann bin ich als Frau fast immer im Vorteil. Andererseits weiß er natürlich in jeder Sekunde, dass ich Polizistin bin. Dass mein erstes Ziel ist, die Geisel zu retten, und das zweite, ihn, den Täter, vor Gericht zu bringen.«

»Und wie oft geht es am Ende gut aus?«

»Öfter als man denkt. Sehen Sie, die Zeit ist unser Freund. Je länger er dort oben sitzt, desto größer werden seine Angstfantasien. Es ist immer wieder eine Gratwanderung: Ihn so weit in Angst zu versetzen, dass er irgendwann nach jedem Strohhalm greift, den man ihm hinhält. Aber auch nicht so sehr, dass er die Hoffnung auf ein gutes Ende verliert.«

»Der da oben hat bisher keine Gewalt angewendet. Okay, er hat die Sekretärin erschreckt und zwei oder drei Schüsse abgegeben. Bisher aber nicht auf Menschen.«

»Was ist das denn für ein Krach?«

»Sie sind an der Tür!«, brüllte Gansmann in den Lärm hinein. »Sieht gut aus!«

Die Planierraupe, die im Schildkrötentempo und mit heulendem Diesel wenige Meter von uns entfernt die Straße entlangrasselte, stammte von der Baustelle, die Balke gesehen hatte. Er hatte mit dem Chef der Firma telefoniert, und dieser hatte seine Leute umgehend angewiesen, uns zu unterstützen, da er von Leonhard regelmäßig Aufträge erhielt. Und so dröhnte nun mit größtmöglichem Getöse dieses rot lackierte stählerne Ungetüm an uns vorbei.

»Die Jalousie«, sagte Balke mit dem Mund an meinem Ohr. »Sie hat sich bewegt.«

Gansmann hob sein Handfunkgerät an den Mund und brüllte mit sichtlichem Behagen: »Action!«

Die Antwort konnte ich nicht hören, obwohl er die Lautstärke sicherlich auf Anschlag gedreht hatte.

»Tür ist offen.« Der SEK-Chef nickte mir drei Sekunden später triumphierend zu. Dann wurde sein Gesicht lang. Es folgte ein nicht ganz so lautes, aber aus tiefstem Herzen kommendes: »Mist! Gottverdammter Mist!«

Die Tür ließ sich nur wenige Millimeter öffnen, berichtete er, während der Höllenradau allmählich leiser wurde, dann stieß sie gegen einen Widerstand.

»Scheint irgendwie zu klemmen«, vermutete Gansmann mit betretener Miene. Sehen konnte der Polizist dort oben im achten Stock natürlich nichts. »Soll er mal ein bisschen kräftiger drücken?«

»Auf gar keinen Fall!«, sagte ich sofort. Falls die Tür plötzlich nachgab oder das Hindernis umfiel, das sie blockierte, konnte alles Mögliche geschehen.

»Abbruch!«, sagte Gansmann daraufhin ins Mikrofon, jetzt wieder in normaler Lautstärke.

Seine Miene sprach Bände. Diese spektakulär lautstarke Aktion war nun schon der zweite Flop seiner Truppe an diesem Vormittag. Auch die beiden Scharfschützen hatte er inzwischen zurückgezogen. Sinnlos fummelte er noch ein bisschen an den Knöpfen seines Funkgeräts herum. Die Planierraupe bog quietschend und rumpelnd um die Ecke, verschwand aus unserem Sichtfeld, und allmählich kehrte wieder hochsommerliche Ruhe ein.

»Ich bin mal die Liste von Leonhards Feinden durchgegangen«, berichtete Balke, nachdem Gansmann sich getrollt hatte, um neue Pläne zu schmieden. »Wir haben fünfzehn Namen. Elf davon haben Klaras Leute entweder am Arbeitsplatz erreicht oder zu Hause oder irgendwo auf der Autobahn. Bleiben vier. Und zwei davon sind heiß.«

Die beiden Kandidaten waren Marco Schulz, der Rocker, und Christian Mühlenfeld, der gescheiterte Seifenhändler.

»Von diesem Schulz haben sie immer noch keine Spur. Der andere wohnt mit einem Mann zusammen am Schlossberg. Und Achtung, jetzt kommt's: Mühlenfelds Partner hat ihn vor nicht einmal einer halben Stunde als vermisst gemeldet.«

Ich blickte auf die schon wieder halb leere Wasserflasche in meiner Hand, auf die trostlose, hitzeglühende und todlangweilige Szenerie um mich herum. Die Vorstellung, eine Weile in einem klimatisierten Dienstwagen sitzen zu dürfen, war äußerst verlockend.

Balke hatte die Adresse in seinem Handy gespeichert.

7

Während der kurzen Fahrt in Richtung Innenstadt versuchte ich wieder einmal mein Glück bei Herrn May, dem Autoreparateur meines Vertrauens. Wieder meldete sich nach langem Tuten nur der Anrufbeantworter und verkündete, momentan sei leider niemand erreichbar und ich solle doch bitte meine Nummer hinterlassen. Das hatte ich schon vor Stunden getan. So rief ich schließlich Rolf Runkel an und bat ihn zu klären, was mit dieser Werkstatt los war.

»Ärger mit dem Auto?«, fragte er mitfühlend.

»Der TÜV.«

»Oje!« Er klang ehrlich betroffen. »Ein Schwager von mir hat eine Werkstatt in Mosbach. Zu dem geh ich immer, wenn mal was ist. Soll ich ihn mal fragen?«

»Repariert er auch hoffnungslose Fälle?«

»Der repariert sogar Sachen, die man gar nicht mehr reparieren kann. Macht auch viel mit Oldtimern und so. Und er hat auch immer ein paar gute Gebrauchtwagen auf dem Hof stehen.«

»Ich werd's mir überlegen.« Mosbach war zwar nicht allzu weit entfernt, aber Wieblingen war näher. »Probieren Sie es erst mal bei Herrn May.«

»Werkstatt ist wie Zahnarzt, gell?«, meinte Runkel verständnisvoll. »Wenn man mal eine hat, wo's nicht so arg wehtut, dann bleibt man dabei.«

Ich wollte das Gespräch schon beenden, als ich Runkels Stimme noch einmal hörte. Ich nahm das Handy wieder hoch.

»… an der Raststätte«, hörte ich ihn sagen. »Sie haben vor einer halben Stunde eine zweite Leiche gefunden.«

»Auch mit einem Loch in der Stirn?«

»Der hat das Loch im Rücken. Er hat sich anscheinend noch ein paar Hundert Meter durch den Wald geschleppt, und da ist er dann verblutet, wie's aussieht.«

»Ist die Leiche schon identifiziert?«

»Der Erste immer noch nicht. Beim Zweiten war's einfach, weil der hat Papiere dabeigehabt.«

Der zweite Tote hieß René Scholpp, achtundvierzig Jahre alt, ledig, von Beruf Chemielaborant und wohnhaft in Hockenheim.

»Das ist ja mal flott gegangen!«, lautete die Begrüßung des beleibten Riesen, der uns die Tür zu seiner noblen Wohnung am noblen Schlossberg öffnete. »Sage noch mal einer, unsere Polizei sei nicht auf Zack!«

Unter dem Klingelknopf stand in sauberer, ein klein wenig schnörkeliger Schrift: »Pfeiffer/Mühlenfeld«. Die Wohnung des Männerpaars lag im dritten Obergeschoss eines großzügigen, modernen und für meinen Geschmack architektonisch gelungenen Mehrfamilienhauses an der Friedrich-Ebert-Anlage. Schon der Blick in den geräumigen, bläulich grau gestrichenen Flur weckte Respekt. Die Menschen, die hier lebten, verfügten offensichtlich nicht nur über Geld, sondern auch über Geschmack. Es duftete nach frischer Farbe und einem teuren Männerparfüm.

Christian Mühlenfelds Lebenspartner bat uns einzutreten und bot zu meiner Freude sofort Kaffee an. Meine zweite Freude war, dass die Wohnung offenbar klimatisiert war.

»Sie haben die Wahl«, verkündete Pfeiffer großzügig. »Ich habe einen ganz exzellenten Arabica aus Costa Rica im Angebot, erst vorgestern von mir höchstselbst geröstet. Oder wie wäre es mit einem Robusta aus Uganda?«

Ich wählte den Arabica, weil ich von Robusta noch nie etwas gehört hatte. Balke fragte artig, ob er seinen geliebten Latte macchiato bekommen könne. Er konnte, wenn auch begleitet von einem diskreten Stirnrunzeln.

»Sie haben uns erwartet?«, fragte ich, als wir uns im edel und fast asketisch möblierten Wohnraum auf zu harten und kantigen Sesseln niederließen. Die vorherrschende Farbe war dasselbe kühle Grau wie im Flur, das jedoch effektvoll mit einem warmen Ocker kontrastierte.

»Natürlich.« Pfeiffer war schon unterwegs zur Küche, wandte sich um. »Ich dachte nur nicht, dass Sie so rasch ... Ich will sagen, man ist bei deutschen Behörden einen so flotten Service ja nicht gewöhnt.«

»Sie haben Ihren Lebenspartner als vermisst gemeldet.«

»Augenblick mal. Dann sind Sie gar nicht deshalb gekommen?«

»Doch. Aber wir haben noch ein paar Fragen dazu.«

Er senkte den Blick. »Ihre Kollegin sagte mir, sie könne nichts für mich tun. Chris ist erwachsen, er ist nicht krank und nicht geistig verwirrt. Ich habe versucht, ihr zu erklären, dass ... aber ...« Er griff sich an den runden, von graublonden Kräusellöckchen umrahmten Kopf. Sah mir irritiert ins Gesicht. »Was genau ist denn nun der Grund Ihres Besuchs?«

»Seit wann ist Ihr Partner verschwunden?«

Pfeiffer hatte unseren Kaffee inzwischen vergessen, kam zurück und setzte sich mir gegenüber auf einen seltsam geformten Stuhl, der ebenfalls nicht übertrieben bequem aussah.

»Mein Mann«, korrigierte der Hausherr mich tonlos. »Chris und ich betrachten uns als verheiratet, auch wenn wir es juristisch noch nicht sein dürfen. Zum letzten Mal gesehen habe ich ihn gestern Abend, um zwanzig Uhr dreißig. Wir hatten einen wüsten Streit, wie leider oft in letzter Zeit, und am Ende ist er – wie ebenfalls nicht selten in letzter Zeit – Türen knallend hinausgestürmt. Chris wird leicht emotional. Bisher ist er aber jedes Mal bald wieder aufgetaucht. Manchmal mit Blumen, manchmal mit einer Flasche Moët und ... ich ...« Pfeiffer rang die fleischigen Hände, rang nach Worten. »Mit Blumen und Champagner und sehr viel schlechtem Gewissen. Was ihm übrigens ganz hervorragend steht.« Seine Stimme brach, als er hinzufügte: »Er ist so süß, wenn er ein schlechtes Gewissen ...«

»Besitzt Ihr Mann eine Waffe?«

»Eine – bitte, was?« Pfeiffer sah mich mit starren, runden Augen an, als hätte ich ihn beleidigt. »Sie meinen, ein Messer oder etwas in der Art? Sie fürchten doch nicht, er hat sich etwas ...«

»Hätte er denn Grund, sich etwas anzutun?«

Wieder schlug er die Augen nieder. »Leider ja. Aber ein

Messer? Nein, das kann ich mir bei Chris ... Er kann überhaupt kein Blut sehen. Ihm wird ja schon schlecht, wenn er sich mal in den Finger schneidet.«

»Ich dachte eher an eine Pistole.«

»Aber nein!« In seinem Lachen schwang eine ordentliche Portion Hysterie mit. »Wo sollte er die denn herhaben, die Pistole? Wie kommen Sie überhaupt auf so etwas?«

»Sagt Ihnen der Name Leonhard etwas?«

Pfeiffer schluckte und zwinkerte, bevor er mit plötzlich kleinlauter Miene antwortete: »Der Name sagt mir allerdings etwas. Er ist schuld an Chris' derzeitigem Zustand und daran, dass ich mir jetzt solche Sorgen um meinen Schatz machen muss.«

»In welchem Zustand?«

Pfeiffer rieb die weichen Hände gegeneinander. »Chris hat Depressionen. Der Zusammenbruch seiner Firma, seines Babys, hat ihn regelrecht ... zerschmettert.«

»Ich habe erfahren, Leonhard hat ihm gekündigt, weil er die Miete nicht bezahlen konnte.«

Pfeiffer sah mich an, als würden meine Worte ihm körperliche Schmerzen zufügen. »Es kam ja leider alles zusammen – zu dünne Finanzdecke, zu hohe Kosten, zu schnelles Wachstum, zu große Pläne. Kurz: zu viel Optimismus begleitet von zu wenig Geschäftssinn. Vielleicht hätte ich mich mehr kümmern müssen. Vielleicht hätte ich ein Auge darauf haben müssen, was Chris da so trieb. Aber letztlich war es Leonhard, der ihm den Dolchstoß versetzt hat, den Stoß in den Abgrund. Chris war überzeugt, nein, wir waren eigentlich beide überzeugt, die Firma würde in spätestens einem Jahr den Break-even schaffen. Woche für Woche kamen neue Kunden hinzu, und die alten haben ihre Bestellungen erweitert. Noch ein, maximal zwei Jahre und der Laden hätte geblüht. Jawohl, geblüht.«

»Aber dann war nicht mehr genug Geld da, um die Miete zu bezahlen.«

»Sie wissen, wie die Banken heute sind?«

Balke hatte auch zu diesem Thema eine feste Meinung und zitierte die Weisheit, derzufolge Banken Regenschirme verleihen, solange die Sonne scheint, und sie zurückverlangen, wenn es anfängt zu regnen.

Pfeiffer bedachte ihn mit einem warmen Lächeln. »Nur dass sie ihre Schirme heute schon wieder einsammeln, wenn der Wetterbericht für übermorgen leichte Bewölkung ankündigt. Geld bekommen Sie heute im Grunde nur noch geliehen, wenn Sie keines brauchen.«

Dass sein Lebenspartner der Geiselnehmer sein könnte, hielt unser Gastgeber für eine absurde Idee. »Chris wird leicht ein wenig emotional, das ist richtig. Er kann auch mal richtig ausrasten. Aber er hasst Gewalt. Er kann keiner Mücke etwas zuleide tun. Selbst wenn es eine Stechmücke ist.«

»Worum ist es bei Ihrem Streit gestern gegangen?«

»Um das Übliche zurzeit. Ich habe ihm vorgeworfen, dass er seit seiner Pleite nur noch untätig herumsitzt und jammert. Dass er nichts unternimmt, um wieder auf die Beine zu kommen. Immerhin ist da jetzt ein ziemlicher Berg Schulden. Aber dieses Thema haben wir schon x-mal durchgekaut, ohne dass er anschließend die Flucht ergriffen hätte.«

»Ist gestern vielleicht noch etwas anderes vorgefallen? Etwas, das ihn aufgewühlt haben könnte?«

»Was sollte das sein?«

»Ein Anruf? Ein Brief? Etwas in den Nachrichten?«

»Gestern ist keine Post gekommen, weil Sonntag war.« Wieder Händereiben, jetzt hektischer als zuvor. »Allerdings war ich seit dem frühen Morgen unterwegs. Ein Termin in Sindelfingen, bei einem guten Kunden. Ich bin unabhängiger Vermögensberater, und da hat man hin und wieder auch sonntags Termine. Erst gegen sieben bin ich nach Hause gekommen, erschöpft und auch ziemlich genervt von diesem wirklich … anspruchsvollen Kunden. Er ist ein hohes Tier bei Daimler, und diese Leute sind manchmal – nun, etwas selbstverliebt und beratungsresistent. Wir haben dann zusammen gegessen, Chris kocht ganz exzellent, und dann hat wieder einmal ein Wort das andere ergeben …«

Pfeiffer stemmte sich aus seiner filigranen Sitzgelegenheit, wobei diese bedenklich knackte, verschwand kurz in einem der anderen Räume und kam mit einigen Briefen zurück. Er setzte sich wieder, während er die Absender studierte: »Finanzamt. Bank …« Beim vorletzten Brief stutzte er. »Dr. Kühn. Ein Anwalt. Wer ist das denn?«

Das konnte ich ihm sagen. Der Umschlag war leer. Erneut erhob er sich, kam Sekunden später mit dem dazugehörigen Schreiben zurück.

»Androhung des gerichtlichen Mahnverfahrens«, murmelte er fassungslos. »Deshalb war Chris so gereizt und … explosiv. Leonhard fordert sein Geld. Dabei gab es doch ein Agreement, demzufolge Chris zwei Jahre Zeit hat, um seine Mietschulden abzustottern. Jeden Monat zweieinhalbtausend, so war es vereinbart, und das hätten wir geschafft. Ich habe ihm ja auch geholfen, wo ich konnte. Das wäre doch zu schaffen gewesen, mein Gott!«

»Hat er auch wirklich bezahlt?«

»Bis eben bin ich davon ausgegangen. Aber in diesem Brief klingt es leider anders. Angeblich hat Chris vor drei Monaten zum letzten Mal überwiesen. Und jetzt packt Leonhard, dieses Monster, ohne Vorwarnung den großen Hammer aus.«

»Bekannte und Freunde haben Sie kontaktiert?«

»Gestern Abend schon, natürlich. Ich hatte ja gleich so ein Gefühl. Chris war so … anders als sonst. Das wurde mir aber leider erst später bewusst, als er weg war. Vielleicht hätte ich … ach!« Er legte das Gesicht in die Hände. Seine Stimme klang hohl, als er fortfuhr: »Tausendmal habe ich versucht, sein Handy zu erreichen. Aber er hat es ausgeschaltet. Meine Nacht war ein einziger Albtraum. Ich mache mir solche Sorgen. Und Vorwürfe, natürlich. Und jetzt kommen zu allem Elend auch noch Sie und stellen mir diese seltsamen Fragen.«

»Sie sagten, Ihr Mann neigt zu emotionalen Reaktionen.«

Pfeiffer schien nur noch mit halbem Ohr zuzuhören. Nickte schließlich doch, das Gesicht immer noch hinter den Händen versteckt.

»Aber er neigt nicht zur Gewalttätigkeit? Auch nicht ausnahmsweise? Auch nicht unter dem Druck, unter dem er jetzt steht?«

Zögerndes Kopfschütteln. »Aber nein.« Entschiedenes Kopfschütteln. »Chris tut gerne mal groß. Klopft Sprüche. Er würde Leonhard den Hals umdrehen, hat er erst am Freitag noch getönt. Aber das ist alles leeres Gerede, glauben Sie mir, das hat nichts zu bedeuten. In Wirklichkeit ist mein Schatz viel zu weich für so etwas. Er würde das, was Sie andeuten, nervlich gar nicht durchstehen.«

»Kennen Sie Herrn Leonhard persönlich?«

Pfeiffer nahm die Hände herunter, ohne mich anzusehen. »Ja, natürlich kenne ich ihn. Leider.«

»Woher?«

»Chris hatte ihn zur Party eingeladen, die er anlässlich des Umzugs in die neuen Firmenräume gegeben hat. Vor zwei Jahren und ein paar Monaten war das. Bei dieser Gelegenheit habe ich ihn dann kennengelernt, den smarten Alfred Leonhard.«

»Sie klingen nicht, als würden Sie ihn mögen.«

Wieder schwieg er für Sekunden. Rieb die Hände gegeneinander. »Er sieht gut aus. Kein Beau, aber sehr männlich. Sehr selbstsicher. Sehr willensstark und kalt. Leonhard ist ein Mensch ohne Seele. Ein Raubtier, das äußerst charmant lächeln kann.«

Balke bat den unglücklichen Mann, ihm Fotos seines seit sechzehn Stunden verschwundenen Lebensgefährten aufs Handy zu schicken. Aus dem Kaffee war leider nichts geworden.

»Bemerkenswerter Typ, dieser Leonhard«, meinte Balke, als wir wieder auf dem Weg nach Rohrbach waren. »Quasi aus dem Nichts hat er so ein Mega-Firmenimperium aufgebaut. Ein bisschen Startkapital wird er doch wohl gebraucht haben, um seine erste Wohnung zu kaufen. Und von den Banken hat er es todsicher nicht gekriegt.«

Rechts und links der breiten Straße standen die unzähligen, allesamt verlassenen amerikanischen Kasernengebäude hinter massiven, hohen Zäunen, die längst nichts mehr zu schützen brauchten. Im Schatten eines stolz blühenden Kastanienbaums hüpften bunt gekleidete Kinder mit großem Ernst in Kästchen herum, die auf den Gehweg gezeichnet waren.

»Von den Eltern?«, erwiderte ich schläfrig. »Oder er hat reich geheiratet?«

Bei den Banken dürfte Leonhard als junger Mann mit abgebrochenem Studium und großen Plänen wirklich nicht auf große Begeisterung gestoßen sein.

»Sein Vater war ein kleiner Beamter bei der Forstverwaltung, die Mutter Lehrerin in Teilzeit. Sie hatten fünf Kinder. Die haben ihm also bestimmt nicht viel geben können. Seine Frau hat auch nichts mit in die Ehe gebracht. Ihr Vater ist Amerikaner, war damals Colonel bei der US-Army, hier in Heidelberg, und die Mutter Zivilangestellte in der Kantine der Amis. Als Leonhard seine Careen geheiratet hat, waren die Schwiegereltern längst geschieden und der Vater wieder in den Staaten drüben.«

Neben dem nötigen Startkapital brauchte man für eine solche Unternehmung auch eine gehörige Portion Mut. Ich selbst hätte diesen Mut niemals aufgebracht. Deshalb war ich jetzt Beamter mit überschaubarem Gehalt, und Leonhard war Multimillionär und wurde von einem Irren mit der Waffe bedroht.

»Und außerdem braucht man eine ordentliche Prise Größenwahn«, schnaubte Balke, als hätte er meine Gedanken erraten. »Diese Unternehmer sind in meinen Augen alle Soziopathen. Riskieren Kopf und Kragen, um nach oben zu kommen, aber meistens nicht ihren eigenen Kopf.«

»Das stimmt so nicht. Oft genug geht es auch schief. Nicht jeder wird Millionär.« Ich dachte an Mühlenfeld und seinen Seifenhandel. »Von denen lesen Sie natürlich nichts in der Financial Times. Wir hören immer nur von denen, die Glück gehabt haben. Glück braucht man nämlich auch noch für eine solche Karriere. Ziemlich viel Glück sogar.«

Balkes Handy schlug Alarm. »Die Pizza«, sagte er kurz darauf. »Essen ist da. Der Pizzabäcker hat sich ziemlich Zeit gelassen.«

Auf den letzten Metern wählte ich noch einmal die Nummer von Rolf Runkel und erfuhr, dass die KFZ-Werkstatt von Herrn May nicht mehr existierte. Aus irgendeinem geheimnisvollen Grund funktionierte sein Telefon aber noch.

Die Ladeanzeige meines Handys zeigte jetzt nur noch einen Strich. Ich fühlte mich so ausgelaugt und antriebslos wie der Akku meines Telefons.

»Haben Sie zufällig ein Ladegerät für ein Siemens-Handy?«, fragte ich.

»Die haben mal Handys gebaut?«, staunte Balke.

Hoffentlich war wenigstens noch Wasser da.

Als wir wieder im Schatten der Platanen standen, wählte ich Leonhards Nummer. Balke kaute schon eifrig an seiner eigenen Pizza, und ich ärgerte mich, weil ich mir nicht ebenfalls etwas zu essen bestellt hatte. Inzwischen knurrte mein Magen immer häufiger und vorwurfsvoller. Es dauerte keine Sekunde, bis Leonhard abnahm.

»Das Essen ist da«, verkündete ich mit schlecht gespielter Munterkeit.

»Na endlich«, erwiderte er eisig. »Passen Sie auf, die Sache läuft folgendermaßen …«

Eine unbewaffnete Beamtin ohne Uniformjacke sollte mit

dem Lift bis ins oberste Stockwerk fahren, allein selbstredend, die Pizzakartons samt Getränkeflaschen im Vorzimmer deponieren und die Tür anschließend von außen schließen.

»Er sagt, maximal fünf Minuten, und wenn irgendwas passiert, wenn die kleinste Kleinigkeit nicht läuft wie geplant, gibt's ein Drama.«

Eine sportliche Kollegin mit störrischem, kupferrotem Kräuselhaar erklärte sich spontan bereit, den Botendienst zu übernehmen.

»Aber keine Heldentaten!«, schärfte ich ihr ein. »Sie machen exakt das, was er gesagt hat. Und anschließend ziehen Sie sich sofort wieder zurück.«

Inzwischen stand auch der drahtige SEK-Chef mit dem Marathonläufergesicht wieder bei uns. »Eine kleine Abweichung wird es geben«, widersprach er mir. »Ich schlage vor, wir nutzen diese gute Gelegenheit und installieren im Vorzimmer eine Wanze.« Er hielt das winzige Ding schon in der Hand, übergab es der unternehmungslustig guckenden Rothaarigen. »Das Dingelchen hier legen Sie bitte auf ein Regal an der Wand zum Chefbüro. Möglichst nah an die Wand. Eingeschaltet und getestet ...«

»Ich werde nicht zulassen, dass hier irgendjemand gefährdet wird«, fiel ich ihm ins Wort. »Was, wenn sie durchsucht wird?«

»Das halte ich für äußerst unwahrscheinlich«, erwiderte Gansmann eisig. »Der Täter legt ja offenbar größten Wert darauf, sein Gesicht nicht zu zeigen.«

»Möglicherweise rechnet er sogar mit so etwas«, gab Cordula Hagnau zu bedenken. »Dann hat er drei Optionen: Entweder verhindert er, dass die Wanze installiert wird, oder er macht sie sofort kaputt, oder er passt sein Verhalten entsprechend an. Aber ich gebe dem Kollegen recht, Herr Gerlach, er wird sich nicht zeigen. Die ganze Übergabe ist so geplant, dass er nicht in Erscheinung tritt.«

Gansmann nickte ihr dankbar zu. Ich nickte ebenfalls, wenn auch immer noch zögernd.

»Wie ich die Situation einschätze«, fuhr die Psychologin fort, »neigt er nicht zu Kurzschlussreaktionen. Er kann jetzt auch keinen weiteren Stress brauchen. Deshalb denke ich, wir sollten es riskieren. Wenn es schiefgeht, wird er das allerdings als schweren Vertrauensbruch werten. Danach wird es erst recht nicht leicht sein, mit ihm ins Gespräch zu kommen.«

Das war es ja ohnehin nicht. Inzwischen hielt ich die nächste Anderthalb-Liter-Flasche voll Wasser in der Hand.

»Er darf ruhig wissen, dass wir nicht dumm sind«, dozierte Gansmann. »Er darf ruhig wissen, dass er es hier mit ernst zu nehmenden Gegnern zu tun hat.«

Falls er überhaupt existierte, fiel mir in dieser Sekunde ein. Vielleicht gab es gar keine Geiselnahme, sondern Leonhard spielte irgendein perverses Spiel mit uns? Aber diese Überlegung half uns im Augenblick auch nicht weiter. Die Uhr tickte. Zwei Minuten blieben noch von den fünf, die der Täter uns eingeräumt hatte. Widerwillig gab ich der Aktion schließlich meinen Segen.

Die Kollegin verstaute die Wanze, die kaum größer war als ein Radiergummi, in ihrem BH, packte die beiden Pizzakartons auf den rechten Arm, ergriff die Tragetasche mit den Getränkeflaschen mit der linken Hand und machte sich mit energischen Schritten auf den Weg in Richtung Eingang. Dann war sie verschwunden.

8

»Ich glaube, er hat zugesehen«, sagte Balke leise und mit Blick nach oben. »Die Jalousie hat sich wieder bewegt.«

»Kann er das mit der Wanze mitgekriegt haben?«, fragte ich ebenso leise.

»Denke nicht. Sie hat unter dem Baum gestanden. Und außerdem mit dem Rücken zu ihm.«

Aus dem Lautsprecher des erstaunlich kleinen und hypermodernen Empfängers unserer Hightech-Wanze hörten wir harte Schritte auf den polierten Granitplatten des Foyers, Rascheln, Atmen, gedämpft den Gong eines Lifts, zwischendurch immer wieder das nervöse Hüsteln der Kollegin. Augenblicke später gongte es erneut. Auf zweien von unseren vielen Monitoren konnte ich aus verschiedenen Perspektiven beobachten, wie sie zügig den Flur überquerte und nach einem letzten Atemholen die Tür öffnete und in Leonhards Vorzimmer verschwand.

Jetzt waren wir alle mucksmäuschenstill. Außer Rascheln, Knistern und anderen, meist undefinierbaren Geräuschen war jedoch nichts zu vernehmen. Dann veränderte sich plötzlich der Klang. Ein schepperndes Krachen verriet, dass die Wanze mit dem empfindlichen Mikrofon unsanft auf einer harten Oberfläche aufgeschlagen war. Kurz darauf das Geräusch einer schweren Tür, die ins Schloss fiel. Alle begannen gleichzeitig wieder zu atmen.

»Na also.« Gansmann sah Beifall heischend um sich.

»Abwarten«, sagte ich missmutig. Noch traute ich dem Frieden nicht.

Es dauerte einige Zeit, bis sich oben wieder etwas tat. Vermutlich wartete der Geiselnehmer ab, bis die Kollegin wieder die Straße überquerte. Tatsächlich hörten wir durch die Wanze das diskrete Quietschen eines Türscharniers, als unten die Polizistin etwas verschwitzt, aber stolz auf uns zukam.

Schritte waren zu hören, dann Leonhards Stimme: »Siehst du? Alles da, wie bestellt ...« Er schien die Pizzakartons vom Tisch zu nehmen, die Schritte kamen näher, entfernten sich wieder, und schon krachte die Tür ins Schloss. Jetzt war Leonhard nur noch gedämpft zu hören: »... hab ich's nicht ...«, hörte ich noch, anschließend nur noch unverständliches

Gemurmel und Gerumpel. Vermutlich nahm man Platz, um zu speisen. Dann Stille.

»Er hat ihn geduzt«, sagte ich. »Sie kennen sich.«

Oder spielte Leonhard vielleicht doch nur Theater für uns? Zu welchem Zweck? Mit welchem Ziel? Und wer hatte dann Frau Zöpfle halb zu Tode erschreckt? Es wurde dringend Zeit, dass ich mit ihr sprechen konnte.

Klara Vangelis hatte zwischenzeitlich gemeldet, dass wir die Sekretärin wohl in absehbarer Zeit besuchen durften. Die Ärzte waren optimistisch.

Eine Weile lauschten wir noch. Aber es blieb alles ruhig.

»Die Wand ist zu dick«, sagte ich schließlich, ohne Gansmann anzusehen.

Der biss mit undurchsichtiger Miene von seiner Pizzaschnitte ab, und ich überlegte, wie ich an etwas zu essen kommen könnte, ohne jemanden anbetteln zu müssen.

Plötzlich blieb dem SEK-Chef der Bissen im Hals stecken – es gab doch wieder etwas zu hören aus den Räumen dort oben: Unvermittelt wurde gebrüllt, geschrien, und dann fielen in kurzer Folge zwei Schüsse. Gepolter. Eine Sekunde später war es wieder still. Stiller als zuvor, kam es mir vor.

»Fuck!« Balke war kreidebleich.

Wie ich vermutlich auch.

Gansmann legte seine Pizza vorsichtig, aber ohne zu zittern in den Karton zurück.

»Wir greifen zu«, entschied ich. »Da oben ist jetzt irgendwas passiert.«

Gansmann hatte schon das Handfunkgerät am Mund und gab seine Anweisungen: »Team drei in den Flur vor die Tür zum Vorzimmer. Scharfschützen Feuerbereitschaft herstellen. Vorläufig keine Feuerfreigabe. Ich wiederhole: Keine Feuerfreigabe! Nach Bereitmeldung Kommando für Zugriff abwarten. Ich wiederhole: Kommando für Zugriff abwarten! Good luck, Männer!«

Die Scharfschützen auf dem Dach hinter uns hatten wir

nicht ganz abgezogen, wie der Geiselnehmer gefordert hatte, sondern angewiesen, sich hinter einem der Aufbauten zu verstecken, von denen es auf dem Dach reichlich gab.

Auf unseren Monitoren konnten wir beobachten, wie dunkle Gestalten über den Flur huschten, immer hart an der Wand, die schussbereiten Waffen schräg nach oben gerichtet. Vor der Tür zu Leonhards Vorzimmer machten die Männer – fünf zählte ich – halt.

»Sind in Position«, raunte es aus Gansmanns Funkgerät.

Trotz der Hitze waren meine Finger plötzlich kalt. Mein Magen knurrte vernehmlich und im völlig falschen Augenblick. In Balkes Mundwinkeln zuckte ein winziges Grinsen.

Gansmann nahm das anthrazitgraue Gerät wieder an den Mund. »Freigabe für Eindringen in Vorzimmer. Soweit bekannt, ist die Verbindungstür zum Büro zu, aber nicht verschlossen. Waffen entsichern!«

Einer seiner Männer streckte die linke Hand aus, griff, den Rücken fest an die Wand gedrückt, nach der Klinke, drückte sie in Zeitlupe herunter. Die Tür öffnete sich Millimeter für Millimeter. Schließlich war sie so weit offen, dass ein anderer hineinspähen konnte.

»Bestätige, Verbindungstür geschlossen«, flüsterte er.

Gansmann sah mich an. Ich nickte.

»Freigabe für Eindringen in Vorzimmer.«

»Stopp!«, rief Balke scharf.

Ich fuhr herum, konnte ihn erst nicht sehen. Dann streckte er seinen weißblond beborsteten Kopf aus der Hecktür des Technikwagens und hielt mir einen Kopfhörer hin, an dem ein langes Kabel baumelte.

»Was?«, fragte ich unwirsch.

»Hören Sie sich das bitte an. Moment, ich drehe die Lautstärke noch ein bisschen auf …«

Ein zweites Mal hörte ich die Schüsse, unverständliches Gebrüll, Rumpeln, Scheppern, schließlich eine in den Nebengeräuschen fast untergehende Männerstimme. Balke musste mir die kurze Passage dreimal vorspielen, bis ich mir sicher war, dass es Leonhard war, der nach den Schüssen gerufen hatte: »Du Blödmann! ... das denn jetzt? Willst du ... komplette Büro in Trümmer ...?«

Eine andere, sehr viel leisere, vielleicht verlegene Stimme antwortete, war jedoch auch bei äußerster Anstrengung nicht zu verstehen.

Dann wieder Leonhard: »Also wirklich, Mensch!«

»Brechen Sie ab«, sagte ich zu Gansmann. »Die Geisel ist unverletzt.«

Und der Geiselnehmer war kein Phantom. Und Leonhard kannte ihn und duzte ihn.

Gansmann biss wieder einmal die Zähne zusammen und gab die notwendigen Kommandos.

Augenblicke später war die Tür zum Vorzimmer wieder zu, und die schwarzen Kollegen waren vom Flur verschwunden, als wären sie niemals dort gewesen.

»Wenn er bloß endlich mit sich reden ließe«, seufzte die Psychologin, der auch noch der Schreck im Gesicht stand.

Leonhard hielt mich also nicht zum Narren, spielte mir kein Theater vor. Aber noch immer wusste ich nicht viel mehr über den Täter, als dass er eine scharfe Waffe bei sich hatte und damit gerne Löcher in Zimmerdecken schoss. Wie oft hatte er inzwischen abgedrückt? Ich bat Balke zu klären, wie viele Schüsse seit heute Morgen gefallen waren. Wer konnte wissen, wozu diese Information irgendwann einmal gut sein konnte.

In der Ferne bellte aufgeregt ein kleiner Hund. Und mein Magen knurrte schon wieder.

Um Viertel vor zwei schreckte mich ein Anruf von Klara Vangelis aus dem Hitzedämmer. »Diese Journalistin, Susanne Herzog«, sagte sie in ihrem üblichen kühlen und geschäftsmäßigen Ton. »War nicht ganz leicht, sie zu finden ...«

Und das, obwohl Susanne Herzog seit ihrem Rückzug aus der Redaktion der FAZ ganz in unserer Nähe lebte. Möglicherweise war genau das der Grund, weshalb sie sich mit solcher Leidenschaft in Leonhards Waden verbissen hatte. Zur Welt gekommen war sie in Mauer, wo vor Zeiten die spärlichen Überreste des Homo Heidelbergiensis gefunden worden waren. Studiert hatte sie in Heidelberg, und heute lebte sie wieder in ihrem Geburtshaus in dem Örtchen nur etwa fünf Kilometer südöstlich von dem Punkt, wo ich mich gerade befand. »Mit ihrer alten Mutter zusammen«, sagte Vangelis.

»Herzog hier«, meldete sich eine raue Stimme, bei deren Klang mir nicht klar wurde, ob ich mit der Tochter oder der Mutter oder vielleicht sogar einem männlichen Familienangehörigen sprach.

Ich stellte mich vor, nannte mein Anliegen.

»Leonhard?«, fragte sie plötzlich zögernd und wachsam. »Natürlich sagt mir der Name etwas.« Offenbar war ich doch gleich bei der richtigen Frau Herzog gelandet.

»Sie schreiben über ihn, habe ich gehört. Und nicht nur Freundliches.«

»Woher wissen Sie davon?«

»Von Frau Leonhard.«

»Bisher ist nichts veröffentlicht. Ich recherchiere noch.«

»Worum geht es bei Ihren Recherchen?«

Wieder kam die Antwort erst nach einer Denksekunde: »Das werde ich nicht so am Telefon ... Nein, Mutti, es ist nicht Robert ... Nein, du kennst den Mann nicht ... Nein, du kannst das Handy jetzt nicht haben. Weshalb interessiert sich plötzlich die Polizei für Herrn Leonhard?«

»Das möchte *ich* lieber nicht am Telefon besprechen.«

»Ich verstehe. Nein, Mutti. Ich sagte: Nein!«

»Wären Sie bereit, mit mir zu sprechen? Sie erfahren, was ich weiß, und ich erfahre, was Sie wissen.«

»Üblicherweise kooperiere ich nicht mit Behörden,

aber … Mutti, nerv nicht! Setz dich wieder hin, ja, gut … Worum geht es denn überhaupt?«

»Haben Sie heute schon Nachrichten gehört?«

»Ist das Wetter nicht zu schön für Nachrichten?«

Unter schönem Wetter stellte ich mir etwas anderes vor, aber nun gut. Ich klärte sie darüber auf, was wenige Kilometer von ihr entfernt geschehen war. »Es ist ja denkbar, dass Sie etwas wissen, was mich zum Täter führt.«

»Wenn Sie meinen …«

»Ich komme selbstverständlich zu Ihnen«, lockte ich. »Wann immer Sie wollen.«

»Mutti! Nicht, dass du wieder fällst! Sie wissen also noch nicht, wer der Geiselnehmer ist?«

»Bisher weiß ich praktisch nichts. Und das ist mein Problem.«

»Aber Sie vermuten, dass das Ganze etwas mit Leonhards Vorgeschichte zu tun hat.«

»Das liegt auf der Hand.«

Es dauerte Sekunden, bis ihre nächste Frage kam: »Haben Sie seine Stimme gehört? Spricht er mit Akzent?«

»Nicht einmal das weiß ich. Weshalb fragen Sie?«

»Wenn er mit slawischem Akzent sprechen würde … Mutti! Stell das bitte sofort wieder hin!« Sie stieß einen abgrundtiefen Seufzer aus.

»Was wäre dann?«

»Wir sollten uns wirklich treffen, Herr Gerlach«, sagte sie mit plötzlicher Entschlossenheit. »Im Lauf des Nachmittags wollte ich ohnehin nach Heidelberg. Ich muss einiges in der Unibibliothek recherchieren für einen angeblichen Fall von Korruption an der Universität. Eigentlich wollte ich warten, bis es ein wenig abgekühlt hat, aber in diesem Fall … Ich muss nur erst eine Nachbarin fragen, ob sie in der Zeit nach meiner Mutter sehen kann.«

Sie versprach, mich anzurufen, wenn sie sich auf den Weg machte. Und ich versprach, mir zwischenzeitlich ein Café oder ein Bistro einfallen zu lassen, in dessen Nähe man einen Parkplatz fand, da Frau Herzog Straßenbahnen verabscheute.

»Es ist diese Hitze.« Zum zweiten Mal seufzte die Journalistin. »Sie macht meine Mutter so unleidlich. Es gibt Tage, da weiß ich nicht, wie es weitergehen soll, wenn das so weitergeht.«

In Leonhards Büro herrschte seit längerer Zeit wieder Ruhe. Eine Ruhe, die einem Gänsehaut machen konnte.

Nach Christian Mühlenfeld und Marco Schulz wurde mit Hochdruck gefahndet. Alle Menschen, bei denen sie Zuflucht gesucht haben könnten, bekamen Besuch oder einen Anruf von höflichen Kripobeamten. Auf Mühlenfeld war ein schwarzer Fiat Punto zugelassen, wussten wir inzwischen, dessen Kennzeichen längst jede Streifenwagenbesatzung im weiten Umkreis kannte.

»Hier steht kein Punto rum«, sagte Balke frustriert. »Das habe ich gleich gecheckt.«

Allmählich machte sich eine allgemeine und allumfassende Lähmung breit. Die meisten Neugierigen hatten sich längst verzogen, und selbst die anfangs so engagierten Journalisten hatten sich irgendwo verkrochen, wo die Temperatur erträglicher war. Die Menschen um mich herum nuckelten an ihren Wasserflaschen und gähnten immer öfter. Mein Magen erinnerte mich nachdrücklich daran, dass ich noch immer nichts gegessen hatte, und selbst Gansmann machte inzwischen einen leicht apathischen Eindruck. Die Psychologin war vernünftigerweise auf ihrem Plastikstuhl eingeschlafen.

Eine willkommene, aber nicht gerade aufmunternde Abwechslung war der Anruf von Rolf Runkel, der mir mitteilte, gegen den Herrn May laufe ein Strafverfahren wegen Steuerhinterziehung.

»Wie's aussieht, hat der Bursche jeden zweiten Auftrag schwarz gemacht.«

Einer der Kunden, die dem Steuerbetrüger das Geld für eine überraschend preiswerte Reparatur in bar und ohne Quittung in die ölige Hand gedrückt hatten, war ich selbst. Ich konnte nur hoffen, dass es um Herrn Mays Buchführung ähnlich schlecht bestellt war wie um seine Steuerehrlichkeit.

»Sonst irgendwas, was ich wissen sollte?«

Nein, ansonsten war alles ruhig in der Kurpfalz. Auch was die beiden Toten von der Autobahnraststätte betraf, gab es keine Neuigkeiten.

Als ich den roten Knopf drückte, sah ich, dass der Akku meines Handys jetzt ganz leer war.

Ich beschloss, etwas für die Verbesserung des Betriebsklimas zu tun, und trat neben Gansmann, der mittlerweile auch nicht mehr wusste, was er mit sich und seinen Mannen noch anfangen sollte. Ich fragte ihn, wo er wohnte. Nicht weit vom Standort des SEK in Göppingen, erzählte er ohne Begeisterung, dort habe er ein großes Haus mit sieben Zimmern und riesengroßem Grundstück darum herum. »Hat meine Frau geerbt, nicht, dass Sie denken, wir beim SEK verdienen so gut …« Außerdem war er Vater dreier wohlgeratener Söhne im Alter zwischen zwölf und siebzehn Jahren, alle kommende Radrennstars und in der Schule in allen, na ja, fast allen Fächern Klassenbeste. Ich steuerte die eine oder andere Anekdote von meinen Töchtern bei, die weder besonders sportlich noch in sonst einem Bereich auffallend ehrgeizig waren. Er hatte Mitleid mit mir und versuchte, mich über mein Versagen als Vater hinwegzutrösten.

»Mädchen sind ja sowieso komplizierter als Jungs«, meinte er.

Dieser Ansicht war ich zwar nicht, aber ich war zu faul, ihm zu widersprechen. Als die privaten Themen abgehandelt waren, sprachen wir über das, worum sich Gespräche zwischen Polizisten früher oder später immer drehen: Geld.

Dass wir zu wenig verdienten. Dass wir zu viele Überstunden machten. Dass unsere Behörden von der Landesregierung systematisch kaputtgespart wurden. Dass es so nicht mehr lange weitergehen konnte.

»Was kann man schon erwarten, wenn der Innenminister ein Grüner ist?«, brummte Gansmann mit theatralischem Blick zum Saharasandhimmel. »Die meisten von denen würden die Polizei ja am liebsten ganz abschaffen.«

Er erzählte von Einsätzen in Brokdorf und Gorleben, wo er sich als Zugführer der Bereitschaftspolizei seine ersten Sporen verdient hatte. Ich ließ ihn reden und sagte nur noch hin und wieder »Ja«, »Nein« oder »Ach was!«. Erstens meinte ich mich zu erinnern, dass der Innenminister in Stuttgart SPD-Mitglied war, zweitens war es in den Jahrzehnten, als die CDU das Ruder führte, auch nicht besser gewesen, und drittens hatten politische Diskussionen mit Kollegen noch selten zu einem guten Ende geführt. Gansmann musterte mich mit einer Miene, die klarstellte, dass ich für ihn nun endgültig erledigt war. »Auch einer von denen«, sagte sein Blick.

Mein Handy erlöste mich.

Louise: »Paps, wann kommst du heute?«

»Weiß ich noch nicht. Wieso?«

»Ich bräuchte dich mal.«

»Schule?«

»Ja, auch …«

»Ich werde nachher kurz heimkommen. Mein Akku ist leer, und ich kann hier kein Ladegerät auftreiben.«

»Wann?«

»Kann ich noch nicht sagen. Ich rufe vorher an, falls mein Handy noch funktioniert.«

Kaum hatte ich aufgelegt, als das Handy – trotz leerem Akku – erneut loslegte. Dieses Mal war es Leonhard.

»Wir brauchen ein Klo«, erklärte er im Chefton. »Falls Sie auf die Schnelle keines auftreiben können, meine Frau kann

Ihnen helfen. Sagen Sie ihr, Sie bräuchten die blaue Campingtoilette aus der Garage hinten links.«

»Lieferung ins Vorzimmer, wie gehabt?«

»Wohin sonst?«

Balke sah mich an und dachte vermutlich dasselbe wie ich. Die Campingtoilette würden sie nicht im Büro aufstellen, und die Jalousien an den Fenstern des Vorzimmers waren oben. Das Dach, auf dem sich immer noch unsere beiden Scharfschützen versteckten, lag zwar einige Meter niedriger, aber mit etwas Glück konnte man dennoch in den zukünftigen Toilettenraum hineinsehen und im äußersten Fall auch – schießen. Vielleicht würden wir bald zumindest einige schöne Fotos vom Täter haben.

Gansmann schwadronierte immer noch von vergangenen Schlachten gegen Atomkraftgegner und anderes linkes Gesocks. Das Wort »Umweltschützer« klang aus seinem Mund wie eine Beleidigung. Balke schlenderte unauffällig außer Hörweite, und ich beschloss, dass es nun endlich Zeit für einen Imbiss war.

»Ich meine, ich habe dahinten einen Hähnchengrill gesehen.« Mit einer militärisch präzisen Geste wies Gansmann mir die Richtung. »Drei-, vierhundert Meter, maximal.«

Eine endlose Strecke bei den herrschenden Wetterverhältnissen. Noch immer war erst früher Nachmittag. Das Industriegebiet um uns herum schien ausgestorben zu sein. Nur die vom riesigen Gelände der Heidelberger Zement AG aufsteigenden Dampfwolken zeigten an, dass hie und da noch Menschen lebten und manche sogar arbeiteten.

Während ein Streifenwagen mit Blaulicht und Geheul nach Ladenburg raste, um die Campingtoilette zu holen, und ich mich mit der Vision von einem knusprig gegrillten Hähnchen vor Augen auf den schweißtreibenden Weg machte, wurde neben den beiden vermutlich ebenfalls erbärmlich schwitzenden Scharfschützen ein weiterer, mit Kamera und Teleobjektiv bewaffneter SEK-Kämpfer postiert.

9

Dreißig Minuten später machte sich die sportliche Rothaarige erneut auf den Weg, dieses Mal ohne Wanze im BH. Die Anlieferung der Toilette verlief ohne Zwischenfälle. Allmählich stellte sich Routine ein. Man kannte sich. Man begann, eine gemeinsame Geschichte zu haben. Sich über Kleinigkeiten zu freuen. Und, so meinte zumindest Frau Hagnau, man fing an, sich über den Weg zu trauen. Die Psychologin hatte ihr Powernapping beendet, war sichtlich erholt und im Großen und Ganzen zufrieden mit der Entwicklung.

»Die Stimmung wird lockerer«, behauptete sie gut gelaunt. »Die Aggression ist raus.«

Wieder einmal lauschten wir den Geräuschen aus unserem Empfänger. Minutenlang geschah nichts, nachdem die Kollegin die blaue Plastikkiste neben Veronika Zöpfles Schreibtisch deponiert hatte. Dann ertönte das bekannte Quieken von Leonhards Bürotür. Schwere Schritte wurden lauter und wieder leiser. Dann ein rasselndes Geräusch, und ich wusste es schon vor der Meldung des Kollegen mit der Kamera – Leonhard hatte die Jalousien vor den Fenstern des Vorzimmers heruntergelassen. Der Ordnung halber hatte der Kollege einige Fotos von ihm geschossen.

»War ja zu erwarten«, meinte Balke mit resigniertem Grinsen. »Wer geht schon gerne aufs Klo, wenn ihm tausend Leute dabei zusehen?«

Wieder war eine halbe Stunde vergangen, ohne dass die Situation sich verändert hatte. Jemand hatte zwischenzeitlich die Campingtoilette benutzt, und der Techniker hessischer Abstammung hatte vorübergehend die Lautstärke des Empfängers auf Null gedreht. Niemand hatte Lust, einem Fremden dabei zuzuhören, wie er die Endprodukte seiner Verdauung entsorgte. Bleierne Langeweile hatte sich über die Szenerie gelegt. Eine vergiftete Langeweile, die von einer Sekunde auf die andere in neue Aggression und Hektik umschlagen konnte.

Der Hähnchengrill hatte sich als Dönerimbiss entpuppt, und das ungewohnt gewürzte Essen hatte bei mir zu einem hartnäckigen Schluckauf geführt, gegen den auch große Mengen lauwarmes Wasser nicht halfen.

»Wenn es anfängt, langweilig zu werden, kommt früher oder später Bewegung in die Sache«, klärte mich die Psychologin auf. »Jetzt fängt er an zu überlegen, wie es weitergehen soll. Wie er heil rauskommen kann. Demnächst wird er Kontakt aufnehmen, denken Sie an meine Worte.«

Ich dachte daran, und meine Augenlider wurden darüber schwerer und schwerer. Nebenbei dachte ich auch daran, dass mein Handyakku immer noch leer war und dass ich dringend eine Dusche brauchte. Ich wollte nach Hause. Und ich wollte schlafen … schlafen …

»Chef?« Balkes Stimme weckte mich. »Das müssen Sie sich anhören.« Neben ihm stand eine gedrungene Frau mit fein geschnittenem Gesicht, schwarzem Pagenkopf, gerader Nase und fröhlich blitzenden, himmelblauen Augen. Sie mochte um die vierzig Jahre alt sein.

»Gut möglich, dass ich ihn gesehen habe«, verkündete sie stolz und mit einem harten Akzent, der so gar nicht zum hübschen Gesicht passte.

Die Zeugin hieß Sirja Kallastu, stammte aus Estland und arbeitete in einer nicht weit entfernt liegenden Spedition als Disponentin. Heute Morgen, um kurz nach acht, war sie an Leonhards Bürohaus vorbeigeradelt.

»Und da ist dieser junge Mann gewesen. Da drüben, neben dem Eingang, bei dem Blumenkübel mit den gelben Rosen, da hat er gestanden. Wie bestellt und nicht abgeholt, habe ich noch gedacht. So hat er da gestanden.«

Zu diesem Zeitpunkt war Leonhard schon in seinem Büro gewesen. Und Bruckner, sein Assistent, ebenfalls.

»Ich habe vorhin beim Mittagessen erst gehört, was passiert ist. Und da ist mir der junge Mann wieder eingefallen. Erst habe ich gedacht, ich möchte mich mal lieber nicht lächerlich machen, aber dann hat meine Kollegin gemeint, ich muss es der Polizei sagen. Es könnte vielleicht wichtig sein, hat sie gemeint.«

»Hat er vielleicht auf jemanden gewartet?«, fragte ich.

»Das könnte gut sein, ja«, erwiderte sie mit einem kleinen, eitlen Lächeln und zupfte an ihren Haaren herum. »Sonst steht hier ja normalerweise keiner auf der Straße rum, wissen Sie? Wer hierherkommt, der will zur Arbeit, oder er ist bei der Arbeit, oder er kommt von der Arbeit. Hier hat normalerweise keiner Zeit zum Löcher-in-die-Luft-Gucken. Und … wie soll ich sagen? Ein bisschen nervös ist er mir vorgekommen, der junge Mann. Kann eigentlich gar nicht sagen, warum. Vielleicht, weil er dauernd auf sein Handy geguckt hat. Obwohl das die jungen Leute heutzutage ja ständig tun.«

»Wie hat er ausgesehen?«

Mit hochgezogenen Brauen sah sie um sich. Ihr Blick blieb an Balke hängen. »So groß wie der junge Mann hier ungefähr. Aber jünger, so um die zwanzig, würde ich schätzen. Schmaler auch. Nicht so viele Muskeln wie der junge Mann hier.« Sie schenkte Balke ein anerkennendes Lächeln und zupfte immer noch an ihren rabenschwarzen Haaren. Er lächelte automatisch zurück. »Vielleicht ein Student, habe ich gedacht. Wie er angezogen war. Und dann die Haare. Blonde Locken, bis auf die Schultern. Im ersten Moment habe ich sogar geglaubt, es ist eine Frau. Aber dann, na ja, die Figur …« Verlegen kichernd brach sie ab.

Balkes Blick war plötzlich aufmerksam.

»Was hat er angehabt?«, fragte er.

Sie hörte auf zu zupfen. »Was die jungen Leute heute alle anhaben: Jeans und ein T-Shirt und wahrscheinlich Sneakers, aber da bin ich mir nicht sicher. Schwarz ist es gewesen, das Shirt, und schon ein bisschen verwaschen. Es hat auch irgendwas draufgestanden, aber da habe ich nicht darauf geachtet.«

»Haben Sie sein Gesicht gesehen?«

»Nicht wirklich. Weil er doch auf sein Handy geguckt hat.«

Balke suchte etwas in seinem allwissenden Smartphone, hielt unserer Zeugin den Bildschirm vors Gesicht, auf dem das Schwarz-Weiß-Foto vom Porschefahrer zu sehen war. »Der hier vielleicht?«

»Könnte schon sein, ja. Das Alter, das Gesicht, aber … Er hat was anderes angehabt. Und die Haare, die Haare waren anders.«

»Hier hat er sie hinten zusammengemacht.«

»Die Haarfarbe … Er könnte es schon sein, doch. Sicher bin ich mir nicht. Aber zur Not – ja, doch.«

»Ja oder zur Not?«, fragte ich unwillig.

Sie druckste noch ein wenig herum, entschied sich schließlich für: »Weiß nicht. Ein besseres Foto haben Sie nicht?«

Trotz ihres Nachnamens hatte Frau Herzog rein gar nichts Aristokratisches an sich. Sie war eine große, knochige Frau mit krummem Rücken, verlebtem Gesicht, mürrischem Mund und müdem, misstrauischem Blick. Als ich den schattigen Biergarten der Linde in Rohrbach betrat, erwartete sie mich bereits. Das Lokal war praktischerweise kaum mehr als einen Kilometer vom Tatort entfernt. Die Journalistin saß in der hintersten Ecke an einer roten Bretterwand, erhob sich mit kraftlosen Bewegungen und ohne sich die Mühe eines Lächelns zu machen. Ihren Körper versteckte sie in einem weiten, indisch wirkenden Kleid, das fast bis zum Boden ging. An den Füßen trug sie Gesundheitslatschen.

Nach einem matten Händedruck sank sie wieder auf ihren Stuhl, als hätte sie soeben ihre letzten Kraftreserven verbraucht. Vor sich hatte sie ein großes Glas Wasser oder Zitronenlimonade stehen, daneben einen leeren Cognacschwenker. Ich setzte mich ihr gegenüber auf einen der erstaunlich bequemen Holzstühle mit hoher Lehne und kam ohne Umschweife zur Sache: »Wie kommen Sie darauf, dass der Täter mit slawischem Akzent sprechen könnte?«

Sie musterte mich mit ausdruckslosem Blick und sagte schließlich: »Weil Leonhard seit einiger Zeit Geschäfte im Osten macht.«

»Worum geht es bei diesen Geschäften?«

Ihre Miene wurde verschlossen. »Vielleicht fangen wir einfach mal von vorne an?«

Ein junger Kellner mit pickligem Gesicht und erfrischendem Grinsen trat an den Tisch und sah mich herausfordernd an.

Ich bestellte eine große Cola, weil ich allmählich kein Wasser mehr sehen konnte. Und vielleicht half ja Cola gegen den Dönergeschmack, der sich hartnäckig in meinem Mund hielt. Der Schluckauf hatte irgendwann aufgehört, wurde mir jetzt erst bewusst.

»Die Küche hat auch noch offen.« Sein Grinsen wurde noch eine Spur leuchtender. »Schmeckt alles total lecker bei uns ...«

»Danke«, unterbrach ich seine Werbesendung. »Gegessen habe ich schon.«

Unbeirrt weiter vor sich hin strahlend verschwand er.

»Okay«, sagte ich zu der Journalistin, deren Finger und Gesichtsfarbe sie als Kettenraucherin outeten. »Fangen wir also von vorne an.«

Ich gab ihr einen kurzen Abriss dessen, was geschehen war und was ich bisher wusste beziehungsweise nicht wusste. »Und weshalb interessieren Sie sich für Leonhard?«, fragte ich. »Sie schreiben für große Zeitungen, und Leonhard ist doch bestenfalls eine Provinzgröße.«

»Da täuschen Sie sich. Er hat es in erstaunlich kurzer Zeit

zu einem erstaunlichen Vermögen gebracht, und dahinter steckt fast immer eine spannende Geschichte. Außerdem ist der Mann in meinen Augen ein Verbrecher. Vielleicht kein Verbrecher nach den Maßstäben des Gesetzes …«

»Andere Verbrecher kenne ich nicht.«

»Er hat niemanden erschossen, will ich damit sagen. Er hat niemanden beraubt oder krankenhausreif geschlagen. Aber er hat im Lauf seiner Karriere viele Menschen finanziell und nicht wenige auch physisch und psychisch ruiniert. In mindestens zwei Fällen haben die Opfer sich später das Leben genommen.«

In den folgenden Minuten erfuhr ich manches über Alfred Leonhard, das vermutlich nicht einmal seine Frau wusste. Einige Jahre lang hatte Leonhard mit Bauherrenmodellen gut verdient. In großen Städten hatte er große Häuser voller kleiner Wohnungen hochgezogen und diese, oft bevor der Beton des Fundaments ausgehärtet war, an Kunden verkauft, die die Verträge in der Erwartung traumhafter Steuerersparnisse nicht so genau gelesen hatten.

»Da hat es immerhin keine Armen getroffen. Viele Menschen verlieren ja sofort den Verstand, wenn sie hören, sie könnten das Finanzamt betrügen.«

Reihenweise hatte er Subunternehmer in den Ruin getrieben. Kleine Baufirmen, die sich eingebildet hatten, mit Leonhard als Auftraggeber das große Los gezogen zu haben.

»Regelrecht ausgesaugt hat er die. Und wenn einer nicht mehr konnte, dann haben schon zehn andere Schlange gestanden und sich nach seinen Aufträgen die Finger geleckt.«

Ich hörte mir ihre Schauergeschichten an und wurde mir nicht klar darüber, wie viel Wahrheit darin steckte. Es war offensichtlich, dass diese Frau Leonhard hasste, dass sie voller Vorurteile steckte. Balke hätte sich vermutlich prima mit ihr verstanden. Leonhard war reich, und deshalb war er böse. Das konnte gar nicht anders sein.

»Wussten Sie, dass er vier Anwälte beschäftigt?«, fragte sie mit triumphierendem Blick. »Anwälte, die praktisch ausschließlich für ihn arbeiten?«

Meine Cola kam. Während ich das Glas in einem Zug halb leer trank, erzählte die Herzogin mit gesenktem Blick und monotoner Stimme weiter.

»Rechnungen werden gar nicht oder mit fadenscheinigen Gründen nur teilweise bezahlt. Man prozessiert eine Weile herum, vergleicht sich oder stellt irgendwann fest, dass Leonhard die besseren Anwälte und vor allem den längeren Atem hat.«

So war Alfred Leonhard reicher und mächtiger geworden. Bis sich vor einigen Jahren der Wind drehte.

»Im Zuge der Finanzkrise?«

»Sie sagen es. Leonhard war in den Jahren davor massiv in den Bau von Bürokomplexen eingestiegen. Anfang 2005 hat er begonnen, in Frankfurt nicht weit von der Alten Oper einen Hochhausturm zu bauen. Fast fünfzig Stockwerke, die Finanzierung muss ein wahres Kunstwerk gewesen sein. Auf Umwegen bin ich in Besitz einiger Ordner mit Kopien gekommen, aber selbst unsere Spezialisten bei der FAZ sind am Ende nicht mehr durchgestiegen bei all den Verflechtungen und Sicherheiten hier und dort. Aber noch bevor die letzten Fenster montiert waren, kam die Lehmann-Pleite, und plötzlich hat kein Mensch noch Büros gebraucht. Vor allem in Frankfurt nicht. Heute steht Leonhards schöner Turm immer noch halb leer und verursacht Monat für Monat Verluste im sechsstelligen Bereich. Und dieses Mal hat er es dummerweise mit Partnern zu tun, die ebenfalls gerissene Anwälte beschäftigen. Seither scheint ihn die Fortüne verlassen zu haben. Vielleicht wird er allmählich alt und verliert den Killerinstinkt, der ihn groß gemacht hat.«

Sie bestellte per Handzeichen ein neues Glas Wasser. Und nun kamen wir endlich zu Leonhards Geschäften im Osten. »Er hat dringend neue Geschäftsfelder und Einnahmequellen gebraucht. Die Banken machen ihm Druck, die Schulden sind ihm über den Kopf gewachsen. Und im Osten, hat er sich wohl ausgerechnet, da ist jetzt Boomzeit. Da ist Öl und Gas und Nachholbedarf ohne Ende. Er hat ganz groß in der Ukraine investiert, in der Nähe von Luhansk.«

»Ist das nicht …?«

»Das ist da, wo jetzt alles in Trümmern liegt, Sie sagen es. Dieses Mal geht es um ein Stahlwerk. Ein Milliardenprojekt. Da ihm die deutschen Banken nicht mehr über den Weg trauen, hat er sich mit einem russischen Finanzier zusammengetan. Wie der Deal im Detail aussieht, habe ich bislang nicht herausfinden können. Das Geld kommt von seinem russischen Partner, Betreiber des Stahlwerks sollte ein ukrainisches Konsortium sein, die ganze Konstruktion beruht auf einem reichlich undurchsichtigen Leasingvertrag. Grob gesagt stelle ich mir das so vor: Leonhard hat sich von seinem Partner das Geld für den Bau gepumpt, zu entsprechenden Zinsen natürlich, von den zu erwartenden Leasingraten wollte er später den Kredit tilgen und von dem, was übrig bleibt, seine sonstigen Schulden.«

Traurig sah sie in ihr fast leeres Glas und trank den allerletzten winzigen Schluck.

»Aber dann kam der Krieg, und heute ist das zu drei Vierteln fertiggestellte Werk ein Schutthaufen, das Geld ist futsch, und man weiß noch nicht mal, wer es eigentlich zusammengeschossen hat. Man munkelt, die Separatisten, weil sie nicht wussten, dass in dem Komplex russisches Geld steckt.«

»Wer ist dieser Russe?«

»Stanislav Oleg, der Name sagt Ihnen vielleicht etwas?«

Da musste ich passen.

»Einer dieser steinreichen Oligarchen. Vor der Perestroika war er ein hohes Tier in der Partei, und als die UdSSR in Fetzen ging, hat er rechtzeitig ein paar Stücke von der großen Torte für sich zur Seite geschafft. Bergbaubetriebe, Minen, vorwiegend östlich vom Ural und weit weg von Moskau. Wie Leonhard an den Kerl geraten ist, würde mich brennend interessieren. Sie wollten übrigens Eisenbahnschienen produzieren. Eisen und Kohle gibt es im Donez-Becken ja reichlich. Aber an der Technik zur Veredelung mangelt es.«

Sie hob ihren Cognacschwenker und zeigte ihn dem Kellner, der sich im Hintergrund langweilte. Im Radio sang Katie Melua von »Nine million bicycles«.

»Eisenbahnschienen sind ein gigantischer Markt, hatten sich die beiden Chorknaben wohl überlegt. Russland muss dringend sein Eisenbahnnetz modernisieren, wenn das mit dem asiatischen Wirtschaftsraum etwas werden soll. Putin braucht funktionierende Verkehrsverbindungen, wenn er die Wirtschaft wieder auf die Beine bringen will.«

Mein Handy brummte. »Runkel« stand auf dem Display. Ich drückte das Gespräch weg. Obwohl die Anzeige auf Null stand, funktionierte das brave Uraltgerät offensichtlich immer noch.

»Und jetzt will Leonhards Freund Oleg sein Geld zurück«, fuhr Frau Herzog fort. »Und er wird bestimmt keine Anwälte bemühen, um seine Forderungen durchzusetzen.«

Langsam trank ich den letzten Schluck Cola. »Leute wie dieser Russe würden doch ganz anders vorgehen. Sie würden Leonhard nicht in seinem Büro festsetzen, sondern ihn oder noch besser seine Frau entführen.«

Das Handy meldete eine neue SMS. Runkels Anliegen schien dringend zu sein. Frau Herzog drehte ihren schon wieder leeren Cognacschwenker lustlos hin und her.

Dann sah sie auf. »Vieles von dem, was ich Ihnen erzählt habe, ist nur Vermutung. Leonhard ist ein wahrer Meister der Verschleierung. Dabei hilft ihm sein undurchsichtiges Firmenkonglomerat, in dem sich Gewinne ebenso leicht hin und her schieben lassen wie Verluste. Ich hatte einen Kontakt nach Moskau, einen der wenigen Kollegen dort, die sich noch etwas trauen. Leider ist er seit zwei Wochen nicht mehr erreichbar, und ich fürchte das Schlimmste. Eines aber ist belegt, nicht durch Dokumente, aber durch Fotos: Leonhard und Oleg haben sich mehrfach getroffen. Sie waren zusammen in Luhansk. Sie haben dort mit den lokalen Politikgrößen getafelt und gesoffen. Sie haben dieses Projekt zusammen auf die Beine gestellt, und dass es jetzt Knatsch gibt, ist gewiss keine allzu verwegene Spekulation.«

Ich sah auf die Uhr. Fünf nach drei. Zeit, das Gespräch zu beenden. »Wenn das alles stimmt, dann möchte man nicht in Leonhards Haut stecken …«

Zum ersten Mal lächelte sie, wenn auch schief. »Das wollte ich schon nicht, als er noch Oberwasser hatte.«

»Falls wirklich dieser russische Milliardär dahintersteckt – was könnte das Ziel der Aktion sein?«

»Vielleicht soll Leonhard sich verpflichten, ihm Immobilien zu überschreiben? Geld hat er ja längst keines mehr.«

»Dazu braucht man in Deutschland Notare und Verträge. Das dauert Wochen, selbst wenn es schnell geht.«

»Oder Oleg will ihm einen ordentlichen Schrecken einjagen? Ihm demonstrieren, wozu er fähig ist? Diese russischen Geldsäcke, das ist eine Männergesellschaft. Verträge, soweit überhaupt welche existieren, sind dünn und unscharf. Diese Burschen können sich das erlauben, weil ihre Geschäftspartner genau wissen: Benimmst du dich nicht, dann machen wir deine hübsche kleine Frau zur Witwe. Oder zu Katzenfutter.«

Als ich auf die wüstenheiße Straße hinaustrat, rief ich Rolf Runkel zurück.

»Ah, Chef!«, rief er erleichtert. »Gut, dass Sie gleich zurückrufen …«

Er war inzwischen vor Ort gewesen, dort, wo am Morgen die beiden erschossenen Männer gefunden worden waren.

»Der Zweite, dieser René Scholpp, der ist Mitglied in einer Rockerbande. Iron Eagles, die Mannheimer Kollegen können ein Lied von dem Verein singen, und der Chef von diesem Klub …«

»Heißt Marco Schulz.«

»Genau. Äh ... Woher wissen Sie das?«

»Egal. Weiter?«

»Und dieser Schulz, das ist der andere Tote. Der mit dem Loch in der Stirn. Sie sind aber nicht mit den Motorrädern da gewesen, sondern mit dem Auto von dem Schulz. Eine Corvette, Sie wissen schon, diese amerikanischen Schlitten mit mehr als fünfhundert PS ...«

»Was ist mit Zeugen? Was ist mit Spuren?«, unterbrach ich ihn ungeduldig. Rolf Runkel neigte manchmal zur Weitschweifigkeit, wenn man ihn nicht rechtzeitig bremste.

»Nichts. Leider. Nicht mal Patronenhülsen.«

»Auf diesen Autobahnparkplätzen stehen nachts Hunderte von Lkws. In jedem davon schläft ein Fahrer.«

»Und die meisten von denen können kein Deutsch und wollen keinen Stress mit der Polizei. Außerdem sind die jetzt alle schon drei-, vierhundert Kilometer weit weg. Gemeldet hat sich jedenfalls bisher keiner.«

»Geben Sie eine Suchmeldung an die Rundfunksender. Bundesweit.«

»Das hat die Frau Vangelis schon heut Morgen gemacht.«

»Wer hat die Sache eigentlich gemeldet?«

»Eine Türkin, sie arbeitet in der Raststätte. Um kurz vor sechs ist sie gekommen, um die Nachtschicht abzulösen, und da hat sie gesehen, dass da einer am Boden liegt, und dann ist sie näher hingegangen, und dann hat sie gleich die Hundertzwölf angerufen.«

Ich hörte meinen Mitarbeiter eifrig mit Papier rascheln. »Noch was anderes«, sagte er dann. »Mein Schwager hat grad einen Citroën reingekriegt, soll ich Ihnen ausrichten, einen C5 Kombi. Und wo Sie doch französische Autos mögen, hat er gedacht ... Bloß drei Jahre alt, und der Preis lässt sich echt ...«

»Ich werd's mir überlegen«, fiel ich ihm erschöpft ins Wort. »Vielen Dank jedenfalls.«

10

Im gemütlich klimatisierten zivilen Ford der Kriminalpolizei, mit dem ich nach Heidelberg gekommen war, fuhr ich nach Rohrbach zurück. Inzwischen hatte ich ausführlich geduscht, ich trug ein frisches Hemd, und mein Handy hing am Ladegerät, das man anstelle des Zigarettenanzünders einstecken konnte. Kurz bevor ich mein Ziel erreichte, kam die Meldung aus dem Mannheimer Klinikum: Veronika Zöpfle war so weit wiederhergestellt, dass wir zumindest kurz mit ihr sprechen durften. Inzwischen war es sechzehn Uhr, und die größte Hitze schien vorbei zu sein.

Fünfundzwanzig Minuten später stand ich zusammen mit Sven Balke neben ihrem Krankenbett. Leonhards Sekretärin war blass und sichtlich mitgenommen, aber in ihren kleinen, grauen Augen schimmerte schon wieder ein Fünkchen Neugierde. Die Wände des Zimmers waren in einem langweiligen Apricot gestrichen, die Luft war angenehm temperiert, und es roch nicht wie üblich nach Krankenhaus und Desinfektion, sondern nach Frau Zöpfles Seife. An der Wand ihr gegenüber hingen ein adrett gerahmter, schon ziemlich ausgeblichener Kunstdruck sowie ein erkennbar neuer Flachbildfernseher.

Die kleine Frau richtete sich auf, reichte erst mir, dann Balke die Hand und brachte sogar schon wieder ein Lächeln zustande. Ihre Hände waren gepflegt, die Nägel in einem dezenten Rosa lackiert. Das Gesicht war noch fast faltenfrei, das dunkelbraune, lockige Haar schon kräftig angegraut. Das scheußliche Nachthemd stammte wohl aus den Beständen der Klinik.

»Fühlen Sie sich imstande, uns ein paar Fragen zu beantworten?«, begann ich das Gespräch und schenkte ihr mein wärmstes Lächeln.

»Was ist mit Alfi? Sie sagen mir ja nichts. Nicht mal den

Fernseher darf ich anmachen. Ist ihm was passiert? Geht's ihm gut?«

»Ihrem Chef geht es gut. Aber er wird immer noch festgehalten von einem Mann, über den wir nichts wissen.«

Über die fast durchsichtige Haut ihres Gesichts irrlichterten widersprüchliche Gefühle. »Was will er denn nur, dieser Verrückte? Geld? Alfi hat eine Versicherung für so was. Geben Sie es ihm doch!«

»Wir wissen bisher nicht, was er will. Wir wissen nichts, weil er nicht mit uns redet.«

»Dabei hat er doch überhaupt nicht so ausgesehen. Eigentlich hat er ja richtig nett ausgesehen. So ... normal. Er war nur so furchtbar aufgeregt. Und dann die Pistole, wie er damit rumgefuchtelt hat, und angeschrien hat er mich ... Und ... er hat Alfi als Geisel genommen?«

»Und Sie sind die Einzige, die ihn aus der Nähe gesehen hat.«

In Gedanken nickte sie, ließ den Kopf ins Kissen sinken, sah ratlos auf den schwarzen Bildschirm an der Wand. »Er ist reingestürmt und hat geschrien, er will zu Alfi, also, gesagt hat er natürlich, zu Herrn Leonhard. Sein Gesicht ist ganz rot gewesen von der Aufregung, und der Blick ... Wieder mal einer von denen, die glauben, ihre Miete ist zu hoch, hab ich sofort gedacht. Oder ihr Bad muss dringend neu gefliest werden. Als ob Alfi sich mit solchen Kleinigkeiten abgeben würde! Manche Leute denken halt, lieber gleich zum Schmidt als zum Schmidtchen. Erst hab ich die Pistole gar nicht gesehen. Drum hab ich ihn ... Vielleicht bin ich ja ein bisschen zu streng gewesen. Ich hab ihn gefragt, ob er denn überhaupt einen Termin hat. Dabei hab ich natürlich ganz genau gewusst, dass er keinen hat. Alfi hat ja um neun diese Delegation aus Korea erwartet. Da geht es um ein Projekt im Hafen von Busan. Ein neues Passagierterminal mit Gepäckabfertigung und Zoll und sogar noch ein Hotel mit hundert Betten. Und wie ich sage, er kann jetzt nicht zum

Chef, weil der in einer halben Stunde Besuch kriegt und sich vorbereiten muss, da zieht der Junge auf einmal diese Pistole. Und ich hab gedacht, mir bleibt das Herz stehen. Vielleicht ist es das auch. Vielleicht bin ich davon ohnmächtig geworden.«

Sie schloss die Augen, atmete einige Male schwer.

»Sie waren auf dem Flur, als Sie das Bewusstsein verloren haben.«

»Ach?«, hauchte sie. »Weiß ich gar nicht mehr.«

Nun kam ich zum Wesentlichen. »Können Sie den Mann beschreiben?«, fragte ich sanft. »Er war jung, haben Sie gesagt ...«

»Ich war wie gelähmt. Wie gelähmt war ich. Und dann ist mir auf einmal schlecht geworden. Ich kann solche ... Überraschungen nicht gut vertragen. Er hat mich angeschrien, ich soll verschwinden. Nein, verpissen hat er gesagt, verpissen, nicht verschwinden. Und er geht jetzt zu Alfi, und meine Erlaubnis braucht er nicht dafür.«

»Wie alt war er?«

»Jung. Zwanzig? Fünfundzwanzig?«

»Hat er Hochdeutsch gesprochen?«

Frau Zöpfle öffnete die Augen wieder. Sah mich matt an. »Der war von hier, das hat man gehört. Ich frage noch, wohin denn, wohin ich mich verpissen soll. Und da schreit er, ist ihm scheißegal. Bloß verschwinden soll ich, weil er jetzt zum Chef reingeht, und jeden, der ihn daran hindern will, den knallt er ab ...«

»Hatten Sie den Eindruck, dass er gut mit der Waffe umgehen konnte?«

»Ich ... ich weiß es nicht. Nein, wenn Sie mich so fragen, eigentlich nicht. Er ... Er hat doch überhaupt nicht gewirkt wie einer, der eine Pistole hat. Verzweifelt war er, ganz verzweifelt. Vielleicht wieder einer von denen, denen man die Wohnung hat kündigen müssen, hab ich gedacht. So was kommt ja leider vor, lässt sich nicht immer vermeiden, und manche kommen dann mit der Situation nicht zurecht. Obwohl ... er hat nicht ausgesehen wie einer von diesen arbeitslosen Verlierern, mit denen wir es für gewöhnlich zu tun haben in solchen Fällen. Unruhige Augen hat er gehabt, und das Gesicht war ganz rot. Und gezittert hat er fast noch mehr als ich.«

»Wie hat er ausgesehen?«

Sie sah mich an, als müsste sie überlegen, was das Wort bedeutete. »Ich weiß nicht. Es ist alles ... alles ist wie ... Der Schock, sagen sie. Bei einem Schock ist es ganz normal, dass man vergisst, was passiert ist, sagen sie. Ein junger Mann ist es gewesen, das weiß ich. Nicht so groß. Aber auch nicht klein. Größer als ich jedenfalls. Ich weiß nicht ... Und sein Gesicht war so rot ... Und ... Die Stimme, die höre ich immer noch, als wär er gerade erst weggegangen.«

»Und Sie meinen, er ist hier in der Gegend aufgewachsen?«

Für Sekunden schwieg sie, hing ihren Gedanken und verlorenen Erinnerungen nach. Auf dem Krankenhausflur jenseits der dicken Tür wurde etwas vorbeigeschoben, das merkwürdig quietschende Geräusche machte. Eine raue Männerstimme schimpfte derb über die moderne Elektronik. Eine Frau rief eine spöttische Bemerkung. Irgendwo in der Ferne hörte ein Telefon nicht auf zu jammern.

Frau Zöpfle sah mich traurig an und schien meine Frage vergessen zu haben. Doch dann wurde ihr Blick plötzlich wieder lebhaft. »Ein Mädchengesicht, hab ich gedacht«, flüsterte sie aufgeregt, »das weiß ich noch. Wie kann einer, der aussieht wie ein Engel, nur so was machen?«

Balke hielt das Smartphone schon in der Hand.

»Sehen Sie mal«, sagte er leise zu der kleinen, blassen Frau. »Kommt Ihnen der hier bekannt vor?«

Ihre Augen wurden schmal, als bräuchte sie eigentlich eine Brille. Schließlich nickte sie. »Vielleicht«, hauchte sie verzagt. »Wenn ich ihn mir mit blonden Locken vorstelle ... Doch, das könnt er sein, doch.«

»Lassen Sie sich ruhig Zeit.« Balke hielt ihr immer noch den kleinen Bildschirm vor die Nase.

Lange betrachtete sie das unscharfe Schwarz-Weiß-Foto des unbekannten Porschediebs. »Könnte schon sein«, hauchte sie schließlich. »Die Augen. Das Gesicht. Doch, wenn ich ihn mir mit Locken vorstelle …«

»Sicher sind Sie sich aber nicht?«

»Sicher?«, fragte sie mit versagender Stimme und plötzlich wieder trübem Blick zurück. »Wie soll man denn da sicher sein? Gucken Sie sich das Bildchen doch mal an!«

Da wir nun schon in Mannheim waren, beschloss ich spontan, auch dem Besitzer des im Neckar versunkenen Porsche 911 einen Überraschungsbesuch abzustatten.

Lars Scheffler wohnte im Mannheimer Stadtteil Feudenheim an einer lauten Straße in einem etwas heruntergekommenen, verwinkelten Klinkerbau aus den Anfängen des zwanzigsten Jahrhunderts. Ursprünglich war das Gebäude vermutlich als repräsentative Fabrikantenvilla erbaut worden. Es lag ein wenig zurück in einem parkähnlichen, größtenteils verwilderten Grundstück voller mächtiger Bäume und stacheligen Gestrüpps. Irgendwann war das große Haus in Wohnungen aufgeteilt worden, denn neben der wuchtigen Haustür aus dunklem, altem Holz befanden sich sechs Klingelknöpfe.

Der Mann, den wir sprechen wollten, wohnte selbstverständlich im obersten Stockwerk, und auf einen Lift brauchten wir nicht zu hoffen. Der Türöffner schnarrte zu unserer Überraschung schon nach dem ersten Läuten. Die Tür schien aus Eichenholz zu sein, und Balke musste einige Kraft aufwenden, um sie aufzudrücken. Im dämmrigen Treppenhaus roch es nach Staub und uraltem Holz und einem merkwürdigen Durcheinander von Küchengerüchen und Bohnerwachs.

Während wir die ersten knarrenden Stufen erklommen,

kam uns eine schlanke Elfe mit langem, weißblondem Haar entgegengeschwebt. Leichtfüßig huschte sie an uns vorbei, ohne uns einen Blick aus ihren etwas zu aufwendig geschminkten Augen zu gönnen. Balke musste natürlich kurz stehen bleiben, um ihr hinterherzusehen, aber sie wandte sich nicht um. Augenblicke später rumste die Haustür ins Schloss, und nur noch ihr frisches Parfüm erinnerte daran, dass sie keine Einbildung gewesen war. Mit jeder Treppe, die wir hinter uns brachten, wurde es wärmer und stickiger. Als wir das Ziel der mühseligen Kletterei erreichten, war die Hitze schon wieder atemberaubend.

Der junge Porschebesitzer erwartete uns in der offenen Wohnungstür und sah aus, als wäre er gerade erst aus dem Bett gekrochen und auf dem Weg zur Dusche. Bis auf ein großes babyblaues Handtuch um die Hüften schien er nichts anzuhaben. Sein im Fitnessstudio gestählter Körper wurde offensichtlich regelmäßig im Sonnenstudio geröstet.

»Was?«, fragte er grob und rieb sich die verquollenen Augen. »Wer seid ihr zwei denn?«

»Wen haben Sie denn erwartet?«, fragte ich mit aller Liebenswürdigkeit, die mir im Moment zur Verfügung stand.

»Wird das hier ein Quiz, oder was?«

Ich wedelte mit meinem Dienstausweis: »Die Polizei, dein Freund und Helfer. Wir dürfen doch?«

Bevor er reagieren konnte, war ich an ihm vorbei. Balke ließ dem verdutzten Mann den Vortritt und schloss nachdrücklich die Tür hinter uns.

»Also, jetzt hört aber mal, Jungs!«, empörte sich Scheffler mit leichter Verspätung. »Das hier ist Privatgelände. Ihr könnt hier nicht einfach so … Rein zufällig kenn ich nämlich meine Rechte!«

»Kann ich mir vorstellen«, erwiderte ich. »Nicht das erste Mal, dass die Polizei zu Besuch kommt, nicht wahr?«

Die Luft in der Wohnung war feucht und noch stickiger als im Treppenhaus. Auch hier war das Parfüm der Blonden zu riechen. Scheffler trug eine beeindruckende Alkoholfahne vor sich her.

»Ich will jetzt, verdammte Scheiße noch mal …«

»Es geht um Ihren Porsche«, fiel ich seiner Empörung ins Wort. »Wir haben nicht vor, Ihre Wohnung zu durchsuchen, keine Angst.«

»Was … was ist mit dem Wagen?«, schnappte Scheffler. »Ich bin ganz sicher, er steht nicht im Halteverbot. Kommt mir bloß nicht so! Gestern hab ich extra aufgepasst, dass er nicht im Halteverbot steht!«

»Beruhigen Sie sich. Er steht nicht im Halteverbot, es ist …«

»Sagt bloß, mir ist einer reingefahren! Der kann vielleicht was …« Bei den letzten Worten war er plötzlich leise, fast ängstlich geworden. »Jetzt sagen Sie schon, was ist los?«

»Wo sollte Ihr Auto denn im Moment stehen?«

»Wieso sollte?«

»Wann und wo haben Sie es gestern abgestellt?«

»Letzte Nacht, so zehn vor zwölf in Heidelberg, in der Bergheimer Straße. Ein Kumpel hat da in der *Nachtschicht* in seinen Geburtstag reingefeiert, das ist ein Klub, und … Steht er da denn nicht mehr? Was ist los? Jetzt sagen Sie endlich!«

»Wie sind Sie später nach Hause gekommen? Zu Fuß ja wohl kaum.«

»Hab …« Mit gespreizten Fingern fuhr er sich durchs für sein Alter schon sehr schüttere senfblonde Haar. Die Farbe war so abartig, dass sie unmöglich echt sein konnte. »Hab da auf der Party, also, wen kennengelernt hab ich da.«

»Die schnuckelige Blonde, die wir im Treppenhaus getroffen haben?«, fragte Balke brüderlich grinsend.

Scheffler nickte fahrig. »Haben dann ihr Auto genommen. Sie hat nichts getrunken. Also kaum. Ich schon. Bin ziemlich breit gewesen. Bin aber nicht gefahren. Keinen Meter! Ehrenwort!«

»Du hast schon mal den Lappen abgegeben wegen Fahren

unter Alkohol«, erinnerte Balke ihn genüsslich. »Eins Komma neun, richtig?«

»Und seit November hab ich den Lappen wieder, und seither lass ich das Auto stehen, wenn ich gesoffen hab.«

»Auch, wenn du sonst irgendwas eingepfiffen hast?« Balkes Augen waren jetzt schmale Schlitze.

»Bin ich blöd? Außerdem, ich nehm sowieso nichts. Bin so clean wie Mutter Teresa.«

Theresa! Seit mindestens drei Stunden hatte ich nicht mehr an sie gedacht. Ich hätte den Kerl ohrfeigen können.

»Aber du vertickst das Zeug«, hakte Balke nach.

Scheffler hatte seine Fassung inzwischen halbwegs wiedergewonnen und starrte meinen Mitarbeiter kampfeslustig an. »Das ist eine bösartige Unterstellung, ist das! Das haben schon andere behauptet, und am Ende hat mir nie einer was beweisen können. Wenn ihr wollt, stellt die Wohnung auf den Kopf, bitte schön! Ihr werdet nichts finden! Nichts, hört ihr, nichts, ihr zwei … Hampelmänner!«

Balke begann, kühl zu grinsen. »Ist die Blonde eine Kundin? Eine Line gegen eine Runde Bumsen?«

Scheffler schluckte und würgte, doch es gelang ihm, nicht loszubrüllen. »Ich hab's verdammt noch mal nicht nötig, den Mädels fürs Ficken was zu geben«, behauptete er mühsam beherrscht. »Die Tussen stehen Schlange bei mir!«

»Okay, okay«, mischte ich mich ein. »Jetzt beruhigen wir uns alle mal wieder.«

Aber die beiden Streithähne hatten nicht vor, sich zu beruhigen. »Das ist Hausfriedensbruch, ist das!«, zeterte Scheffler. »Ich zeig euch an! Und jetzt sagt verdammt noch mal endlich, was Sache ist! Was ist mit meiner Karre?« Plötzlich wurde er wieder leiser: »Und wieso kommt überhaupt die Kripo wegen so was?«

»Weil wir deinen schönen Porsche heute Morgen aus dem Neckar gefischt haben.« Balkes Grinsen wurde noch eine Spur eisiger.

»Aus … äh … was?«

»Du hast schon richtig gehört. Sieht leider nicht mehr so toll aus wie gestern Abend.«

»Wie jetzt … Dann muss … dann muss den ja einer geklaut haben, aber … ich …«

»Kennst du den hier?«

Balke hielt Scheffler sein Handy hin. Der starrte angestrengt darauf, blinzelte kurzsichtig, starrte noch einmal. »Klar, Mann! Das ist doch der Nullnull. Klar kenn ich den!«

Vielleicht war unser Besuch hier doch nicht so sinnlos, wie es anfangs ausgesehen hatte.

»Hat er auch einen richtigen Namen?«, fragte ich ruhig.

»Keine Ahnung, wie der richtig heißt. Ich kenn das Arschgesicht bloß als Nullnull. Alle nennen den so. Das ist ja mein Neunelfer, wo der drinsitzt, Mann! Wie geht das denn? Hat diese Drecksau, hat dieser Blödmann etwa …?«

»War er auch auf der Geburtstagsfeier?«

»Ich glaub, ich hab ihn gesehen, ja. Ist nicht so meine Kragenweite, der Typ. Student, schätze ich, null Kohle, null Muckies, null Peilung. Eigentlich müsst er sogar Nullnullnull heißen, wenn man's recht überlegt.« Scheffler lachte als Einziger über seinen Witz.

»Wie heißt denn das Geburtstagskind?«, fragte Balke, nun wieder in angemessenem Ton.

»Hä? Wieso?«

»Vielleicht kennt der ja den richtigen Namen?«

Wieder und wieder fuhr Schefflers rechte Hand durchs schweißnasse Haar. Als würde dort eine lästige Spinnwebe hängen, die sich einfach nicht entfernen ließ. »Ja, so ein Arsch!«, murmelte er kopfschüttelnd. »Klaut der meine Karre. Und fährt sie auch noch zu Schrott. Wie blöd muss einer sein, dass er im Neckar landet?«

»Das war keine Dummheit. Das war Absicht.«

Noch mehr fassungsloses Kopfschütteln und Haarefummeln. »Sag ich doch, ein Spinner. Ein Vollidiot. Ich glaub's nicht. Ich glaub's echt nicht!«

»Hat er was gegen Sie? Hatten Sie Streit mit ihm?«

»Streit? Ich? Mit der Pflaume? Dem hätt ich links und rechts eine gegeben, und dann wär Schluss gewesen mit Streit, aber hallo!« Scheffler ließ seine Oberarmmuskeln spielen und guckte mich an. »Und? Haben Sie ihn schon, den Flachwichser?«

»Deshalb sind wir hier. Weil wir ihn nämlich noch nicht haben. Vielleicht könnten Sie wirklich das Geburtstagskind anrufen und nach dem Namen fragen?«

Scheffler hörte gar nicht mehr auf, den schmalen Kopf auf dem muskulösen Hals zu schütteln. Offenbar erreichte die bittere Wahrheit erst allmählich die obersten Schichten seines vom nächtlichen Besäufnis benebelten Bewusstseins. Aber schließlich machte er sich doch auf den Weg, um sein Handy zu suchen, fand es – unentwegt mal laut, mal leise vor sich hin fluchend – irgendwo im Schlafzimmer. Dort blieb er auch, für uns unsichtbar, um zu telefonieren.

»Kai? Ja, Lars hier. Ey, Alter, ist mir doch scheißegal, ob du noch pennst! … Ja, okay. Flasche Schampus ist mir die Scheiße wert, geht klar. Du, hör mal, Alter, du kennst doch den Nullnull … Ja, genau, der mit den blonden Zotteln, der immer rumläuft wie ein Stricher auf Urlaub. Was …? Wie der heißt, will ich wissen … Hättst nicht so viel gesoffen, hättst jetzt kein Kopfweh, sagt meine Oma immer … Flo, heißt der Spinner aha … Florian, okay. Und weiter? … Wärst du so nett …? Ja, verdammt, sogar superwichtig … Weil ich die Bullen in der Bude stehen hab, Alter, darum.«

»Er ruft ein paar Leute an«, erklärte Scheffler, als er mit empörtem Blick und einem iPhone in der feuchten Hand wieder in der Schlafzimmertür auftauchte. Anklagend sah er mich an. »Wieso macht der so was? Okay, eine Karre klauen, das kann man ja zur Not verstehen. Aber wieso versenkt er die dann im Neckar? Da hat er doch gar nichts von.«

»Sie haben wirklich nie Stress mit ihm gehabt?« Balke war jetzt wieder ganz Amtsperson.

»Ich kenn den doch überhaupt nicht, Mann! Oder halt bloß so vom Sehen. Aber der kann was erleben, der Wichser! Durch den Wolf dreh ich den. Der klaut so bald keine Autos mehr, meine Fresse, der nicht.«

»So, wie Sie ihn beschreiben, klingt es nicht, als würde er so was regelmäßig machen«, warf ich ein.

»Hat der doch gar nicht die Eier für. Ein Schisser ist der, ein Schisser! Student, sag ich doch.«

»Wie könnte er an die Schlüssel gekommen sein?«

»Die Schlüssel? Die sind … Moment … Das Leinenjackett hab ich angehabt … Ah, da hängt's ja.« Er trat zu einer modernen Garderobe aus gebürstetem Edelstahl, klopfte hastig die Taschen des Jacketts ab, das dort einsam und zerknittert baumelte, förderte alles Mögliche zutage, leere Schächtelchen, die einmal Kondome enthalten hatten, ein Röhrchen mit kleinen Pillen, die er etwas zu eilig in einer Schublade verschwinden ließ, Zettelchen und Quittungen. Allerdings keine Autoschlüssel.

»Wann haben Sie ihn zuletzt gesehen?«

»Den Schlüssel? So um kurz vor zwölf bin ich in der *Nachtschicht* gewesen. Wie ich gekommen bin, hat dieser … Florian schon an der Bar gehockt und mit irgendwem gequatscht.«

»Sie haben gar nicht mit ihm gesprochen?«

»Wieso sollt ich? Der geht mir doch links am Arsch vorbei, geht der doch!«

»Sie hatten nie persönlichen Kontakt zu ihm?«

»Mal haben wir Hallo gesagt, weil er einen Typ gekannt hat, den ich auch kenne. Der Drummer von den Dusty Angels war's, Chico heißt der, glaub ich. Ist aber schon paar Wochen her. Gestern hat er nicht mal in meine Richtung geguckt. So, wie der da auf dem Hocker gehangen hat, ist er eh schon ziemlich lall gewesen.«

»Immerhin scheint er noch nüchtern genug gewesen zu sein, um Ihnen die Autoschlüssel zu klauen.«

»So sieht's aus.« In hilfloser Wut schlug er sich auf die nur vom blauen Handtuch bedeckten Oberschenkel, woraufhin dieses ins Rutschen kam. Es gelang ihm, es rechtzeitig zu fangen und wieder um die Hüften zu binden. »So sieht's aus, Scheiße, ja! Wenn ich den in die Finger krieg, nicht mal seine Mutter wird den …« Gerade noch rechtzeitig fiel ihm ein, dass die Polizei zuhörte.

Balke sah den Porschebesitzer nachdenklich an. »Wissen Sie zufällig, wie viele Kilometer Ihr Wagen auf dem Tacho hat?«

»Das weiß ich zufällig sogar ziemlich genau«, verkündete Scheffler giftig. »Vorgestern hab ich nämlich die Zwanzigtausend vollgemacht, am Samstag, auf der A 6, irgendwo zwischen Neckarsulm und Bad Rappenau. Und seither bin ich – warten Sie – maximal achtzig Kilometer bin ich seither gefahren. Na, hundert vielleicht.«

Balke zückte sein Handy und telefonierte kurz. »Jetzt hat er knapp zweihundert Kilometer mehr auf der Uhr.«

»Das heißt, er muss in der Nacht eine ziemliche Strecke gefahren sein«, fügte ich hinzu, als Scheffler nur verständnislos von einem zum anderen glotzte.

Er hob die muskelbepackten Achseln, drehte den Oberkörper in hilfloser Wut hin und her. »Sprit genug ist ja drin gewesen. Hab ihn ja erst vorgestern vollgemacht. Und gewaschen hab ich die Karre auch noch, Scheiße! Und jetzt, jetzt ist sie Schrott, und ich … Wenn ich dieses, dieses …«

»Er ist vom Autobahnkreuz her gekommen, als er geknipst worden ist?«, fragte ich Balke.

Der war sich nicht mehr sicher. Wieder telefonierte er kurz. »Von Westen, ja. Von der Autobahn.«

»Hat wahrscheinlich 'nen netten kleinen Vollgastrip gemacht auf meine Kosten …«

»Sieht fast so aus, als würde dieser Florian Amok laufen«, sagte Balke halblaut zu mir.

»Bisher ist alles Weitere nur Vermutung.«

»Was?« Scheffler schien allmählich wach zu sein. »Was ist denn noch?«

»Nichts«, entgegnete ich. »Nichts, was Sie betrifft.« Während ich die Worte aussprach, kam mir ein böser Verdacht: »War in Ihrem Wagen eine Waffe?«

Er war doch noch nicht wach genug und außerdem zu dumm und zu überrascht, um überzeugend zu lügen. Sein Kopfschütteln kam so spät und hektisch, dass es nur »Ja« bedeuten konnte.

»Heute Morgen war jedenfalls keine mehr drin«, wusste Balke dieses Mal ohne telefonische Nachfrage. »Ich habe die Liste gesehen von den Sachen, die im Handschuhfach waren. Eine Wumme hat nicht draufgestanden.«

Lars Scheffler schwitzte plötzlich.

»Pistole oder Revolver?«, fragte ich hart und amtlich.

»Pistole«, nuschelte er. »Beretta. Ich … aber … bloß geliehen. Von einem Kumpel. Gehört mir überhaupt nicht … saublöder Zufall …«

»Geladen?«

»Nein.«

»Geladen?«

»Scheiße, ja! Fünfzehn Schuss sind im Magazin, Mann!«

11

»Unsere Liste wird länger und länger«, sagte Balke, während wir nach Rohrbach zurückfuhren. »Der verkrachte Seifenhändler, der abgetauchte Rocker, möglicherweise irgendwelche Russen und jetzt auch noch dieser durchgeknallte Student.«

»Momentan sieht alles danach aus, als wäre es der Letzte.«

Balke stöhnte herzzerreißend. »Ich begreife einfach nicht, was das alles soll. Der Typ kann sich doch an einem Finger abzählen, dass er nicht ungeschoren rauskommen wird. Völlig egal, ob seine Forderungen erfüllt werden oder nicht, falls er jemals welche stellen sollte.« Er musste scharf bremsen, da uns auf unserer Spur ein lebensmüder SUV-Fahrer entgegenkam. Ein Teil von Balkes wütendem Hupen galt eindeutig einem jungen Mann namens Florian.

»Sie machen den Eindruck, als würde es Ihnen ansonsten ganz gut gehen«, sagte ich, als er sich wieder beruhigt hatte. »Darf ich raten: eine neue Freundin?«

»Sie haben recht«, erwiderte Balke nach Sekunden. »Zurzeit geht's mir wirklich ganz gut. Aber nicht, weil ich eine neue Freundin habe, sondern weil ich endlich mal wieder solo bin. Dieses Zweierkisten-Gedöns ist nichts für mich. Ich finde es herrlich, spätabends nach Hause zu kommen und niemandem erklären zu müssen, wo ich war. Morgens aufzustehen, wenn ich Lust habe, und zu frühstücken, was mir schmeckt, und nicht, was gesund ist.«

Mit Schrecken fiel mir ein, dass ich Louise vergessen hatte. Ich hatte versprochen, sie anzurufen, bevor ich nach Hause kam. Allerdings hatte ich sie dort auch gar nicht zu Gesicht bekommen. So wichtig schien ihr Anliegen dann doch nicht zu sein. Dennoch holte ich den versprochenen Anruf jetzt nach.

»Tut mir leid«, sagte ich. »Ich war vorhin daheim, aber du warst nicht da.«

»Doch.«

»In deinem Zimmer?«

»Hm.«

»Warum hast du dich nicht gemeldet?«

»Nicht so wichtig.« Ohne weiteren Kommentar legte sie auf.

Wo ich schon dabei war, Vergessenes nachzuholen, wählte

ich auch gleich die Nummer von Henning, dessen Vater ich war, wie ich erst seit einem knappen halben Jahr wusste. Henning war in derselben Klasse wie meine Töchter und verstand eine Menge von Computersachen. Er freute sich, meine Stimme zu hören, und versprach, das Handy meiner Mutter noch an diesem Abend so einzurichten, dass sie damit endlich ihr heimisches WLAN nutzen konnte. Noch vor wenigen Wochen hatte meine dreiundsiebzigjährige Mutter Handys als Teufelszeug bezeichnet und ein Drahtlosnetzwerk für eine Vereinigung von Elektrizitätsgegnern gehalten. Außerdem bat ich Henning, seine Mutter von mir zu grüßen. Doro war eine Schulkameradin, mit der ich vor fast zwei Jahrzehnten anlässlich des einzigen Klassentreffens, das jemals stattgefunden hatte, im Bett gelandet war.

Rohrbach kam in Sicht, und zwei Minuten später stellte Balke unseren Dienstwagen außer Sichtweite des belagerten Bürohauses ab.

Ich hatte unseren Einsatzwagen noch nicht ganz erreicht, als das inzwischen wieder voll aufgeladene Handy in meiner Hand loslegte. Der vollständige Name des Porschediebs lautete Florian Marinetti. Er war zweiundzwanzig Jahre alt, studierte irgendwas in Heidelberg – was genau, wusste Scheffler auch nicht – und hauste in einer Studenten-WG, irgendwo in einer der vielen Altstadtgassen.

»Diese andere Geschichte«, fragte er am Ende kleinlaut, »die mich angeblich nichts angeht. Das ist aber nicht diese Geiselnahme, von der man dauernd im Radio hört?«

»Doch«, erwiderte ich zugleich müde und wütend. »Und jetzt gehen Sie am besten in die nächste Kirche und beten, dass wir am Ende nicht Ihre Fingerabdrücke auf der Waffe des Täters finden.«

Die Anschrift der Wohngemeinschaft sowie die von Florian Marinettis Eltern fand Balke innerhalb von Sekunden heraus, da wir Online-Zugriff auf die Daten der Einwohnermeldeämter hatten. Die Eltern des mutmaßlichen Geiselnehmers lebten nicht weit von uns in Kirchheim, einem westlichen Stadtteil Heidelbergs.

»Sollen wir …?« Balke machte Anstalten, gleich wieder zum Wagen zurückzugehen.

Ich schüttelte den Kopf, wählte die Nummer von Klara Vangelis und bat sie, mit den Eltern Kontakt aufzunehmen. Es dauerte fast eine Viertelstunde, bis sie zurückrief. Bei den Eltern ging niemand ans Telefon. Nachbarn sagten, die Marinettis seien mit einem Wohnmobil in Urlaub gefahren. Die Mutter hatte zwar normalerweise ein Handy dabei, steckte jedoch offenbar in einem Funkloch. Oder sie hatte ihr Handy ausgeschaltet, wie vernünftige Menschen es im Urlaub hin und wieder tun. Auch in der Wohngemeinschaft hatte Vangelis bisher niemanden erreicht.

Bei Frau Marinetti versuchte ich selbst mein Glück und landete auf einer Voicebox. Sie hatte eine weiche, melodiöse Stimme und klang, als hätte sie gelächelt, als sie den Ansagetext aufsprach. Ich bat um Rückruf, sagte jedoch nicht, worum es ging, sondern behauptete, ich bräuchte lediglich eine Auskunft.

Inzwischen war es sechs Uhr, die Schatten waren länger geworden, die größte Hitze war vorbei, und sogar die Luft bewegte sich bisweilen ein wenig. In Leonhards Büro war die Lage unverändert. Die einzige Neuigkeit der vergangenen Stunden war ein Radio, das dort jetzt ständig lief. »Meistens Musik«, berichteten mir die beiden Techniker, die vor ihren Geräten mit dem Einschlafen kämpften. »Ansonsten ist nichts los da oben. Kein Geschrei, keine Schüsse. Wahrscheinlich sind sie vor Langeweile eingepennt.«

Eine Frage ließ mich seit unserer Abfahrt in Mannheim nicht los: »Falls dieser Florian wirklich der Geiselnehmer ist, welches Motiv könnte er haben?«

»Ganz einfach«, meinte Balke achselzuckend. »Er ist übergeschnappt. Erst klaut er den Porsche, gurkt damit die halbe Nacht durch die Gegend und fährt ihn am Ende absichtlich ins Wasser, womit er finanziell für die nächsten zehn Jahre ruiniert ist, wenn er erwischt wird.« Sein Blick wurde plötzlich klarer. »Und davon, dass er erwischt wird, musste er ja ausgehen, nachdem er geblitzt worden war.«

»Vielleicht wollte er sich das Leben nehmen?«, überlegte ich. »Vielleicht hat er sich anfangs eingebildet, er könnte den Porsche einfach wieder da abstellen, wo er ihn gestohlen hat, nachdem er zweihundert Kilometer damit gefahren war. Vielleicht wollte er Scheffler unauffällig die Schlüssel zustecken, ohne dass der von dem Diebstahl überhaupt etwas merkt?«

Balke nickte ernst. »Und nach dem Blitzer war ihm klar, dass er auffliegen wird. Dass Scheffler früher oder später einen Strafzettel kriegen wird mit seinem Foto drauf.«

Auf einmal sah der junge Student keinen Ausweg mehr aus dem Schlamassel, in den er sich selbst gebracht hatte, spielte ich den Gedanken weiter. Vielleicht wurde ihm erst in dem Moment, als der rote Blitz zuckte, bewusst, in was er sich hineingeritten hatte. Daraufhin geriet er in Panik, und ihm fiel nichts Besseres ein, als den Porsche zu ertränken und sich selbst gleich mit. Im eiskalten Wasser erwachten jedoch seine Lebensgeister wieder, vielleicht auch sein Verstand, er kletterte aus dem Wagen und schwamm ans Ufer. So weit, so logisch. Nicht ohne zuvor noch schnell die Pistole aus dem Handschuhfach zu nehmen, was nicht ganz so logisch war. Aber wie ging es dann weiter? Hätte er nicht spätestens, als er nass und frierend am Ufer stand, begreifen müssen, welchen Mist er gebaut hatte? Sehr großen und sehr teuren Mist? Wozu die Pistole? Um damit das zu tun, wozu ihm im Neckar der Mut gefehlt hatte? Warum dann stattdessen diese idiotische Geiselnahme? Wollte er vielleicht Geld von Leonhard erpressen, um Scheffler den Schaden zu ersetzen? Und schließlich, nicht zu vergessen: Weshalb ausgerechnet Leonhard?

»Es muss irgendeine Verbindung zwischen den beiden geben«, sagte ich. Dafür sprach auch, dass Leonhard ihn geduzt hatte.

Eine mögliche Antwort fanden wir rasch mit Unterstützung unserer Hilfstruppen in der Direktion: Leonhard hatte, bevor er sich mit seiner Familie in Ladenburg niederließ, viele Jahre in Kirchheim gewohnt. Nur wenige Hundert Meter von Florians Elternhaus entfernt.

Mein Handy beendete unsere Diskussion. Es war Klara Vangelis: »Ich habe jetzt endlich jemanden in dieser WG erreicht.«

»Uh, der Flo!«, war das Erste, was Odette Deneuve zu ihrem WG-Genossen einfiel. Sie war klein und rundlich, hatte rotblondes, struppiges Haar und – abgesehen von der Haarfarbe – keinerlei Ähnlichkeit mit ihrer berühmten Namensvetterin. »Ich kann Ihnen nicht sagen, wo er gerade steckt. Warum wollen Sie das denn wissen?«

Trotz ihres französischen Namens sprach sie akzentfreies Deutsch. Ihr wacher Blick und das offene Lächeln machten vieles wett, was die Natur an ihrem Äußeren versäumt hatte. Mit einer ordentlichen Frisur und reiner Haut hätte sie vielleicht sogar ganz hübsch sein können.

Die in der Nachkriegszeit erbaute Wohnung, in deren engem Flur wir standen, wirkte proper und aufgeräumt. Sie lag an der Schützengasse in Neuenheim, einem Stadtteil Heidelbergs nördlich des Neckars, und nicht einmal hundert Meter von dem Liebesnest an der Ladenburger Straße entfernt, wo ich mich regelmäßig mit Theresa traf. Getroffen hatte. Früher, als sie noch nicht in Schweden war. Als es noch keine Ingrid gab. Immer wieder dieser kleine, gemeine Stich, wenn ich an sie dachte.

»Dürften wir uns sein Zimmer ansehen?«

»Ist das denn erlaubt, einfach so? Auch wenn Sie von der Polizei sind – dürfen Sie das überhaupt?«

Leider eine berechtigte Frage. Einen Durchsuchungsbeschluss konnte ich nicht vorweisen, und noch immer war es nicht viel mehr als eine Vermutung, dass Florian Marinetti sich seit Neuestem nicht nur als Autodieb, sondern auch noch als Geiselnehmer betätigen könnte.

»Wir werden nichts anfassen und nichts mitnehmen«, versuchte ich ihre Zweifel zu zerstreuen.

»Na ja, wenn Sie bestimmt nichts anfassen. Bisschen gucken kann ja wohl nichts schaden ...«

Florians Zimmer war das kleinste der Wohnung, vielleicht zwölf Quadratmeter groß und vom Architekten ursprünglich als Kinderzimmer geplant. Die Möblierung bestand aus einem schmalen, ungemachten Bett mit nachlässig weiß lackiertem Metallgestell, einem wackeligen, zweitürigen Schrank der billigsten Sorte, einem quadratischen Tischchen am Fenster, einem schmalen Blechregal sowie einem einfachen, taubenblau lackierten Holzstuhl. Es roch nach Räucherstäbchen und feuchten Socken. Am Boden waren einige Kleidungsstücke verstreut, eine abgetragene, zerknitterte Jeans sah ich, ein zitronengelbes Poloshirt, Sportschuhe einer unbekannten Marke. Das einflügelige Fenster war gekippt.

Balke befühlte die Jeans. »Noch feucht. Obwohl es den ganzen Tag heiß war.«

Frau Deneuve sah über diese Übertretung der vereinbarten Regeln großmütig hinweg. An den Wänden hingen – wo irgend Platz war – ungerahmte Gemälde. Die kleinsten hatten das Format einer Kinderhand, das größte maß in der Breite mehr als einen Meter und war über dem Bett angebracht. Selbst an der kalkweiß gestrichenen Wand über dem Schrank und neben der Tür befanden sich diese mit wütenden Strichen auf die Leinwand geknallten Porträts, die das immer gleiche Gesicht zeigten.

»Hat er selbst gemalt«, erklärte uns die immerfort lächelnde Mitbewohnerin. »Flo hat Talent. Oder was sagen Sie?«

Ich verstand zu wenig von Kunst, um eine sinnvolle Antwort geben zu können. Was ich aber sagen konnte: Viele der Bilder berührten mich, brachten etwas in mir zum Klingen. Nicht immer Angenehmes. Alle schienen Selbstporträts zu sein. Selbstporträts eines jungen, innerlich zerrissenen, mit sich und seinem Leben hadernden Mannes. Wäre ich der Vater des jungen Mannes gewesen, dann hätte ich spätestens beim Anblick dieser Bilder begonnen, mir Sorgen um meinen Sohn zu machen.

»Was studiert er?«

Sie seufzte augenrollend. »Dies und das. Erst hat er es mit Biologie versucht. Hat ihm aber keinen Spaß gemacht. Seit dem Wintersemester ist er jetzt für Psychologie eingeschrieben.«

Ein Fach, das nicht selten Menschen mit psychischen Problemen wählen.

»Ich habe aber nicht den Eindruck, dass ihn das Thema besonders interessiert. Er hat seinen Weg noch nicht gefunden.«

»Was interessiert ihn denn wirklich?«

Hilflos deutete sie auf die Porträts. »Na, das da. Und Musik. Flo spielt voll genial Gitarre. Hat auch schon in Bands gespielt. Eine Weile war er die zweite Gitarre bei den Dusty Angels. Es gibt sogar eine CD, auf der er mit drauf ist. Sie haben sich aber bald zerstritten, und seither spielt er wieder solo. Er sucht auch nicht nach einer anderen Band, soweit ich weiß. Bei Flo ist alles … na ja … bisschen planlos. Chaotisch, ja.«

Die E-Gitarre, eine abgewetzte, dunkelrote Fender, lehnte wie weggeschmissen in der Nische zwischen Tisch und Wand.

»Was für Musik? Rock? Jazz?«

»Die Angels machen Hardrock. Ich persönlich mag die Sachen nicht so. Ich stehe mehr auf melodische Musik. Die Angels gehen mehr so in Richtung Böhse Onkelz und Apokalyptische Reiter. Hauptsache laut und böse.« Sie lächelte mich schüchtern an. »Wenn Sie mögen, können Sie die CD haben. Flo hat sie mir geschenkt. Aber wie gesagt, mein Ding ist es nicht …«

»Seit wann wohnt er hier?«

Ihre dunklen, klugen Augen wurden klein. Aber sie wandte den Blick keine Sekunde von meinem Gesicht.

»November? Stimmt, im November hat er die ersten Sachen gebracht. Richtig eingezogen ist er aber erst ein paar Wochen später. Das war's schon Dezember, meine ich. Ende Dezember.«

»Wo hat er vorher gewohnt?«

»Bei seinen Eltern. Aber da gab's ständig Stress mit seinem Vater. Über das Thema spricht er nicht so gerne. Ein paar Wochen war er auch in einer anderen WG, wo es ziemlich wüst zugegangen sein muss. Flo hat auch ständig Geldprobleme. Seine Eltern sind nicht so wohlhabend, Bafög kriegt er nicht, und mit Musik kann man nichts verdienen, wenn man nur für sich selbst spielt.«

Auf der Gasse zwei Stockwerke tiefer zog eine fröhlich schnatternde Schar chinesischer oder japanischer Touristen vorbei.

»Diese andere WG«, fuhr Odette Deneuve fort, »das muss voll das Chaos gewesen sein. Da waren auch Musiker und Maler und politische Chaoten, und ziemlich oft hatten sie Stress mit der Polizei. Es ist so wild zugegangen, dass es am Ende wohl sogar Flo zu viel wurde.«

Noch einmal ließ ich meinen Blick durch den Raum schweifen, der trotz der teilweise neuen Möbel und der vielen Bilder keinen wirklich bewohnten Eindruck machte. Die Tischplatte war verstaubt, und außer ein wenig Papier und zwei, drei Stiften lag nichts darauf herum.

»Diese CD …«

Sie machte runde Augen. »Wollen Sie die wirklich haben?«

Ich folgte ihr über den Flur und blieb in der Tür zu ihrem

Zimmer stehen, das wesentlich größer und wohlriechender war als das von Florian und in dem peinliche Ordnung herrschte. Dennoch dauerte es einige Minuten, bis sie die CD schließlich unter einem Ordner auf ihrem Schreibtisch fand. Auf dem Cover war ein Teufelsgesicht abgebildet, der Titel war *Broken Dreams*, auf der Rückseite stand an dritter Stelle: 2nd Guitar – Flo Marinetti.

»Ich bringe sie Ihnen zurück«, versprach ich.

Sie winkte ab. »Nicht nötig. Was ist denn nun mit Flo?«

»Er hat ein Auto gestohlen.«

Zu meiner Verblüffung begann sie, lauthals zu lachen. »Flo?«, fragte sie prustend. »Ich bin mir nicht mal sicher, ob er einen Führerschein hat. Was denn für ein Auto?«

»Einen Porsche.«

Ihr Lachen wurde noch lauter. »Entschuldigen Sie, aber das ist so lächerlich. Flo hasst Autos. Und ganz besonders hasst er Porsches, weil die so viel Benzin verbrauchen. Ich habe selten einen Menschen getroffen, dem Umweltschutz so am Herzen liegt. Sein Gemüse kauft er bei einem Biobauern in Handschuhsheim, wo er die Mohrrüben mit Namen kennt. Im Februar, wie es so kalt war, überall hatten wir die Heizungen auf Anschlag gedreht, nur die in Flos Zimmer war aus. Er fährt nicht mal Straßenbahn, solange der Weg irgendwie mit dem Rad zu schaffen ist. Klamotten trägt er grundsätzlich so lange, bis sie ihm vom Leib fallen. Nicht etwa, um zu sparen, verstehen Sie? Wegen der Ressourcenschonung, um die Welt zu retten. Das bisschen, was er sonst zum Leben braucht, findet er auf dem Sperrmüll oder kauft es gebraucht.« Sie schüttelte den Kopf, dass die roten Fransen flogen. »Flo und Porsche, also wirklich!«

Ich fragte sie, wie sie zu ihrem französisch klingenden Namen kam.

»Ich bin in Toulouse geboren. Aber meine Mama kommt aus Dortmund. Seit ich drei bin, leben wir wieder in Deutschland, Mama und ich. Meinen Papa kenne ich kaum.«

Wir gingen zurück in Florians Kämmerchen, wo Balke mit den Händen auf dem Rücken die Bilder betrachtete, als wäre er in einem Museum.

»Hat was«, sagte er, als er mich kommen hörte. »Der Junge kann's, finde ich.«

Florian hatte sich sogar an der Karlsruher Kunstakademie beworben, hörten wir von seiner Mitbewohnerin, war jedoch nicht genommen worden. Viel mehr wusste sie allerdings nicht über ihn.

»Flo ist ein Stiller. Er redet eigentlich nur, wenn man ihn fragt. Nur zwei- oder dreimal haben wir abends zusammen in der Küche gesessen und ein wenig gequatscht. Er steht ziemlich unter Druck, war mein Eindruck.«

»Wegen des Studiums?«

Nachdenklich hob sie die schön geschwungenen Augenbrauen. Atmete tief ein. »Das auch. Aber vor allem macht ihm im Moment zu schaffen, dass er nichts auf die Reihe kriegt. Sein Vater war immer schon der Meinung, Flo sei ein Totalversager. Dabei stimmt das überhaupt nicht. Einer, der so toll malen kann und so gut Gitarre spielt, der ist doch kein Versager! Das habe ich ihm auch gesagt. Aber er wollte es gar nicht hören. Er … er lässt niemanden an sich heran. In den letzten Wochen hatte ich dann sogar den Eindruck, dass er gar nicht mehr an der Uni war. Mal sagte er, er würde am liebsten alles hinschmeißen und auswandern. Irgendwohin, wo ihn keiner kennt, und dort ganz neu anfangen.«

»Wohin?«

»Weiß nicht, ob er das ernst gemeint hat. Jeder hat ja mal so seine Phasen, wo er denkt, alles wächst ihm über den Kopf.«

»Sie müssen nicht antworten, aber ich muss Sie das fragen: Was ist mit Drogen?«

»Davon weiß ich nichts«, log die Halbfranzösin mit treuherzigem Augenaufschlag.

»Wir schreiben kein Protokoll. Was wir hier reden, bleibt unter uns. Er hat also ...?«

»Okay«, gestand sie unbehaglich. »Hin und wieder hat er wohl was genommen. Manchmal hat's auch nach Dope gerochen. Machen doch alle. Gedealt hat er nicht, da bin ich mir sicher. So was würde total gegen seine Prinzipien gehen. Wenn, dann hätte er das Gras selbst angebaut. Hat er aber nicht. Wo auch?«

Allmählich kam mir der Verdacht, Odette Deneuve könnte ein wenig in ihren künstlerisch begabten Wohnungsgenossen verliebt sein.

Ich trat an Florians Schreibtisch, nahm das eine oder andere Blatt in die Hand. Er hatte eine krakelige, unreife, auf weiten Strecken fast unleserliche Handschrift. Zwischen den Notizen waren immer wieder kleine Kritzeleien eingestreut, meist winzige Porträts. Vielleicht das Ergebnis eines langweiligen Seminars. Einige schlampig oder überhaupt nicht beschriftete Ordner standen in Reih und Glied unter dem Tisch. Soweit ich sehen konnte, waren alle mehr oder weniger leer. Rechts neben dem Fenster hing der beliebte Sinnspruch an der Wand: »Der frühe Vogel kann mich mal«, hier erweitert mit einer zweiten, handschriftlich ergänzten Zeile: »Und Würmer ess ich sowieso nicht.«

»Können wir uns irgendwo setzen?«, fragte ich. »Und könnte ich vielleicht ein Glas Wasser haben?« Mir war schon wieder schummrig von der Hitze, die in der Wohnung stand wie klebrige Watte.

Bereitwillig führte sie uns in die Küche, die ebenfalls überraschend aufgeräumt, aber technisch eher einfach ausgestattet war. Odette Deneuve musste sich auf die Zehen stellen, um drei Bechergläser aus einem der Oberschränke zu holen. Sie füllte sie mit Leitungswasser, und wir setzten uns um einen runden Tisch. Das Mobiliar schien noch von den Vor-Vormietern zu stammen, war jedoch liebevoll gepflegt. Auf dem Tisch stand ein Väschen mit einer sehr kurz abgeschnittenen Rose. Im Regal über dem Herd sah ich Gewürzstreuer mit seltsamen, asiatisch anmutenden Schriftzeichen.

»Ich muss Sie noch etwas anderes fragen«, begann ich, nachdem ich das Glas in einem Zug halb leer getrunken hatte. »Kann Florian mit Waffen umgehen?«

Ihr ewiges Lächeln erlosch wie ausgepustet. »Ganz bestimmt nicht. Was soll das denn jetzt?«

»War er bei der Bundeswehr?«

»Flo hat ein soziales Jahr gemacht, in einer kleinen Klinik in Weinheim, wo Menschen zum Sterben hingehen. Warum fragen Sie so was?«

Ich beugte mich vor, faltete die Hände auf dem erst kürzlich abgewischten Tisch. »In dem gestohlenen Porsche war eine Pistole. Und die ist jetzt verschwunden.«

»Eine Pistole?«, flüsterte sie fassungslos. Ihr Blick flackerte. »Wozu denn? Was sollte er denn damit?«

Sie war wohl mehr als nur ein bisschen in Florian verliebt. Ich nahm die Brille ab und massierte meine müden Augen. »Es besteht leider der begründete Verdacht, dass er heute Morgen mithilfe dieser Pistole eine Geisel genommen hat.«

Entrüstet stieß sie den Stuhl zurück, sprang auf, begann, hin und her zu laufen, gestikulierte stumm. »Sie … Sie sind ja verrückt! Flo mag die eine oder andere Macke haben, aber er ist … bitte glauben Sie mir, Flo ist die Friedfertigkeit in Person. Er malt, er macht Musik, er schreibt Songtexte und manchmal sogar Gedichte. Gucken Sie bei Facebook. Da postet er manchmal welche. In letzter Zeit klangen seine Sachen trauriger als früher, fand ich. Aber eine Pistole … Ich hätte eher … eher hätte ich Angst, er könnte sich was antun. Nicht anderen, verstehen Sie? Sich selbst. Sich selbst!«

»Worum geht es in diesen Texten und Gedichten?«

Die Studentin plumpste wieder auf ihren Stuhl, atmete immer noch heftig. »Liebe. Einsamkeit. Hoffnungslosigkeit. Und so jemand soll …? Nein. Nein!« Aufgeregt rieb sie sich die Stirn. »Ich will Ihnen mal etwas erzählen. Als er das Zimmer übernommen hat, hat es da ziemlich übel ausgesehen. Er hat es ausgefegt und die Spinnweben aus den Ecken gemacht und die Wände frisch gestrichen. Ich habe ihm ein wenig dabei geholfen, weil er in praktischen Dingen – na ja – ziemlich ... talentfrei ist. Und wissen Sie, was er gemacht hat? Sämtliche Spinnen und Insekten hat er vorsichtig eingefangen und vor dem Fenster ausgesetzt. Und nun kommen Sie und wollen mir einreden, er hätte sich eine Pistole besorgt und auch noch ...?« Sie lehnte sich zurück, legte die Hände flach auf den Tisch. »Also wirklich!«

»Er hat gar kein Facebook-Profil«, sagte Balke mit dem Smartphone in der Hand.

»Dann ... dann hat er es gelöscht? Das kann aber erst ...« In ihrem Blick flackerte plötzlich Angst. »Vorgestern hat er doch noch was gepostet. Und jetzt ... Sind Sie sicher?«

Sie zückte ihr eigenes Handy. Nickte nach Sekunden hektischen Fummelns.

»Was hat er zuletzt gepostet?«, fragte ich.

Sie schien meine Frage überhört zu haben. »Er hat viel telefoniert in letzter Zeit. Dazu ist er immer in sein Zimmer gegangen.«

»Eine neue Freundin vielleicht? Hatte er sich verliebt?«

Odette Deneuve starrte lange auf die Wand hinter mir. Nickte schließlich traurig. »Wenn, dann ist es eine Amour fou. Deshalb war er so deprimiert in den letzten Wochen.«

»Ist er ...« Ich wusste nicht, wie ich die Frage formulieren sollte, ohne sie zu verletzen. »Wie wirkt er auf Frauen?«

»Mitleid«, erwiderte sie spontan. »Man hat Mitleid mit ihm.«

»Sonst nichts?«

Ihre Augen glitzerten jetzt feucht. »Er ist so ... verloren. So weltfremd. Flo ...«

»Was?«, fragte ich leise, als sie nicht weitersprach.

»Ich ... Ich kann mich überhaupt nicht erinnern, dass er

mal gelacht hätte. So richtig von Herzen gelacht, wissen Sie?«

»Sie haben doch bestimmt seine Handynummer.« Balke interessierte sich mehr für die praktischen Dinge.

Wieder hantierte sie an ihrem eigenen Handy und diktierte Balke bereitwillig die Nummer.

»Sie müssen mir einfach glauben«, sagte sie dann eindringlich zu mir. »Flo würde nie, nie, nie eine Pistole auch nur anfassen!«

»Sie haben ihm auch nicht zugetraut, ein Auto zu stehlen.«

»Ist das denn wirklich wahr? Haben Sie Beweise dafür?«

Balke zeigte ihr das einzige Foto, das wir bisher von Florian Marinetti hatten. Sie sah es zweifelnd, ungläubig, widerwillig an. Nickte schließlich doch.

»Das ist ...«, murmelte sie verstört. »Es kann einfach nicht ... Darf ich noch mal?«

Sie durfte. Wieder betrachtete sie den kleinen Bildschirm lange und mit krauser Stirn. Und wieder nickte sie am Ende.

»Er ist in der Nacht ungefähr zweihundert Kilometer gefahren mit dem gestohlenen Porsche«, sagte ich. »Möglicherweise hat er einfach nur ein Auto gebraucht, um irgendwohin zu fahren und dort etwas Wichtiges zu erledigen. Einen Besuch zu machen, der nicht aufgeschoben werden durfte ...«

»Und jetzt wollen Sie von mir hören, wo er gewesen sein könnte? Ich kann es Ihnen nicht sagen. Beim besten Willen. Ich ... ich verstehe gar nichts mehr.«

»Sie wohnen zu dritt hier?«, fragte ich, als wir unsere Gläser leerten und uns erhoben. »Wer ist Ihr anderer Mitbewohner?«

»Duyên. Sie kommt aus Vietnam. Zurzeit ist sie in Atlanta. Schreibt dort ihre Master-Thesis. Gestern Abend haben wir noch geskypt. Es gefällt ihr gut drüben in den Staaten. Aber Heidelberg gefällt ihr noch besser.«

12

»Seid ihr zwei von der Stadt?«, fragte ein hagerer Mann mit weiß wallender Komponistenmähne. Er stand in der offenen Tür zu seiner Erdgeschosswohnung und schien auf uns gewartet zu haben. Streitlustig sah er uns entgegen, als wir die Treppen herabkamen.

»Nein.«

»Von der Polizei?«

Ich blieb stehen. »Warum?«

»Umso besser! Klasse, dass hier endlich mal was passiert. Ist ja nicht mehr auszuhalten im Haus, seit die alte Frau Kümmel tot ist.«

Frau Kümmel war die ehemalige Hausbesitzerin, erfuhren wir ungefragt. Sie war vor drei Jahren im Alter von siebenundachtzig Jahren gestorben und hatte am liebsten ihre Ruhe gehabt.

»Damals sind die Mieten noch in Ordnung gewesen. Für Heidelberger Verhältnisse sogar billig. Sie hat sich am Ende natürlich nicht mehr groß gekümmert. Wenn mal was kaputt war, dann hat sie gesagt, man soll einen Handwerker kommen lassen und ihr die Rechnung geben. Aber wie sie dann tot gewesen ist, da haben die Erben das Haus ratzfatz an einen von diesen Immobiliengangstern verhökert, und seither ist hier der Teufel los. Sie treiben die Mieten hoch und lassen das Haus verlottern. Sonnenklar, wie das am Ende ausgeht: Das Haus wird fein renoviert, und anschließend werden Eigentumswohnungen draus gemacht. Wohnungen für Millionäre. Steht ja jeden Tag in der Zeitung, wie das läuft.«

»Heißt der neue Besitzer zufällig Leonhard?«, fragte Balke interessiert.

»Es ist eine Firma, von der die Briefe kommen. Müsst nachgucken, wie die heißt. Der Schmied im Zweiten, der hat sich sogar umgebracht, vor ein paar Wochen erst. Weil er nicht mehr gewusst hat, wie er die Miete noch zahlen soll von seinem bisschen Rente. Aber mich kriegen die hier nicht raus, außer mit den Füßen voran. Und ich bring mich auch nicht um, den Gefallen tu ich denen nicht. Die müssen mich schon selber umlegen, wenn sie mich hier raushaben wollen. Wollt ihr nicht reinkommen?«

Kurze Zeit später saßen wir in einem plüschigen und düsteren Wohnzimmer auf abgenutzten Sesseln. Hier unten war es mindestens fünf Grad kühler als zwei Stockwerke höher.

»Platzek.« Unser Gastgeber drückte erst Balke, dann mir schwungvoll die Hand. »Ich wohn hier schon seit achtunddreißig Jahren. Früher mit meiner Frau und den Kindern zusammen. Die Agnes ist mir dann leider früh gestorben, und dann hab ich halt mit den Kindern allein hier gewohnt. Der Markus ist jetzt in Norwegen oben und verdient kübelweise Geld auf einer von diesen Bohrinseln. Die Bärbel ist in Schifferstadt verheiratet, mit einem Ingenieur, und demnächst werd ich Opa. Und jetzt leb ich halt allein hier. Bisschen groß für einen, aber bis jetzt kann ich's mir Gott sei Dank noch leisten.«

»Könnten Sie bitte nachsehen, wie die Firma heißt?«, bat Balke.

Platzek beugte sich bereitwillig vor, wühlte in dem Papiergebirge, das auf dem Couchtisch lag, fand schließlich, was er suchte. »SDK Immobilienverwaltung. In Berlin sitzen die.«

Balke tippte den Firmennamen in sein Handy und guckte enttäuscht.

»Und Ihr Nachbar hat sich also umgebracht«, sagte ich.

Platzek nickte heftig und warf den Brief zurück auf den Haufen. Sein Atem ging rasselnd, als würde er zu viel rauchen. Allerdings war weder ein Aschenbecher zu sehen, noch roch ich Zigarettenqualm. »Als Nächstes kriegen wir neue Fenster. Ist ja gut und schön, Energie sparen ist ja nichts Schlechtes, und die alten – seht ihr ja selber. Aber nachher muss dann natürlich wieder ordentlich die Miete erhöht werden. In drei Wohnungen sitzen jetzt schon Studenten-WGs. Überall bloß noch Ausländer. Schwarze, Gelbe, Rote, Grüne, was es halt so gibt auf Gottes Erde. Die kommen und gehen, und keiner von denen kann richtig Deutsch. Dauernd ist irgendwo Musik und Party, Radau im Treppenhaus, Dreck überall, und von denen fegt natürlich keiner die Treppe. Aber mich kriegen die hier nicht raus. Außer mit den Füßen zuerst.«

»Wie genau ist Herr …«

»Der Schmied? Tabletten hat er genommen. Gärtner ist er gewesen, bei der Stadt. Er hat's ja oft genug gesagt: Wenn das so weitergeht, Paul, dann bring ich mich um, hat er immer gesagt, und dann werden die schon sehen. Ich hab hin und wieder für ihn eingekauft, weil er doch so schlecht zu Fuß gewesen ist am Ende. Und eines Morgens, Ende März ist es gewesen, wollt ich fragen, was ich ihm mitbringen soll, da macht er nicht auf. Paul, hat er immer gesagt, wenn das so weitergeht, dann bring ich mich noch um. Ich dann rein in die Wohnung, er hat mir einen Schlüssel gegeben für wenn mal was ist, und da hat er dann im Bett gelegen und ist tot gewesen. Zwei Tage vorher war der Brief wegen den neuen Fenstern gekommen.«

Wir erhoben uns, um uns zu verabschieden.

»Vergessen Sie Ihre CD nicht«, sagte Platzek, nahm sie mit spitzen Fingern vom staubigen Couchtisch und reichte sie mir.

Ich musste Frau Deneuve recht geben: Die ersten beiden Stücke waren unerträglich. Schrille, schräge Klänge, Geschrei statt Gesang, ein rasendes Schlagzeug dröhnte durch das Innere unseres biederen Dienstwagens. Inzwischen war es schon Viertel nach sieben.

»Klingt wie eine schlecht organisierte Großbaustelle«, fand Balke.

Das dritte Stück dagegen war völlig anders. Es begann mit langen, getragenen Gitarrenriffs. Das Schlagzeug wurde sparsam eingesetzt, selbst der Bass hielt sich zurück und überließ den Gitarren die Bühne. Dann setzte Gesang ein. Eine melodische, weiche Männerstimme: »She's a miracle, she's the sun of my nights. She's so tough and tender when she holds me tight. She's so beautiful, she makes my dreams fly high ...«

Ich drehte die CD-Hülle um. Das Stück hieß schlicht und treffend: »She«. Comp., Vocals and Guitar: Flo Marinetti.

»I'll do anything for her. Kill and steal and lie ...«

»Reim dich, oder ich fress dich«, lautete Balkes herzloser Kommentar. »Der Heuler stirbt gerade an Liebeskummer.«

Mit geschlossenen Augen lauschte ich Florians sehnsüchtigem Liebeslied, und selbstverständlich dachte ich wieder einmal an Theresa. Fragte mich, ob ich jemals so verliebt in sie gewesen war wie dieser junge Sänger, der ständig klang, als würde er gleich in Tränen ausbrechen.

Balke holte mich in die Niederungen der Realität zurück: »... die Taschen seiner feuchten Jeans durchsucht, während Sie mit dem Mädel kurz weg waren ...« Er deutete meinen überraschten Blick falsch. »Ja, ja, ich weiß, ein schweres Verbrechen. Ein Plastiktütchen habe ich gefunden, mit gelblichen Kristallen drin.«

»Crystal?«

»Vielleicht verträgt er das Dreckszeug nicht? Ist auf einem Trip, von dem er nicht mehr runterkommt? Würde erklären, warum er plötzlich nur noch Unsinn macht.«

»Liebeskummer würde auch manches erklären«, überlegte ich mit schon wieder geschlossenen Augen. »Aber wieso dann um Gottes willen die Geiselnahme?«

Wie angenehm die Dunkelheit war. Das monotone Brummen des Motors wurde leiser, Florians Stück ging zu Ende.

Hämmernde Beats setzten ein. Ich schrak wieder hoch und riss die Augen auf.

»Moment mal ... dieser Leonhard«, fiel mir ein. »Er hat eine Tochter in Florians Alter!«

»Herr Gerlach?« Careen Leonhard nahm schon ab, bevor es bei mir überhaupt getutet hatte. Als hätte sie einen Anruf erwartet. Vermutlich jedoch nicht meinen.

»Sagt Ihnen der Name Florian Marinetti etwas?«

»Florian? Ja natürlich. Aber ... Was?«

»Woher kennen Sie ihn?«

»Flo und Lizi waren als Kinder viel zusammen. Sie waren im selben Kindergarten und später auch noch in derselben Klasse. Bis wir aus Kirchheim weggezogen sind.«

Ich schüttelte heftig den Kopf, um die Schläfrigkeit daraus zu vertreiben. »Könnte es sein, verzeihen Sie die indiskrete Frage: dass er in Ihre Tochter verliebt ist?«

»Lizi erzählt uns solche Dinge schon lange nicht mehr«, erwiderte sie langsam und kraftlos. »Sie lebt ihr eigenes Leben, seit sie in Frankfurt studiert. Denkbar wäre es natürlich. Eine Weile war die Hälfte aller Jungs in ihrer Klasse in sie verliebt. Andererseits waren die beiden ja eher wie Bruder und Schwester. Ich weiß nicht ...« Ich hörte Glas klirren, eine Flüssigkeit gluckern. »Lizi ist hübsch, sie weiß sich zu kleiden, und sie weiß leider auch sehr gut, wie man Männern die Köpfe verdreht. Alfi hat ihr oft genug Vorhaltungen gemacht deswegen. Seither behält sie solche Dinge eben lieber für sich. Und seit sie nun in Frankfurt lebt, hat sich das Verhältnis zwischen den beiden zum Glück sehr gebessert.«

»Frankfurt«, wiederholte ich leise, als ich den roten Knopf drückte. »Das sind von hier knapp hundert Kilometer, richtig?«

»Wieso nimmt er nicht den Zug, wenn ihm die Umwelt so am Herzen liegt?«, fragte Balke gallig.

»Vielleicht ist so spät keiner mehr gegangen?«

Einmal mehr wusste sein Handy Rat: Der letzte Zug nach Frankfurt ging um dreiundzwanzig Uhr zweiundvierzig. Sollte er wirklich zu seiner Jugendfreundin gefahren sein, dann war der Ausflug wohl eher kein Erfolg gewesen, denn sonst wäre er nicht in derselben Nacht zurückgekommen. Und uns wäre vielleicht manches erspart geblieben.

Ich drückte den Knopf mit dem grünen Hörer zweimal. Dieses Mal dauerte es einige Zeit, bis Frau Leonhard abnahm.

»Nein, Lizi ist nicht mehr hier. Bis vor wenigen Minuten war sie es noch. Als Sie anriefen, hatte sie gerade das Haus verlassen. Sie hat morgen früh um acht Vorlesung. Warum fragen Sie?«

»Ich muss sie sprechen. Würden Sie sie anrufen und bitten umzukehren? Sagen Sie ihr erst mal besser nicht, dass es um Florian geht. Von der Geiselnahme weiß sie ja vermutlich schon.«

»Denken Sie etwa, Florian hat etwas damit zu tun? Das ist ja ... das ist ja lächerlich!«

»Bitte rufen Sie Ihre Tochter zurück. Wir sind in zehn Minuten bei Ihnen.«

Während meines Telefonats hatte auch Balke das Handy am Ohr gehabt.

»Diese Berliner Immobilienfirma gehört wirklich nicht Leonhard«, erklärte er mit saurer Miene. »Ist natürlich nicht auszuschließen, dass er über drei Ecken doch daran beteiligt ist.«

»Sie wollen ihn unbedingt als gewissenlosen Geschäftemacher sehen.«

»Würde mich sehr wundern, wenn er es nicht wäre«, knurrte mein engagierter Mitarbeiter. »Ich recherchiere später noch ein bisschen. Wer weiß, was man noch so findet.«

»Ob Florian überhaupt weiß, an wen er seine Miete bezahlt?«

»Zumindest wird er mitbekommen haben, dass dieser alte Herr in der Nachbarwohnung sich umgebracht hat.«

Nach allem, was wir wussten, hatte er einen ausgeprägten Sinn für Gerechtigkeit.

Die Sonne hing jetzt tief im Westen und veranstaltete ein sensationelles Abendrot, das wir, wie Balke mir erklärte, den Sandstürmen in Nordafrika verdankten.

Als wir um zehn vor acht das Leonhard'sche Wohnzimmer betraten, riss Sven Balke die Augen auf. Bei mir dauerte es etwas länger, bis ich begriff, wer da auf der Couch saß und uns ungnädig musterte. Die weißblonde, gertenschlanke Frau, die sich zögernd erhob, um uns ihre feingliedrige Rechte zu reichen, war die, die wir in Schefflers Treppenhaus getroffen hatten. Auch sie hatte uns sofort erkannt. Der Blick ihrer kastanienbraunen Augen sagte: »Verpetzt mich, und ich kratze euch mit meinen langen roten Nägeln die Augen aus!«

Die Augen hatte sie von der Mutter. Und das Blond war nicht echt. Auf dem Foto, das neben ihr auf dem Ecktisch stand, war sie noch dunkelhaarig gewesen. Ich nickte ihr beruhigend zu. Sie schien sich ein wenig zu entspannen. Wir nahmen Platz.

Ihre Mutter hatte recht gehabt, hübsch war sie. Allerdings nicht so überwältigend, wie sie selbst sich vermutlich einbildete. Nach dem ersten Schrecken trug sie wieder eine betont gelangweilte Miene zur Schau, die sie vielleicht für lasziv hielt. Die meiste Zeit ruhte ihr Blick auf Sven Balke, der ihr Interesse jedoch nicht zu erwidern schien.

Im Garten war es inzwischen fast dunkel geworden, und die Hitze hatte weiter nachgelassen. Der schwache Wind, der vor zwei Stunden aufgekommen war, hatte sich leider schon wieder gelegt. Erste Mücken sirrten herum, irgendwo in der Nähe wurde gegrillt. Leise Musik war zu hören. Der Qualm des Grills hing in Schwaden im Garten und bewegte sich keinen Millimeter. Unsichtbare Menschen lachten verhalten, und ich hätte nicht sagen können, wie weit sie von uns entfernt waren.

Felizitas trug dasselbe kurze, sommerlich bunte Kleidchen, dieselben Plateauschuhe wie am Nachmittag. Ihr schmales Gesichtchen war für meinen Geschmack zu stark geschminkt, und der rote Mund wirkte so üppig, dass ich überlegte, ob da vielleicht ein Schönheitschirurg Hand angelegt hatte. Ihr ganzer Aufzug wirkte, als ginge es zur Garden Party eines zweitrangigen Millionärssöhnchens.

»Wie geht's Daddy?«, lautete ihre erste Frage.

»Ich weiß es nicht. Aber ich denke, ganz gut«, antwortete ich.

»Möchten Sie etwas trinken?«, fragte die Mutter, die nicht ruhig sitzen konnte. »Ein Glas Wasser? Limonade? Ein alkoholfreies Weizenbier? Es ist auch noch Cola da.«

Ich wählte Cola, Balke das Weizenbier. Frau Leonhard sprang auf und verschwand in Richtung Küche.

»Danke«, sagte Felizitas leise zu uns. Ihr Lächeln wirkte jetzt unsicher, fast sympathisch. »Sie muss nicht alles wissen.«

Es entstand eine kurze, verlegene Stille, und während wir auf die Geräusche in der Küche lauschten, lief der Film in meinem Kopf ab: Florian geht zu dieser Geburtstagsfeier – vielleicht mit dem Plan, dort seine schon länger heimlich geliebte Lizi zu treffen und endlich zu erobern. Aber statt ihr näherzukommen, muss er mit ansehen, wie sie sich Lars Scheffler an den Hals wirft, einem Kerl, der ihm bestimmt alles andere als sympathisch ist. Er ertränkt seine Enttäuschung in Alkohol oder nimmt von den Kristallen in den Taschen seiner Jeans, vielleicht beides, und irgendwann im Zuge der trostlosen Nacht kommt ihm die wahnwitzige Idee, Scheffler die Autoschlüssel zu entwenden. Er steigt in den Porsche und fährt nach Frankfurt, um dort auf seine große Liebe zu warten, sie zu überraschen, mit seiner Heldentat Eindruck bei ihr zu schinden. Oder will er nur seinem Nebenbuhler einen deftigen Streich spielen? Aber er wartet vergebens, denn Felizitas kommt nicht. Ihr Handy ist wahrscheinlich aus. Oder er erreicht sie und kassiert eine Abfuhr. Frustrierter als zuvor fährt er zurück, wird kurz vor dem Heidelberger Ortsschild auch noch wegen überhöhter Geschwindigkeit geblitzt. Und dreht nun endgültig durch. Was weiter geschah, war vermutlich nur für sein von allen möglichen chemischen Stoffen benebeltes Hirn logisch.

Und wieder versagte meine Vorstellungskraft an der Frage: Wozu die Pistole? Wozu der Überfall auf den Vater seiner unerfüllten Liebe? Bildete der Junge sich in seinem verwirrten Kopf etwa ein, er könnte die Tochter gewinnen, indem er ihren Vater bedrohte?

Frau Leonhard kam mit einem Tablett, auf dem vier große, wohlgefüllte und appetitlich beschlagene Gläser standen. Ich wandte mich an Felizitas, die inzwischen die Beine übereinandergeschlagen hatte und eine der filigranen Riemchensandalen mit klobigen Sohlen an den Zehen baumeln ließ. Sie löste den Blick von Balke, hatte ihre Miene wieder unter Kontrolle. Gelangweilt und ein klein wenig trotzig sah sie mich an.

»Sie kennen Florian Marinetti?«, begann ich den offiziellen Teil des Gesprächs.

Jetzt zeigte sie doch wieder ein wenig Emotion: »Klar kenne ich Flo. Wieso?«

Ich hatte beschlossen, ein wenig zu pokern: »Er wollte Sie vergangene Nacht besuchen. In Frankfurt.«

Sie nickte zögernd und ohne mich aus den Augen zu lassen. Ihr Blick hatte jetzt etwas Lauerndes. »Hat er Ihnen das erzählt?«

»Was wollte er bei Ihnen?«

»Woher soll ich das wissen?«, fragte sie patzig zurück. »Ich war ja gar nicht da.« Sie schlug die Augen nieder, um mir nicht ins Gesicht lügen zu müssen. »Ich war auf 'ner Party, hab bei einer Freundin übernachtet.«

Der große Blumenstrauß war zwischenzeitlich vom Couchtisch auf den Ecktisch gewandert und hatte sichtlich unter der Hitze gelitten. Er schien jetzt noch stärker zu duften als bei meinem letzten Besuch.

»Wo war diese Party?«

»In Frankfurt, wo sonst? Irgendwo beim Osthafen, da, wo die EZB jetzt ist. War ziemlich spät geworden, und ich hatte keine Böcke, noch nach Hause zu fahren. Ich wohne am anderen Ende der Stadt. Und außerdem hatte ich ein bisschen was getrunken.«

Ich tat, als wüsste ich es nicht besser. »Hat er Sie angerufen?«

Wieder zögerte sie. Schien zu überlegen, wie ehrlich sie in diesem Punkt sein durfte, ohne ihr kunstvolles Lügengebäude ins Wanken zu bringen. Schließlich nickte sie. »Irgendwann hat auf einmal mein Handy losgeplärrt. Hatte blöderweise vergessen, es leise zu stellen. Erst wollte ich gar nicht rangehen. Aber er hat immer wieder angerufen, und da bin ich dann doch rangegangen.«

»Was wollte er?«

»Keine Ahnung. Ich habe ihm gesagt, er soll mich in Ruhe lassen, und das Handy ausgemacht.«

»Sie kennen sich schon lange, habe ich gehört.«

Sie schloss kurz die Augen. Trank einen großen, gierigen Schluck. Nickte dann knapp.

»Warum haben Sie das Gespräch angenommen, wenn Sie nicht mit ihm reden wollten?«

»Weiß auch nicht. Weil wir Freunde sind. Ich wollte … ich konnte … Flo hat ein bisschen Probleme zurzeit.«

»Was für Probleme?«

»Ach, alles Mögliche. Geld. Studium. Aber … Irgendwie hat er ja immer Probleme gehabt. Schon, wie wir noch zusammen in der Schule waren. Immer ist er nur rumgeeiert, hat eine hirnrissige Idee nach der anderen gehabt, und nie, nie ist am Ende was draus geworden. Ständig hat er überlegt, was er später mal machen will, wenn er das Abi in der Tasche hat. Die Welt retten, für den Frieden kämpfen, für die Umwelt, für die armen Tiere. Solche Sachen.«

»Er malt sehr gut. Und spielt richtig toll Gitarre.«

Dieses Mal fiel ihr Nicken eine Spur deutlicher aus. »Aber er macht nichts daraus. Und wer kann schon vom Bildermalen leben? Um als Musiker Kohle zu machen, muss man ein bisschen mehr können, als ein Instrument zu spielen.«

»Was denn, zum Beispiel?«

»Marketing, zum Beispiel. Man braucht eine Marktlücke, ein Alleinstellungsmerkmal, sonst läuft das nicht. Und Flos Schmuserock mit seinen schmalzigen Texten ist im Moment nicht angesagt.« Wieder nahm sie einen großen Schluck aus ihrem Glas, in dem die Eiswürfel schon fast geschmolzen waren, leckte sich die Lippen, stellte das Glas so vorsichtig ab, als wollte sie Zeit schinden. Dann fuhr sie fort: »Eine Weile war er mal in 'ner Band. Aber die haben ihn bald wieder rausgeschmissen, weiß auch nicht, warum. Flo ist manchmal ganz schön schwierig. So ... kompromisslos. Verbohrt kann man auch sagen. Hat er wahrscheinlich von seinem blöden Daddy, der ein übelster Kotzbrocken ist. Mit seinem Daddy, das hat ja nie wirklich funktioniert. Seine Ma, die Claudi, die ist voll okay. Aber sein Daddy – seit ewig arbeitslos, kriegt selber nichts gebacken, und dann meckert er auch noch ständig an Flo rum. Ausgerechnet er, der größte Loser aller Zeiten! Und zu wenig Geld gibt er ihm auch noch.«

»Warum beantragt er nicht Bafög?«

»Will er nicht. Flo will selber klarkommen. Von niemandem abhängig sein. Läuft aber nicht. Er kommt nicht klar.« Plötzlich wurde ihr Blick inquisitorisch. »Wieso wollen Sie das eigentlich alles wissen? Wieso stellen Sie mir so komische Fragen?«

»Dazu kommen wir später. Worum ist es bei diesem Telefonat in der Nacht gegangen?«

Wieder schlug sie die zu stark umschminkten Augen nieder. Betrachtete kritisch die zu langen Fingernägel. »Flo, na ja, er ist ein bisschen verknallt in mich. Aber ...«

»Aber Sie nicht in ihn.«

Ein blitzschneller Seitenblick zur Mutter, die mit unbewegter Miene zuhörte. Dann ein schnelles Kopfschütteln.

»Er hat extra einen Wagen gestohlen, um Sie in Frankfurt zu besuchen.«

»Einen ... was? Geklaut? Flo?«

»Einen Porsche. Der Besitzer heißt Lars Scheffler. Sie kennen ihn vielleicht.«

Über ihr Gesicht rasten Verwirrung, Empörung, spöttischer Unglaube. »Sie verscheißern mich, ja? Flo, also echt nicht!«

»Noch mal die Frage: Was wollte er von Ihnen?«

Ihr Blick fand auf einmal keinen festen Punkt mehr. Hier gab es offenbar irgendein Geheimnis. »Flo ist manchmal so eine Zecke. Ich wollte einfach nicht mit ihm reden. Ich wollte mir sein ewiges Geschwalle nicht schon wieder antun. Er will einfach nicht einsehen, dass ...«

»Dass was?«

»Nichts«, antwortete sie so leise, als hoffte sie, ihre Mutter könnte es nicht hören.

»Lief mal was zwischen Ihnen beiden?«

Theatralisch fiel sie in die Rückenlehne, streckte alle viere von sich, als hätte ein Schuss sie in die Brust getroffen. »Okay, ich hab mal ein bisschen mit ihm geflirtet. Aber Flo, der blickt so was einfach nicht. Bildet sich sofort alles Mögliche ein, wenn man mal ein bisschen nett zu ihm ist. Sogar einen Song hat er mir gewidmet.«

»Ich habe ihn gehört. Mir gefällt er.«

»Mir aber nicht! Wenn du Flo den kleinen Finger reichst, dann will er gleich den ganzen Arm haben und den Rest auch noch. Und drum rede ich lieber gar nicht mehr mit ihm.«

Sie log. Sie hatte nicht nur mit Florian geflirtet, sie war mit ihm im Bett gewesen. Vielleicht einmal, aus einer Laune heraus, vielleicht mehrfach. Und anschließend hatte sie ihn fallen lassen. Weggeworfen wie einen Lippenstift, dessen Farbe aus der Mode gekommen war, und sich anderen Männern zugewandt. Männern, die Geld hatten, Porsche fuhren, selbstbewusst waren, aufregend. Felizitas Leonhard war genau so, wie ich hoffte, dass meine Töchter niemals werden würden.

Sie beugte sich vor, sah mir fest in die Augen. »Was ist denn jetzt mit Daddy? Und was hat Flo damit zu tun?«

Ich klärte sie in knappen, nicht sehr mitfühlenden Worten auf.

»Nee, oder?« Nun war sie wirklich fassungslos. Die unerträgliche Coolness war von ihr abgefallen wie ein Negligé, das sie sich von den wohlgeformten Schultern hatte rutschen lassen. »Ich blick's nicht … Wieso haut er Flo nicht einfach eine rein und wirft ihn raus? Daddy ist einen Kopf größer als Flo. Flo ist so ein Softie …«

»Weil Florian eine Pistole hat.«

»Äh … Haben Sie grad Pistole gesagt? Flo ist doch total gegen … Flo? Also nee …!«

»Er ist verliebt in Sie …«

»Eine Zecke ist er. Sorry.«

»Worum ist es gegangen bei dem Telefonat letzte Nacht?«

Sekundenlang nagte sie auf der Unterlippe. Spielte mit ihren Fingern. Draußen war endlich wieder ein wenig Wind aufgekommen. Ein kühler Hauch strich über mein Gesicht. Vom Blumenstrauß fielen fast gleichzeitig zwei dunkelrote Rosenblätter. Balke gab sich selbst eine Ohrfeige, betrachtete seine Hand, rieb sich die Wange. Er schien die Mücke nicht erwischt zu haben.

Jetzt sah das verzogene Töchterlein mich wieder an. Und mit einem Mal wirkte sie beinahe erwachsen.

»Kann ich mit ihm reden? Kann ich ihn anrufen?«

»Sein Handy ist aus. Das von Ihrem Vater übrigens auch.«

Der Antrag auf Freigabe von Florians Handydaten hatte Klara Vangelis schon vor einer Stunde an die Staatsanwaltschaft geschickt. Ich musste wissen, mit wem er in den vergangenen vierundzwanzig Stunden telefoniert und wo er sich dabei aufgehalten hatte. Jetzt konnte ich nur hoffen, dass der Bereitschaftsdienst meiner vorgesetzten Behörde gut funktionierte und nicht allzu streng nachfragte. Noch war die Beweislage ja leider etwas dünn.

Lizi nickte, als hätte sie mit nichts anderem gerechnet. »Akku leer, Ladegerät vergessen, logisch. Kann ich Daddy auf dem Festnetz anrufen, oder schießt Flo dann gleich?«

»Ihr Vater nimmt den Hörer nicht ab. Worum ist es bei Ihrem Telefonat in der Nacht gegangen?«

Wieder wurden eine Weile die Nägel begutachtet. Schließlich zuckte sie die Achseln, dass die kleinen Brüste hüpften. »Um nichts. Ich habe ihm gesagt, er soll mich in Ruhe lassen, und das Handy ausgemacht.«

Endlich fiel bei mir der Groschen: Die Mutter war das Problem. Es gab etwas, das die Mutter nicht hören sollte. Ich bat Careen Leonhard, uns kurz mit ihrer Tochter allein zu lassen. Sie sah mich erstaunt an, erhob sich aber schließlich wortlos und schloss die Tür hinter sich. Meine nächste Frage an Felizitas war ein Schuss ins Blaue: »Hat Ihr Vater bei diesem Gespräch eine Rolle gespielt?«

»Daddy? Wie ... äh ... Wieso das denn?«

»Sie verstehen vielleicht nicht ganz, worum es hier geht: Ihr Vater wird von Ihrem Schul- und Kindergartenfreund mit einer Waffe bedroht. Wenn ich den Grund kenne, habe ich vielleicht eine Chance, mit ihm ins Gespräch zu kommen. Deshalb muss ich wissen, was in der vergangenen Nacht passiert ist, warum er so durchgedreht ist.«

»Durchgeknallt war er ja wohl schon vorher. Wie er den Porsche von Lars geklaut hat.«

Immer noch wollte sie nicht mit der Sprache heraus. Vielleicht befürchtete sie, dass die Mutter lauschte, von der allerdings auch verdächtig wenig zu hören war.

»Nehme an, er hat ...«

»Er hat was?«

»Flo trinkt nicht nur Alkohol ...«

»Sie wollen andeuten, er hat Drogen genommen.«

»Macht er öfter. Ich gar nicht. Ich brauch so was nicht.« Die Adressatin dieser offensichtlichen Lüge war vermutlich wieder die Mutter.

»Sie bleiben über Nacht hier?«

»Muss ich?«

»Ich bitte Sie darum. Möglich, dass ich Sie noch brauche.«

»Wozu denn?«

»Zum Beispiel, um mit Florian zu reden, falls er sein Handy irgendwann wieder einschaltet.«

»Sie glauben, er hört auf mich?«

»Sie sind wichtig für ihn.«

»Und was soll ich ihm sagen?«

»Dass er gerade dabei ist, sein Leben zu verpfuschen.«

»Hat er das nicht längst?«

»Es kann immer noch schlimmer kommen.«

Mit leerem Gesicht schüttelte sie den Kopf. »Ich glaub ja nicht, dass ich da viel helfen kann. Flo ist ...«

»Was ist er?« Allmählich nervte mich ihre Art, immer wieder mit einem halben Satz zu enden.

»Na ja. Zurzeit wahrscheinlich nicht besonders gut auf mich zu sprechen.«

»Hat das mit der vergangenen Nacht zu tun?«

Dieses Mal erhielt ich keine Antwort.

Balke fiel noch rechtzeitig ein, sie um Fotos von Florian zu bitten, von denen sie natürlich einige auf ihrem Handy mit sich herumtrug. Schließlich erhoben wir uns, ich fummelte ein Visitenkärtchen aus der Innentasche meines Jacketts, schrieb meine private Handynummer auf die Rückseite und überreichte es Felizitas.

»Falls noch was sein sollte, Sie können mich jederzeit anrufen.«

Vielleicht würde sie sich melden, später, wenn sie allein war. Viel Hoffnung hatte ich allerdings nicht.

Zurück in Heidelberg, setzte mich Balke in der Nähe meiner Wohnung ab und fuhr weiter nach Rohrbach, um sich dort selbst um seine Ablösung zu kümmern. Ich hatte mir Feierabend verordnet, da ich allmählich am Ende meiner Kräfte war. Der Wind war stärker geworden und machte die Hitze ein wenig erträglicher.

Als ich in die Kleinschmidtstraße einbog, schlug eine Kirchturmuhr halb neun. Zu Hause angekommen, fand ich die Wohnung verwaist. Ich trank Unmengen Wasser, duschte zum dritten Mal an diesem Tag und legte mich schlafen.

In der Nacht schlief ich tief und traumlos. Erst am nächsten Morgen stellte ich fest, dass die Zwillinge irgendwann nach Hause gekommen waren und bei ihrem späten Abendessen wieder einmal die Küche verwüstet hatten.

Zweiter Tag, Dienstag, 5. Mai

13

»Ich habe was Interessantes rausgefunden«, empfing mich Balke mit kleinen Augen, als ich am Dienstagmorgen um Punkt acht wieder am Tatort war. »Hat mir irgendwie keine Ruhe gelassen, wie Leonhard zu seinem Startgeld gekommen ist.«

Mein wissensdurstiger Mitarbeiter sah bemitleidenswert aus. Bleich, unrasiert, übernächtigt. Die ganze Nacht hatte er durchgehalten, zwischendurch auf einem der Plastikstühle ein wenig geschlafen und sich dabei einen steifen Nacken zugezogen.

»Und?«, fragte ich mit halbem Interesse.

»Von wegen ›mit seiner eigenen Hände Arbeit‹! Geerbt hat er. Als er neunzehn war.«

»Und wie machen Sie das? So was steht ja wohl kaum im Internet.«

Balke massierte sein Genick und grinste mit allem Stolz, zu dem er in seinem Zustand noch fähig war. »Ich habe Bruckner angerufen, seinen Assi.«

»Sie sollten sich auch ein bisschen hinlegen.«

»Mach ich. Später. Bruckner hat mir verraten, wer Leonhards ältester Mitarbeiter ist. Jemand, der möglichst von Anfang an dabei war. So jemanden gibt's tatsächlich. Er heißt Wallatschek, ist Architekt und hat über zwanzig Jahre für Leonhard gearbeitet. Und jetzt raten Sie mal, was dieser Herr Wallatschek als Erstes gefragt hat, als er gehört hat, dass es um Leonhard geht.«

»Ich bin vor neun nicht besonders gut im Raten.«

»›Hat ihn endlich einer umgebracht?‹, hat er gefragt. Wallatschek behauptet, ohne ihn und sein Fachwissen wäre Leonhard nie und nimmer da, wo er heute steht.«

»Behauptet er.«

»Ich glaube ihm das. Wir haben gestern Abend lange geredet. Er ist schon weit über sechzig, wohnt jetzt in der Pfalz drüben, in Maikammer, und baut seinen eigenen Wein an.«

»Eine Erbschaft ist an sich noch keine Schande.«

Balke wirkte ein wenig enttäuscht, weil ich nicht mehr Begeisterung zeigte.

»War auch nicht so riesig, das Erbe. Wallatschek meint, es war ein Betrag eher im unteren sechsstelligen Bereich. Aber wie man sieht: Das Startkapital richtig investiert, kann man ruck, zuck Millionär werden.«

Hörte ich da etwa Neid aus seiner Stimme?

»Wie sieht es oben aus?«

»Scheinen noch zu pennen.« Balke knetete immer noch sein schmerzendes Genick.

Ich ließ mir von dem diensthabenden und ebenfalls unausgeschlafenen Techniker einen Kaffee geben. Balke winkte ab. Er hatte die ganze Nacht hindurch Kaffee getrunken.

»Gegen halb eins haben sie das Radio ausgemacht«, sagte der Techniker, als er mir den Becher überreichte.

Wie bestellt drangen plötzlich wieder Geräusche aus den Lautsprechern. Eine Männerstimme und eine heitere Frauenstimme. Dann Musik.

»Das Radio«, brummte Balke und gähnte schon wieder. »Mindestens einer ist noch am Leben.« Er hörte auf, sein Genick zu massieren, und drückte sein Kreuz durch. »Ich mache mich dann mal vom Acker, Chef, und haue mich ein paar Stunden aufs Öhrchen, okay?«

»Was ist eigentlich aus unserer Psychologin geworden?«

»Die ist gestern Abend noch nach Stuttgart zurückgefahren. Sie sollen sie anrufen, falls sie hier gebraucht wird.«

Er fummelte ein zerknautschtes Visitenkärtchen mit dem Drei-Löwen-Wappen aus einer Tasche seiner Jeans und überreichte es mir. Die Männer vom SEK hatten über die umliegenden Orte und Stadtteile verteilt in Hotelzimmern geschlafen, erfuhr ich weiter, während sich einige ständig in Bereitschaft hielten.

»Und Gansmann?«

»Habe ich seit Stunden nicht gesehen.« Balke ging mit hängenden Schultern und schleppenden Schritten davon. Kurz darauf hörte ich einen Motor anspringen.

Erst jetzt stellte ich fest, dass jemand in der Nacht versucht hatte, mich telefonisch zu erreichen. Die angezeigte Handynummer sagte mir allerdings nichts. Der Anruf war kurz vor Mitternacht gewesen, und ich schien zu diesem Zeitpunkt wie ein Toter geschlafen zu haben. Ich rief zurück und lauschte eine Weile dem eintönigen Tuten. Es war Felizitas, die sich schließlich meldete.

»Sie haben mich angerufen?«

»Stimmt«, erwiderte sie mit gedämpfter Stimme. Vermutlich sollte ihre Mutter nicht wissen, dass sie mit mir sprach. »Könnte ich Sie in fünf Minuten …? Bin gerade …«

»Kein Problem.«

Jetzt sprach sie noch leiser und noch hastiger: »Oder könnte ich vielleicht zu Ihnen kommen? Wäre mir lieber als so am Telefon …«

»Noch besser.«

Fünfundzwanzig Minuten später war sie da. Ein wenig zu grazil, ein wenig zu blond, heute in einem einfachen, zitronengelben und gewagt kurzen Hängekleidchen und auf hohen Pumps, die ihre Beine noch länger machten, als sie ohnehin schon waren. Ganz ohne Schmuck und Schminke war sie mir gleich sehr viel sympathischer.

»Was kann ich tun?«, fragte sie.

»Warum haben Sie mich in der Nacht angerufen?«

»Erst Sie.«

»Ich wollte Sie bitten, doch mit Florian zu reden. Auf Sie hört er vielleicht.«

»Ist sein Handy wieder an?«

»Sie rufen Ihren Vater an, und falls er abnimmt, bitten Sie ihn, Florian den Hörer zu geben.«

»Wieso sollte er abnehmen?«

»Er wird hoffentlich Ihre Nummer erkennen.«

Zögernd hob sie die schmalen Mädchenschultern. Ließ sie wieder fallen.

Irgendetwas schien ihr an meiner Idee nicht zu behagen. Dennoch nestelte sie ihr großes Smartphone aus der kleinen Handtasche, wählte, nahm es ans Ohr. Aus einem Lautsprecher hinter mir drang Augenblicke später überlaut das Gedüdel eines Telefons.

»Nimmt nicht ab«, konstatierte Felizitas nach Sekunden. »Ich probier's auf dem Handy.«

Dieses Mal war nichts zu hören. Leonhards Handy war immer noch ausgeschaltet.

»Versteh ich nicht. Daddy macht sein Handy sonst nicht mal im Urlaub aus.«

»Wir könnten es ganz ohne Technik versuchen. Wären Sie bereit, mit mir zusammen nach oben zu gehen? Vielleicht reagiert Florian auf Ihre Stimme?«

»Ist das nicht gefährlich?«

»Sie kriegen eine schusssichere Weste. Und Sie werden Florian nie so nah kommen, dass er auf Sie schießen könnte. Wir fahren einfach zusammen rauf und versuchen unser Glück vom Flur aus. Ich stelle mich vor Sie, und Sie müssen nicht mal das Vorzimmer betreten.«

»Die Weste brauche ich nicht«, behauptete sie. »Flo schießt nicht auf mich.«

»Es muss sein, tut mir leid. Wir wissen nicht, was mit ihm los ist. Er ist erschöpft, übernächtigt, wahrscheinlich völlig verzweifelt. Nach so viel Stress ist jeder Mensch unberechenbar. Sogar Florian.«

Tapfer zog sie eine unserer wenig kleidsamen Kevlar-Westen über das dünne Kleid. Inzwischen war auch Gansmann wieder aufgetaucht und schon eifrig dabei, den Einsatz vorzubereiten. Er ließ die Kollegen, die sich die ganze Nacht in einem der verwaisten Büros im achten Obergeschoss gelangweilt hatten, durch ausgeschlafene Männer ablösen und rüttelte diese durch markige Befehle und Belehrungen wach.

»Oje«, sagte Felizitas leise, der nun anscheinend doch ein wenig mulmig wurde.

»Angst?«

»Auch. Aber ... Ich muss Ihnen erst noch was sagen, bitte. Wieso ich Sie in der Nacht angerufen habe. Flo ... ich habe nämlich doch mal was mit ihm gehabt. Ich wollte nur nicht, dass Ma es erfährt. Ging auch nicht so lange. Es hat ... na ja, einfach nicht gepasst. Wenn man so lange befreundet ist wie Flo und ich, dann ... weiß auch nicht.«

Nachdem die Familie Leonhard nach Ladenburg übergesiedelt war, hatten die Kinder, damals beide schon sechzehn Jahre alt, sich ein wenig aus den Augen verloren. Erst vor einigen Monaten hatte man sich zufällig auf einer Party wiedergetroffen. Und bei dieser Gelegenheit hatte es dann gefunkt.

»Eigentlich ist nicht viel gewesen. Wir haben gequatscht und getanzt und später bisschen geknutscht. Wir sind beide ... na ja, nicht ganz nüchtern gewesen. Ist irgendwie voll komisch gewesen, weil früher ist Flo für mich ja mehr so was wie ein Bruder gewesen. Gar kein richtiger Mann. Aber er war so süß an dem Abend ... Wir sind dann zu mir. Meine Eltern waren Skifahren. Daddy mag das nämlich nicht, wenn ich Kerle mitbringe und so. Obwohl ich volljährig bin, in dem Punkt hat er irgendwie total den Fimmel. Aber zum Glück war er ja mit Ma in Österreich ...«

»Warum darf Ihre Mutter nichts davon wissen?«

»Weil sie bestimmt findet, Flo ist ... na ja, nicht mein Niveau. Nicht gut genug für ihre Prinzessin. Weiß auch nicht.«

»Und jetzt kommt er nicht damit klar, dass Sie auf einmal nichts mehr von ihm wissen wollen.«

»So sieht's aus, ja.«

»Wann haben Sie sich von ihm getrennt?«

»Vor drei Wochen.«

»Und das war alles?«

Gansmann telefonierte und funkte immer noch eifrig und freute sich, dass endlich wieder etwas passierte.

»Wir haben uns noch ein-, zweimal getroffen. Aber irgendwie … Flo ist so furchtbar harmlos. Und immer macht er sich so viele Gedanken.« Ganz im Gegenteil zu Typen wie Lars Scheffler. »Ständig quatscht er irgendwelches Zeug, das mich überhaupt nicht interessiert. Ich will guten Sex haben, und er textet mich voll von Käfighühnern und Schlachtfabriken und Viehfutter, das angeblich das Klima ruiniert.«

»Ist das der Grund dafür, dass er nach Frankfurt gefahren ist?«

»Nehme an, ja.« Sie nickte unglücklich. »Wie wir uns getrennt haben – also, wie ich Schluss gemacht habe, da habe ich gesagt, ich weiß, es war total blöd, aber ich habe gesagt, er hat ja nicht mal ein Auto und so. Mir ist einfach nichts Besseres eingefallen. Konnte ja schlecht sagen, dass er mir einfach zu langweilig ist.« Sie verstummte. Nagte wieder einmal auf der Unterlippe. »Dann hat er natürlich geheult und gebettelt, und da bin ich noch mal weich geworden. Zum Abschied noch mal in die Kiste, was ist dabei? Er hat gewusst, dass es das letzte Mal ist, und es war ganz schrecklich. Er war total verpeilt, hat immer nur geheult, und es hat überhaupt nicht funktioniert.« Wieder schwieg sie für Sekunden. »Flo hat jetzt eine Bude in Neuenheim, ein winziges Zimmerchen, da sind wir gewesen. Dann war ein paar Tage Ruhe. Und dann hat er angefangen, mich anzurufen, mir Nachrichten zu schicken. Bildchen per WhatsApp und so. Ich habe ihn dann auf allen Kanälen gesperrt und seine Mailadresse als Spam markiert und das Handy nicht mehr abgenommen. Dann hat er seine Nummer unterdrückt, und ich konnte ja schlecht gar nicht mehr ans Handy gehen.

Hab sogar schon überlegt, ob ich mir eine neue Nummer zulegen soll.«

»Sie haben immer noch keine Idee, was er von Ihrem Vater will?«

Wieder zögerte sie lange. »Ich glaube, doch«, flüsterte sie dann mit Blick auf die Spitzen ihrer pinkfarbenen Pumps. »Wie Flo in der Nacht angerufen hat, natürlich wollte er wieder wissen, warum und wieso. Und da habe ich gesagt, ist mir einfach so rausgerutscht, damit er mich endlich in Ruhe lässt ... Ich habe gesagt, mein Daddy will nicht, dass ich mit ihm zusammen bin. So.«

Ich war wie elektrisiert. Endlich so etwas wie eine Erklärung! Florian wollte von Leonhard hören, was er gegen ihn hatte. Weshalb er nicht gut genug war für Felizitas. Er war enttäuscht gewesen, gekränkt, wütend. Dann war die Situation aus irgendeinem Grund eskaliert, und alles Weitere hatte sich von selbst ergeben.

»Stimmt ja aber auch«, fuhr Felizitas mit immer noch gesenktem Blick fort. »War überhaupt nicht gelogen. Zumindest nicht ganz. Nur, normalerweise wäre mir das total schnurz, was Daddy von ihm hält. Aber ich habe einfach nicht mehr gewusst, was ich noch sagen soll, um Flo loszuwerden.«

»Das heißt, Ihr Vater ist tatsächlich gegen die Beziehung gewesen?«

»Er hat mitgekriegt, dass ich Flo wieder getroffen habe. Und da hat er gesagt, ich soll mich bloß nicht an ihm vergreifen. Er ist nichts für mich, hat er gesagt. Er hat nicht gewusst, dass da schon was war.«

»Ich dachte, er kennt Florian seit seiner Kindheit. Was hat er gegen ihn?«

Gansmann war inzwischen verstummt und sah mich fragend an. Ich machte eine abwiegelnde Geste. Er deutete auf seine bestimmt bis hundert Meter Wassertiefe dichte Armbanduhr. Ich schüttelte möglichst unauffällig den Kopf.

»Na ja«, erwiderte Felizitas kläglich. »Eigentlich mag er ihn ja. Sehr sogar. Daddy steht voll auf Kunst und findet, Flo hat Talent. Weiß auch nicht. Vielleicht, weil er keinen Plan hat, und auch sonst. So richtig gesagt hat er es nicht, aber ich habe gemerkt, dass es ihm nicht gepasst hätte, wenn … Aber irgendwie ist er doch auch ganz nett, Flo, meine ich. Und … Es ist alles … so eine Scheiße.«

Den letzten Satz musste ich fast von ihren Lippen ablesen, so leise war sie am Ende geworden.

»Dass Ihr Vater gegen die Beziehung ist, haben Sie ihm erst bei dem Telefonat in der Nacht gesagt?«

»Ja.«

»Wie hat er reagiert?«

»Irgendwie … weiß nicht. Er hat gefragt: ›Echt jetzt? Kein Scheiß?‹, und so. Auf einmal ist er ganz heiser gewesen. Und dann hat er ein bisschen geschnauft. Und dann hat er aufgelegt. Hat ihn wohl voll von den Socken gehauen, dass ausgerechnet Daddy …«

Felizitas schwieg lange. Schien mit sich zu ringen. Dann sprach sie weiter, jetzt wieder mit festerer Stimme und geradem Rücken: »Ich glaube, Daddy hat sich immer einen Sohn gewünscht. Aber das hat nicht geklappt. Ma kann keine Kinder mehr kriegen, seit ich auf die Welt gekommen bin.«

»Okay«, sagte ich gedehnt. »Unter diesen Umständen ziehen Sie die Weste vielleicht erst mal wieder aus. Ich bin im Moment nicht mehr sicher, ob das alles so eine gute Idee ist.«

Ich sah Gansmann an, der vier Schritte von uns entfernt von einem Fuß auf den anderen trat, und fuhr mit den Fingerspitzen meiner Rechten über meine Kehle. Er hob die Augenbrauen und war enttäuscht.

»Flo könnte durchdrehen, nicht?«, fragte Felizitas zerknirscht.

Ich nickte.

»Irgendwelchen Scheiß machen?«

Ich nickte wieder. Unter diesen Umständen war völlig unkalkulierbar, wie er reagieren würde, wenn er auf einmal die Stimme seiner großen Liebe hörte. Niemand wusste, wie es in ihm aussah. Hatte er längst aufgegeben und fand nur nicht den Mut, die Konsequenzen zu ziehen? Oder stand er kurz davor, in tödlicher Verzweiflung erst Leonhard und dann sich selbst zu erschießen?

Noch etwas anderes ging mir in diesen Sekunden durch den Kopf: War es wirklich denkbar, dass Florian aus enttäuschter Liebe und Verbitterung über Leonhards überraschende Ablehnung die Waffe eingesteckt und ihn überfallen hatte? Oder war die Geiselnahme vielleicht gar nicht geplant gewesen, sondern hatte sich im Zuge der Ereignisse erst ergeben? Hatte er die Pistole einfach so dabeigehabt, weil er sie gefunden hatte und nicht wusste, was er damit anfangen sollte?

Ich versuchte, mir vorzustellen, was gestern Morgen dort oben geschehen war. Florian war in Leonhards Vorzimmer geplatzt, unausgeschlafen, überdreht, enttäuscht, benebelt von den unseligen Stoffen, die er in den Stunden zuvor zu sich genommen hatte, hatte die arme Frau Zöpfle fast zu Tode erschreckt, war – mit der Waffe in der Hand – in Leonhards Büro gestürmt, hatte ihn vielleicht beschimpft, vielleicht angefleht, bestimmt nach Gründen gefragt.

Von diesem Punkt an versagte meine Fantasie. Nach allem, was ich wusste, war Leonhard ein harter Hund und ein exzellenter Verhandler. Er hätte kalt lächelnd alles abgestritten, behauptet, Felizitas habe ihn falsch verstanden. Er kannte Florian, wusste, wie er ihn zu nehmen hatte. Aus tausend Meetings mit Geschäftspartnern, Kunden, Verkäufern war er es gewohnt, Menschen zu überzeugen, auf überraschende Ereignisse schnell und elastisch zu reagieren. Er hätte den verwirrten jungen Mann trotz seiner Pistole in fünf Minuten schwindlig geredet, ihn davon überzeugt, dass er sich irrte, dass er ihn nach wie vor mochte, dass er bei Felizitas sogar ein gutes Wort für ihn einlegen würde.

Das Handy beendete meine Grübeleien. Rolf Runkel meldete Neuigkeiten: »Nach der Radiomeldung hat sich gestern Abend doch noch ein Bulgare gemeldet. Ein Lkw-Fahrer, wie Sie gesagt haben. Er hat am frühen Morgen Krach gehört. Da hätten welche gestritten, sagt er, Männer. Hat aber nichts verstanden.«

»Die Schüsse hat er nicht gehört?«

»Doch. Aber er hat gedacht, es sind Fehlzündungen. Dann ist ein Auto weggefahren, und dann war's wieder still.«

Außerdem hatte die Kriminaltechnik inzwischen das Kaliber der Waffe bestimmen können, mit der Marco Schulz und sein Freund erschossen worden waren. »Sieben fünfundsechzig, wahrscheinlich ein Revolver. Sie haben auch ein Geschoss gefunden, aber die Waffe ist nicht in unserer Datenbank.«

Kurz überlegte ich, ob sich zwischen den beiden Fällen eine Verbindung konstruieren ließ. Aber ich konnte mir Leonhard beim besten Willen nicht mit einer Waffe in der Hand auf einem Autobahnrastplatz vorstellen, wie er zwei Männer erschoss. Auch wenn einer der beiden ihm eine Weile ziemlich lästig gefallen war – das Risiko, bei der Tat beobachtet zu werden, war einfach zu groß und Leonhard viel zu intelligent, um das nicht zu wissen. Marco Schulz mochte auch mit anderen Menschen Streit gehabt haben. Hin und wieder gab es Schießereien zwischen Mitgliedern konkurrierender Motorradklubs. Und außerdem verdiente Schulz seinen Lebensunterhalt mit Sicherheit eher selten durch ehrliche Arbeit.

»Und was machen wir jetzt?«, fragte Felizitas verzagt. Inzwischen stand sie wieder ohne Weste da und sah mit fast kindlichem Blick zu mir auf.

»Wir warten noch eine halbe Stunde. Dann sehen wir weiter.«

Mehr und mehr beunruhigte mich die Stille in Leonhards Büro. Aber die Techniker versicherten mir noch einmal, die Nacht über sei alles ruhig gewesen. Es habe keinen neuen Streit gegeben, keine weiteren Schüsse seien gefallen. Aus den Lautsprechern drang nach wie vor nur das Gemurmel und Gedudel des Radios. Eigentlich war es völlig unmöglich, dass die beiden Männer immer noch schliefen. Außerdem, auch das wieder so eine Ungereimtheit: Es wäre für Leonhard ein Leichtes gewesen, sich in der Nacht schlafend zu stellen, zu warten, bis Florian die Augen zufielen, und ihm dann die Waffe abzunehmen. Da oben saßen sich ein willensstarker, körperlich topfitter Mann und ein weicher, verstörter Jüngling gegenüber, der zwar eindrucksvolle Selbstporträts malen, seelenvolle Songtexte schreiben und ziemlich gut Gitarre spielen konnte, aber sonst so gut wie nichts.

Ich wandte mich an den sommersprossigen Techniker: »Können Sie mir die Tonaufzeichnung von gestern noch mal vorspielen? Der Moment, als Leonhard die Pizza aus dem Vorzimmer holt?«

Sichtlich froh, endlich etwas zu tun zu haben, begann er, auf die Tastatur eines unfassbar dünnen, silberfarbenen Laptops einzuhacken. Dann drehte er an einem Knopf, und ich hörte, was ich hatte hören wollen: das leise quietschende Scharnier der Tür, Leonhards selbstbewusste Schritte und dann seine alles andere als ängstlich klingende Stimme: »Siehst du? Alles da, wie bestellt.« Die Schritte entfernten sich wieder, die massive Tür krachte überlaut ins Schloss, da sie sich direkt neben dem Mikrofon befand. Dann noch einmal Leonhards Stimme, jetzt jedoch rasch leiser werdend und von Fremdgeräuschen überdeckt: »… hab ich's nicht ge…« Dann nur noch Rauschen und entferntes Rumpeln.

»Haben wir irgendeine Möglichkeit, das so zu bearbeiten,

dass man noch ein bisschen mehr versteht? Vor allem das, was er am Ende sagt?«

Der junge Kollege zog eine Grimasse. »Wir nicht. Aber das BKA hat natürlich die Technik und die Leute für so was.«

Er sah mich fragend an. Ich nickte. Er versprach, die Passage herauszuschneiden und umgehend per Mail nach Wiesbaden zu schicken.

»Machen Sie es dringend«, sagte ich.

Er begann wieder zu tippen. Stockte plötzlich. »Da fällt mir ein: Ich hab einen Kumpel beim SWR in Mannheim«, sagte er, ohne den Blick vom Bildschirm zu wenden. »Der ist Tontechniker. Soll ich den parallel auch mal anpingen?«

Das konnte nichts schaden.

Felizitas stand immer noch unschlüssig herum, hielt ihr Handtäschchen fest und sah zu, was wir so taten, was nicht viel war.

»Wie ist es denn so in Frankfurt?«, fragte ich sie, um sie ein wenig aufzuheitern.

Sie mochte die Stadt nicht besonders, war aber froh, dem noblen Elternhaus entflohen zu sein. Ihr Studium mochte sie auch nicht besonders, hörte ich aus ihren wortkargen Antworten heraus. Journalistik und Literaturwissenschaft schienen eher eine Verlegenheitslösung zu sein.

»Daddy hätte sich natürlich gefreut, wenn ich irgendwas mit Immobilien gemacht hätte oder BWL. Aber das ist nicht so meins.«

»War er sehr enttäuscht?«

»Nö, gar nicht. Er hat mich nicht unter Druck gesetzt oder so. Daddy ist eigentlich ganz okay, wissen Sie? Er ist selten daheim. Aber er ist okay.«

»Mit Ihrer Mutter kommen Sie besser klar?«

Ich fragte Dinge, die mich im Grunde nichts angingen, aber sie schien froh zu sein, mit jemandem darüber sprechen zu können.

»Eigentlich bin ich ein Zwilling«, sagte sie leise und mit gesenktem Blick. »Eigentlich habe ich einen Bruder, aber der ist bei der Geburt … na ja, er hat es halt nicht geschafft. Und das hat Ma irgendwie nie ganz verwunden. Nein, unser Verhältnis ist nicht so gut. Wenn ich daheim bin, dann streiten wir nach fünf Minuten. Sie mischt sich in alles ein, und ich finde, ich bin doch allmählich erwachsen. Manchmal …« Lange musste ich auf die Fortsetzung warten. Sie schien inzwischen Vertrauen zu mir gefasst zu haben. Ungewöhnlich großes Vertrauen, wie mir ihr nächster Satz zeigte: »Manchmal denke ich, Ma gibt mir die Schuld dafür, dass mein kleiner Bruder tot ist. Ich weiß, das klingt total blöd, aber …«

»Menschen reagieren oft nicht rational.«

»Ja.« Sie lächelte mich scheu an. »Jedenfalls bin ich froh, dass ich jetzt weg bin.«

Mein Handy brummte und trillerte aufgeregt.

»Claudia Marinetti«, meldete sich die weiche Frauenstimme, die ich schon einmal gehört hatte. »Sie hatten angerufen?«

»Sind Sie jetzt in Heidelberg?«

»Wir sind gerade erst über die Schweizer Grenze. Bis Heidelberg sind es noch zweihundertfünfzig Kilometer, und mit dem Wohnmobil sind wir nicht so schnell. Worum geht es denn?«

»Das möchte ich Ihnen lieber persönlich sagen.«

»Ist was mit Florian?«

»Ja. Aber kein Grund zur Beunruhigung. Kommen Sie erst mal nach Hause, und dann reden wir.«

»Sie sind von der Polizei?«

»Ja, ich bin Polizist. Aber keine Sorge, Ihrem Sohn geht es gut. Rufen Sie mich an, wenn Sie zu Hause sind. Dann komme ich, und wir können reden.«

»Es geht ihm gut?«

»Ja, es geht ihm gut. Machen Sie sich keine Sorgen.«

»Sie sind gut. Wie soll ich mir denn jetzt keine Sorgen machen?«

Was hätte ich tun sollen? Ihr die bittere Wahrheit an den Kopf werfen: Ihr Sohn hat ein Auto gestohlen, dabei einen Sachschaden angerichtet, der sein Leben ruinieren wird, und anschließend mit einer Schusswaffe in der Hand eine Geisel genommen. Wenn er Pech hat, wird er in den nächsten Stunden erschossen. Hat er Glück, kommt er für Jahre ins Gefängnis. Für viele Jahre.

14

Um fünf Minuten vor zehn war Sven Balke wieder da.

»Eine Stunde konnte ich schlafen«, erklärte er gähnend und mit immer noch kleinen Augen. »Dann war schon Ende Gelände.« Kein Wunder, die Sonne brannte inzwischen schon wieder mit unverminderter Kraft vom Himmel.

Felizitas betrachtete Balke neugierig. Er schien mit seinem muskulösen Körper und der männlichen Miene mehr Saiten in ihr zum Schwingen zu bringen als der Grübler Florian. Wir gingen einige Schritte zur Seite, und ich berichtete im Telegrammstil die aktuelle Lage.

»Oben rührt sich immer noch nichts?«, fragte er ungläubig.

»Exakt. Und das macht mir allmählich Sorgen.«

»Vielleicht schläft nur Leonhard, und Flo ist die ganze Zeit wach? Wenn er wirklich Crystal genommen hat, dann wird er lange nicht müde.«

»Wir gehen rein«, sagte ich kurz entschlossen und deutete auf Felizitas und mich. »Sie wird versuchen, Kontakt aufzunehmen. Und wenn das nicht klappt, kommen wir mit der Brechstange.«

»Gansmann wird jubeln. Brechstange ist genau sein Ding«, bemerkte Balke und zog seine Heckler & Koch aus dem Hosenbund. Er ließ das Magazin herausschnappen, drückte es nach einem kurzen Kontrollblick wieder in den Griff, lud durch und überreichte mir die Waffe. Ich informierte Gansmann, der auf einem der Stühle saß und eine Zigarette rauchte. Er wirkte ein wenig vergrätzt, versprach jedoch, seine Truppen umgehend in Bewegung zu setzen.

Nur zwei Minuten später meldete der Anführer der Eingreiftruppe, er und seine Mitstreiter seien bereit. »Mit acht Mann.«

»Gut«, sagte ich. »Sie reagieren auf Zuruf.«

Felizitas trug inzwischen wieder die schwere Weste, auf deren Rücken in breiter, weißer Schrift POLIZEI stand, war ein klein wenig blass um die Nase, hielt sich jedoch erstaunlich tapfer. Wir nickten uns zu, heuchelten Optimismus und gingen in weitem Bogen auf das Haus zu, in dem ihr Vater seit über vierundzwanzig Stunden unter höchst mysteriösen Umständen festgehalten wurde.

Wir erreichten den Eingang ohne Zwischenfälle, durchquerten das kühle, totenstille Foyer. Unsere Schritte hallten, dass ich meinte, sie müssten bis ins oberste Stockwerk zu hören sein. Der linke Aufzug stand offen. Ich drückte den Knopf mit der Acht und versuchte, eine selbstsichere Miene zur Schau zu stellen. Die junge Frau neben mir wirkte plötzlich seltsam entspannt und unaufgeregt.

Der Lift wurde schon wieder langsamer, gongte, die blitzblank geputzten Edelstahltüren fuhren fast lautlos auseinander. Plötzlich hatte ich das dringende Bedürfnis, mich zu räuspern.

Der Flur war – wie erwartet – menschenleer. Unsere Hilfstruppen hielten sich weisungsgemäß in einem der Büros versteckt.

Wir mussten nur vier Schritte gehen, um die Tür zum Vorzimmer zu erreichen. Ich gab meiner schmalen und jetzt plötzlich wieder sehr schutzbedürftig um sich blickenden Begleiterin ein Zeichen, hinter mir zu bleiben. Sie gehorchte flink, aber ohne Hektik. Mit der linken Hand betätigte ich die Klinke, drückte gleichzeitig die Schulter gegen die Tür, um das Schloss zu entlasten, sodass es sich lautlos öffnen ließ. In der Rechten hielt ich jetzt Balkes entsicherte Dienstwaffe.

Als der Türspalt etwa zehn Zentimeter breit war, nickte ich Felizitas zu. Sie trat so nah an die Tür, bis ich sie an der Schulter festhielt. Sollte Florian jetzt zu schießen beginnen, würde er sie in dieser Position unmöglich treffen können. Sollte sich die Klinke der Zwischentür bewegen, würde ich Felizitas zurückreißen, die Tür ins Schloss knallen und den Rückzug antreten.

»Flo?« Ich spürte, wie sie erbebte. »Hier ist Lizi.«

Stille. Leise Musik aus dem Radio.

»Flo? Bist du da drin? Ich bin's, Lizi!«

Wieder keine Antwort. Im Radio sang Nana Mouskouri mit Inbrunst »Weiße Rosen aus Athen«. Keine Schritte, kein Rascheln, kein Hüsteln, einfach nichts. Nach zwei weiteren Versuchen schob ich Felizitas in den Fahrstuhl und gab schweren Herzens den Befehl zum Zugriff. Entweder die beiden hatten sich in Luft aufgelöst. Oder sie waren tot, obwohl die Nacht über kein lautes Wort und auch kein Schuss gefallen war. Ich stellte mich zu Felizitas in den Aufzug, blockierte aber die Tür mit dem Fuß.

Schwarze, schwer bewaffnete Kerle huschten nahezu geräuschlos heran. Brachten sich im Vorzimmer in Stellung, verständigten sich mit Gesten und Blicken. Dann ein scharfes Kommando, Krachen, Gebrüll, das rasch wieder erstarb.

»Sicherheit hergestellt«, rief jemand. »Sie können kommen, Herr Gerlach.«

Ich bat Felizitas, die mich schreckensbleich anstarrte, im Lift zu bleiben, durchquerte eilig Flur und Vorzimmer, betrat das weitläufige Chefbüro in der Erwartung, dort ein Blutbad vorzufinden oder zwei völlig verstörte Männer oder …

Aber nichts davon: Die SEK-Männer standen ratlos herum und entluden ihre Waffen. Von Leonhard und Florian keine Spur.

»Das …« Ich schluckte. Schüttelte den Kopf, riss die Augen auf. »Das ist doch völlig unmöglich!«

Den Flur hatten die ganze Nacht über zwei Kameras beobachtet, lückenlos, pausenlos. Niemand hatte das Vorzimmer verlassen. Sowohl der Haupteingang als auch der Notausgang an der Rückseite des Gebäudes waren keine Sekunde unbeobachtet gewesen. Niemand hatte dieses Haus in der vergangenen Nacht verlassen, niemand. Was ich hier sah, war wirklich und wahrhaftig vollkommen unmöglich.

Dennoch war es eine Tatsache: Geiselnehmer und Geisel waren nicht mehr da. Zögernd und immer wieder den Kopf schüttelnd umrundete ich Leonhards modernen Glas-und-Chrom-Schreibtisch, auf dem zwei offene und ziemlich verschmierte Pizzakartons lagen. Daneben standen zwei leere und eine noch zu einem Viertel volle Colaflaschen. Ich blickte in jede Ecke, sah sogar aus dem Fenster, betrachtete eingehend die Decke – es half nichts. Felizitas stand inzwischen mit großen, traurigen Augen in der Tür und zupfte betreten an ihrer Schutzweste herum.

»Hammer!«, stieß Balke hervor, als er sich Minuten später zu uns gesellte. Auch er kam aus dem Kopfschütteln nicht heraus.

Die SEK-Leute verabschiedeten sich betreten grinsend. Ich wies sie an, Felizitas mit nach unten zu nehmen. Dann rief ich Gansmann an und bat ihn, das Gebäude durchsuchen zu lassen. Jedes Stockwerk, jedes Büro. Wie auch immer Florian mit seiner Geisel aus diesem Büro gekommen war, das Gebäude hatten sie nicht verlassen.

Das Büro war lang gestreckt, vielleicht fünf Meter breit

und acht bis zehn Meter lang. Links neben der Tür zum Vorzimmer prunkte eine schwere Ledersitzgruppe an einem staubfreien Rauchglastisch. Vor der rückwärtigen Wand stand Leonhards Chefschreibtisch, dahinter ein überraschend schlichter, wenn auch elegant geformter Sessel. Die Wand hinter dem Schreibtischstuhl war über die volle Breite und bis zur Decke mit weißen Regalen zugestellt, vollgestopft mit Ordnern, Andenken, Pokalen, die der Herr des Hauses im Tennis erkämpft hatte. Dazwischen war auch noch für zwei Familienfotos Platz, die ihn zusammen mit Frau und Töchterchen zeigten. Ich stellte mir vor, wie Leonhard bei schwierigen Verhandlungen entweder seine Trophäen oder – je nachdem, wer ihm gegenübersaß – die schlicht gerahmten Fotos herumzeigte, um Eindruck zu machen oder die Stimmung aufzulockern. Auch das Radio, das seit kurz nach acht wieder lief, stand in einem der Regale. Momentan plärrte es die *Bohemian Rhapsody* von Queen. Ein unscheinbares Radio im Retrodesign und mit Weckfunktion. Es hatte sich am Morgen ganz von allein wieder eingeschaltet.

Was hier geschehen war, war nicht nur unmöglich. Es war außerdem eine katastrophale Blamage für mich und alle, die sich die Nacht um die Ohren geschlagen hatten, ohne zu bemerken, dass irgendwann zwei dunkle Gestalten um irgendeine Ecke gehuscht waren.

Die Klimaanlage rauschte leise, die eine gute Seele offenbar wieder eingeschaltet hatte.

Ich lief herum und versuchte vergeblich, Ordnung in meinem Kopf zu schaffen. Methodik. Methodisches Vorgehen war alles, was hier noch helfen konnte. Was immer gut funktionierte, war die Ausschlussmethode.

Der Fußboden? Teppichboden, nahtlos, darunter vermutlich Stahlbeton. Unmöglich, ohne schweres Gerät und sehr viel Staub und Lärm durchzukommen.

Die Zimmerdecke? Ebenfalls Stahlbeton. Weiß gestrichen.

Fugenlos. Drei Einschusslöcher. Zwei weiß lackierte Gitter, durch die die Klimaanlage kühle Luft hereinblies und warme Luft absaugte. Eindeutig zu schmal, als dass ein Mann sich hätte hindurchzwängen können. Also genauso unmöglich.

Die Fenster? Balke probierte es aus – wie erwartet ließen sie sich nur kippen, aus Sicherheitsgründen jedoch nicht öffnen. Außerdem war draußen nur eine glatte, fugenlose Wand.

Die Wand zum Flur? Dort standen nur ein Sideboard und ein schmaler Schrank, in dem sich das kleine Waschbecken und ein Spiegel befanden. Und selbst wenn die beiden die Wand durchbrochen hätten, wie und womit auch immer – im Flur hingen unsere beiden Kameras, an denen sie nicht ungesehen vorbeigekommen wären.

Sollte Florian diese Kameras irgendwie überlistet haben? Obwohl er meines Wissens nicht über große technische Fähigkeiten verfügte, telefonierte ich mit den Technikern und erntete Heiterkeit.

»Damit er an der Kamera was machen kann, muss er ja erst mal an sie rankommen. Und dabei wird er unweigerlich gefilmt, Herr Gerlach, sorry. Von vorne und von hinten. Wir gucken gerade noch mal die Aufzeichnungen im Schnellgang durch. Aber da ist nichts. Inzwischen sind wir bei fünf Uhr dreißig. Da war nichts auf dem Flur, die ganze verdammte Nacht nicht.«

»Wann haben Sie zum letzten Mal ihre Stimmen gehört?«

»Kurz vor Mitternacht. Dann ist noch eine Weile das Radio gelaufen. Bis halb eins ungefähr. Danach war alles still.«

Vor den Fenstern wurde es laut. Ein Hubschrauber näherte sich, vermutlich von einem Fernsehsender, und schien bald wenige Meter von uns entfernt in der Luft stehen zu bleiben. Mit einem schnellen Blick vergewisserte ich mich, dass immer noch alle Jalousien geschlossen waren. Das Letzte, was ich mir jetzt wünschte, war, meine belämmerte Miene in den Abendnachrichten bewundern zu dürfen.

Vielleicht ein Helfer?, überlegte ich, während das unerträglich laute Geknatter andauerte. Der große Unbekannte im Hintergrund, von dem wir nichts wussten und der über die technischen Möglichkeiten verfügte, die Funkverbindung unserer Hightech-Kameras zu überlisten?

»Hätten wir gemerkt«, versicherte der junge Kollege. Wir mussten jetzt beide fast schreien, um uns zu verständigen. »So was funzt nur im Kino. Das ist eine digitale, verschlüsselte Verbindung, da geht gar nichts. Und das Bild ist die ganze Nacht okay gewesen. Von beiden Kameras. Auf dem Flur war keiner, so leid es mir tut.«

Vielleicht das Vorzimmer? Sollte es dort einen zweiten, uns nicht bekannten Ausgang geben? Obwohl ich wusste, dass ein solcher Ausgang nicht existierte, ging ich – von Balke aufmerksam beobachtet – hinaus, um den Raum noch einmal und dieses Mal eingehend zu besichtigen. Das Ergebnis war so ernüchternd wie alles andere: Verlassen konnte man das Vorzimmer nur durch eines der beiden Fenster, die sich ebenfalls nicht öffnen ließen, oder die Tür zum Flur, durch die wir hereingekommen waren.

Blieb die Wand bei Leonhards Schreibtisch, hinter der sich der verschlossene Nebenraum befand. Der Raum, in dem angeblich alte Akten lagerten. Die Wand, die lückenlos von Regalen bedeckt war. Langsam schritt ich sie ab. Die Regale waren doch nicht ganz lückenlos, stellte ich fest. Es gab zwei Aussparungen, in denen Gemälde hingen. Die eine Aussparung ging bis zum Boden, und dort prangte ein mannshohes, knapp einen Meter breites Bild, das eine nackte, sich graziös reckende Frau in neongrellen Farben zeigte. Das Gemälde mochte künstlerisch wertvoll sein, ich hätte es dennoch nicht geschenkt haben wollen. Es folgten weitere anderthalb Meter Regal, dann war die Wand zu Ende. Ich machte kehrt und schritt die Front ein zweites Mal ab. Vielleicht, weil ich das Licht jetzt nicht im Rücken, sondern von vorn hatte, vielleicht, weil ich den Blick nicht mehr nur auf die Regale richtete, entdeckte ich auf einmal leichte Spuren im frisch gesaugten, steingrauen Velours des Teppichbodens. Kaum sichtbare Stellen, die ein wenig glatter waren als der Rest. Diese Spuren führten geradewegs vor das hochformatige, wirklich abscheuliche Gemälde. Als wäre Leonhard hin und wieder davorgetreten, um sich an seinem Anblick zu erfreuen. Immer noch hielt der Radau vor den Fenstern an. Was mochte es da draußen nur Interessantes zu filmen geben?

Ich trat ganz nahe heran. Nachdem ich lange und ergebnislos das hässliche Bild angestarrt hatte, fiel mir der Spalt auf. Der kaum sichtbare Spalt zwischen der kalkweißen, glasfasertapezierten Wandfläche und den sie umrahmenden Regalen. Ich drückte vorsichtig gegen die Wand – nichts geschah. Balke stand jetzt neben mir, hatte gespürt, dass ich etwas entdeckt hatte. Auch er drückte jetzt, stärker als ich, und plötzlich schnappte die Fläche samt Bild nach hinten weg.

»Eine Tapetentür«, stellte er verdattert fest. »Dachte eigentlich, so was gibt's nur in alten englischen Schlössern.«

Die leichte Tür war nur von zwei kräftigen Magneten zugehalten worden. Wir betraten den Raum dahinter. Er war sehr hell, da er Fenster sowohl nach Westen als auch nach Süden hatte. Auf dem Boden lag derselbe Teppich wie in Leonhards Büro.

»Er hat die Tür nachträglich einbauen lassen«, sagte ich.

»Ich denke eher, er hat mit dem Architekten einen Deal gemacht, damit diese Tür in den Plänen nicht auftaucht«, meinte Balke. »Er war der Bauherr und der Architekt todsicher sein Angestellter.«

Der Eckraum war praktisch unmöbliert. Lediglich an der Wand links reihten sich Regale, die allerdings keineswegs Aktenordner enthielten, sondern Bücher und eine bunte Reihe von Aufbewahrungskästen aus lasiertem Holz, wofür auch immer. Hinter diesen Regalen befand sich die Tür zum

Flur, die sich nicht öffnen ließ. Ansonsten waren hier noch ein etwas in die Jahre gekommener Rattan-Schaukelstuhl, ein kleines rundes Tischchen, eine Leselampe mit Deckenfluter und ein großes rundes Loch im Boden zu besichtigen, das es – glaubte man den Plänen – ebenfalls nicht geben durfte. Durch dieses Loch führte eine Wendeltreppe aus hellem Holz in die Tiefe.

Vorsichtig stiegen wir hinab. Ich rechnete zwar nicht damit, dass sich in den Räumen unter dem Chefbüro jemand aufhielt, aber in diesem verhexten Fall waren schon so viele absurde Dinge geschehen, dass ich mich nicht gewundert hätte, ein Stockwerk tiefer Florian und Leonhard Händchen haltend auf einer Couch sitzend anzutreffen. Aber auch der große Raum, den wir nun betraten, war menschenleer. Was wir hier sahen, war allerdings kein Büro, sondern ein lang gestreckter Wohnraum mit kleinem Esstisch, Sitzgruppe, breitem Doppelbett und manch anderem Komfort. Da die Zwischenwand fehlte, die oben das Büro vom Eckzimmer trennte, war der Raum sogar noch um einiges größer als Leonhards Chefbüro. Auch hier hingen großformatige Gemälde an den Wänden, auch hier die meisten bunt und abstrakt. Die Bilder hier gefielen mir schon wesentlich besser als die Gemälde oben.

»Fehlt nur noch der Whirlpool«, meinte Balke gallig.

»Der ist wahrscheinlich im nächsten Raum.«

»Und was soll das? Hat er zu Hause kein Bett?«

Ich hatte bereits eine Ahnung, welchem Zweck dieser Raum diente. Der große, rot lackierte Kühlschrank enthielt im Wesentlichen Sekt- und Weinflaschen. Im Gefrierfach einige Fertiggerichte, die man in der Mikrowelle zubereiten konnte. Das dazugehörige Gerät stand daneben und zeigte an, dass es dreiundzwanzig Minuten nach zehn war. Immer noch dröhnte der Hubschrauber vor den Fenstern, doch er schien sich allmählich zu entfernen, der Lärm ließ nach.

Auf einem quadratischen Tischchen neben dem ordentlich abgedeckten Bett standen eine dicke rote Kerze und zwei schlanke, hohe Gläser mit der Öffnung nach unten.

Ist es ein Wunder, dass ich in diesen Minuten an die vergleichsweise kleine und geradezu ärmliche Wohnung in der Ladenburger Straße dachte, die Theresa und mir als Liebesnest diente? Ist es ein Wunder, dass sich meine Laune bei diesem Gedanken – soweit überhaupt noch möglich – weiter verschlechterte? Ich verspürte eine überwältigende Lust, jemanden zu verprügeln. Zur Not mich selbst.

Inzwischen schien auch Balke begriffen zu haben, welchem Zweck Leonhards geheime Zweitwohnung diente, denn in seinen Mundwinkeln hing ein kleines, wissendes Grinsen.

Der Raum, über dem Leonhards Sekretariat liegen musste, war zweigeteilt. Der kleinere Teil diente als Eingangsbereich mit Minigarderobe, Spiegel und Schirmständer, der andere war als Bad ausgebaut mit Dusche, Waschbecken und WC. Für den Whirlpool hatte der Platz nicht gereicht. Sowohl auf der Ablage über dem Waschbecken als auch in der Dusche standen Dinge, wie Frauen sie benötigen, um sich schön und begehrenswert zu machen. Alles nicht von den teuersten Marken, aber auch nicht aus der Billigecke.

»Er verwöhnt sie nicht gerade«, fand Balke.

»Vielleicht ist sie verheiratet«, sagte ich. »Sie kann nicht vom Shoppen nach Hause kommen und auf einmal nach Chanel duften.«

»Von hier konnten sie ungesehen auf den Flur …«, überlegte Balke mit krauser Stirn.

Wo keine Kameras hingen.

»… und mit dem Lift in aller Seelenruhe nach unten gondeln«, vollendete ich seinen Satz. »Ich nehme an, direkt in die Tiefgarage.«

Ich rief Gansmann an. Seine Leute hatten inzwischen die obersten vier Stockwerke durchsucht und bisher keinen Menschen angetroffen. Nur in die Räume unter Leonhards

Büro waren sie nicht hineingekommen, weil dort nicht einmal der Generalschlüssel des Hausmeisters passte.

»Leonhards Range Rover steht noch unten«, warf Balke ein. »Den haben sie nicht genommen.«

»Damit wären sie auch nicht ungesehen weggekommen.«

Es musste noch einen anderen Weg ins Freie geben.

Ein Anruf im Theresien-Krankenhaus ergab, dass Veronika Zöpfle nichts von der geheimen Tür, nichts von einer Wendeltreppe und erst recht nichts von der Zweckentfremdung der Räume ein Stockwerk tiefer wusste. Dass sonst jemand aus der Belegschaft davon Kenntnis hatte, hielt ich für unwahrscheinlich.

»Und da ist eine richtige Wohnung, sagen Sie?«

»Mit allem, was man zum Leben braucht.«

»Manchmal …«, sagte sie nachdenklich. »Manchmal hat Alfi Anweisung gegeben, dass er für eine Weile seine Ruhe haben will. Dann durfte er von niemandem gestört werden. Nicht mal den Bundespräsidenten durfte ich durchstellen, hat er im Spaß immer gesagt. Und dann … Es ist dann immer so still gewesen im Büro. Ich habe natürlich gedacht, er liegt auf seiner Couch und macht ein Nickerchen …«

»Wie lange hat das für gewöhnlich gedauert?«

»Zwei Stunden? Mal mehr, mal weniger.«

Leonhard hatte sich tatsächlich ein wenig hingelegt. Allerdings nicht so, wie seine brave Sekretärin sich das vorstellte.

»Einmal habe ich gesagt, er könnte sich doch auch mal was Bequemeres leisten als diese ungemütliche Ledercouch. Da hat er gelacht und gesagt, es geht schon, und er will ja nicht drauf übernachten. Oft ist er abends länger geblieben. Aber das war bei meinem früheren Chef nicht anders. Der ist auch oft bis zehn, halb elf im Büro geblieben und hat Liegengebliebenes aufgearbeitet.«

Der Lärm des Hubschraubers wurde plötzlich wieder lauter. Wir mussten uns anschreien, um uns zu verständigen.

Es juckte mich in den Fingern, mir Balkes Waffe noch einmal auszuleihen und diese nervtötende Höllenmaschine abzuschießen.

»Seit wann sind Sie bei Leonhard beschäftigt?«, rief ich.

»Sechzehn Jahre und ein bisschen«, verstand ich. Davor war Frau Zöpfle Chefsekretärin bei Kaufhof gewesen.

Während ich – wegen des Lärms mühsam und mit vielen Nachfragen – telefonierte, sah ich mir Leonhards nicht allzu umfangreiche CD-Sammlung an. Oldies aus den Siebzigern und Achtzigern schien er zu mögen. Die Stones, Led Zeppelin, Uriah Heep. Manche der Scheiben besaß ich selbst. Daneben gab es viel Schmuserock und Late-Night-Jazz. Auch der unverwüstliche Buena Vista Social Club fehlte nicht. Die Stereoanlage war billig gewesen und taugte mit Sicherheit nicht viel. Aber für den Musikgenuss hatte der Hausherr sich diesen Raum ja auch nicht eingerichtet.

Plötzlich drehte der Hubschrauber ab, und Sekunden später war es fast bedrückend still.

»Woher hat Florian gewusst, dass es diesen Fluchtweg gibt?«, fragte Balke. »Von Felizitas?«

»Würden Sie Ihrer Tochter erzählen, dass Sie ein nettes Liebesnest neben Ihrem Büro haben, wo Sie regelmäßig ihre Mutter betrügen?«

»Wie sonst? Leonhard wird ihm wohl kaum auf die Nase gebunden haben, dass …« Balke verstummte und sah missmutig zum Fenster.

»Vielleicht hat er gedacht, wenn er Florian einen Fluchtweg zeigt, lässt er ihn laufen?«

Viele Geiseln haben von einem bestimmten Zeitpunkt an mehr Angst vor der Polizei und einem gewaltsamen Befreiungsversuch als vor dem Menschen, der sie mit der Waffe bedroht. Vielleicht hatte Leonhard Florian wirklich angeboten, ihm den Fluchtweg zu zeigen gegen das Versprechen, ihn anschließend freizulassen. Bisher hatte Florian seinen Teil der Abmachung allerdings nicht erfüllt.

»Ich kann mir einfach nicht vorstellen, dass niemand in der Firma von dieser Wohnung weiß«, sagte ich. »So was lässt sich doch auf Dauer nicht geheim halten. Eine Frau, die regelmäßig ins Haus kommt und bei niemandem einen Termin hat und nach zwei, drei Stunden wieder verschwindet …«

»Sie wird ihr Auto in der Tiefgarage abgestellt haben. Dafür braucht sie eine Codekarte, aber die kann Leonhard ihr gegeben haben.«

»Gibt's in der Einfahrt der Tiefgarage keine Kamera?«

Nein, gab es nicht. Aber was hätte sie uns auch geholfen?

»Vielleicht hat Florian doch jemanden außerhalb, der ihm hilft?«, überlegte Balke wütend. »Jemanden, der ihm Tipps gibt. Ihm sagt, was er tun soll.«

Und ihn mit Informationen versorgte. Vielleicht besaß der Junge ein zweites Handy, dessen Nummer wir nicht kannten?

»Oder Florian ist überhaupt nur Mittel zum Zweck«, führte ich seine Überlegung fort. »Er ist selbst der Helfer, und der große Unbekannte steuert das alles hier fern?«

Diese Theorie hielt ich zwar selbst nicht für sehr wahrscheinlich, denn Florian war mit Sicherheit nicht der Typ, der sich in kriminelle Machenschaften verwickeln ließ. Dennoch spann ich den Faden weiter. »Jemand aus der Firma, der Interna kennt, der Leonhard kennt, seine Gewohnheiten, dieses Kuschelnest hier …«

»Bruckner«, sagte Balke wie aus der Pistole geschossen.

Sollte der schwarz gekleidete persönliche Assistent gestern aus einem ganz anderen Grund früher als sonst im Büro gewesen sein, als er uns erzählt hatte? Natürlich musste es niemand aus der Firma sein. Jeder, der ein Telefon besaß, kam infrage. Leonhards diverse Feinde, Menschen, an die wir bisher nicht einmal gedacht hatten. Der Mann im Hintergrund brauchte sich auch nicht in der Nähe aufzuhalten. Er brauchte nicht einmal ein Mann zu sein.

»Wieso macht Florian so was mit?«, fragte ich mich selbst. »Was hätte er davon?«

Das war der schwache Punkt in meiner ansonsten so hübschen Theorie.

»Lassen wir das«, sagte ich schließlich. »Wir vertrödeln unsere Zeit. Wichtig ist jetzt erst mal die Frage: Wie sind die zwei ungesehen aus dem Haus gekommen? Und – noch viel wichtiger – wo sind sie hin?«

»Vielleicht ist Leonhard ja längst tot?«, gab Balke zu bedenken.

»Und Florian hat seine Leiche allein aus dem Haus geschleppt?«

Als besonders sportlich oder kräftig hatte ihn bisher niemand beschrieben.

»Es müsste Spuren geben«, fügte ich hinzu. »Schleifspuren. Blutspuren. Sehen Sie welche?«

»Wenn man ungesehen aus diesem Haus herauskommt, dann kommt man auch ungesehen hinein«, grübelte mein unermüdlicher Mitarbeiter weiter.

Aber ich wollte jetzt wirklich nichts mehr davon hören. »Ich fordere die Spurensicherung an. Und Sie reden bitte mit diesem Facility-Manager. Sagen Sie ihm, ich will ihn in fünf Minuten in der Tiefgarage sehen.«

Während Balke noch telefonierte – es schien wieder einmal irgendein Problem zu geben, weshalb der Hausmeister im Moment leider keine Zeit für uns hatte –, kam ein Gedanke zurück, den ich vorhin nicht ausgesprochen hatte: Was, wenn Leonhards Frau die treibende Kraft hinter allem war? Sie kannte Florian seit Ewigkeiten. Und möglicherweise wusste sie sogar von diesem luxuriösen Liebesnest hier. Und hätte damit einen der besten Gründe der Welt, ihrem Mann eine Lektion zu erteilen. Wenn nicht gar Schlimmeres.

Balke sagte dem Hausmeister lautstark seine Meinung, woraufhin dieser plötzlich doch Zeit hatte.

»Wenn seine Frau von der Wohnung hier wüsste, wäre sie bestimmt eifersüchtig …«, sagte ich, als Balke sein Smartphone sinken ließ.

Ihr seltsames Verhalten fiel mir wieder ein, ihre verkrampfte Haltung, wie hartnäckig sie anfangs meinem Blick ausgewichen war, wie sie erschrak, als in meiner Anwesenheit ihr Handy klingelte, wie positiv sie ihren Hallodri von Ehemann schilderte. Als dürfte kein Schatten auf sein Ansehen fallen. Als dürfte auf keinen Fall der Eindruck entstehen, sie könnte wütend auf ihn sein.

Balke hatte schon die nächste Idee, und die war nicht von der Hand zu weisen: »Wahrscheinlich haben die Damen hin und wieder gewechselt. Und eine davon war nicht damit einverstanden, so Knall auf Fall abserviert zu werden …«

15

Da die Tür von Leonhards geheimem Apartment zum Flur verschlossen war, stiegen wir die Wendeltreppe wieder hinauf, verließen das Büro durch den offiziellen Ausgang, fuhren mit dem Aufzug in die Tiefgarage hinunter. Der Hausmeister erwartete uns schon. Er wirkte nervös, trat von einem Fuß auf den anderen, als hätte er ein Problem mit seiner Blase.

»Das ist doch ganz einfach.« Großspurig deutete er auf eine rote Stahltür, über der ein grünes Fluchtweg-Schild leuchtete. »Da werden sie raus sein. Außen geht eine Treppe rauf zum hinteren Parkplatz.«

»Da draußen stehen die ganze Zeit Leute von uns«, sagte ich.

»Und der Parkplatz ist komplett umzäunt, richtig?«, fragte Balke sarkastisch.

Der Hausmeister nickte mit unruhigem Blick. »Maschendraht. Zwei Meter hoch. Mindestens. Stimmt.«

»Gibt es vielleicht noch einen dritten Ausgang?«

»Ja also«, sagte der Hausmeister gedehnt. »In dem Fall bleibt eigentlich … eigentlich nur der Versorgungsschacht.«

»Welcher Schacht?«, fragte ich alarmiert.

»Na, die Tür dahinten.« Er deutete auf eine zweite Stahltür, die breiter war als die andere und sich in der hintersten Ecke versteckte. »Da geht's zu den Elektroinstallationen, Telefon, Wasser, Abwasser und so weiter und so fort. Geheizt wird das Gebäude mit Fernwärme. In einem Haus knapp hundert Meter von hier, an der Parallelstraße, steht ein Blockheizkraftwerk, das noch ein paar andere Häuser mitversorgt. Das hat der Herr Leonhard damals angeleiert, obwohl sich da noch keine Sau so richtig für Umweltschutz und Energiesparen interessiert hat. Und die Rohre, die gehen durch einen Tunnel.«

Balke fielen fast die Augen aus dem Kopf. »Und wieso erfahren wir das erst jetzt?«, fragte er mühsam beherrscht.

»Hat mich keiner danach gefragt«, versetzte der Hausmeister mit kämpferischem Blick. »Außerdem braucht man für die Tür da einen besonderen Schlüssel. Den hab nur ich und …«

Der Hausherr natürlich.

Nun wurde der Facility-Manager ein wenig kleinlauter. »Denk ich wenigstens, dass der Schlüssel vom Herrn Leonhard da auch passt.«

Wenig später kannten wir den Weg, den Florian zusammen mit seiner Geisel genommen hatte: Sprachlos blickten wir in einen spärlich beleuchteten niedrigen Tunnel, an dessen linker Wand dicke, wärmeisolierte Rohre verliefen. Ein Geruch nach Rost und Verwesung wehte uns entgegen. Vielleicht vermoderte irgendwo in den Tiefen des scheinbar endlos langen Tunnels eine tote Ratte. Auf dem rohen, unebenen Betonboden lag eine dünne Staubschicht, in der deutlich frische Sohlenabdrücke zu erkennen waren. Florian hatte – wie vermutlich meistens – Sportschuhe getragen, Leonhard trug im Berufsleben offenbar Schuhe mit dezent strukturierten Ledersohlen. Der Tunnel war so niedrig, dass ein ausgewachsener Mann sich bücken musste. Allzu korpulent sollte er bei der geringen Breite auch nicht sein.

»Er ist hinter Leonhard gegangen«, sagte Balke mit schmalen Augen. »Sehen Sie da, sein Abdruck überdeckt den von Leonhard.«

Ich warf einen Blick auf meine Armbanduhr. Die Armbanduhr, die Theresa mir im vergangenen Jahr zum Geburtstag geschenkt hatte. Das allererste Geschenk, das sie mir gemacht hatte ...

Schon zehn nach halb elf.

Die Zeit lief uns davon.

Ich hätte schreien können.

Vor Mitternacht waren die beiden nicht aufgebrochen, dennoch hatten sie jetzt im schlimmsten Fall schon einen Vorsprung von zehneinhalb Stunden. Und wir wussten nicht einmal, wie sie unterwegs waren. Welche Möglichkeiten gab es? Ein Taxi? Unwahrscheinlich. Zu Fuß zur Straßenbahnhaltestelle, die nur wenige Hundert Meter entfernt war? Noch unwahrscheinlicher.

»Jemand hat sie abgeholt«, sagte Balke mit Überzeugung. »Eine andere Möglichkeit sehe ich nicht. Flo hat kein Auto. Leonhards Protzkarre steht auf seinem persönlichen Chefparkplatz ...«

Sekundenlang war es still. Der Hausmeister wurde immer nervöser, sah ständig auf sein Handy, als erwartete er einen Anruf oder eine Nachricht.

»Also doch der dritte Mann«, sagte Balke schließlich.

»Wieso ein Mann?«, fragte ich zurück und besah mir die Abdrücke im grauen Staub noch einmal, diesmal genauer, wodurch ich jedoch kein bisschen klüger wurde. Sosehr ich mich bemühte, ich konnte mir Florian einfach nicht vorstellen, wie er einen Mann wie Leonhard mit der Waffe in der Hand durchs Haus trieb, durch die Tiefgarage, durch diesen dreimal verfluchten Tunnel. Ich konnte mir nicht vorstellen, woher er plötzlich diese Kaltblütigkeit haben sollte, die Nerven, die Willenskraft. Wie ich es drehte und wendete – alles deutete auf einen zweiten Täter hin.

»Florians Job war es, Leonhard oben festzuhalten, bis es dunkel war«, überlegte ich. »Bis diese andere Person durch diese Tür hier …«

Nein, schon wieder Unsinn. In diesem Fall hätten am Boden Abdrücke von einem dritten Paar Schuhe zu sehen sein müssen. Es konnte nur so sein, wie wir vorhin überlegt hatten: Leonhard hatte notgedrungen mitgespielt. Er hatte sich nicht gewehrt, nicht gekämpft, sondern Florian vielleicht am Ende sogar den Ausweg gezeigt, in der Hoffnung, auf diese Weise unverletzt aus der Sache herauszukommen. Allerdings hatten wir noch immer nichts von ihm gehört.

Wieder einmal trillerte mein Handy. Es war der Techniker, mit dem ich vorhin gesprochen hatte.

»Good news, Herr Gerlach!«, verkündete er fröhlich.

Gute Nachrichten waren eine willkommene Abwechslung zurzeit.

»Es geht um die Tonaufzeichnung. Das BKA hat bisher nur den Eingang bestätigt. Aber mein Kumpel beim SWR, der hat's echt drauf, sage ich Ihnen!«

Die festen Schritte der rothaarigen Kollegin, das leise Knallen der Pizzakartons auf der Tischplatte, das Plumpsen der schweren Getränkeflaschen beim Abstellen, wieder Schritte, dieses Mal sehr viel leiser. Dann wurde die Wanze auf das Regal mehr geworfen als gelegt, wobei das Mikrofon auf der harten Platte aufschlug und es im Lautsprecher dröhnend krachte. Augenblicke später fiel die Tür zum Flur ins Schloss, und dann war es erst einmal für eine Weile still. Der Techniker drehte die Lautstärke höher und sah mich bedeutend an.

Jetzt wieder Geräusche, eine andere, nähere Tür war zu hören, das sanfte Quietschen eines Scharniers, gemächliche, schwere Schritte, Männerschritte, dann Leonhards Stimme: »Siehst du? Alles da, wie bestellt.« Rascheln, Knistern, Quietschen, die Tür fiel ins Schloss. Ich spitzte die Ohren und schloss die Augen.

»Hab ich's nicht gesagt? Die sind ganz brav. Das wird ...«

»Noch mal, bitte.«

Der Lautstärkeregler wurde auf Anschlag gedreht.

»... Das wird ... Murmel, murmel, murmel.«

»Was sagt er am Ende?«, fragte ich leise. »Kriegen wir es noch irgendwie ein bisschen deutlicher?«

Wir wiederholten die Stelle noch dreimal, aber was nach »Das wird ...« kam, war auch bei äußerster Konzentration nicht mehr zu verstehen.

»Er redet mit dem Jungen nicht gerade, als würde er ihn hassen.« Ich richtete mich auf und stemmte die Hände ins Kreuz. »Er klingt nicht, als wäre er im Stress, als gäbe es da irgendeinen ernsthaften Konflikt. Im Gegenteil: Für mich klingt es, als würde er versuchen, dem Jungen Mut zu machen. Ihn bei Laune zu halten.«

»Die Geisel tröstet den Geiselnehmer«, sagte Balke mit Blick zur niedrigen Decke des Kastenwagens. »Aber okay, Leonhard ist der emotional Stabilere. Und das Letzte, was er brauchen kann, ist, dass Florian austickt und irgendwelchen Unsinn anstellt. Er spürt, er weiß, wie labil der Junge ist. Dass er keine Nerven hat.«

»Alles richtig«, gab ich unzufrieden zu. »Aber für mich schwingt da noch mehr mit. Da ist irgendwas. Ich kann es nicht sagen ...«

Ich zückte mein Handy. Wie hatten wir eigentlich Verbrechen aufgeklärt, als es diese so überaus praktischen und lästigen Dinger noch nicht gab? Wenig später hatte ich die

Nummer von Careen Leonhard in meinen Kontakten gefunden.

»Ich bin gerade in einem Termin«, sagte sie mit verhaltener Stimme. »Ist etwas passiert? Gibt es Neuigkeiten?«

Die Kollegen, die ihr Haus beobachteten, hatten schon vor einer halben Stunde gemeldet, ihre Zielperson sei bei einer Kosmetikerin in der Ladenburger Altstadt. Das erste Mal seit gestern Vormittag, dass sie das Haus verließ.

»Nichts Aufregendes, keine Sorge. Aber ich müsste Sie noch einmal sprechen.«

»Das hier wird noch ein wenig dauern. Ich rufe Sie an, sobald ich auf dem Heimweg bin, ja?«

Anscheinend hatte sie noch nicht bemerkt, dass sie unter Beobachtung stand. Oder aber sie stellte sich dumm, um uns zu täuschen.

Ich wandte mich wieder Balke zu, der sich ebenfalls mit seinem Handy beschäftigte. Inzwischen war ich zur Überzeugung gekommen, dass nur zwei Varianten denkbar waren: Entweder hatte Florian doch ein Auto zur Verfügung, oder unser geheimnisvoller Dritter hatte die beiden abgeholt.

»Alles andere ist unlogisch oder funktioniert nicht.«

Die Fahndung nach den beiden lief bereits seit einer halben Stunde. Wir hatten Fotos, wir hatten gute Personenbeschreibungen. Was wir noch brauchten, war das Autokennzeichen. Die Handys der beiden waren natürlich immer noch ausgeschaltet, wusste ich inzwischen, und somit nicht zu orten. Zeugen ihrer nächtlichen Flucht schien es nicht zu geben. Sämtliche infrage kommenden Taxiunternehmen und Mietwagenfirmen in der Umgebung hatte Klara Vangelis schon abtelefonieren lassen. In den vergangenen vierundzwanzig Stunden war auch kein Wagen als gestohlen gemeldet worden.

»Inzwischen können sie in Mailand sein«, stöhnte Balke. »Oder in Paris. Oder in Dänemark.«

Oder in Travemünde, wo sie gerade eine der großen Fähren enterten, die sie nach Schweden brachten, wo Theresa ihren Groll gegen mich pflegte. Aber was ging es mich an? Allmählich konnte ich wieder an sie denken, ohne sofort von Emotionen überschwemmt zu werden. Noch zwei, drei Tage, und ich würde darüber hinweg sein. Es gab andere Frauen, Milliarden andere Frauen auf diesem Planeten. Und vielleicht hatte Balke ja recht, vielleicht lebte es sich entspannter ohne eine feste Beziehung. Was interessierte mich also eine gewisse Theresa Liebekind?

Balke hatte inzwischen die Liste der Wagen hervorgekramt, die gestern Vormittag in der Umgebung geparkt hatten. Wir gingen hinaus an die frische Luft, setzten uns an den Tisch und gingen sie Zeile für Zeile durch. »Mercedes, BMW«, las Balke halblaut mit. »Noch mal BMW, Porsche, Subaru, Alfa Romeo, Opel, Mercedes, BMW, Hyundai …«

»Stopp!«, sagte ich. »Sehen Sie mal den Vornamen: Duyên.«

Ich hatte schon das Handy am Ohr. Odette Deneuve nahm erst nach dem fünften Tuten ab und flüsterte: »Sitze gerade in der Vorlesung. Was ist denn?«

»Hat Ihre vietnamesische Mitbewohnerin ein Auto?«

»Sie hat eines gehabt, ja.«

»Einen Hyundai?«

»Weiß ich nicht. Ein kleiner Wagen aus Asien war es, ja. Sie hat ihn aber verkauft, bevor sie nach Amerika geflogen ist. Der TÜV war abgelaufen, glaube ich, und sie hatte auch sonst nur noch Ärger damit.«

»Könnte es sein, dass Florian der Käufer ist?«

Nein, das konnte natürlich nicht sein, denn der Wagen war ja immer noch auf die Vietnamesin zugelassen, die mit Nachnamen Hoàng hieß. Es sei denn, der Käufer hatte versäumt, den Wagen umzumelden, was Florian zuzutrauen wäre … Allerdings hatte er angeblich gar nicht das Geld, um sich ein Auto zu leisten. Und darüber hinaus verachtete er alle Arten von Benzinkutschen.

»Würden Sie mir einen Gefallen tun? Einen ganz, ganz großen Gefallen?«

Sie war ungewöhnlich schnell von Begriff: »Ich soll Duyên fragen, was aus Paulchen geworden ist?«

»Das wäre unglaublich nett von Ihnen.«

»Ich schicke ihr gleich eine Nachricht per WhatsApp.«

Frau Deneuve versprach, sich zu melden, sobald sie Antwort aus den USA hatte. Das konnte allerdings dauern, denn in Atlanta war es jetzt erst fünf Uhr morgens. Eine Zeit, zu der Studentinnen noch zu schlafen pflegten. Falls sie schon im Bett waren.

Wieder einmal versuchte ich, Florians Mutter zu erreichen, vielleicht wusste die ja etwas von einem Auto ihres Sohnes. Aber sie schien mit ihrem Wohnmobil gerade ein größeres Funkloch zu durchqueren.

Sekunden später rief Careen Leonhard zurück. »Ich habe den Termin abgebrochen«, erklärte sie mit tonloser Stimme. »Ich kann das jetzt nicht. Worum geht es denn nun?«

»Um ein etwas heikles Thema.«

Viel schöner war Careen Leonhard bei der Kosmetikerin nicht geworden. Sie wirkte erschöpft, übernächtigt und hoffnungslos. Ihre Bewegungen waren zögernd und unsicher, als hätte sie ein Beruhigungsmittel genommen. Wie schon gestern führte sie mich in den noch angenehm kühlen Wohnraum. Ihr Parfüm schien ein anderes zu sein als am Vortag. Es roch herber. Strenger.

»Ich frage Sie das wirklich nicht gern«, begann ich, nachdem ich ihr die letzten Neuigkeiten berichtet hatte. »Aber es könnte wichtig sein für mich.« Ich ließ ihr Zeit, sich zu sammeln. Dann fuhr ich fort: »Könnte es sein, dass Ihr Mann ein Verhältnis mit einer anderen Frau hat?«

Sie erstarrte, als hätte ich ihr eine Ohrfeige gegeben. Dann sank sie auf die Couch, auf denselben Platz, wo sie gestern schon gesessen hatte. Schlüpfte aus den hohen Stöckelschuhen, die ihr vielleicht bei der Hitze eng geworden waren. »Weshalb spielt das eine Rolle? Denken Sie etwa, diese ... schreckliche Geschichte hat damit zu tun?«

Ich nahm ebenfalls Platz. »Vielleicht, vielleicht auch nicht. Vor allem wollte ich Sie fragen, ob Sie eine Idee haben, wer diese Frau sein könnte.«

Ihr Lachen klang todtraurig. »Soll ich Ihnen wieder eine Liste machen?«

»So schlimm?«

Sie schlug die dunklen Augen nieder. Kaute auf der Unterlippe. »Es gibt Schlimmeres, glauben Sie mir.«

Von dem geheimen Liebesnest ihres Mannes wusste sie nichts. Von seinen offenbar zahlreichen Affären dagegen viel.

»Nein, gewusst habe ich es eigentlich nie. Aber gespürt. Geahnt. Alfi ist häufig spät nach Hause gekommen. Und ich habe eine feine Nase. Manchmal habe ich sogar bemerkt, wenn das Parfüm sich geändert hat. Wenn es wieder einmal eine Neue gab. Manchmal, wenn er müde und nachlässig war, hatte er Lippenstift am Kragen oder am Hals.«

Namen kannte sie kaum.

»Einmal, da bin ich mir sicher, war es eine seiner Angestellten. Obwohl er selbst immer wieder betont hat, es sei das Allerletzte und Allerdümmste, als Chef mit einer Angestellten etwas anzufangen. Man kann nur Ärger bekommen, wird am Ende vielleicht sogar ...«

Das Wort »erpresst« verschluckte sie erschrocken.

»Ich halte es tatsächlich nicht für ausgeschlossen, dass eine seiner Verflossenen hinter der Geiselnahme steckt. Dass sie böse auf Ihren Mann sein könnte. Eifersüchtig. Verletzt.«

»Von dieser Sorte wird es einige geben«, meinte sie mit schmalem Lächeln. »Aber wie passt Flo in Ihre neue Theorie?«

Ich ließ mich in die Rückenlehne fallen und gestand: »Ich weiß es nicht. Ich bin im Augenblick vollkommen ratlos. Ihre Tochter weiß vermutlich nichts von diesen Dingen?«

»So dumm ist Alfi doch nicht! Für Lizi sind wir eine Bilderbuchfamilie. Sie werden ihr doch bitte auch nichts davon erzählen? Sie liebt ihren Daddy. Sie vergöttert ihn geradezu. Obwohl er manchmal ganz schön grob zu ihr war.«

»Entschuldigen Sie, dass ich es sage: Sie wirken sehr gefasst bei diesem Thema.«

»Ach, Herr Gerlach.« Sie wandte den Kopf ab, fuhr sich mit der Hand über die Stirn. »Meine Mutter sagte immer: ›Einen schönen Mann hast du nie für dich alleine, Careen.‹ Daran habe ich oft denken müssen in den vergangenen zwanzig Jahren. Aber ich beklage mich nicht. Ich habe mir Alfi ausgesucht. Ich wusste, worauf ich mich einlasse, und auch wenn Sie das vielleicht erstaunt: Ich habe es bis heute nicht bereut. Die große Liebe ist es nie gewesen. So tut manches auch nicht so weh.«

»Kennen Sie eigentlich Florians Eltern?«

»Kennen wäre zu viel gesagt. Man hat sich natürlich bei Elternabenden getroffen. Beim Einkaufen. Alfi und Ben – Ben ist Florians Vater –, die beiden können nicht gut miteinander. Und ich mit Claudia auch nicht. Mit Florian war es etwas anderes. Er war oft bei uns. Damals haben wir ja noch in Kirchheim gewohnt, nicht weit von den Marinettis entfernt. Die Kinder haben oft zusammen gespielt. Meistens bei uns. Wir hatten einen großen Garten, ein großes Haus und vor allem den Pool. Flo war so ein aufgewecktes, fröhliches Kind. Ich habe ihn gemocht, und Alfi hat ihn fast noch mehr gemocht. Er hat sich immer einen Sohn gewünscht. Nach Lizis Geburt …« Sie schluckte. Zögerte. »Die Ärzte haben mir geraten, keine Schwangerschaft mehr zu riskieren. Nachdem wir dann umgezogen waren, ist der Kontakt ein wenig eingeschlafen.«

Jetzt erst wurde mir bewusst, dass Felizitas weder zu sehen noch zu hören war. »Ihre Tochter ist schon wieder in Frankfurt?«

Frau Leonhard zog ihre Schuhe an und sprang auf. »Ich weiß nicht, wo sie steckt. Ja, vermutlich ist sie zurückgefahren. Und ich müsste jetzt auch allmählich ... Ich ... ich ... Bitte, ich kann das im Moment nicht.«

»Eine letzte Frage kann ich Ihnen leider nicht ersparen«, sagte ich eilig. »Hat Florian oder Ihr Mann sich in den vergangenen vierundzwanzig Stunden mit Ihnen in Verbindung gesetzt?«

Ihr Nein kam schnell und klang ehrlich.

»Falls Sie einen Anruf bekommen oder sonst eine Nachricht, geben Sie mir bitte sofort Bescheid. Unternehmen Sie nichts, bitte wirklich nichts, ohne sich mit mir abzustimmen. Auch wenn der Mensch am anderen Ende sagt, Sie dürfen nicht die Polizei rufen – melden Sie sich bei mir!«

Mit abwesendem Blick versprach sie, sich an meine Vorschriften zu halten.

»Sie haben wirklich keinen Anruf erhalten?«

Dieses Mal kam ihre Antwort vielleicht eine Spur zu hastig: »Nein, das habe ich doch eben schon gesagt!«

Sie sah mich plötzlich fast hasserfüllt an, erwartete unverhohlen, dass ich mich verabschiedete. Als wäre ich an allem schuld.

»Haben Sie gar keine Angst um Ihren Mann?«, fragte ich und blieb sitzen.

»Aber doch, natürlich!«

»Sie wirken nicht so.«

»Soll ich weinen?«, erwiderte sie heftig und plötzlich am ganzen Körper zitternd. »Soll ich meine Kleider zerreißen, oder was erwarten Sie von mir?« Mit flammendem Blick und hochrotem Kopf starrte sie mich an. »Um Alfi muss man sich nicht sorgen. Alfi ist der Typ Mensch, der immer auf die Füße fällt. Und wenn wirklich ein paar Euro bezahlt werden müssen – es wird ihn ärgern, aber es wird ihn bestimmt nicht umbringen.«

»Sie glauben nicht an eine Lösegelderpressung?«

Jetzt sprach sie auf einmal wieder sehr leise: »Nein. Eigentlich nicht.«

»Was glauben Sie denn? Was könnte Florian mit seiner Aktion bezwecken?«

»Ich weiß es so wenig wie Sie, Herr Gerlach. Ich bin genauso ratlos wie Sie. Und bitte, ich muss jetzt allein sein. Ich … ich kann einfach nicht mehr.«

»Haben Sie jemanden, der sich um Sie kümmern kann?«

Ihr hübsches Gesichtchen war immer noch über und über rot. Sie begann zu schreien: »Gehen Sie doch endlich! Sehen Sie denn nicht …« Ihr Atem ging stoßweise. Sie würgte, spuckte die Worte heraus: »Sehen Sie denn nicht, dass ich am Ende bin? Macht Ihnen das Spaß? Haben Sie überhaupt ein Herz?«

Ich hörte sie noch schreien, als ich längst wieder auf der Straße stand.

Dann verstummte sie abrupt, und plötzlich war es ganz still.

16

Als ich wieder im Dienstwagen saß, wählte ich versuchsweise noch einmal die Nummer von Florians Mutter. Dieses Mal nahm sie sofort ab.

»Sind Sie zu Hause?«, fragte ich.

»Seit zwei Minuten. Ich wollte Sie gerade anrufen.«

»Kann ich gleich vorbeikommen?«

»Was ist mit Florian?«, fragte sie drängend und voller Sorge. »Jetzt können Sie es mir doch sagen.«

»Bitte gedulden Sie sich noch eine Viertelstunde. Ich bin schon unterwegs.«

Während der Fahrt nach Kirchheim rief ich Balke an und wies ihn an, Leonhards Bürogebäude wieder freizugeben. »Alles bis auf sein Büro und das Darumherum kann ab sofort wieder genutzt werden. Die Spurensicherung ist schon da?«

»Seit zehn Minuten an der Arbeit. Wonach suchen wir eigentlich?«

»Nach Indizien dafür, dass Florian wirklich der Geiselnehmer ist.«

»Haben Sie noch Zweifel?«

Nein, Zweifel hatte ich nicht mehr. Aber Hoffnung. Eine verschwindend kleine Hoffnung, dass wir uns irrten. Dass Florian Marinetti nicht gerade im Begriff war, sein junges Leben restlos zu verpfuschen.

Verglichen mit dem Anwesen in Ladenburg, das ich vor wenigen Minuten verlassen hatte, wirkte das vermutlich weit über hundert Jahre alte, weiß gestrichene Häuschen der Familie Marinetti geradezu mitleiderregend. Ein spitzes Gaubendach, bereits das zweite Stockwerk hatte schräge Wände, an der Straßenseite befand sich genau in der Mitte die Haustür, rechts und links waren jeweils zwei kleine Fenster, die gewiss nicht den modernen Richtlinien zur Wärmedämmung entsprachen. Ein Vorgarten existierte nicht, das Haus grenzte direkt an den Gehweg, der wegen der parkenden Autos stellenweise so schmal war, dass es für einen Zwillingskinderwagen eng geworden wäre.

Rechts neben dem Haus war die Durchfahrt nach hinten, aus der jetzt das Heck eines Wohnmobils ragte. An der Rückseite des Hauses vermutete ich einen Garten, in dem neben einigen Blümchen hauptsächlich Kartoffeln, Bohnen und Mohrrüben gediehen. Es war unverkennbar – im Gegensatz zur Familie Leonhard war das Geld hier knapp.

Frau Marinetti kam eilig aus der Hofeinfahrt gelaufen. Vermutlich hatte sie gehört, wie ich einparkte, und natürlich hielt sie die Ungewissheit keine Sekunde länger aus. Während sie auf mich zukam, wischte sie sich die Hände an den Hosenbeinen ab. Was mir als Erstes an ihr auffiel, waren ihre zielstrebigen, entschlossenen Bewegungen und ihr Blick. Dieser offene, neugierige, jetzt natürlich vor allem beunruhigte Blick. Sie war völlig ungeschminkt, kräftig gebaut, trug eine cremeweiße, von der langen Fahrt etwas schmutzige Jeans und ein weites, dunkelblaues T-Shirt mit dem Aufdruck »Lago di Como«, unter dem sich der kräftige BH abzeichnete, der ihre schweren Brüste im Zaum hielt. Ihr Händedruck war fest. Und ihr Blick klebte an meinem Gesicht, als könnte sie dort ablesen, was ich Schlimmes zu berichten hatte. Nach einem gemurmelten Gruß ließ sie abrupt meine Hand los, öffnete hastig die Haustür. Schweigend traten wir ein.

Drinnen war es eng, dunkel, muffig und erstickend heiß und dennoch auf bescheidene Weise gemütlich. Viel helles Holz sah ich, schnörkelloses Mobiliar, warme Farben. Hier verstand es jemand, mit wenig Geld eine angenehme Umgebung zu schaffen. Im Flur konnte man sich kaum umdrehen, die Garderobe war überladen, das Wohnzimmer, in das Florians Mutter mich führte, klein. Die beiden Sprossenfenster zum Garten standen weit offen, da dieser noch im Schatten lag. Dort hatten zwei prächtig blühende Fliederbüsche den Urlaub ihrer Besitzer gut überstanden. Das lange nicht gemähte Gras hingegen war an einigen Stellen schon gelb und braun geworden.

Den Herrn des Hauses – Florians Vater – hörte ich im Keller rumoren. Vom Flur aus führte eine schmale, stromsparend beleuchtete und halsbrecherisch steile Treppe in die Tiefe.

Claudia Marinetti wandte sich mir zu, brachte trotz ihrer Anspannung ein kleines, sympathisches Lächeln zustande und sagte ohne Verlegenheit: »Willkommen in unserer bescheidenen Hütte.«

Wieder diese warme Stimme, die mir schon am Telefon aufgefallen war. Ihre kastanienbraunen Augen waren ein wenig verschleiert, als wäre sie kurzsichtig, wollte jedoch aus irgendwelchen Gründen keine Brille tragen. Das Gesicht war voll und ebenmäßig, die Haut frisch und rein, das krause, kurz geschnittene und widerspenstige Haar so dunkelbraun wie die Augen und jetzt, nach der langen Reise, sehr in Unordnung. Eitel war diese Frau nicht. Eine Schönheit war sie nie gewesen, aber das hatte sie wohl auch nicht nötig. Erst auf den zweiten Blick entdeckte ich die Ähnlichkeit mit ihrem Sohn. Florian hatte dieselben Augen wie seine Mutter, dasselbe an den Wangenknochen etwas zu breite Gesicht, denselben vollen, weichen Mund.

Auch das Wohnzimmer war mit überschaubaren Mitteln behaglich eingerichtet. An der Stirnwand reihten sich IKEA-Regale, vollgestopft mit Lesestoff, hauptsächlich Taschenbüchern.

»Setzen wir uns doch«, sagte die Gastgeberin etwas verspätet mit einer unsicheren Geste zur sandfarbenen Sitzgruppe. Ihr Lächeln hatte sich inzwischen verloren. »Und jetzt sagen Sie endlich: Was ist mit Florian?«

»Wollen wir nicht warten, bis Ihr Mann …?«

»Nein.« Sie nahm mir gegenüber auf dem zweiten Sessel Platz, presste die Knie zusammen, als trüge sie einen zu kurzen Rock, und sah mir ernst in die Augen. Auch im Sitzen hielt sie sich sehr aufrecht.

Also holte ich tief Luft und erzählte ihr die Kurzform der trostlosen Geschichte. Nur die Tatsache, dass sie hin und wieder kaum merklich nickte, signalisierte mir, dass sie verstand, was ich Ungeheuerliches behauptete.

»Das kann nicht sein«, sagte sie fest, als ich verstummte. »Florian würde so etwas niemals tun. Einen Wagen stehlen, eine Waffe, auch noch jemanden damit bedrohen – ganz ausgeschlossen. Und auch noch ausgerechnet Alfi, also bitte! Das alles kann nur ein Irrtum sein. Eine Verwechslung …«

»Ich fürchte leider …«

»Sie hat recht«, sagte eine mürrische Männerstimme von der Tür her. Ben Marinetti trat ein, ein schnaufender Hüne mit teigigem Gesicht, hängenden Backen und Tränensäcken unter den kleinen Augen. Er trug eine schmutzige Jeans, die um den Bauch herum spannte und am rechten Knie ein Loch aufwies, dazu ein matschgraues Poloshirt, das aussah, als würde er es nur noch für sehr schmutzige Arbeiten anziehen. Was das Ausräumen eines Wohnmobils am Ende eines Urlaubs vermutlich auch war. Er wischte sich die große Hand an einem nicht besonders appetitlich aussehenden Lappen ab, bevor er sie mir entgegenstreckte wie eine Drohung. In seinem Blick lag unverhohlene Feindseligkeit.

»Das kann alles überhaupt nicht sein, weil unser Herr Sohn nämlich das totale Weichei ist.« Die blonden Haare hatte Florian eindeutig vom Vater. »Ein Auto klauen, einen Porsche auch noch? Jetzt hören Sie mir mal zu: Unser Flo macht sich ja schon ins Hemd, bevor er richtig eingestiegen ist. Zweimal ist er durch die Führerscheinprüfung gerasselt, bis sie ihm den Lappen dann gnadenhalber gegeben haben.«

»Er soll eine Geisel genommen haben«, sagte die Mutter leise und mit gesenktem Blick. »Alfi, du weißt schon. Wirklich, Herr Gerlach! Sie müssen sich einfach irren.«

»Alfi?«, brummte ihr Mann ungläubig, nahm sich einen Klappstuhl und setzte sich rittlings darauf. »Recht geschehen tät's ihm ja, dem Geldsack, dass ihm mal einer auf die Füße steigt. Aber Flo? Im Leben nicht!«

»Wie gut kennen Sie Herrn Leonhard?«, fragte ich die Mutter.

»Die Tochter von den Leonhards und unser Flo waren in derselben Klasse.« Claudia Marinetti hielt den Blick immer noch gesenkt. »Da hat man natürlich die Eltern hie und da getroffen. Wann sind sie eigentlich nach Ladenburg gezogen?« Fragend sah sie ihren Mann an.

Der hob die schweren Schultern und knurrte etwas, das ich nicht verstand. Eines allerdings verstand ich: Auch Ben Marinetti zählte zu den vielen Menschen, die auf Alfred Leonhard nicht gut zu sprechen waren.

»Da wohnt sich's natürlich viel vornehmer als hier bei uns«, erklärte er abfällig.

»Ben!«, murmelte seine Frau unglücklich. »Red doch nicht so!«

»Ich sag, was ich weiß«, fuhr er sie an. »Das hab ich immer so gemacht, und das mach ich auch jetzt so. Sie hat aber ganz recht«, nun wandte er sich wieder an mich, wobei sein Blick immer ein wenig an meinem Gesicht vorbeiging, als hätte er einen leichten Sehfehler. Vielleicht konnte er mir auch einfach nicht in die Augen sehen. »Das ist alles kompletter Blödsinn, was Sie da behaupten. Unser Flo klaut keine Autos, und er nimmt auch keine Geiseln. Nicht, dass er ein besonders anständiger Kerl wär. Er kriegt so was einfach nicht hin, verstehen Sie? Der wüsst ja nicht mal, wie rum er die Knarre halten muss, damit er sich nicht selber ins Knie schießt.« Er lachte dröhnend über seinen Witz. »Aber wahrscheinlich würd er nicht mal sich selber treffen, weil er nämlich zwei linke Hände hat.«

»Ben, bitte!«

»Er hat schon mehrfach damit geschossen«, warf ich ein.

Die Augen der Mutter weiteten sich für einen Moment und schlossen sich dann ganz. Ihr Kopf kippte nach vorn.

»In die Luft«, beeilte ich mich hinzuzufügen. »Niemand ist verletzt worden. Bisher.«

»Haben Sie ihn denn gesehen?«, fragte der Vater, jetzt im Ton eines Lehrers, der mit seiner Geduld allmählich am Ende ist. »Gibt's Fotos? Videos? Sonst irgendwas? Sie haben nämlich gar nichts, gell? Alles bloß Behauptungen. Schwachsinnige Behauptungen, weil Sie nicht weiterkommen, und jetzt suchen Sie einen Dummen, dem Sie alles anhängen können. So läuft das doch.«

»Wir haben ein Foto, wie er im Porsche sitzt, und außerdem haben wir Zeugenaussagen«, widersprach ich lauter als beabsichtigt. Allmählich machte mich dieser Fleischklops mit seinem Gepolter ganz unprofessionell wütend. »Ihr Sohn ist vor dem Haus gesehen worden. Außerdem hat Leonhards Sekretärin ihn erkannt.«

Ich knallte mein einziges Beweisfoto auf den Tisch, das aus der Blitzerkamera, das Balke stark vergrößert hatte ausdrucken lassen.

»Das ist er doch, oder nicht? Das ist doch Florian?«

Ben Marinetti riss das Blatt an sich, betrachtete es mit hochgezogenen Brauen und finsterer Miene, reichte es wortlos an seine Frau weiter. Diese warf nur einen verhuschten Blick darauf, legte es so eilig auf den Tisch zurück, als würde ein Fluch daran kleben. Nach einer Weile nickte sie und wagte nun erst recht nicht mehr, mich anzusehen.

»Künstler will er werden!« Marinetti hing auf seinem Stuhl wie ein Bauhandwerker, der sein Tagwerk vorübergehend unterbrochen hat und gleich wieder aufnehmen wird. »Dazu hat man sich all die Jahre krummgelegt und Nachhilfestunden bezahlt, dass der Herr sein Abitur macht. Dass mal was Anständiges aus ihm wird.« Er sprang auf und begann aufgewühlt herumzulaufen. »Aber das zahlt er selber! Ich zahl das nicht! Soll er selber sehen, wie er da rauskommt, aus der Sauerei, die er angerichtet hat …«

»Ben!«, rief die Mutter gequält. »Jetzt hör doch endlich auf damit!«

»Ist doch wahr, Mensch!«, brüllte er mit rotem Kopf. »Statt dass er was Gescheites lernt. Informatik, zum Beispiel, damit kann man Geld verdienen. Mit Bildermalen kann man kein Geld verdienen, und mit seinem Geklimper schon zweimal nicht.«

Ich versuchte, wieder ein wenig Ruhe in die Szene zu bringen: »Ich verstehe, dass Sie schockiert sind. Ich habe selbst Kinder. Aber wenn er Herrn Leonhard tatsächlich als Geisel genommen hat, welchen Grund könnte er dafür haben?«

»Weil er blöd ist, im Kopf!«, geiferte Florians Vater mich an. »Von diesem Dreckszeug, das er immer raucht, und von den Pillen, die er wahrscheinlich jeden Tag nimmt und die ihm das Hirn zerfressen!«

»Ich weiß es nicht«, murmelte die Mutter verzweifelt. »Ausgerechnet Alfi! Ich verstehe es einfach nicht. Die Leonhards haben im Neubaugebiet drüben gewohnt, nur zwei Straßen weiter. Flo und Lizi haben so aneinander gehangen. Sogar, wie sie dann später in Ladenburg gewohnt haben, ist er noch manchmal rübergefahren. Erst mit dem Rad. Später mit seinem Moped.«

»Felizitas behauptet, Ihr Sohn sei in sie verliebt.«

»Wieso nicht?« Der Vater schien grundsätzlich das Wort führen zu müssen. »Ist doch ein hübsches Schneckchen, die kleine Lizi. Könnt man ja selber noch mal schwach werden. Aber ich steh ja zum Glück nicht auf so dürres Gemüse.« Er grinste seine Frau schief an. »Für mich muss schon ein bisschen was dran sein an einer Frau, was, Claudi?«

Die Angesprochene schämte sich für ihren Mann. Und wie oft in solchen Situationen fragte ich mich, was sie an diesem Idioten fand. Was sie bei ihm hielt. Der Sohn war aus dem Haus. Warum, zur Hölle, zog sie nicht aus, sondern fuhr mit diesem großmäuligen Trampeltier auch noch in Urlaub?

Ihre Miene schwankte zwischen Angst um ihren Sohn und Verzweiflung über ihren unerträglichen Mann und eine vermutlich gründlich verpfuschte Ehe.

»Sie sind früher so viel zusammen gewesen, die zwei. Erst später dann ... Die Lizi ist ja nach Frankfurt gegangen, zum Studieren, und seither sehen sie sich natürlich kaum noch.«

»Genau!«, dröhnte der Vater. »Lässt sich lieber von den Söhnchen reicher Leute pimpern. Von diesen Bürschchen, die von ihren Eltern einen Porsche zum Abi kriegen.«

»Florian hat ein Moped gekriegt«, flüsterte Claudia Marinetti, jetzt sichtlich am Ende ihrer Kräfte und Nerven. »Ein gebrauchtes. Zu mehr hat es leider nicht gereicht.«

Ich schwieg, um erst einmal ein wenig Ruhe einkehren zu lassen. Marinetti schnaufte und trampelte herum wie ein aufs Blut gereiztes Walross.

»Noch einmal die Frage«, fuhr ich dann ruhiger fort. »Was könnte der Grund für die Geiselnahme sein? Hat es in der Vergangenheit Streit gegeben mit Leonhard?«

»Streit?«, fragte die Mutter ratlos und sah mir zum ersten Mal seit Minuten wieder ins Gesicht. »Die Leonhards wohnen in Ladenburg, Florian hat ein Zimmer in der Stadt, Lizi ist in Frankfurt. Wie soll es denn da Streit geben?«

»Dann frage ich anders: Hätte Florian irgendeinen Grund, auf Leonhard sauer zu sein?«

Betretenes Achselzucken von der Mutter. Dummes Grunzen vom Vater.

»Ihr Sohn wollte Felizitas in Frankfurt besuchen in der Nacht, bevor er ... Leonhard besucht hat.«

»Wollt wahrscheinlich Eindruck schinden«, meinte der Vater. »Ein neuer Porsche macht halt schon mehr her als ein altes Moped.«

»Woher wissen Sie, dass der Porsche neu war?«

»Hab ... Hab ich mir halt so gedacht«, erwiderte er plötzlich kleinlaut. »Ich meine ... wer klaut schon einen alten Porsche?«

»Ich weiß es nicht«, seufzte die Mutter mit schmerzlich verzogener Miene. »Ich weiß beim besten Willen nicht, wieso er auf einmal solche Sachen macht. Er ist immer so ein ruhiger Junge gewesen. Nie hat er sich geprügelt. Nie hat er in Geschäften geklaut oder was die anderen so alles angestellt haben. Nie hat er Autos verkratzt oder Wände beschmiert, nie, nie, nie!« Jetzt glitzerten Tränen in ihren Augen.

»Im Sport, wenn sie die Mannschaften aufgestellt haben, da ist er immer der Letzte gewesen«, steuerte der Vater befriedigt bei. »Einer von denen, die vom Lehrer verteilt werden müssen, weil keiner sie haben will.«

Für lange Sekunden herrschte wieder betretenes Schweigen. Im Garten zwitscherten Vögel. Auf der von hier aus nicht sichtbaren Straße fuhren hin und wieder Autos vorbei. Einmal ein schweres Motorrad. Irgendwo gab es Grund, lautstark und anhaltend zu hupen.

»Geld?«, fiel dem Vater plötzlich ein. »Vielleicht hat er gedacht, der Alfi gibt ihm was, damit er den Schaden bezahlen kann. Der hat ja genug. Mehr als genug hat er, der Geldsack. Was ist der Porsche denn noch wert gewesen?«

Ich zuckte die Achseln. »Er war wirklich noch fast neu. Aber ich hoffe, der Besitzer ist gut versichert.«

»Ich kenn Leute, die machen so was«, tönte Marinetti, jetzt wieder mit voller Lautstärke. »Die möbeln die Kiste wieder auf. Wie neu machen die die.«

»Ben«, sagte seine Frau müde und traurig. »Das ist im Moment nicht das Thema, glaube ich.«

Wieder fragte ich mich, warum sie ihren widerlichen Kerl während des Urlaubs auf engstem Raum nicht vergiftet hatte. Oder im Schlaf erdrosselt.

Ich präsentierte meine Hypothese, Florian könnte einen Helfer haben. Oder für jemanden im Hintergrund den Helfer spielen. »Wer käme dafür infrage?«

Verständnislose Blicke. Verächtliches Achselzucken.

»Herr Leonhard hat eine Menge Feinde ...«

»Viel Feind, viel Ehr, hat er immer gern gesagt.« Ben Marinetti lachte dreckig, bis ihm bewusst wurde, dass niemand mitlachte. »Bei ihm muss es heißen: Viel Feind, wenig Ehr ...«

»Fällt Ihnen jemand ein, der Leonhard hasst und zu dem Florian Kontakt haben könnte?«

Erneut erntete ich ratloses Kopfschütteln. Florian hatte sich nach dem Abitur mehr und mehr von seinen Eltern entfernt, erzählte die Mutter mit tonloser Stimme. Er war ausgezogen, obwohl er sich das finanziell überhaupt nicht leisten konnte.

»Er wollte einfach nicht mehr hier sein. Hat uns auch kaum noch was erzählt von sich, weil ...« Ein schneller Blick auf den Grobian, mit dem sie ihr Leben teilte, und ein kaum wahrnehmbares Achselzucken vervollständigten den Satz.

Der Seitenblick war ihm nicht entgangen. »Jetzt bin ich also wieder an allem schuld, was?«, grölte er.

»Wo hat er denn gewohnt, wenn er kein Geld hatte?«, fragte ich.

»In einer WG«, murmelte Claudia Marinetti. »Wo genau, weiß ich auch nicht.«

»Alles Chaotenpack da«, ergänzte der Vater schadenfroh. »Hat er prima hingepasst: Künstler, Musiker, wahrscheinlich auch noch ein paar Terroristen. Und Weiber natürlich, die sich für jeden hinlegen.«

Das hier führte zu nichts. Vielleicht sollte ich später versuchen, mit der Mutter allein zu sprechen. Nur eine letzte Frage war zu klären. Ich raffte mich noch einmal auf. Setzte mich wieder gerade hin.

»Falls es stimmt, falls er wirklich der Geiselnehmer ist, dann ist er jetzt mit Herrn Leonhard zusammen unterwegs. Wir vermuten, mit einem Auto. Wohin würde er in einem solchen Fall fahren?«

»Sie meinen, um sich zu verstecken?« In Frau Marinettis Augenwinkeln glitzerte es immer noch feucht.

»Fallen Ihnen Orte ein, nicht allzu weit entfernt vielleicht, wo er sich auskennt? Wo er früher Ferien gemacht hat, zum Beispiel?«

Wieder wechselten die Eltern Blicke. Dem Vater fiel ausnahmsweise kein passender Kommentar ein.

»In Gengenbach?«, fragte die Mutter mehr sich selbst als Florians Erzeuger. »Beim Onkel Ferdinand?«

»Der ist doch vorletztes Jahr gestorben, du dumme Kuh!«

»Ja, eben drum! Das Haus steht doch seither leer!«

Bis er zwölf Jahre alt war, hatte Florian regelmäßig seine Sommerferien bei Onkel Ferdinand und Tante Sabine verbracht. Dann war die Tante überraschend gestorben, und der Onkel hatte eine Leidenschaft für guten Wein und lebenslustige Witwen entwickelt. Vor zwei Jahren hatte ihn der Schlag getroffen, während er mit einer vielleicht etwas zu temperamentvollen Fünfundvierzigjährigen im Bett lag. Ich schrieb mir die Adresse auf.

»Und wie er tot war, ist nichts mehr da gewesen«, erklärte mir Florians Vater wütend, der sich vermutlich Hoffnung auf eine feine Erbschaft gemacht hatte. Onkel Ferdinand war sein Bruder gewesen. »Das ganze Geld versoffen und verhurt!«

»Und jetzt werden wir das Haus nicht los«, fügte die Mutter an mich gewandt hinzu. »Der Makler sagt, eigentlich müsste es abgerissen werden, so verlottert, wie es ist.«

Mein Handy begann zu trillern. Ich drückte das Gespräch weg, da die Nummer mir nichts sagte. »Und sonst? Wo könnte er noch hingefahren sein?«

»Unser Flo, wissen Sie, der hat nie viele Freunde gehabt«, sagte Ben Marinetti in plötzlich verändertem, resigniertem Ton. »Meistens ist er für sich gewesen. Oder halt bei seiner Lizi. Auch mit seinen Musikerkumpels hat's bald Stress gegeben, und dann ist der Flo wieder allein rumgehangen. Immer ist er so … so sensibel gewesen. Jedes Wörtchen hat er auf die Goldwaage getan. Schon als Kind ist er so gewesen. Immer.«

Das merkwürdige Ehepaar diskutierte halblaut noch die eine oder andere Möglichkeit. In Bad Urach war Florian einmal anlässlich eines Landschulheimaufenthalts gewesen.

»Ist aber ewig her«, gab der Vater brummig zu bedenken.

»Und wie soll er, bitte schön, den Alfi in einer Jugendherberge verstecken?«

»Wo hat er seine Ferien verbracht, nachdem er nicht mehr zu seinem Onkel konnte?«

»Na, hier«, erwiderte Marinetti in einem Ton, als wäre das die selbstverständlichste Sache der Welt. »Im Schwimmbad. Ewige Radtouren. Mit Kumpels rumhängen, chillen sagt man ja heut dazu. Das heißt saufen und kiffen.«

»Einmal haben wir ihm zum Geburtstag so ein Interrailticket geschenkt«, erinnerte sich die Mutter. »Zum Sechzehnten. Da ist er dann fast vier Wochen weg gewesen. Überall ist er gewesen. Rom, Florenz, Marseille, Madrid, Paris, London …«, zählte sie verträumt auf.

»Drei«, fiel der Mann ihr ins Wort. »Nach drei Wochen ist er wieder da gewesen. Weil ihm nämlich das Geld ausgegangen ist. Sich was zu verdienen, dafür ist sich der Herr Sohn natürlich zu schade gewesen.«

»Er hat Gitarre gespielt«, wies die Mutter ihn zurecht, die allmählich wieder ein wenig Sicherheit und Selbstvertrauen gewann. »Damit hat er sich sehr wohl was verdient! Aber dann haben sie ihm in London die Gitarre geklaut, das weißt du doch.«

»Auf der Klampfe klimpern ist für mich keine Arbeit.«

Endlich, endlich wurde Claudia Marinetti böse. Sie funkelte ihren Mann an: »Wann hast du eigentlich zum letzten Mal Geld verdient? Vor fünf Jahren? Oder sind's jetzt schon sechs?«

Der große Mann klappte zusammen, als hätte sie ihm einen Fausthieb in den Magen versetzt. Es war offenbar nicht das erste Mal, dass das Thema zur Sprache kam.

»Im Computergeschäft wirst du halt so verdammt schnell alt«, nuschelte er kleinlaut wie ein beim Lügen ertapptes Kind.

»Und so was wie Fortbildung gibt's ja nicht mehr.«

Nein, das brauchte ich jetzt nicht auch noch. Ich erhob

mich und bat die beiden in förmlichem Ton, sich zu melden, sollte ihnen noch etwas einfallen. Oder falls Florian – was ich für wenig wahrscheinlich hielt – Kontakt zu seinen Eltern aufnehmen sollte. Die Mutter wirkte erleichtert, als sie von ihrem Sessel aufsprang. Der Vater blieb sitzen.

»Außerdem hätte ich noch eine Bitte an Sie. Ich brauche etwas, das Florian benutzt hat. Seinen Kamm, seine Zahnbürste …«

»Eine Zahnbürste hat er noch hier«, sagte Claudia Marinetti eilfertig und traurig zugleich. »Sekunde, ich hole sie Ihnen.«

Ihr Händedruck an der Haustür war eine wortlose Bitte um Verzeihung. So ist er nun mal, sagte ihr Blick, man kann einen Menschen nicht ändern.

Da ich schon auf dem Gehweg stand, sie hingegen auf der zweitobersten Stufe, waren wir jetzt auf Augenhöhe. Wieder hatte sie diesen forschenden Blick, der mir schon mehrfach aufgefallen war. Als würde sie immerzu überlegen, wo wir uns schon einmal begegnet waren.

Laut sagte sie: »Auf Wiedersehen, Herr Gerlach. Und, bitte, finden Sie ihn. Machen Sie, dass er nicht noch mehr Dummheiten anstellt. Florian ist ein guter Junge. Er hat sich in irgendwas reinziehen lassen. Sie haben ganz recht: Es muss jemanden geben, der ihn angestiftet hat. Der ihm hilft. Allein könnte er so was doch überhaupt nicht.«

»Weil er keinen Mumm in den Knochen hat«, scholl es aus der Küche. Ich meinte, das Zischen einer Bierflasche zu hören. »Künstler! Wenn ich nur das Wort schon hör!« Die Kühlschranktür fiel ins Schloss.

In Claudia Marinettis Augen war keine Wut zu entdecken. Keine Empörung. Nur stumme Verzweiflung und bittere Hoffnungslosigkeit.

Da war noch etwas anderes gewesen in ihrem Blick, wurde mir erst später bewusst, als ich schon auf dem Weg in Richtung Innenstadt war. Etwas, das ich noch nicht zu deuten wusste. Ich nahm mein Handy zur Hand und rief den mir unbekannten Anrufer von vorhin zurück.

17

»Strohschneider?«, meldete sich eine voll tönende Bassstimme unbestimmbaren Alters. Der Name klang aus dem Mund des Mannes wie ein Schwerthieb.

»Sie haben mich vorhin angerufen …«

»Super, dass Sie sich gleich melden, Herr Gerlach. Ich hab hier wen sitzen, der Ihnen ein paar spannende Sachen erzählen kann.« Er senkte die Stimme. Offenbar hörte dieser Jemand mit. »Aber kommen Sie schnell. Nicht, dass er es sich noch anders überlegt.«

»Ich bin sowieso gerade im Auto. Worum geht's?«

»Um Herrn Leonhard.«

»Und darf ich fragen, wer Sie sind?«

»Ich bin ein Mann des Gesetzes wie Sie, Herr Gerlach. Bewährungshelfer, um genau zu sein. Und der Mann, der Ihnen unbedingt was über Leonhard erzählen möchte, ist einer meiner Stammkunden.«

»Ihr Büro ist in der Bahnhofstraße?«

»Im Prinzip ja. Aber im Moment bin ich in einer Art Außenstelle in der Plöck. Eine Außenstelle für Kunden, die gewisse Berührungsängste haben. Um ehrlich zu sein, es ist meine Wohnung. Ihr Auto parken Sie am besten in der Tiefgarage am Friedrich-Ebert-Platz.«

»Ein bisschen mehr wollen Sie mir nicht verraten?«

»Mein Kunde soll es Ihnen selber sagen. Okay, so viel vielleicht …« Er zögerte und fuhr dann entschlossen fort: »Bis vor einer halben Stunde habe ich große Stücke auf den Herrn Leonhard gehalten. Er ist einer der wenigen Unternehmer in der Region, die ehemaligen Knackis auch mal eine Chance geben. Einer von meinen früheren Kunden ist jetzt Hausmeister bei ihm. Ein anderer hat sogar eine richtige Karriere hingelegt. Aber nach dem, was ich vorhin erfahren habe …«

Zehn Minuten später trat ich aus der Kühle der Tiefgarage in die Mittagsglut hinaus. Zu meiner Erleichterung konnte ich fast den ganzen Weg bis zur angegebenen Adresse im Schatten der Häuser zurücklegen. Irgendwo zerratterte ein Presslufthammer die Mittagsstille. Vor dem Hölderlin-Gymnasium standen coole Jungs herum und diskutierten über einen amerikanischen Rapmusiker, der sich zwei Tage zuvor erschossen hatte. Bald stand ich vor der Tür eines unscheinbaren, ockerfarben gestrichenen Altbauhauses, in dem der Bewährungshelfer wohnte und Spezialkunden mit gewissen Berührungsängsten betreute.

Im Nachbargebäude befand sich ein Bistro, das mit billigen Mittagsgerichten warb. »Spaghetti Bolognese – € 4,95«, las ich und merkte, dass schon wieder Zeit fürs Mittagessen war. Der Türöffner brummte. Im Erdgeschoss roch es nach Keller und angebratenen Zwiebeln.

Strohschneiders Körpergröße passte in keiner Weise zu seinem durchdringenden Organ. Ich schätzte ihn auf maximal einen Meter siebzig und fünfzig Kilo. Nicht gerade das Format, um harten Jungs Respekt einzuflößen. Die ehemals vermutlich schwarze Jeans schlabberte um seine Hüften, das vergilbte, kurzärmelige Hemd hing an ihm wie auf einem Kleiderbügel. An den Füßen trug er verschlissene, graubraune Filzlatschen, wie man sie bei Schlossbesichtigungen manchmal aufgenötigt bekommt. Sein Händedruck war flüchtig, die Miene selbstbewusst und vertrauenerweckend. Dass er hinter seiner dicken Nickelbrille gotterbärmlich schielte, bemerkte ich erst beim zweiten Blick.

Über die knarrenden Dielen eines länglichen, dunklen und bis auf einige herumliegende Männerschuhe völlig leeren Flurs führte er mich in einen Raum, der offenbar als

Besprechungszimmer diente. Der Qualm ungezählter Zigaretten stank mir entgegen. In der Mitte stand ein runder Tisch mit weißer Platte und verchromten, merkwürdig geschwungenen Beinen. Darum herum standen vier Stühle, Freischwinger, das Gestell ebenfalls verchromt, das abgenutzte Leder aschgrau. An den Wänden hingen Plakate von Klaus Staeck, dessen Atelier und Arbeitsplatz sich nicht weit von hier in der Ingrimstraße befand. Genau gegenüber der Tür hing das legendäre Wahlplakat aus den Siebzigerjahren mit der Aufschrift: »Deutsche Arbeiter, die SPD will euch eure Villen im Tessin wegnehmen!«

Außer nach Zigarettenrauch duftete es hier nach altem Schweiß und ungewaschenen Füßen. Der Anlass meines spontanen Ausflugs in die Heidelberger Altstadt saß mit dem breiten, lederbespannten Rücken zu mir am Tisch. Der Mann erhob sich umständlich, wurde dabei größer und größer und verdunkelte schließlich das Fenster. Vor mir stand schließlich ein an Hals und Händen tätowierter Riese, fast einen halben Meter größer als sein Bewährungshelfer. Asthmatisch schnaufend und mit nicht übermäßig intelligentem Blick streckte er mir seine haarige Pranke entgegen.

Der Knabe sah aus wie das Klischee eines Mitglieds der Hell's Angels ohne Führungsverantwortung. Arme vom Umfang meiner Oberschenkel, ein Brustkorb wie ein Schrank und ein Bauch wie ein Fass. Der mächtige Kopf war vollkommen kahl, ob von Natur oder per Haarschneider war nicht ersichtlich, das Gesicht zierte ein grauer Rauschebart, bei dessen Anblick Rübezahl glänzende Augen bekommen hätte, den mächtigen Leib schmückten schwarzes Leder und leise klimpernde Ketten an allen möglichen und unmöglichen Stellen.

»Das ist der Frieder«, erklärte Strohschneider fröhlich in meinem Rücken. »Wir zwei kennen uns schon länger, was, Frieder?«

Wie nahmen Platz, was bei Frieder ein wenig dauerte, da

der Stuhl zu eng für ihn war. Bei Strohschneider baumelten wahrscheinlich die Beine.

»Und Sie wollen mir also etwas über Herrn Leonhard erzählen?«, eröffnete ich das Gespräch und war sehr gespannt, was nun auf mich zukommen mochte.

»Hm«, grunzte Frieder und glotzte mich ausdruckslos an. Er schien keine Polizisten zu mögen, und ich mochte ihn auch nicht.

»Der Frieder ist früher ein guter Kumpel vom Marco Schulz gewesen«, erklärte Strohschneider mit sonnigem Lächeln und steckte sich mithilfe eines verbeulten Benzinfeuerzeugs eine filterlose Zigarette an. Frieder mochte die angebotene Kippe nicht ablehnen.

»Marco Schulz aus Mannheim?«

»Hm.« Frieder inhalierte den Rauch tief und beäugte mich misstrauisch. Dieses Gespräch war offenkundig nicht seine Idee gewesen.

»Will wer ein Wasser?« Strohschneider sprang wieder auf und wieselte davon. »Oder ein Käffchen vielleicht?«

»Kaffee«, brummte sein Kunde in einem Ton, als hätte er Bier vorgezogen. Ich entschied mich für Wasser.

Während Strohschneider sich um die Getränke kümmerte, schob ich dem Kumpan des toten Rockers ein Visitenkärtchen über den Tisch. Er würdigte es keines Blickes, sondern starrte schwer schnaufend auf einen bestimmten Punkt auf dem Tisch, wo es absolut nichts zu sehen gab.

»Warum haben Sie gesessen?«, fragte ich, als mir die ungemütliche Stille auf die Nerven zu gehen begann.

»Hm«, lautete die Standardantwort. Aber dann zeigte sich, dass Frieder doch imstande war, in ganzen Sätzen zu sprechen: »Alles Mögliche. Aber jetzt ist Schluss mit der Scheiße. Der Dirk hat mir 'nen Job organisiert, in 'ner Spedition in Sandhausen, und ich will keinen Knast mehr von innen sehen. Jetzt hab ich die Faxen dicke. Außerdem hab ich's ihm versprochen, dem Dirk.«

»Der Dirk, das bin ich«, tönte der Bewährungshelfer aus der Ferne.

»Und woher kennen Sie Leonhard?«

Ein wenig erschöpft von der langen Rede versank Frieder wieder in irgendwelchen, vermutlich einfach strukturierten Gedanken. Meine Frage hatte er offenbar überhört.

Ich versuchte ein zweites Mal, zu ihm durchzudringen: »In welchem Zusammenhang hatten Sie mit Leonhard zu tun?«

Er brummelte etwas Unverständliches in seinen Zottelbart und wich hartnäckig meinem Blick aus.

Allmählich sank meine Laune. »Geschäftlich oder privat?«, fragte ich etwas schärfer.

Ein kaum wahrnehmbares Nicken und ein umso deutlicheres Hochziehen von Rotz ersetzten die Antwort. Zu meiner Erleichterung erschien Strohschneider mit den Getränken. Der Kaffee, offensichtlich mithilfe einer Filtermaschine gemacht, duftete verführerisch. Ich ärgerte mich ein wenig, weil ich das Wasser gewählt hatte. Der Gastgeber setzte sich wieder zu uns.

»Na?«, fragte er strahlend. »Schon bisschen warm geworden miteinander?«

»Hmhm«, machte Frieder.

»Geht so«, sagte ich.

»Ich wollt den Frieder eigentlich auch bei Leonhard unterbringen. Hab vergangene Woche schon mit ihm telefoniert, also mit dem Herrn Leonhard, und er hat gemeint, da lässt sich vielleicht was machen. Der Frieder soll sich einfach mal vorstellen. Aber der Frieder wollt das dann partout nicht.«

Der ehemalige Knacki schnaufte zustimmend.

»Jetzt gib dir mal 'nen Stoß, Junge! Der Herr Gerlach hat nicht ewig Zeit. Und ich übrigens auch nicht.«

»Hm.«

Der kleine Bewährungshelfer hob die linke Augenbraue,

der Riese wurde ein wenig kleiner und zog die Stirn in Dackelfalten. Noch einmal räusperte er sich ausführlich. Und dann ging es endlich los: »Das ist nämlich so. Der Marco hat eine Weile für den Leonhard gearbeitet.«

»Gearbeitet?«

»Früher. In letzter Zeit nicht mehr.«

»Und was für eine Art Arbeit war das?«

»Eine, die verdammt viel Kohle gebracht hat. Und über die man normal nicht so gern redet.«

Ich beugte mich vor und faltete die Hände auf dem Tisch. »Ein bisschen präziser vielleicht?«

»Ja also, zum Beispiel, wenn der Leonhard ein Haus gehabt hat, wo Leute drin gewohnt haben, die wo ihm nicht so gepasst haben ...«

»Entmietung?«

»Weiß nicht, wie man dazu sagt. Jedenfalls sind zwei, drei von uns dann immer in eine Wohnung eingezogen, die wo schon leer gestanden hat. Und dann haben wir Party gemacht, im Hof gegrillt und gesoffen und so ...«

»Wir?«

Frieder schrumpfte noch ein wenig mehr zusammen. »Also, ich natürlich nicht. Hab's bloß so gehört von den anderen. Den Leuten ist auch nie was passiert. Die anderen haben keinen verdroschen oder so. Sind denen bloß so bisschen auf den Keks gegangen. Krach gemacht, Party gefeiert und so. Mal auch ein kleines Feuerchen im Treppenhaus. Wasserrohrbruch im Dachgeschoss, so Sachen ... Wir haben nie wen verdroschen oder so, nicht, dass Sie denken ...« Verlegen neigte er das schwere Haupt. »Wir – also *die* haben nie was echt Übles gemacht. Aber es hat meistens trotzdem gelangt.«

»Ich habe gehört, Leonhard hätte Marco Schulz bei einem Verkehrsunfall kennengelernt.«

»Hä?«

»Er soll ihm die Vorfahrt genommen haben.«

»Davon weiß ich nix.«

»Und wie lange ist dieses ... Geschäft gelaufen?«

»Paar Jahre. Der Jude hat zweitausend Mücken für jede freie Wohnung gezahlt. Plus fünfhundert für Spesen. Bier, Grillkohle, Benzin und so. Bei schweren Fällen hat's auch mal 'nen Tausender extra gegeben. Für die Unkosten.«

Unkosten wie Brandbeschleuniger und Werkzeuge zur Herstellung von Wasserrohrbrüchen ...

»Und warum hat das aufgehört? Hat es Streit gegeben?«

»Hm.« Frieder nickte träge. »Ich sag das bloß, weil ich mit so Sachen nix mehr zu tun haben will. Normal verpfeif ich keinen. Nie!«

Strohschneider, der seinen Kunden unentwegt mit kritischem Blick beobachtete, nickte befriedigt. Vermutlich war er ein guter Bewährungshelfer.

»Außerdem will ich mein Gewissen erleichtern«, murmelte sein inzwischen ziemlich kleinlauter Schützling. »Will mich echt ändern. Nie wieder einfahren, nie!«

»Mir ist völlig egal, ob Sie bei diesen ... Grillpartys dabei waren. Was wir hier reden, bleibt unter uns.«

Frieder wurde sofort wieder ein wenig größer. »Wie der Jude angerufen und gesagt hat, er braucht uns nicht mehr, da ...« Unbehagliches Rülpsen. Der Mund, in dem mindestens drei Zähne fehlten und der Rest in beklagenswertem Zustand war, öffnete sich zögernd, aber es kam nichts. Strohschneider holte tief Luft, und Frieder sprach weiter: »Der Marco hat gemeint, so geht das nicht. Die lassen wir bluten, die Juden...sau. Hat er gesagt, nicht ich. Ich sag nie so was, nie!«

»Wie genau hat das ausgesehen, das Bluten?«

»Er hat dem Leonhard einen Brief geschrieben. So ganz offiziell, mit Einschreiben und so. Er soll zahlen, hunderttausend, sonst gibt's Stress.«

Ein Erpresserbrief per Einschreiben. Man lernte auch als erfahrener Kriminalist immer noch dazu.

»Sonst zeigt er ihn an. Anonym natürlich.«

»Und hat er gezahlt?«

»Er ist noch am gleichen Tag gekommen. Der Marco hat ein Haus in Mannheim im Hafen. Ist früher 'ne kleine Fabrik gewesen oder so, weiß nicht – und da ist der Salomon also gekommen …«

»Salomon?«

»Haben wir halt so gesagt. Ein Joke. Weil er doch … Sie wissen schon. Was man nicht sagen darf.«

»Leonhard ist also zu Schulz gefahren …«

»Der Marco ist zufällig allein gewesen, und da hat der Leonhard noch verdammtes Glück gehabt, sonst hätten wir dem den Arsch nämlich mal gründlich aufgerissen. Aber der Marco hat seinen friedlichen Tag gehabt und ihn bloß ein bisschen verdroschen. Und da ist der Stress erst richtig losgegangen. Der Leonhard hat gedroht, er bringt uns alle zusammen in den Knast.« Inzwischen war Frieder im Eifer des Gesprächs entfallen, dass er mit der Angelegenheit ja gar nichts zu tun hatte. »Und dann hat der Marco ihm das Auto verkratzt. Bloß gezahlt hat er nicht, der Saujude. Keinen müden Euro hat er gezahlt! Ich hab gleich gesagt, lass den Scheiß, Marco. Der ist dir über, hab ich gesagt. Der fährt mit dir Schlitten, bis du kotzt.«

»Und weiter?«

»Der Salomon hat den Spieß dann umgedreht. Hat den Marco angezeigt, wegen Erpressung nicht, logisch, aber wegen Körperverletzung und Sachbeschädigung und noch ein paar Sachen, und am Ende ist's ausgegangen wie's Hornberger Schießen. Der Marco ist freigesprochen worden, weil keine Beweise und so, und den Leonhard dranhängen hat er ja nicht können, weil dann hätt er sich ja praktisch selber angezeigt, und der Jude hat immer noch kein Geld abgedrückt.«

»Wann war das?«

»Im Januar ist der Prozess gewesen.«

»Und seither ist Ruhe?«

Erschöpftes Nicken. »Jedenfalls hab ich nix mehr gehört. Bin damals auch grad mal wieder eingefahren. Drei Monate wegen 'ner blöden anderen Geschichte, drum kenn ich den letzten Teil nicht so. Aber gehört hab ich nix mehr.«

»Sind diese … Aufträge immer von Leonhard persönlich gekommen?«

»Weiß ich nicht. Das ist immer alles über den Marco gelaufen. Der hat dann gesagt, Jungs, der Jude spendiert uns wieder mal 'ne Party. Und später hat er das Geld verteilt.«

»Haben Sie Leonhard mal gesehen?«

»Nö. Nie. Der Marco hat da auch nie groß drüber geredet. Er hat uns die Adresse gesagt, wir haben ein paar lustige Abende gehabt, und es hat auch noch Kohle gegeben fürs Feiern.«

»Sie wissen, dass Marco Schulz tot ist?«

Frieder nickte. »Drum erzähl ich Ihnen die ganze Scheiße ja. Da steckt todsicher der Salomon dahinter. Wie hat er's gemacht?«

»Erschossen. Auf einem Autobahnrastplatz. Vorletzte Nacht.«

»Abgeknallt?« Frieder starrte mich mit hängender Unterlippe ungläubig an. »Kein Scheiß jetzt?«

»Kein Scheiß. Wundert Sie das?«

»Hab gedacht, er macht's eher auf die unauffällige Tour. Netter kleiner Unfall oder so.«

»Wie es aussieht, war es eher eine Hinrichtung.«

»Und wer?«

»Wir haben nichts. Das war Profiarbeit.«

Mutlos schlug Frieder die trüben Augen nieder. »Der Marco«, sagte er nach Sekunden leise, »der ist eine fiese Zecke gewesen, wissen Sie. Zwei Köpfe kleiner wie ich und halb so breit, aber durchtrainiert wie sonst was. Und die Kleinen, das sind ja immer die gefährlichsten, weil sie immer haben kämpfen müssen. Eisenharte Muckis hat der

Marco. Und wenn das nicht langt, dann nimmt er ein Messer oder eine von seinen Kanonen. Da hat er immer so einen Blick gekriegt, wenn er die rumgezeigt hat, seine Kracher. Und der Marco, wissen Sie, wenn der mal austickt, dann ist echt Schluss mit lustig. Eine von seinen Wummen, 'ne Walther, hat angeblich sogar mal 'nem Bullen gehört. Wie er da rangekommen ist, hat er aber nie rausgelassen. Jedenfalls, seine Walther, die hat er sogar mit ins Bett genommen. Hat ihm aber auch nix geholfen, wie man sieht.«

»Hatte Marco mit Leonhard direkt zu tun?«

»Weiß ich nicht. Ich hab nur gehört, es ist manchmal so ein Typ gekommen. Einer von Leonhards Leuten, denk ich. So einer macht sich doch nicht selber die Finger dreckig. Aber gesehen hab ich den nie, den Typ. Nur einmal, da ist grad ein blauer Daimler fortgefahren, wie ich gekommen bin, mit Heidelberger Nummer. Und der Marco hat gesagt, das wär der Handlanger vom Salomon gewesen.«

»Was für ein Mercedes?«

»E-Klasse, glaub ich. Bin mir jetzt aber nicht sicher.«

»Dunkel- oder hellblau?«

»Dunkel.«

»Gibt es in der Szene Gerüchte, wer Schulz und seinen Kumpel umgebracht haben könnte?«

»Den René hat's auch erwischt, stimmt das?«

»Das stimmt.«

Frieder schwieg lange mit gesenktem Blick. Der Bewährungshelfer nötigte ihm eine weitere Zigarette auf. Schließlich hob der Rocker den Kopf, sah mir ins Gesicht und sagte: »Die Russen, heißt es. Der Salomon macht jetzt Geschäfte mit den Russen. Die haben genug Typen an der Hand für so Sachen. Einen wegmachen kostet bei denen fünftausend, heißt es.«

18

Endlich saß ich wieder an meinem Schreibtisch, wo ich mich schon beinahe fremd fühlte. Ich genoss es, allein zu sein, nach Herzenslust gähnen zu dürfen, meine Beine auf den Tisch zu legen, kein Vorbild abgeben zu müssen. Ich tat beides und versuchte, ein wenig Ordnung in meinem Kopf zu schaffen. Der Fall Leonhard erschien mir undurchsichtiger denn je. Nachdem ich eine Weile erfolglos nachgedacht und ausreichend gegähnt hatte, ließ ich mir einen extragroßen Cappuccino aus der Maschine, rief Klara Vangelis an und berichtete ihr von meinem Gespräch mit Strohschneiders Klient.

»Klären Sie doch mal, ob jemand in Leonhards näherem Umfeld einen dunkelblauen Mercedes fährt.«

»Was halten Sie von der Theorie mit den Russen?«, wollte die Erste Kriminalhauptkommissarin wissen.

»Ich weiß nicht. Die Russen können nicht an allem schuld sein. Vielleicht hat Leonhard einfach nur ein schlechtes Gewissen bekommen oder Angst vor der Presse und freiwillig auf diese Art von Entmietung verzichtet. Vielleicht war ihm auch die Tracht Prügel, die Schulz ihm verabreicht hat, eine Lehre?«

»Denken Sie, er könnte hinter der Schießerei an der Autobahn stecken?«

Ich traute Leonhard inzwischen einiges zu. Aber nun auch noch einen Doppelmord? Gut, er mochte Probleme haben, große Probleme. Aber er war kein Idiot. Marco Schulz erschießen zu lassen – er selbst wäre mit Sicherheit niemals mit einer Waffe zu diesem Rastplatz gefahren – wäre für ihn viel zu riskant, denn mehrere Menschen wussten von seiner vergangenen »Geschäftsbeziehung« zu den Iron Eagels.

Ich beschloss, das Thema Marco Schulz und Konsorten vorübergehend zu vergessen, und wandte mich wieder Florian Marinettis Untaten zu. Auf einem karierten Block versuchte ich eine Art Zusammenfassung der Geschichte, soweit ich sie bisher kannte:

1. FM stiehlt (unter Drogeneinfluss?) den Porsche von LS.
2. FM fährt damit nach Frankfurt, will FL besuchen, die ist aber nicht zu Hause.
3. FM fährt nach HD zurück, wird wegen überhöhter Geschwindigkeit geblitzt.
4. FM fährt den Porsche in den Neckar. Um den Diebstahl zu vertuschen? Um sich das Leben zu nehmen?
5. FM nimmt die Waffe aus dem Handschuhfach. Wozu? Hat er da schon den Plan, AL zu überfallen?
6. FM läuft nach Hause, zieht sich um, fährt nach Rohrbach (Fahrzeug?) und nimmt AL als Geisel. Warum?
7. Nachts verlässt FM mit AL das Gebäude. Die beiden fahren weg. Fahrzeug? Zielort?

Fragen über Fragen und nirgendwo Antworten. Ich lehnte mich zurück, nippte an meinem Kaffeebecher und dachte nach. Der Punkt, an dem ich wieder und wieder stecken blieb: Nachdem Florian die ganze Nacht hindurch nichts als Dummheiten gemacht hatte, gab er am nächsten Morgen plötzlich den eiskalten Gangster. Das passte einfach nicht zusammen. Für so etwas wie eine bewaffnete Geiselnahme war er nicht der Typ. Nicht einmal unter Drogeneinfluss. Leonhards Sekretärin hatte uns ja erzählt, wie aufgeregt und verstört er gewesen war. Und außerdem: Allein hätte er es gar nicht gekonnt. Woher sollte er zum Beispiel von der Wendeltreppe wissen? Von der geheimen Tür? Von dem Tunnel?

Ein zweiter fragwürdiger Punkt war der zeitliche Ablauf: Morgens um vier, spätestens halb fünf hatte der Porsche im Wasser gelegen. Zu seinem WG-Zimmer brauchte er zu Fuß keine zehn Minuten. Was hatte er in den drei Stunden bis zur Geiselnahme getan? Geschlafen? Jemanden getroffen? Telefoniert? War in dieser Zeit der Plan entstanden, Leonhard zu erpressen?

Wieder rief ich Klara Vangelis an. »Wie weit sind wir mit Marinettis Handy?«

»Der Antrag liegt seit gestern Abend bei der Staatsanwaltschaft. Eigentlich sollte die Genehmigung längst da sein.«

Sie hatte den Vorgang wegen des Doppelmords an der Raststätte offenbar ein wenig aus den Augen verloren.

»Haken Sie da bitte noch mal nach. Ich will wissen, mit wem er wann und wo telefoniert hat.«

Kaum hatte ich aufgelegt, rief Odette Deneuve an. »Duyên hat geantwortet«, sagte sie atemlos. »Sie hat Paulchen doch nicht verkauft. Es gab zwar einen Interessenten, aber der hat sie sitzen lassen. Sie hat am Tag vor ihrem Abflug stundenlang auf ihn gewartet, aber er ist nicht gekommen.«

»Und wer hat jetzt den Autoschlüssel?«

»Ich meine, der hätte immer am Schlüsselbrett gehangen. Ich bin jetzt zu Hause und ... Moment ... Ups!«

»Da ist er nicht mehr.«

Paulchen hieß mit Nachnamen Hyundai Accent, erfuhr ich. Und trotz seines putzigen Namens war er schon stolze zwölf Jahre alt.

»Silberfarben«, wusste die engagierte Studentin noch. »Der TÜV wäre im März fällig gewesen. Aber den hätte er bestimmt nicht geschafft. Oft ist er nicht mal angesprungen.«

Damit war klar, wie Florian nach Rohrbach gekommen und mit welchem Fahrzeug er jetzt unterwegs war. Aber wer konnte die dritte Person im Hintergrund sein, die ihn mit den notwendigen Informationen versorgte? Jemand, der auf unserer Liste von Leonhards Feinden stand? Die Vorstellung, Florian wäre rein zufällig mit dieser Person in Kontakt gekommen, erschien mir abwegig. Andererseits gab es immer wieder diese verrückten Zufälle. Unglaubliche, völlig unwahrscheinliche Zufälle ... Aber nein.

Ich schüttelte den Kopf, rieb mir die Augen, leerte meinen Kaffeebecher. Ich steckte fest. Wieder einmal.

Mein Telefon erlöste mich aus meiner Endlos-Denkschleife. »Ich sollte Sie anrufen, wenn mir noch etwas einfällt«, sagte Claudia Marinetti mit gepresster Stimme. »Wo Florian vielleicht stecken könnte …«

»Ja?«

»Ich sagte Ihnen doch, dass er früher in dieser anderen WG gewohnt hat.«

»Die mit den vielen anderen Künstlern, die Ihrem Mann nicht so zugesagt haben?«

»Ganz genau.«

»Und jetzt ist Ihnen wieder eingefallen, wo diese WG war?«

»Das habe ich auch vorhin schon gewusst, wollte es aber nicht sagen, weil … Sie wissen schon.«

Weil der Vater es nicht hören sollte.

»Sie hatten nämlich ein Haus besetzt, er und ein paar Freunde«, fuhr sie fort. »Ein paar Monate ist das gegangen, oft hat sogar was darüber in der Zeitung gestanden, Sie erinnern sich vielleicht. Es war das ehemalige Eros-Center hinter dem Hauptbahnhof. Das steht ja schon länger leer und soll abgerissen werden, und da haben Flo und seine Freunde gedacht, dass es eine Schande ist, so ein großes Haus einfach leer stehen zu lassen.«

Das ehemalige Heidelberger Eros-Center wartete am östlichen Rand des riesigen Neubaugebiets »Bahnstadt« auf seinen Abriss. Es war ein fünfstöckiges, selten fantasie- und lieblos geplantes, altrosa gestrichenes Gebäude. Vor der fensterlosen Westfassade gähnte ein Loch. Dort hatte früher offenbar ein zweites Haus gestanden, das schon der Abrissbirne zum Opfer gefallen war. Ein riesiges, farbenfrohes Plakat an der Fassade verkündete die Pläne des jetzigen Eigentümers: Eine Düsseldorfer Firma für Immobilienentwicklung hatte vor, auf dem Gelände ein Bürogebäude zu errichten.

»Hochwertige und repräsentative Büroräume in bester Lage«, versprach das bunte Banner. »Nur noch wenige Objekte verfügbar!«

Darunter prangte in stolzen Lettern der Name der Firma: G&G Immoconsult, Düsseldorf. Schließlich, sogar noch ein wenig größer, die Telefonnummer der zuständigen vollbusigen Mitarbeiterin, deren Porträt daneben abgebildet war. Das Zielpublikum der Werbung war eindeutig männlichen Geschlechts. An die Räumung des Gebäudes konnte ich mich tatsächlich noch gut erinnern. Sie hatte zwei Wochen vor Weihnachten stattgefunden, einigen Wirbel in der Presse erzeugt, war jedoch zur allgemeinen Überraschung weitgehend friedlich verlaufen, nachdem es in der Woche zuvor viel Randale gegeben hatte. Im Nachgang kam es noch zu einigen kleineren Demonstrationen und im einen oder anderen Sinn empörten Leserbriefen in der Rhein-Neckar-Zeitung, aber dann legte die Aufregung sich bald. Der Zeitpunkt der Räumung – kurz vor Weihnachten – war geschickt gewählt. Seither stand das Haus wieder leer. Im Erdgeschoss waren die Rollläden heruntergelassen. Ein anderes, kleineres Plakat wies potenzielle Kundschaft darauf hin, dass die Damen, die hier früher ihre Dienste angeboten hatten, nun an der Eppelheimer Straße anzutreffen seien.

»Und so was mitten in Heidelberg!«, empörte sich Balke angesichts des architektonischen Elends. »Bezahlbarer Wohnraum ist kaum noch zu kriegen, und da lassen diese Spekulanten ein komplettes Haus mit zig Räumen einfach verrotten. So was müsste ein Straftatbestand sein, finde ich.«

»Leonhard gehört der Kasten übrigens nicht«, sagte ich zu seiner Enttäuschung. »Zumindest nicht direkt.« Dieses Mal hatte ich vor ihm im Internet recherchiert.

Eine Streifenwagenbesatzung war schon vor Ort, als wir ankamen.

»Die rückwärtige Tür ist beschädigt«, berichtete ein klobiger Kollege mit buschigem Backenbart, den ich flüchtig kannte, ohne mich erinnern zu können, in welchem Zusammenhang ich schon einmal mit ihm zu tun gehabt hatte.

»Ist jemand im Haus?«

»Hören tut man nichts.« Er hob die schweren Schultern und lachte nervös. »Aber wir sind lieber nicht reingegangen. Haben gedacht, wir warten besser, bis Sie da sind.«

Sein Mitstreiter, ein schmales, blutjunges Milchgesicht, nickte eifrig. Die beiden Streifenpolizisten hatten uns etwa dreißig Meter von der Spekulationsruine entfernt im Schatten einiger Bäume erwartet, in deren frisch belaubten Kronen eine Horde Stare eine lebhafte Diskussion führte.

Ich gab Balke einen Wink. »Wir sehen uns mal ein bisschen um.«

Wir schalteten unsere Handys lautlos und überquerten die zum Glück nicht allzu breite Straße in der immer noch unbarmherzigen Frühnachmittagssonne. Links von dem Gebäude führte eine Rampe zu einem rückwärtigen Parkplatz hinunter, wo in besseren Zeiten die Kunden ihre Fahrzeuge diskret und von der Straße aus nicht sichtbar abstellen konnten. Hinter dem Haus stand ein riesiger grüner Müllcontainer, daneben ein ausgedienter Kühlschrank, umgeben von Glasscherben, leeren Farbeimern, verblichenen Matratzen, kaputten Tischen und Stühlen, leeren Schnaps- und Bierflaschen, hellblauen Müllsäcken, deren Inhalt der Wind oder irgendwelche Tiere weit verteilt hatten. Plastiktüten hingen schlaff wie Fahnen der Hoffnungslosigkeit an den Ästen des Gestrüpps, das den Parkplatz umrahmte. Es roch nach Staub und Dürre und verwesenden Essensresten.

Wir erreichten die mit vielfach gesprungenem Gitterglas verschönerte Aluminiumtür an der Rückseite des Hauses. Das Schloss war beim Aufhebeln ganz geblieben, aber das Schließblech baumelte lose im Rahmen. So, wie es aussah, stand die Tür nicht erst seit heute offen. Balke bewegte sie vorsichtig ein wenig hin und her. Die Scharniere waren gut geölt.

»Frische Abdrücke«, murmelte ich mit Blick auf den mit einer dicken Schmutzschicht bedeckten Fußboden im Inneren. Ich trat zwei Schritte zurück und sah nach oben. In den ersten drei Stockwerken waren fast alle Fenster zerschlagen. Nur in den obersten beiden waren noch einige Scheiben intakt. Während ich mit dem Kopf im Nacken in den heute eher blauen als gelben Himmel blickte, wagte sich ein schüchterner Gedanke aus seinem Versteck. Eine kleine Idee, so absurd und abenteuerlich, dass ich sie lieber gleich wieder vergaß, als ich Balke ins Innere des verwahrlosten Gebäudes folgte.

»Hier stinkt's nach Pisse!«, stellte er naserümpfend fest. Inzwischen hielt er seine Pistole in der Hand, und auch ich hatte dieses Mal meine Dienstwaffe nicht im Schreibtisch liegen lassen.

Das Treppenhaus war noch schlimmer vermüllt als der Parkplatz. Es stank nicht nur nach Urin, sondern auch nach verbranntem Kunststoff, Verwesung und Fäkalien. Wir bemühten uns, kein Geräusch zu machen, was nicht einfach war, da wir ständig über irgendwelche Möbeltrümmer, leere Flaschen oder Konservendosen steigen mussten. Mitten in dem Chaos stand ein ausgestopfter Rotfuchs, den vermutlich Heerscharen von Flöhen besiedelt hatten. Ich fragte mich, welche Laune des Schicksals das arme Tier hierher verschlagen haben mochte. Vielleicht hatte es in glücklicheren Zeiten das Jägerzimmer des Etablissements geschmückt.

Nachdem wir die ersten Stufen erklommen und das Erdgeschoss erreicht hatten, machten wir halt, um zu lauschen. Nichts war zu hören. Vorsichtig stiegen wir weiter die breite, steinerne Treppe hinauf. Hier oben ließ der Gestank nach, es lag weniger Müll herum, und wir wagten wieder durch die Nase zu atmen.

Ich hob die Hand und blieb erneut stehen. Auch Balke hatte jetzt die Ohren gespitzt. Über uns war leises Gemurmel zu hören. Ein Mann sagte etwas mit ruhiger Stimme. Eine andere, leisere Stimme antwortete. Der Sicherungshebel von Balkes Dienstwaffe klickte. Auf dem nächsten Treppenabsatz hatte ein Abfallhäufchen gebrannt. Vielleicht eine Dienstleistung von Frieders Freunden? Die meisten Türen an den Fluren standen offen – soweit überhaupt noch vorhanden. Manche von ihnen hatten vielleicht zwischenzeitlich als Brennholz gedient.

Wir mussten fast bis zum dritten Obergeschoss hinaufschleichen, bis die Geräusche deutlicher wurden. Dort legten wir erneut eine Pause ein, und nun war es eindeutig: Neben Gemurmel hörten wir jetzt auch das Gekicher jugendlicher Stimmen, dazu leise quäkende Musik, vermutlich aus einem Handylautsprecher, und zunehmend eindeutiges Seufzen und Stöhnen. Offenbar wurde das Gebäude auf diese Weise hin und wieder doch noch seiner alten Bestimmung zugeführt.

Balke sicherte und entlud seine Waffe. Wir machten kehrt und gaben uns jetzt keine große Mühe mehr, leise zu sein.

»Wenn ich über Flo und Lizi nachdenke«, sagte er, während wir die Treppen wieder hinabstiegen, »graust mir mehr denn je bei der Vorstellung, irgendwann mal selbst Kinder zu haben. Wie geht es Ihnen damit?«

»Mädchen entwickeln sich zum Glück eher selten zu Geiselnehmerinnen«, erwiderte ich. »Aber letztlich kann man nur hoffen, dass sie nicht an die falschen Freunde geraten. Dass sie keine Drogen nehmen oder wenigstens bald wieder damit aufhören.«

»Wie halten Sie das aus? Die ständige Unsicherheit? Die Vorstellung, was alles passieren könnte? Was alles schiefgehen könnte?«

»Der Mensch gewöhnt sich an vieles.«

»Und?«, fragte der Kollege mit dem Backenbart mit hochgezogenen Brauen, als wir wieder in den Schatten der Bäume traten. Inzwischen hatte ich den Namen des Hauptkommissars von der breiten Brust abgelesen: Ringele.

»Nichts«, erwiderte ich. »Falscher Alarm.«

»Sollen wir sicherheitshalber die Firma …« Er wies auf das bunte Werbebanner. »Sollen wir die nicht besser informieren?«

»Nicht nötig. Es ist ja nichts.«

»Und der Kasten wird ja demnächst sowieso plattgemacht«, fügte Balke mit saurer Miene hinzu.

Mein Nachmittag verdunstete im Aktenstudium und in der Erledigung diverser Lästigkeiten, die sich im Lauf der vergangenen anderthalb Tage angesammelt hatten, unterbrochen von regelmäßigen Meldungen meiner Mitarbeiterin Klara Vangelis, die immer dasselbe besagten: »Nichts Neues.« Oder mit den Worten von Sven Balke: »Tote Hose auf der ganzen Linie.«

Kein Hauch von Abkühlung. Kein Hauch einer Spur von Florian oder seiner Geisel. Kein Hauch von einer Idee, wie es weitergehen könnte.

Irgendwann bewegte sich dann doch etwas: Die Gesprächslisten von Florians Handy kamen. Der Antrag war auf irgendeinem Schreibtisch unter irgendeinen Stapel gerutscht, und Klara Vangelis hatte ihn schließlich ein zweites Mal gestellt, woraufhin er dann in Rekordzeit bewilligt wurde. Wie viel Unglück war wohl schon geschehen, weil auf einem Behördenschreibtisch keine Ordnung herrschte?

In der Nacht vor der Geiselnahme hatte Florian fünfmal versucht, Felizitas zu erreichen. Zweimal mit Erfolg. Das erste Gespräch, um zwei Uhr einundzwanzig, hatte knapp drei Minuten gedauert, das zweite, wenige Minuten später, nur Sekunden. Dann war für einige Stunden Funkstille gewesen. Erst morgens um fünf nach acht hatte Florian wieder telefoniert. Von diesem Zeitpunkt an hatte er nahezu im

Minutentakt insgesamt achtmal Leonhards Handynummer gewählt. Jedes Mal ohne Erfolg. Warum hatte der Immobilienkönig nicht abgenommen? Vermutlich weil er ganz einfach keine Zeit für Privatkram hatte, wegen der Koreaner, auf deren Großauftrag er solche Hoffnung setzte. Also doch wieder nichts Neues. Nichts, was mir in irgendeiner Weise weiterhalf.

Der silberfarbene Hyundai blieb verschwunden, obwohl seit Stunden in ganz Süddeutschland nach ihm gefahndet wurde. Mehr und mehr vermutete ich, dass sich der Wagen längst im Ausland befand. Warum ließ Florian Leonhard nicht endlich frei? Er konnte doch nicht ewig mit ihm durch die Gegend fahren. Was war nur los mit dem Jungen? Oder sollte sich die Geisel längst nicht mehr in seiner Gewalt befinden, sondern … ja, wo sonst?

Gegen sechzehn Uhr entschied ich, die Fahndung auf ganz Europa auszudehnen. Florian Marinetti trug eine geladene Waffe bei sich, und niemand konnte sagen, in welcher Verfassung er jetzt war. Ob er noch rational reagierte oder inzwischen so überdreht war, so übermüdet und verzweifelt, dass man mit allem rechnen musste.

Zwei- oder dreimal nickte ich sogar ein an diesem öden Nachmittag, und jedes Mal wachte ich nach Sekunden mit immer schlechterem Gewissen wieder auf. Und dann war – völlig aus dem Nichts – der Gedanke wieder da, den ich vor Stunden noch nicht zugelassen hatte: Was, wenn Leonhard selbst Florians Helfer war? Aus welchen irrsinnigen Gründen auch immer? Stand ihm das Wasser vielleicht schon bis zum Hals, war die Schuldenlast so erdrückend, dass er abtauchen wollte? Hatte er vor, seine Lösegeldversicherung zu betrügen? War diese alberne Geiselnahme inszeniert mit dem Ziel, ihn vor dem Konkurs zu retten? Wobei einige Millionen ihn nicht retten würden, wenn stimmte, was die Journalistin Susanne Herzog mir erzählt hatte. Für ein sorgenfreies Leben unter neuem Namen und an einem weit entfernten Ort würde das Geld allerdings wohl reichen. Je länger ich darüber nachdachte, desto logischer erschien mir die Theorie, Leonhard und Florian könnten gemeinsame Sache machen. Vielleicht von Anfang an, vielleicht auch erst ab einem bestimmten Zeitpunkt.

Mein Handy klingelte. »C. Leonhard« stand auf dem Display.

»Er hat angerufen!«, rief sie mit schriller Stimme. »Gerade eben!«

»Florian?« Ich setzte mich aufrecht hin und riss die Augen auf, um wach zu werden.

»Alfi. Der Geiselnehmer verlangt eine halbe Million. Ich soll sie bis morgen Mittag besorgen, zwölf Uhr, und auf weitere Anweisungen warten. Unter keinen Umständen darf ich die Polizei informieren oder nach ihm suchen lassen, sagt er. Darum hat er ausdrücklich gebeten: Unter keinen Umständen Polizei.«

Leonhard konnte nicht wissen, dass wir den Namen des angeblichen oder wirklichen Geiselnehmers längst kannten.

»Wie hat er geklungen?«

»Angespannt. Müde. Unkonzentriert. Erst hätte ich seine Stimme fast nicht erkannt. Das alles setzt ihm natürlich sehr zu, das kann man ja verstehen. Wenn ich mir vorstelle, was für einen Stress er aushalten muss.«

»Irgendwelche Andeutungen zum Geiselnehmer hat er nicht gemacht? Zu seinem Aufenthaltsort?«

»Ich kann Ihnen wörtlich wiederholen, was er gesagt hat. Ich habe es noch im Ohr, jedes einzelne Wort: ›Hi, Careen, ich bin's‹, hat er gesagt. ›Du, pass auf: Er verlangt fünfhunderttausend. Die besorgst du bitte bis morgen, zwölf Uhr. Ich melde mich dann wieder. Und bitte keine Polizei. Auf keinen Fall Polizei!‹ Ich habe gefragt, wie es ihm geht. ›Ganz okay‹, hat er geantwortet, ›geht schon.‹ Halten Sie es wirklich für möglich, dass es Flo ist? Ich kann es immer noch nicht glauben.«

»Hat er von seinem Handy angerufen?«

»Die Nummer war unterdrückt.«

»Ist das Geld ein Problem?«

»Ich muss mit der Bank sprechen. Ich denke nicht.«

»Die Bank hat jetzt zu.«

»Der Chef der hiesigen Volksbank spielt regelmäßig mit Alfi Tennis.«

Das Unterdrücken der Nummer half Leonhard wenig: Innerhalb von Minuten war geklärt, dass er für den Anruf sein eigenes Handy benutzt und sich zu diesem Zeitpunkt westlich von Stuttgart aufgehalten hatte, genauer in Schwieberdingen oder der näheren Umgebung des Orts. Unmittelbar nach dem Telefonat, das exakt siebenundvierzig Sekunden gedauert hatte, war das Handy wieder aus dem Netz verschwunden. Ich wählte die Nummer von Florians Eltern. Leider nahm der Vater ab.

»Schwieberdingen? Das ist im Schwäbischen, stimmt's?«

»Richtig. In der Nähe von Stuttgart.«

»Und was soll Florian da wollen?«

»Das frage ich Sie. Vielleicht wohnt da ein Freund von ihm, habe ich überlegt. Oder eine Freundin. Haben Sie in der Gegend vielleicht Verwandte? War er früher schon mal da?«

»Wüsste nicht, dass mein Herr Sohn je eine Freundin gehabt hätte. Außer Lizi natürlich, aber das ist was anderes. Mal ehrlich, welche Frau gibt sich schon mit so einem Warmduscher ab?«

»Verwandte auch nicht?«

»Nicht dass ich wüsste. Kann mal meine Frau fragen. Sie ist grad im Garten und gießt. Ich sag ihr, sie soll Sie anrufen ...«

»Wie jetzt?«, fragte Balke entgeistert, als er von der neuesten Entwicklung erfuhr. »Jetzt also doch Geld?«

»Scheint so.« Ich konnte es auch noch nicht glauben.

Er atmete zwei-, dreimal tief durch. Dann platzte es aus

ihm heraus: »Das ist doch der bekloppteste Scheißfall, der mir je untergekommen ist, verflucht noch eins! Soll der Junge diesen Immobilienpapst doch endlich abknallen, damit der Quatsch ein Ende hat!«

»Durch Geschrei kommen wir auch nicht weiter.«

»Ist doch wahr!«, murrte er. Und dann kam noch etwas, das wie »Verfickte Scheiße!« klang.

Kaum hatte ich den Hörer aufgelegt, klingelte das Telefon erneut. In der Erwartung, Claudia Marinetti sei am anderen Ende, hob ich ab und meldete mich mit einem heiteren: »Hallo!«

»Paps?« Es war Sarah. Wenn meine Töchter mich im Büro anriefen, dann war es wichtig. So lautete eine förmlich verkündete und meist auch befolgte Regel.

»Was ist?«, fragte ich mürrisch. Das Letzte, wonach mir im Augenblick der Sinn stand, waren noch mehr Probleme.

»Loui heult«, lautete die zweisilbige Antwort.

»Ich komme sowieso bald heim.«

»Sie hat sich in ihrem Zimmer eingeschlossen und heult die ganze Zeit.«

»Du weißt nicht, wieso?«

»Sie redet ja nicht mit mir. Sie redet mit überhaupt niemandem. Das Handy hat sie ausgemacht. Kannst du nicht gleich kommen?«

Es war drei Minuten vor halb sechs.

»Bald«, wiederholte ich lahm. »Gib mir noch eine halbe Stunde, okay?«

Obwohl, was sollte ich mit dieser halben Stunde anfangen? Die Geldübergabe konnte frühestens morgen über die Bühne gehen. Die Stuttgarter Kollegen waren informiert und würden in den kommenden Stunden mit doppelter Aufmerksamkeit nach dem kleinen Hyundai Ausschau halten. Der Aktenkram war im Wesentlichen erledigt. Es gab für mich keinen Grund mehr, länger hierzubleiben.

»Okay. Ich warte noch einen Anruf ab«, sagte ich. »Und dann komme ich.«

»Hm.«

»Sag ihr das bitte.«

»Mach ich. Aber bitte komm wirklich, Paps. So war sie noch nie drauf.«

»Hat sie in letzter Zeit öfter geweint?«

»Schon. Aber nicht so.«

Wieder einmal beschlich mich das ungemütliche Gefühl, meinen Töchtern kein guter Vater zu sein. Ein Vater, der nie da war, wenn man ihn brauchte. Und wenn doch, dann hatte er keine Zeit oder keine Lust, sich ihre kleinen und manchmal offenbar auch größeren Probleme anzuhören. Wieder einmal beschloss ich, mich zu bessern. Da Theresa nun vermutlich für immer in Schweden bleiben würde oder dort, wo der Pfeffer blühte, würde ich künftig auch viel mehr Zeit haben.

Wieder das Telefon – dieses Mal war es wirklich Florians Mutter.

»Hallo«, sagte sie mit ihrer schönen, warmen Stimme.

»Schön, dass Sie gleich zurückrufen«, erwiderte ich. »Ihr Mann hat Ihnen gesagt, worum es geht?«

Auch Claudia Marinetti konnte mit dem Ort bei Stuttgart nichts anfangen. »Ich weiß natürlich nicht, wen Florian in den vergangenen Monaten kennengelernt hat«, sagte sie nachdenklich. »Was ist denn nur in den Jungen gefahren, Herr Gerlach?«

Ich überlegte, ob ich ihr von der Lösegeldforderung erzählen sollte, entschied mich aber dagegen. Diese Frau hatte Sorgen genug.

»Ich weiß es nicht«, sagte ich also nur. »Ich habe keine Ahnung. Leider.«

»Denken Sie …«, begann sie und brach ab.

»Was?«

»Denken Sie, es kann noch gut werden? Irgendwie?«

»Solange niemand verletzt oder getötet wird, ist alles halb so schlimm. Ich nehme an, es ist, wie Sie gesagt haben: Er ist in etwas reingeraten, aus dem er jetzt aus eigener Kraft nicht mehr herausfindet.«

»Ja«, sagte sie sehr leise. »So muss es sein. Es kann einfach nicht anders sein. Bitte helfen Sie ihm. Bitte!«

Ich informierte Klara Vangelis und Sven Balke, dass ich nun nach Hause gehen würde. »Mein Handy bleibt an. Aber bitte nur, wenn es wirklich wichtig ist. Ich brauche mal wieder ein paar Stunden Privatleben.«

Balke erklärte, auch er sei völlig am Ende und werde sich in Kürze auf sein Rennrad schwingen. Klara Vangelis versprach ungerührt, die Stellung zu halten. Ich fragte mich, wie es wohl in ihrer Ehe aussehen mochte, beschloss, dass mich dieser Punkt nichts anging, schob meinen Papierkram auf einen Haufen, damit mein Schreibtisch am nächsten Morgen nicht gar so niederschmetternd aussah, und schloss meine Bürotür ab.

Auf der Treppe kam mir schnaufend der Chef der Spurensicherung entgegen, der Erste Hauptkommissar Lemmle, ein schwäbelnder Hüne und anerkanntes Genie in seinem Fach. Als er mich kommen sah, blieb er stehen und begann zu strahlen.

»Gut, dass ich Sie treffe, Herr Gerlach!« Er fummelte etwas Kleines aus seiner Hosentasche. »Hier hab ich den Schlüssel zu dem Büro von diesem Leonhard. Wir sind da jetzt fertig. Der Hausmeister ist nicht mehr da gewesen, und ich will den Schlüssel nicht in meinem Schreibtisch einschließen. Könnt ja sein, dass er noch mal gebraucht wird. Und ich muss dringend heim. Krieg einen Laster Kies geliefert. Ich will die Garagenauffahrt endlich richten. Meine Frau liegt mir schon ...«

»Geben Sie ruhig her«, sagte ich freundlich und nahm den Schlüssel an mich.

Sichtlich erleichtert machte er auf dem Absatz kehrt und

stürmte mit angesichts seiner Körperfülle verblüffender Geschwindigkeit davon.

Aus Louises Zimmer war kein Mucks zu hören. Auf Klopfen und Rufen reagierte sie nicht.

»Louise«, sagte ich halblaut und mit dem Mund nah am Türspalt. »Schläfst du?«

Sie ließ sich noch ein Weilchen bitten, aber dann hörte ich doch ein Geräusch. Es klang wie ein Schniefen.

»Mach auf, Louise! Was ist denn nur los mit dir?«

Etwas regte sich hinter der Tür. Das Schloss knackte. Ich wartete noch einen Augenblick und trat dann ein. Meine Tochter saß mit verquollenen Augen auf der Bettkante und starrte vor sich hin. Ich setzte mich ihr gegenüber rittlings auf einen Stuhl. Ihre Körperhaltung signalisierte: Komm mir nicht zu nah!

»Was ist?«, fragte ich.

Sie zog die Nase hoch. Ich reichte ihr ein Taschentuch. Schließlich kam sie mit der großen Erkenntnis ihrer jungen Jahre:

»Alles so scheiße.«

»Probleme in der Schule?«

»Auch.«

»Die Französischarbeit?«

Flüchtiges Nicken. »Voll verkackt. Und Mathe auch.«

»Dabei warst du in Mathe doch sonst nicht schlecht.«

Etwas mutigeres Nicken.

»Das wird alles wieder, du wirst sehen. Jeder hat mal eine Pechsträhne.«

»Sagst du.«

»Und was ist sonst noch?«

»Nix.« Achselzucken. »Fünf minus in Franz, Fünf plus in Mathe, reicht das nicht?«

»Sarah hat eine Zwei bis Drei in Französisch, nicht?«

»Weil Richy mit ihr lernt. Richy ist voll gut in Franz.«

»Und du hast niemanden, der mit dir lernt.«

»Du kannst ja kein Franz. Und Mathe auch nicht.«

»Und Silke?«

»Mit der hab ich Stress. Eigentlich hab ich mit allen Stress.«

»Oma kann ganz gut Französisch. Hast du die mal gefragt?«

»Hab's probiert, aber das funzt nicht. Die kann einem überhaupt nichts erklären und wird voll pampig, wenn man mal was nicht gleich blickt.«

»Und was ist noch, außer Schule?«

»Weiß nicht. Alles ist so …«

»Wie?«

»Scheiße halt. Weiß auch nicht.«

»Liebeskummer?«

Heftiges Kopfschütteln. Schniefen. Mein Taschentuch kam zum Einsatz.

So ging es noch ein wenig hin und her, und dann öffnete sie endlich doch den schmalen Mund. Meine kleine Louise litt sozusagen unter dem Gegenteil von Liebeskummer. Keiner der Jungs in ihrem Umfeld interessierte sich für sie. Keiner. Und die, die ihr doch mal schüchterne Blicke zuwarfen, waren logischerweise immer die, die nun wirklich absolut nicht infrage kamen.

»Alle Mädels haben Freunde. Bloß ich nicht.«

»Und jetzt auch noch Sarah.«

Vielsagendes Schweigen.

»Bist du eifersüchtig?«

»Quatsch!«

Und *wie* sie eifersüchtig war. Ihre gerade erst getrockneten Augen wurden schon wieder feucht.

»Würdest du Richy denn haben wollen?«

»Versteh überhaupt nicht, was sie an dem Blödian findet!«

»Würdest du einen der Freunde deiner Freundinnen haben wollen?«

Entrüstetes Kopfschütteln.

»Gibt es einen bestimmten Jungen, den du gerne …?«

Nicht ganz so entschiedenes Kopfschütteln.

»Warum sagst du denn nichts, wenn es dir schlecht geht?«

»Du hast ja sowieso nie Zeit.«

»Gestern Nachmittag war ich da. Und abends auch. Aber du nicht.«

»Doch.«

»Aber du hast dich nicht blicken lassen.«

»Du auch nicht.«

Das stimmte natürlich. Weil ich schon wieder vergessen hatte, dass ich mit ihr sprechen wollte …

Plötzlich wurde mir klar, was das wahre Problem war, der eigentliche Grund der Krise: Seit ihrer Geburt waren meine Töchter nie allein gewesen, nie einsam. Schon im Mutterleib waren sie zu zweit gewesen. Und jetzt hatte Sarah den ersten richtigen Freund, und ihre »kleine«, weil eine halbe Stunde jüngere Schwester war plötzlich nur noch zweitrangig. Sie fühlte sich verlassen, abgeschoben, missachtet.

»Ich muss leider nachher noch mal los, Louise …«

»Siehst du?«

»Lorenzo besuchen. Wir haben es schon zweimal verschoben, und ich will nicht schon wieder absagen. Aber auch wenn mein blöder Fall morgen Abend noch nicht gelöst ist, wir könnten zusammen was essen gehen, wenn du magst. Mal wieder in Ruhe reden, nur wir zwei. Und das mit Französisch kriegen wir auch hin. Auch ohne Sarah.«

Schnief.

»Thai, Pizza oder Hamburger?«

»Mac.«

Ich war nicht gerade begeistert von der Aussicht auf einen Abend bei McDonald's, aber es ging schließlich um Louise und nicht um mich.

Das Küchenchaos der vergangenen Nacht hatte ich lieber nicht angesprochen. Das war auch gut so, denn gleich darauf stellte ich fest, dass meine Töchter im Lauf des Tages wieder Ordnung geschaffen hatten.

Warum nur ist es so schwer, seinen Kindern dieselben Rechte zuzugestehen, die man sich selbst herausnimmt? Auch ich ließ gerne mal was liegen mit dem Vorsatz, es am nächsten Morgen wegzuräumen. Oder am übernächsten …

19

Meinen Lorenzoabend hatte ich tatsächlich schon zweimal kurzfristig absagen müssen, und ein drittes Mal würde es nur geben, wenn die Welt unterging. So stand ich pünktlich um sieben zusammen mit zwei Flaschen gut gekühltem Riesling aus dem Keller des Durbacher Winzers Alexander Laible vor seiner Tür.

»Du siehst müde aus«, lautete Lorenzos Begrüßung.

»Ich bin nicht müde«, erwiderte ich mit einem hoffentlich beeindruckenden Seufzer und trat ein in die Dunkelheit seiner altertümlich eingerichteten Villa. »Ich bin so gut wie tot.«

Lorenzo hatte das Haus von seinen Eltern geerbt und war zu faul gewesen, es nach eigenem Geschmack einzurichten. So lebte er nun zwischen viel dunklem Holz, antikem Mobiliar und einer Menge scheußlicher Gemälde an den Wänden.

»Dann will ich sehen, wie ich dich wieder zum Leben erwecken kann.«

»Denk nicht mal an ein Schachspiel!«

Er schmunzelte. »Gegen jemanden in deiner Verfassung zu gewinnen macht ohnehin keinen Spaß.«

Aus der Küche duftete es verlockend nach mediterranen Kräutern, Fisch und Knoblauch. Der Tisch auf der Terrasse war schon gedeckt. Lorenzo nötigte mich mit einer Fürsorge, Platz zu nehmen, als wäre ich tatsächlich sterbenskrank, verbat mir, ihm in irgendeiner Weise zu helfen, zündete die Windlichter an, obwohl die Sonne noch über dem Horizont stand, und verschwand mit einer gemurmelten Entschuldigung im Reich seiner Edelstahltöpfe und feinen Soßen. Ein großer, naturweißer Sonnenschirm spendete Schatten. Und hier am Hang über Stadt und Neckar regte sich sogar ein Lüftchen.

Ich dehnte meine müden Glieder, leerte ein großes Glas Wasser, atmete tief die immer noch wüstentrockene Luft, lauschte auf die Geräusche der Altstadt, beobachtete das Geglitzer des schläfrig dahinströmenden Flusses. Bald begann die Anspannung von mir abzufallen. Ich hörte das gepflegte »Plopp« eines Korkens aus der Küche. Lorenzo kam, die hohe schlanke Flasche standesgemäß im versilberten Weinkühler, goss ein wenig in beide Gläser. Wortlos und im Stehen stießen wir an. Schweigend verschwand er wieder. Die Flasche ließ er da.

Das war etwas, was Lorenzo vor fast allen anderen Menschen auszeichnete, die ich kannte: Er wusste, wann es nichts zu reden gab. Fast eine Viertelstunde ließ er mich allein mit meinem beschlagenen, hochstieligen Glas und meinen trüben Gedanken.

Ich zückte mein Handy und stellte es lautlos. Ganz ausschalten mochte ich es selbst jetzt und hier nicht. Louise machte mir Sorgen. Anrufe aus der Direktion würde ich wegdrücken. Selbst wenn Alfred Leonhard in diesen Minuten irgendwo erschossen im Straßengraben aufgefunden würde – es gab Wichtigeres im Leben, und den Täter kannte ich ja ohnehin schon.

Als ersten Gang servierte Lorenzo eine Muschelsuppe mit selbst gemachtem Pesto.

»Das Rezept stammt von einer alten Dame, die ich früher in Kalabrien gekannt habe«, erklärte er, und aus seinen alten Augen leuchtete kindlicher Stolz. Diese Dame, von der er nichts weiter berichten mochte, war vermutlich Mitglied einer Mafia-Großfamilie, denn als Lorenzo in seiner Jugend einige Jahre in Süditalien lebte, hatte er intensive Kontakte zur großkriminellen Szene gepflegt, die teilweise bis heute nachwirkten. Nie hatte ich gewagt zu fragen, ob er damals auch schlimme Dinge getan oder einfach nur mit den falschen Leuten Umgang gepflegt hatte.

Er schenkte so sorgsam Wein nach, als wären die beiden Flaschen, die ich mitgebracht hatte, die letzten der Welt. Die Suppe wurde in schweigender Andacht verzehrt. Wie alles, was ich bei Lorenzo bisher hatte kosten dürfen, schmeckte sie, als käme sie direkt aus einer Dreisterneküche. Von irgendwo wehte klassische Klaviermusik heran. Ob handgemacht oder aus einer Tonkonserve, konnte ich nicht entscheiden, und es war mir auch gleichgültig. Hin und wieder strichen Schwaden etwas kühlerer Luft vorbei. Welche Wohltat nach dem drückend heißen Tag! Die Sonne verschwand majestätisch hinter dem Horizont, die wenigen Wölkchen am Himmel leuchteten noch weiß wie Zuckerwatte.

Alkohol, Wärme und Entspannung machten es sich in mir gemütlich.

»Genug geschwiegen?«, fragte Lorenzo mit leisem Lächeln, als ich die letzten Reste mit einem Stück Weißbrot vom Teller wischte.

Ich lehnte mich zurück, unterdrückte dieses Mal den fälligen Seufzer. »Alles ein bisschen stressig zurzeit. Bitte entschuldige.«

Natürlich wollte er wissen, was los war. So berichtete ich in groben Zügen von den Ereignissen, die mich nun schon seit fast sechsunddreißig Stunden auf Trab hielten. Von den Sorgen, die Florians Eltern sich um ihren Sohn machten, von der verwirrenden Kühle und Emotionalität von Leonhards Frau.

»Aber das ist noch nicht alles, nicht wahr?«, sagte Lorenzo am Ende mit listigem Blick.

Natürlich nicht. Lorenzo war der einzige Mensch, mit dem ich offen über Theresa zu sprechen wagte. Und das tat ich nun. Es war gut, mir meinen Frust, meinen vermutlich ziemlich albernen Frust, meine Enttäuschung, meine seit Tagen auf abwechselnd großer oder kleiner Flamme vor sich hin brodelnde Wut von der Seele zu reden. Lang und breit erzählte ich von ihrem Aufbruch nach Schweden.

»Sie arbeitet an einem neuen Buch. Etwas halb Fiktionales über die Geschichte der Prostitution ...«

»Das dürfte ein ziemlicher Wälzer werden«, meinte er heiter.

»Anfangs ist sie überhaupt nicht vorangekommen. Sie hatte eine regelrechte Schreibblockade. Da habe ich ihr den Tipp gegeben, ausgerechnet ich, sie soll sich irgendwohin zurückziehen, wo sie in Ruhe arbeiten kann.«

»Und deshalb ist sie nun in Schweden.«

»In Schonen, an der Ostküste. Angeblich ist es sehr schön da.«

»Und du bist einsam und vermisst sie.«

Ich nickte. »Und außerdem bin ich – lach jetzt bloß nicht – wahnsinnig eifersüchtig.«

»Fürchtest du ...?«

»Ich fürchte nicht, ich weiß.«

Und ich erzählte von Ingrid.

»Eine Nachbarin. Sie malt. Normalerweise wohnt sie in der Nähe von Stockholm.«

Eines Abends war in einem etwa hundert Meter entfernten, gelb gestrichenen Holzhäuschen Licht gewesen, hatte mir Theresa vor Wochen aufgekratzt berichtet. Gleich am nächsten Morgen hatte man sich bekannt gemacht. Ingrid kam aus Södertälje, war eigentlich Lehrerin, hatte den Beruf jedoch schon vor Jahren aufgegeben, um sich ganz dem Laster der Malerei hinzugeben. Geld zu verdienen hatte sie offenbar nicht nötig. Die beiden nicht mehr ganz jungen Damen hatten sich von der ersten Minute an blendend verstanden.

Theresas Mails klangen wieder fröhlicher, und ihre zunehmend nörgelnden Fragen, wann ich sie denn nun endlich besuchen käme, blieben plötzlich aus. Wie bestellt, hörte endlich der Regen auf, man konnte lange, windige Strandspaziergänge machen und dabei endlose und vermutlich höchst lasterhafte Gespräche über Gott und die Welt und die Männer führen. Ingrid war nie verheiratet gewesen, hatte jedoch einen erwachsenen Sohn aus frühen, wilden Zeiten. Theresa hatte anfangs kaum mehr als drei Worte Schwedisch gesprochen, lernte nun aber zügig dazu. Ingrid dagegen sprach ausgezeichnet und fast akzentfrei Deutsch, da sie dieses Fach früher unterrichtet hatte. Theresa, die Deutsche, war honigblond. Ingrid, die Schwedin, sah dafür aus wie eine Süditalienerin und schien auch über das dazugehörige Temperament zu verfügen. Theresa hatte mir Fotos geschickt, die ich inzwischen allesamt gelöscht hatte.

Der Mietvertrag wurde um vier Wochen verlängert, das Wetter immer besser. Und irgendwann fiel mir auf, dass in Theresas Mails von ihrem Manuskript kaum noch die Rede war, dafür immer öfter von einträchtigen und geschichtenreichen Besäufnissen am knisternden Kamin, der umso besser zu funktionieren schien, je weniger man ihn brauchte. Wenn sie noch von ihrem Buch schrieb, dann klang es, als wäre sie praktisch fertig mit der Rohversion.

Schließlich, vor zwei Wochen etwa, war mir ein böser, ein gemeiner Verdacht gekommen. Die beiden Frauen dort oben im Norden waren allein, sie brauchten Gesellschaft, menschliche Nähe und Wärme. War es nicht schön und gut, dass sie sich hatten? Dass es Theresa besser ging? Dass sie so gut mit ihrem Buch vorankam? Je schneller sie damit fertig wurde, desto eher würde sie zurückkommen. Aber nun hatte sie die Rückreise schon zum zweiten Mal verschoben, und ihre immer spröder klingenden Mails wurden kürzer und kürzer, waren am Ende eigentlich nur noch knappe Statusberichte zum Wetter und dem vorabendlichen Alkoholverbrauch. Am Freitagabend hatten wir endlich einmal wieder länger telefoniert, und nach einigem zähen Hin und Her hatte ich ihr an den Kopf geworfen, ihre Freundin Ingrid sei ja wohl längst mehr als nur eine Freundin.

»Sag mal«, hatte Theresa nach zwei sprachlosen Sekunden geschnappt. »Spinnst du?«

»Ich denke eigentlich nicht.«

»Du unterstellst mir …?«

»Ich unterstelle dir überhaupt nichts, ich ziehe nur meine Schlüsse. Vielleicht versuchst du die Sache mal aus meiner Sicht zu sehen.«

»Versuch doch bitte mal, sie aus meiner Sicht zu sehen. Du versprichst dauernd zu kommen, aber jedes Wochenende ist etwas anderes …«

»Meine Mutter …«

»Mit dreiundsiebzig braucht der Mensch keinen Babysitter mehr. Und dement ist sie ja wohl noch nicht.«

»Ich musste sie aus der Wohnung haben. Die Zwillinge sind schon fast Amok gelaufen, und du weißt selbst, wie schwer es in Heidelberg ist, eine bezahlbare kleine Wohnung zu finden.«

»Könnte es sein, dass die alte Dame zu hohe Ansprüche stellt?«

»Sie hat ja jetzt was gefunden, mein Gott! Habe ich dir doch geschrieben. Aber wahrscheinlich liest du meine Mails gar nicht mehr. Mutter hat jahrelang im Süden gelebt. Aus ihrem Schlafzimmerfenster konnte sie das Meer sehen. Da ist es doch kein Wunder, dass sie nicht mit Blick auf irgendeinen finsteren Hinterhof wohnen will!«

»Dieses Meer im Süden und das dazugehörige Schlafzimmerfenster gibt es immer noch, oder irre ich mich?«

»Du weißt so gut wie ich, dass sie nicht zurückwill.«

»Soll ich dir was sagen? Du lässt dich von deiner Mutter nach Strich und Faden ausnutzen. Und weißt du auch, warum? Weil du ein schlechtes Gewissen hast.«

»Ein schlechtes Gewissen, ich? Kann ich vielleicht was dafür, dass mein Vater sich auf seine alten Tage eine Geliebte zugelegt hat? Aber du lenkst ab. Was ist nun mit deiner Ingrid?«

»Was soll sein? Wir mögen uns. Wir verstehen uns …«

Sie versuchte schon wieder abzulenken. »Theresa!«, fuhr ich ihr vielleicht etwas zu laut ins Wort. »Läuft da was zwischen euch oder nicht?«

»Und was wäre, wenn?«, fragte sie giftig zurück.

Jetzt wurde ich wirklich laut: »Sag mal, geht's noch? Ich wäre … Du kannst dir ja wohl denken, was ich dann wäre.«

»Du bist eifersüchtig«, hatte Theresa eiskalt amüsiert festgestellt.

»Bin ich überhaupt nicht!«

»Du brauchst nicht zu schreien.«

»Und du lenkst schon wieder ab. Bei einem Verhör ist das ein sicheres Zeichen dafür, dass der Verdächtige was zu verbergen hat.«

»Okay, Alexander«, hatte sie schließlich geseufzt, und ich hatte durchs Telefon förmlich gesehen, wie sie die großen, grünen Augen rollte. »Wenn ein bisschen Kuscheln und Streicheln für dich bedeutet, dass etwas läuft, dann läuft tatsächlich etwas zwischen Ingrid und mir. Und wenn das für dich ein Problem sein sollte, dann ist es dein Problem. Punkt.«

Und dann hatte sie einfach aufgelegt.

Tausendmal hatte ich das Handy in der Hand gehalten, ihre Nummer schon gedrückt, es wieder weggelegt. Und mich gefragt, ob ich wirklich eifersüchtig war. Mich verlassen und vernachlässigt fühlte. Wie Louise. Wie Florian. Zur Seite geschoben, nicht mehr frisch genug, nicht mehr spannend. Hatte ich sie je wirklich geliebt, hatte ich mich in den vergangenen Tagen immer wieder gefragt, oder war es einfach nur so herrlich praktisch gewesen, dass sie mir mehr oder weniger in den Schoß fiel, in den trost- und haltlosen Monaten nach Veras überraschendem Tod? Ich konnte so lange in mich hineinhorchen, wie ich wollte, da klang nichts mehr, wenn ich an Theresa dachte. Nichts, was mit Freude zu tun hatte, mit Sehnsucht oder Leidenschaft, was auch immer.

Um ehrlich zu sein, inzwischen war ich sogar froh, sie aus den Augen zu haben. Sollte sie doch glücklich werden in den Armen ihrer Schwedin mit dem mediterranen Temperament. Ich hatte weiß Gott auch ohne Theresa Ärger genug.

»Hm …« Lorenzo hatte bei meinem teilweise sehr lebhaften Bericht sichtlich Mühe gehabt, ernst zu bleiben. Aber er hatte es geschafft. Und ich fühlte mich am Ende noch blöder, als ich befürchtet hatte.

Er beugte sich vor und sah mir forschend in die Augen. »Das ist aber immer noch nicht alles?«

»Ich glaube, sie schlafen im selben Bett«, hörte ich mich sagen.

»Ach ja?«, insistierte Lorenzo wie ein zu neugieriger Beichtvater.

»Sie kuscheln, sagt sie. Und wahrscheinlich fummeln sie auch.«

»Hast du nur eine blühende Fantasie, mein Freund, oder hat sie das wirklich so gesagt?«

Kuscheln ja. Bei »fummeln« war ich mir plötzlich nicht mehr sicher. Ich hatte es noch im Ohr, mein scharfes, beleidigtes, absichtlich verletzendes »Läuft da was zwischen euch?«.

Und am Ende hatte sie »Punkt« gesagt.

»Und jetzt?«, fragte Lorenzo in einer Mischung aus sehr wenig Mitgefühl und viel schlecht verhohlenem Amüsement.

»Jetzt wäre es Zeit für den Hauptgang. Und für die zweite Flasche.«

Mein Freund erhob sich gehorsam, und als er eine Viertelstunde später wieder erschien, stellte er mit geheimnisvollem Lächeln einen großen Topf auf den Tisch. Ich schenkte Wein nach. Die Wölkchen am Himmel waren jetzt nicht mehr aus weißer, sondern aus rosa Zuckerwatte. Der Wind hatte ein wenig zugelegt.

»Coniglio alla cacciatora«, erklärte Lorenzo feierlich. »Kaninchen nach Art der Jägerin. Ein Rezept aus der Toskana. Ich habe es seit einer halben Ewigkeit nicht mehr gekocht.«

»Es riecht göttlich.«

Er brachte zwei vorgewärmte, übergroße Teller aus der Küche und einen Korb mit Weißbrotscheiben. »Kartoffeln sind nichts bei der Hitze«, sagte er. »Und den Wein habe ich leider vergessen. Wärst du so freundlich?«

Ich sprang auf, um die Flasche aus seinem riesigen Kühlschrank zu holen. Lorenzo war schlecht zu Fuß, seit ich ihn kannte. Im vergangenen Jahr waren die Schmerzen in seinen Hüftgelenken schließlich so schlimm geworden, dass er sich einer noch unerprobten und aberwitzig teuren Behandlung in den USA unterzog. Daraufhin hatte er sich wieder ohne Stöcke bewegen können. Vielleicht ließ die Wirkung der Wundertherapie allmählich nach.

Als ich die geräumige Küche betrat, in der es aussah, als wäre gerade eine Kohorte Hunnen hindurchgaloppiert, brummte mein Handy in der Hosentasche. Zögernd, sehr zögernd nahm ich es heraus. »C. Marinetti«, zeigte das Display an. Ich zögerte immer noch. Das Brummen verstummte. Und begann von Neuem. Vielleicht war es ja wichtig. Obwohl ich eigentlich ... Mit zwiespältigen Gefühlen drückte ich den grünen Knopf.

»Ich muss Sie sprechen«, sagte Florians Mutter mit ihrer schönen Glockenstimme.

»Sprechen Sie.«

»Nicht am Telefon, bitte.«

»Im Moment geht es nicht, tut mir leid. Sollen wir uns später irgendwo treffen? Oder soll ich zu Ihnen kommen?«

»Nein. Ben wird bald zurückkommen …«

Vermutlich aus seiner Stammkneipe.

»Und ich möchte auch nicht …«

Das »dass er dabei ist« musste ich mir dazudenken.

»Ich hole Sie in einer Stunde mit dem Wagen ab, und dann können wir in Ruhe reden.«

»Ich warte lieber, bis er schläft, und dann melde ich mich wieder, ja?«

Als ich mit der entkorkten und eiskalten Flasche in der Hand auf die Terrasse hinaustrat, sah Lorenzo mir aufmerksam entgegen. »Du lächelst«, stellte er interessiert fest.

Ich setzte mich. Stöhnte ein bisschen, weil ich das zurzeit häufig tat.

»Du lächelst immer noch«, sagte er ungerührt. »Auch wenn du stöhnst. Eine Frau?«

»Weißt du was?«, sagte ich. »Manchmal hasse ich dich. Warum musst du immer alles gleich merken? Außerdem ist sie eine Zeugin. Die Mutter des Geiselnehmers.«

»Ein Ja hätte vollauf genügt als Antwort, Alexander.«

Die alte Polizistenweisheit: Macht der Angeklagte viele Worte, hat er meist was zu verbergen.

»Und nun wirst du sie trösten.« Lorenzo nahm entschlossen das Besteck in die Hand.

»Hör auf damit. Das ist nicht lustig. Die Frau will mir etwas sagen, was ihr Mann aus irgendeinem Grund nicht hören darf. Deshalb die konspirativen Umstände.«

Wir begannen zu essen. Die Dämmerung setzte ein. Der Wein tat seine Wirkung. Seit ich vorhatte, später noch nach Kirchheim hinauszufahren, hielt ich mich mehr ans Wasser.

»Du lächelst immer noch«, stellte der begnadete Koch nach einer Weile befriedigt fest.

»Lorenzo, nimm's mir nicht übel, aber du nervst.«

Wir hörten auf, über Frauen und Liebe zu sprechen, und wandten uns seinem Lieblingsthema zu: Italien. Die verworrene Politik. Die Wirtschaft, die einfach nicht auf die Füße zu kommen schien. Offenbar war die Lage dort unten noch weit dramatischer, als ich gedacht hatte. Lorenzo sprach lange und zunehmend erregt. Seine Positionen waren extrem links.

»Du redest wie ein Kommunist«, konnte ich mir irgendwann nicht mehr verkneifen anzumerken.

»Ich war mein Leben lang Kommunist«, versetzte er zornig.

Offenbar hatte ich einen wunden Punkt berührt. Für Sekunden herrschte Schweigen.

»Entschuldige«, sagte Lorenzo dann. »Aber das Thema ist nicht gut für meinen Blutdruck. Diese schreiende Ungerechtigkeit überall. Der obszöne Reichtum bei einigen wenigen, das zunehmende Elend bei den Massen.«

»Du übertreibst.«

»Fahre nach Neapel, fahre nach Palermo, und sieh dich um. Und dann sage mir, ob ich übertreibe. Fahre nach Spanien. Nach Griechenland. Und das ist nur Europa!«

»Du bist ein komischer Kommunist. Sitzt hier in deiner Villa, führst ein Luxusleben und schimpfst auf die Verhältnisse. Solltest du nicht versuchen, was zu ändern, wenn du alles so schlimm findest?«

»Ich habe es ja versucht«, erwiderte er plötzlich mutlos. »Ich habe es viele Jahre lang versucht. Ich habe jahrzehntelang dort unten gelebt und das Elend miterlebt.«

»Als ich dich kennenlernte, warst du Empfangschef eines der teuersten Hotels weit und breit.«

»Gewesen.«

»Gewesen, richtig. Aber ein Jahr davor warst du es noch.«

Lorenzo schwieg eine Weile mit verkniffener Miene. Dann gab er sich einen Ruck. »Ich habe mich vor fast dreißig Jahren als Rezeptionist an das beste Hotel von Tropea verkauft, weil ich Geld brauchte. Ich spreche mehrere Sprachen, ich kann mich benehmen, deshalb haben sie mich mit Kusshand genommen. Außerdem wollte ich die andere Seite kennenlernen, die der Reichen und Mächtigen. Ich wollte sehen, was Geld aus Menschen macht. Und glaube mir, ich habe es gesehen. Und es war ekelerregend.«

»Lorenzo, mal langsam bitte. Du bist selbst ein Mensch, der Geld hat. Allein dein Haus hier ist mindestens eine Million wert.«

»Das ist es wohl. Nur leider gehört es mir nicht.«

»Ich dachte, du hast es geerbt? Von deinen Eltern?«

In den nächsten Minuten erfuhr ich, dass Lorenzo aufgrund seiner langen Auslandsaufenthalte und nur sporadischer Jobs eine monatliche Rente von knapp vierhundert Euro erhielt. Sein Leben finanzierte er dadurch, dass er immer neue Hypotheken auf das Haus aufnahm.

»Und wenn die Bank dir irgendwann kein Geld mehr gibt?«

»Vielleicht gehe ich nach Italien zurück. Ich habe Freunde dort unten.«

»Du hast auch hier Freunde, Lorenzo«, sagte ich ernst.

Er lächelte ein wenig. »Aber bis dahin sind es noch einige Jahre. Ich werde im nächsten Frühling siebzig. Ich bin nicht der Gesündeste ...«

Mein Handy brummte.

20

Sie wirkte sehr einsam und verloren, wie sie auf dem schmalen Gehweg stand, einige zehn Meter von ihrem Haus entfernt. Ruhig, mit geradem Rücken und gesenktem Blick am Rand der um diese Uhrzeit schon völlig verlassenen Wohnstraße. Obwohl es nicht einmal elf war, schimmerte nirgendwo mehr Licht durch die Ritzen der Fensterläden. Nur hinter einem Dachfenster sah ich das aufgeregte Flackern eines Fernsehers. Ich bremste. Erschrocken sah sie auf.

Ich kurbelte das Fenster herunter, sagte leise: »Guten Abend!«

Sie lächelte scheu, sah eilig nach links und rechts, umrundete meinen Wagen, fiel auf den Beifahrersitz.

»Ich dachte ...« Hastig fuhr sie sich mit beiden Händen durchs Haar, als wollte sie es nach einem Sturmspaziergang notdürftig in Ordnung bringen. Soweit ich bei der schlechten Beleuchtung sehen konnte, hatte sie sich sogar ein wenig hübsch gemacht für den profanen Anlass. Obwohl ich mich beim Wein zurückgehalten hatte, spürte ich jetzt plötzlich den Alkohol. Vielleicht etwas zu sehr, um noch Auto zu fahren. Aber das war mir in diesen Minuten gleichgültig.

»Ich weiß auch nicht«, sagte Claudia Marinetti nervös und ordnete immer noch ihr Haar. »Aus irgendeinem Grund habe ich gedacht, Sie kommen mit einem Polizeiauto.«

»Ich habe seit ein paar Stunden Feierabend«, erwiderte ich.

Endlich war sie mit ihrem Haar zufrieden. Jetzt erst drückten wir Hände. Ihre war kühl, fasste sich fest an. Sie atmete tief, als läge eine große Anstrengung oder Aufregung hinter ihr.

»Können wir bitte fahren?«, fragte sie. »Ich fühle mich nicht sehr wohl hier.«

Gehorsam ließ ich den Motor wieder an. »Wohin?«

»Nur weg von hier.«

Aufs Geratewohl fuhr ich los, bog um einige Ecken, wusste bald nicht mehr, wo ich war im Kirchheimer Gassengewirr. Aber dann tauchte ein Wegweiser auf: Stadtmitte.

»Sollen wir irgendwo was trinken gehen?«, schlug ich vor.

Sie schüttelte fast erschrocken den Kopf. »Ich hätte eine Bitte. Ich weiß nicht, ob es möglich ist ...«

»Wenn es nicht gegen allzu viele Gesetze verstößt, bin ich für alles zu haben ...« Was redete ich da? Fing ich etwa an, mit dieser verunsicherten, um nicht zu sagen, verzweifelten Frau zu flirten? »Entschuldigen Sie, ich wollte sagen ...«

»Ich würde es gerne sehen. Das Büro, Alfis Büro, wo es ... Sie wissen schon, wo es passiert ist.«

»Das wird schwierig. Grundsätzlich spricht nichts dagegen.« Abgesehen davon, dass ein solcher Besuch Leonhards Privatsphäre verletzen würde und damit eine eindeutige Gesetzesübertretung wäre ... »Unsere Untersuchungen sind abgeschlossen. Der Raum ist freigegeben. Aber ich wüsste nicht, wo ich um diese Zeit den Schlüssel herbekommen sollte.«

»Wenigstens von außen? Es ... es ist wichtig für mich. Ich weiß auch nicht. Bitte.«

Ihr Nachmittag musste schrecklich gewesen sein. Voller Sorgen und Selbstvorwürfen und Warten auf das Telefon. Auf irgendeine gute Nachricht, die nicht kam. Und weshalb sollte ich ihr den Gefallen nicht tun? Reden konnten wir ebenso gut im Auto. Im Radio lief ein ruhiges, melodisches Stück von den Rolling Stones, dessen Titel mir nicht einfallen wollte.

Ein neuer Wegweiser zeigte mir den Weg nach Rohrbach. Überraschenderweise waren sämtliche Ampeln, die noch nicht gelb blinkten, grün. »Was wollten Sie mir denn sagen?«

»Nicht jetzt, bitte. Wenn wir da sind, ja? Ich brauche erst ... Es ist nicht leicht für mich, bitte ...«

Bald erreichte ich die Karlsruher Straße, bog ab in Richtung Süden. Es herrschte kaum noch Verkehr. Im Radio lief jetzt etwas von Norah Jones. Inzwischen zeigte die Uhr fünf vor elf. Claudia Marinetti hatte das Seitenfenster ein wenig heruntergekurbelt und sah die meiste Zeit hinaus. Die schmale Handtasche aus weißem Leder hielt sie mit beiden Händen fest, als würde sie unersetzliche Kostbarkeiten enthalten. Sie trug einen hellen Trenchcoat, an den Füßen halbhohe Schuhe mit stabilen Absätzen. Und sie schien sogar einen Hauch von Parfüm aufgelegt zu haben. Nichts Teures. Nichts Besonderes. Aber es roch gut.

»Du lächelst immer noch, mein Freund«, hörte ich Lorenzos schadenfrohe Stimme in meinem Hinterkopf sagen.

»Da wären wir«, sagte ich, als ich Minuten später vor dem dunkel in den sternenreichen Nachthimmel ragenden Bürohochhaus den Zündschlüssel drehte. Wir stiegen aus, standen eine Weile nebeneinander auf der ausgestorbenen Straße und starrten hinauf zu den Fenstern im obersten Stockwerk. Die Straßenbeleuchtung war hier mehr als dürftig. Immer noch war es sehr warm. Eine Nacht wie im Süden am Meer, nur ohne Wind. Im Osten ging gerade der Mond auf, spendete ein wenig kaltes Licht. Ich steckte die Hände in die Hosentaschen und fühlte rechts etwas Kleines, Hartes. Den Schlüssel, den Lemmle mir am frühen Abend erleichtert in die Hand gedrückt hatte.

»Sieht aus, als könnten wir doch rein«, sagte ich und zeigte ihr meinen Fund. »Aber wenn wir oben sind, dann erfahre ich endlich, warum wir zusammen durch die Nacht fahren, okay?«

Sie sah mir forschend ins Gesicht. »Ist es Ihnen lästig, mit mir zusammen zu sein?«

»Aber nein! Im Gegenteil«, beeilte ich mich zu widersprechen. Was war nur los mit mir?

Wie erhofft passte der Schlüssel auch für den Haupteingang. Wir durchquerten das Foyer, wo zwei einsame Neonleuchten für spärliche Helligkeit sorgten, betraten den Aufzug. Ich sah uns im Spiegel nebeneinanderstehen. Einen hoch aufgeschossenen Kerl ohne Mantel und Jackett, der ziemlich abgekämpft aussah. An seiner Seite eine reife Frau mit offenem Blick, einen Kopf kleiner, keine Bilderbuchschönheit, aber auch alles andere als hässlich. Unsere Blicke trafen sich im Spiegel. Sie lächelte. Ich lächelte ebenfalls.

Dann wandte sie den Blick ab, begann in ihrer Handtasche zu kramen.

Ich hatte mir inzwischen überlegt, dass ich mich – sollte unser Hausfriedensbruch entdeckt werden – auf einen dienstlichen Grund herausreden konnte. Leonhard war entführt worden, und vielleicht konnte mir die Mutter des Entführers helfen, irgendwelche neuen Hinweise oder Indizien zu finden …

Mir fiel ein, dass ich die Eingangstür hinter uns hätte abschließen sollen. Aber wir würden ja nicht lange hierbleiben. Zwei, drei Minuten würden hoffentlich genügen, um ihre Neugier zu befriedigen. Ich fühlte mich unbehaglich, mein Hals war eng, der Lift schien dieses Mal eine Ewigkeit zu brauchen. Sie stand nah bei mir. Näher als nötig. Fast, als würde sie bei mir Schutz suchen. Ich roch ihren Duft. Nicht nur das Parfüm. Die schmale Tasche trug sie jetzt über der Schulter. Im Licht des Aufzugs, der fast geräuschlos nach oben summte, schien der Trenchcoat fast weiß zu sein, den sie trotz der Hitze bis zum zweitobersten Knopf geschlossen hatte.

Wieder begegneten sich unsere Blicke im vornehm getönten Spiegel. Dieses Mal schlug sie erst nach Sekunden die Augen nieder. Ihr Parfüm war wie die ganze Frau: unaufdringlich, bescheiden, weich, angenehm.

Ich ging voran, betrat – merkwürdigerweise immer noch mit Herzklopfen, obwohl doch längst keine Gefahr mehr bestand – Leonhards Vorzimmer, fand problemlos den Lichtschalter, öffnete die Tür zum Chefbüro, schaltete auch dort die Deckenbeleuchtung ein und ließ sie vor mir eintreten. Claudia Marinetti ging zögernd, als müsste sie die Schritte zählen, bis zur Mitte des Raums, blieb dort stehen, drehte sich wortlos einmal komplett herum. Als wäre sie hier, um die Einrichtung für eine Auktion zu taxieren.

»Hier also«, sagte sie leise und mit undurchsichtiger Miene.

»Zufrieden?«, fragte ich ebenso leise.

»Zufrieden?« Sie lachte traurig.

»Bitte entschuldigen Sie …«

Warum entschuldigte ich mich andauernd?

Jetzt wandte sie mir wieder den Rücken zu. Ging weiter. Erreichte Leonhards Schreibtisch, besah sich den teuren Laptop und die Papiere, die dort lagen, trat zu der Regalwand, sah sich all die Ordner an, die Bilder in den Nischen, die Fotos, die Pokale. All das geschah schweigend und in gemächlichem Tempo.

Schließlich erreichte sie die große Nische mit der Geheimtür. Sie betrachtete auch das große Gemälde mit der grellbunten Nackten aufmerksam. Und schon bevor sie die Hand ausstreckte, um die Tür zu Leonhards heimlichem Reich aufzudrücken, wurde mir klar: Sie war nicht zum ersten Mal hier. Und sie war bestimmt nicht hier gewesen, um dem Vater von Florians kleiner Schulfreundin einen Höflichkeitsbesuch abzustatten.

Die Tapetentür knackte, schwang auf. Sie machte Licht im Raum dahinter, ohne nach dem Schalter suchen zu müssen. Drückend still war es jetzt. Die Luft war heiß und abgestanden, da sämtliche Fenster geschlossen waren. Ich hörte ihre harten Absätze auf der Wendeltreppe. Dann hörte ich nichts mehr. Sie war unten angelangt, und dort lag ein weicher Teppichboden. Plötzlich erklang leise Musik. Offenbar kannte sie sich auch ein Stockwerk tiefer bestens aus.

Ich atmete tief ein und folgte ihr. Der Raum unter Leonhards Büro war jetzt angenehm schwach beleuchtet. Die Musik klang ein wenig nach Kaufhaus, aber das interessierte mich nicht im Geringsten. Claudia Marinetti stand wieder fast genau in der Mitte des Raumes, mit hängenden Armen und schutzloser Miene. Den Mantel hatte sie abgelegt und achtlos über eine Sessellehne geworfen, Handtasche und Schuhe lagen am Boden. Sie trug ein einfach geschnittenes kurzes Kleid mit Spaghettiträgern.

An die Farbe des Kleids kann ich mich merkwürdigerweise nicht mehr erinnern. Was ich noch weiß: Es war ein weicher, schmeichelnder Stoff, der jede Rundung ihres sehr weiblichen Körpers nachzeichnete wie ein von Schönheit überwältigter Liebhaber. Langsam, mit in den Schläfen klopfendem Puls ging ich auf sie zu. Was sollte das werden? Das, woran ich schon seit Minuten dachte? Wollte sie? Wollte ich? Durfte ich? Spielte das überhaupt noch irgendeine Rolle? Zwei Schritte vor ihr blieb ich stehen und tat – nichts.

»Ich weiß nicht«, sagte ich nach einigen peinlich langen Sekunden und musste mich auch noch räuspern. »Ich weiß nicht, ob das eine gute Idee ist.«

Langsam, fast feierlich kam sie näher. Machte erst halt, als unsere Zehenspitzen sich fast berührten. Der Stoff ihres dezent ausgeschnittenen Kleids machte kein Geheimnis daraus, dass sie keinen BH trug. Sie war im Begriff, mich zu verführen. Nein, sie hatte mich ja schon verführt. Da ich größer war als sie, musste sie zu mir hinaufsehen. Zögernd, als wäre ich zerbrechlich, legte sie ihre heiße Rechte auf meine Brust. Die Berührung durchzuckte mich wie ein Stromschlag.

»Was sollte daran falsch sein?«, fragte sie leise. »Du bist ein Mann …«

Ich nickte mit vermutlich ziemlich blödem Blick.

»Ich bin eine Frau. Du bist einsam.«

»Ich … woher?«

»Ich bin einsam. Wir Einsamen erkennen einander, weißt du das nicht? Du hast mich doch auch sofort erkannt, ich habe es in deinen Augen gesehen.«

Natürlich wusste ich, dass längst alles verloren war. Dass es kein Halten mehr gab, kein Zurück. Nur versuchsweise, nur um zu testen, wie sie sich anfühlte, legte ich beide Hände an ihre Hüften. Dachte ich an Theresa? Hatte ich ein schlechtes Gewissen? Ich weiß es nicht. Eigentlich dachte ich längst nichts mehr. Da war dieses weiche Licht, das jede Haut schön machte, die sanfte Musik und diese Frau, an der alles überreichlich vorhanden war, was ein Mann sich wünschen kann. Ihre Hand fuhr langsam nach oben, umschlang plötzlich und mit erstaunlich kräftigem Griff meinen Nacken. Sie stieg auf die Zehenspitzen, zog meinen Kopf zu sich herab, wollte mich auf den Mund küssen. In einem letzten Aufbäumen von Vernunft oder Feigheit drehte ich den Kopf weg, sodass ihre Lippen nur meine Wange trafen. Sie gluckste leise. Beim zweiten Versuch wich ich nicht mehr aus.

Beim ersten Mal taten wir es dort, wo wir waren, auf diesem himmlisch weichen Teppich, und es war eine einzige Raserei. Ein Akt der Verzweiflung, der – ja, sie hatte recht – der Einsamkeit, der Sehnsucht nach ein wenig Wärme, Zärtlichkeit, Geborgenheit.

»Ich war wohl am Ende ein bisschen grob«, sagte ich nach dem ersten Höhepunkt atemlos. »Bitte entschuldige.«

»Du sollst dich nicht immer entschuldigen.« Sie küsste mich, strubbelte zärtlich mein Haar. »Ich mag es, wenn du grob bist.«

Wir blieben einfach liegen, wo wir waren, zogen die wenigen Dinge aus, die wir immer noch am Leib trugen, konnten nicht aufhören, uns zu berühren, zu liebkosen. Die CD war zu Ende, wurde mir irgendwann bewusst. Ich schlug vor, auf die Couch umzuziehen, weil der Teppich auf die Dauer doch nicht so weich war, wie er aussah. Sie willigte ein, und bald versanken wir wieder in einem Wirbelsturm aus Zärtlichkeit, Wollust und Zusammensein. Einssein. Ein Mensch, ein Körper, ein Ziel: dass es immer so bleiben möge.

War es anders als mit Theresa? Natürlich war es anders.

Besser? Ja. Leider. Sehr.

»Mein Gott«, stöhnte ich, als es zum zweiten Mal vollbracht war.

»Lass Gott bitte aus dem Spiel«, sagte sie ernst. »Der will das hier nicht wissen, glaube ich.«

»Es war der Wahnsinn!«

»Wir waren ganz schön laut.« Nachdenklich kraulte sie die wenigen Haare auf meiner Brust. »Du warst ganz schön laut. Aber das ist der größte Vorteil dieser Wohnung: Hier hört uns niemand.«

»Du bist früher schon hier gewesen?«

»Ein paarmal. Wir haben uns dann in Frieden getrennt. Wir sind immer noch Freunde, weißt du? Manchmal, wenn ich wieder einmal nicht weiterweiß, dann rufe ich ihn an. Manchmal bitte ich ihn sogar um Rat.«

Für Sekunden schwieg sie, sah mich gedankenverloren an, als wäre ihr ein Geistesblitz gekommen, den sie dann doch nicht aussprechen wollte.

»Mit Ben – es ist nicht immer leicht, wie du dir vorstellen kannst.«

Seit wir angekommen waren, war fast eine Stunde vergangen, stellte ich fest. Nackt, verschwitzt und eng aneinandergeschmiegt lagen wir auf dem nicht übermäßig breiten, aber gut gepolsterten Sofa. Beide erschöpft und für eine kurze Ewigkeit mit der Welt ganz und gar im Reinen. Warum wir das Sofa dem sehr viel bequemeren Bett vorzogen, weiß ich nicht. Irgendetwas hielt uns wohl beide davon ab. Sollte ich anfangs noch an Theresa gedacht haben – jetzt tat ich es nicht mehr.

»Hier gibt's doch bestimmt so was wie eine Bar?«

»Da drüben. Die Tür unter der Musikanlage.« Wir sortierten unsere Glieder auseinander. »Er hat auch meistens einen guten Wein im Kühlschrank.«

Sie drehte sich auf den Bauch, stützte das Kinn auf ihre Rechte und sah mir zu, wie ich Leonhards Barschränkchen nach Härterem als Wein durchsuchte. Cognac fand ich nicht. Kirschwasser mochte ich nicht. »Welchen Whisky empfiehlst du mir?«

»Nimm den Aberlour. Für mich auch einen.«

»Weiß dein Mann davon?«, fragte ich, als ich auf der Couch saß, an meinem Whisky nippte und mit der freien Hand ihren Bauch und ihre Brüste streichelte.

»Ben?« Fast hätte sie sich verschluckt bei der Vorstellung. »Um Himmels willen!«

»Wieso verlässt du ihn nicht?«

Sie seufzte in ihr Glas. »Jeden Tag stelle ich mir vor, was ich sagen werde, wenn ich gehe. Wie ich es ihm sagen könnte, ohne ihm allzu sehr wehzutun. Aber, weißt du, ich kann es einfach nicht. Es geht nicht. Ich bin zu feige. Manchmal, wenn es ganz schlimm ist, dann wünsche ich mir, er wäre tot. Er wäre eines Morgens einfach nicht mehr da.«

Allmählich erwachte der Polizist in mir wieder: »Gibt Leonhard dir auch Geld oder nur Ratschläge?«

Sie nippte an ihrem Whisky. Vermied es, mir in die Augen zu sehen. »Hin und wieder.«

»Ich hatte mich schon gefragt, wovon ihr eigentlich lebt.»

»Ohne ihn wüsste ich manchmal wirklich nicht, wie wir zurechtkommen sollten. Ben verdient seit Jahren nichts mehr, und mein Einkommen ist nicht gerade üppig. Ich habe Buchhändlerin gelernt und arbeite in der Stadtbibliothek. Fürs Leben reicht es gerade so. Aber wenn ich das Haus nicht geerbt hätte …«

»Immerhin könnt ihr euch ein Wohnmobil leisten …«

»Das war natürlich geliehen, für eine Woche, und das ist unser ganzer Urlaub für dieses Jahr. Es tut mir so leid für Flo, dass wir ihn nicht mehr unterstützen können. Aber es geht einfach nicht.«

»Und warum arbeitet dein Mann nichts?«

»Er kann sich nicht unterordnen. Ben ist im Grunde ein überdimensioniertes Baby. Manchmal ist er auch ein Unmensch. Oft ist er ein saufendes Schwein – bitte entschuldige. Es ist schlimm, so etwas über seinen Ehepartner zu sagen. Aber er hat auch andere Seiten. Weiche Seiten. Er hat es nicht leicht gehabt in seinem Leben. Und er braucht mich. Ohne mich würde er vor die Hunde gehen.«

»Vielleicht wäre es nicht schlecht, wenn er mal für sich selbst sorgen müsste«, sagte ich hart. »Verantwortung für sich selbst übernehmen müsste.«

»Du hast leicht reden, Alexander.«

Zum ersten Mal hatte sie mich mit meinem Vornamen angesprochen.

»Natürlich. Entschuldige.«

»Du sollst dich nicht dauernd entschuldigen.«

Mit einem Mal war die Stimmung gekippt. Von den Fenstern, die wir irgendwann geöffnet hatten, wehte ein wenig Nachtluft herein. Eine Weile hingen wir unseren Gedanken nach, nippten an unseren Gläsern. Dann legte sie ihre heiße Rechte auf meinen Unterarm, sah mich ernst an, lächelte schließlich, und auf einmal war alles wieder gut. Wir genossen die Nähe des anderen. Das plötzliche Vertrautsein. Über alles sprechen zu können. Den zehn Jahre alten Single Malt. Merkwürdigerweise wollte sie nicht wissen, ob es eine andere Frau gab in meinem Leben. Ich hätte auch nicht gewusst, was ich ihr antworten sollte. Das hat sie vielleicht gespürt.

»Das war keine Geiselnahme«, sagte ich, als mein Glas leer war. »Was da oben passiert ist, war zu keiner Sekunde eine Geiselnahme. Es war irgendwas anderes. Florian verlangt jetzt zwar Geld, aber trotzdem … alles ist so … komisch. So unlogisch. Von vorne bis hinten unlogisch.«

Sie drehte sich auf die Seite, schmiegte das Gesicht an ihren weichen Oberarm, sah mich an. Schenkte mir erst nach Sekunden wieder ein trauriges, verzagtes Lächeln. Dann wandte sie den Blick ab, sah in ihr Glas, in dem noch ein winziger Rest der teuren Flüssigkeit schwappte. In ihren Augen schienen jetzt Tränen zu schimmern.

»Ich habe doch auch ein Recht auf ein bisschen Glück,

oder nicht?«, fragte sie mit erstickter Stimme. »Weil Ben mit seinem Leben nicht klarkommt, muss ich doch nicht ständig Trauer tragen. Es muss doch auch hin und wieder etwas Schönes geben in unserem Leben. Oder was sagst du?«

Ich war absolut ihrer Meinung.

»Dein Mann ist nicht besonders gut auf Leonhard zu sprechen. Er spürt vielleicht, dass früher mal was war zwischen euch.«

Dieses Mal schwieg sie sehr lange. Trank achtsam die letzten Tropfen. »Er ist neidisch auf ihn«, sagte sie, als sie das schwere Glas auf den Boden stellte. »Früher waren sie mal dicke Freunde, die zwei. Aber sie sprechen nicht gerne über die Zeit. Sie waren in derselben Klasse, genau wie Flo und Lizi, haben zusammen Abi gemacht. Alfi hat dann bald seine Firma gegründet, und Ben hat es ihm nachgemacht. Alfi Immobilien, Ben Computer. Drei Jahre später war Alfi auf dem Weg nach oben und Ben vor Gericht. Steuerhinterziehung, Unterschlagung von Sozialbeiträgen, Urkundenfälschung, Betrug, Konkursverschleppung, ich weiß nicht, was noch alles. Aber da waren sie längst nicht mehr so eng. Wie es manchmal geht. Menschen finden sich, Menschen verlieren sich.«

»Wann hast du die beiden kennengelernt?«

»Ungefähr ein Jahr bevor Ben ins Gefängnis musste. Damals war er noch nicht so dick und schlampig wie heute. Natürlich war er nie so ein Alphamännchen wie Alfi.« Sie kicherte wehmütig. »Der war damals übrigens schon mit seiner Careen verheiratet.« So, wie sie den Namen aussprach, klang wenig Sympathie mit. »Und Ben war auf dem Weg in den Abgrund. Davon hatte ich natürlich keine Ahnung, jung und dumm, wie ich war. Ben hat einfach nicht das Zeug zum Unternehmer. Und wie er dann im Gefängnis saß, ausgerechnet da hat das mit Alfi angefangen. Geheiratet habe ich Ben dann später trotzdem. Als er wieder draußen war und versucht hat, wieder auf die Beine zu kommen.

Er hat auch bald eine Stelle gefunden als Computertechniker in einer Firma in Ludwigshafen.«

Jetzt sah sie sehr müde aus. Hatte einen regelrechten Schlafzimmerblick. Den satten Blick danach. Unten auf der Straße fuhr mit wummernden Bässen und dröhnendem Motor ein großer Wagen vorbei. Auch mein Glas war jetzt leer, und ich beschloss, es mit dem Alkohol für diese Nacht gut sein zu lassen.

Claudias Augen fielen zu. Als ich schon dachte, sie sei eingeschlafen, sprach sie weiter: »Ich habe das, was ich tat und hin und wieder immer noch tue, vor mir selbst immer damit gerechtfertigt, dass ich nur bei Ben bleiben kann, solange ich das andere habe. Dass ich ihm im Grunde etwas Gutes tue, wenn ich ihn betrüge, weil ich ihn sonst keinen Tag länger ertragen könnte. So gesehen bist du seine Rettung, Alexander. Und meine auch. Zumindest heute Nacht.«

Dritter Tag, Mittwoch, 6. Mai

21

Als ich Claudia in der Nähe ihres Häuschens absetzte, war es halb drei Uhr in der Nacht. Am Ende hatten wir noch ein drittes Mal miteinander geschlafen. Sie hatte mir unfassbar freimütig von ihrer von Beginn an schlecht funktionierenden Ehe erzählt, von ihren wechselnden Affären, wobei sie natürlich keine Namen verriet, und auch ein wenig von der – wenn ich ihre Worte richtig deutete – mehrere Jahre andauernden Beziehung zu Leonhard.

Wieder und wieder hatte sie es für nötig befunden, ihre Ehe mit Ben zu rechtfertigen. Als könnte ich, ausgerechnet ich, sie von einer Schuld freisprechen.

»Ich war neunzehn, damals«, sagte sie irgendwann. »Ben war der erste Mann für mich. Ein netter, gutmütiger, manchmal sogar lustiger Mann, der es vermutlich nicht zu großem Reichtum bringen würde, aber mit beiden Beinen im Leben stand. Als ich merkte, dass all seine tollen Pläne nur leeres Geschwätz waren, war ich mit ihm verheiratet. Und mit Florian schwanger.«

In der Nähe meiner Wohnung ließ ich den Peugeot irgendwo im Halteverbot stehen, fühlte noch Claudias letzten, sehnsüchtigen Kuss auf den Lippen, roch noch immer ihren Duft und fiel kurze Zeit später todmüde ins Bett.

Es war schon hell vor den Fenstern, als das Handy mich aus dem Schlaf quengelte. Ich brauchte eine halbe Ewigkeit, um es zu finden, tappte wie ein Betrunkener im Zimmer herum, entdeckte es endlich in der Tasche der Hose, die direkt hinter der Tür am Boden lag.

»Moin, Moin, Chef!«, begrüßte mich Sven Balke munter. »Das nenne ich mal einen gesunden Schlaf!«

»Bitte keine Scherze vor Dienstbeginn.«

»Ich versuche seit einer Viertelstunde, Sie wach zu kriegen.«

Der Anruf hatte mich aus einem blutrünstigen Horrortraum gerissen. Vielleicht war ich deshalb so verwirrt und schwer von Begriff.

»Ist gestern spät geworden«, murmelte ich und gähnte sicherlich sehr überzeugend. Dann überfiel mich plötzlich die Angst. Sollte mein Traum so etwas wie eine Vorahnung gewesen sein? Wenn Balke zu so unchristlicher Zeit anrief, dann konnte eigentlich nur ...

»Was gibt's denn so Dringendes?«, fragte ich und versuchte, die Reste des Albtraums aus meinem Kopf zu schütteln. »Entschuldigen Sie, ich ... wie spät ist es überhaupt?«

»Zwanzig nach sechs. Gute Nachrichten gibt es ausnahmsweise: Wir haben ihn!«

»Wen?«

»Leonhard. Vor vier Stunden ist er in Stuttgart von einem Taxifahrer am Straßenrand aufgelesen worden. Ziemlich verpeilt und verdreckt, aber ansonsten ganz gut erhalten. Mehr weiß ich im Moment auch noch nicht.«

»Und was ist mit ...« Immer wieder schüttelte ich den Kopf, was jedoch nicht half, Ordnung oder gar Klarheit darin zu schaffen. Mit dem Handy am Ohr stolperte ich in die Küche, um die Kaffeemaschine einzuschalten. »Was ist mit Florian?«

»Keiner weiß es. Leonhard ist derzeit nicht vernehmungsfähig, sagt die Kollegin, mit der ich eben telefoniert habe. Möglicherweise hat er irgendwas genommen, oder Flo hat ihm was eingeflößt. Sie sagt, er kann sich kaum auf den Beinen halten und redet nur wirres Zeug. Äußerlich scheint er – abgesehen von ein paar Schrammen – unbeschädigt zu sein. Sie lassen ihn jetzt erst mal schlafen, dann sehen wir weiter.«

»Sie wecken mich, wenn er ansprechbar ist?«

Ich schaltete die Kaffeemaschine wieder aus, wankte in mein Zimmer zurück, kippte aufs Bett und schlief sofort wieder ein.

Balke hielt mich vermutlich für sturzbetrunken.

Um halb neun holte mich Balke mit einem zivilen BMW zu Hause ab, und wir machten uns auf die Reise nach Stuttgart, um dort endlich zu erfahren, was in den vergangenen zwei Tagen geschehen war. Die Fahrt verschlief ich zum größten Teil. Am Kreuz Weinsberg sei ein Stau gewesen, erzählte mir Balke, als wir die Autobahn verließen, und bei Ludwigsburg ein Lkw-Unfall. So brauchten wir für die hundertzwanzig Kilometer fast zwei Stunden, und ich kam halbwegs ausgeschlafen in der Landeshauptstadt an.

Als wir vor dem Polizeirevier 3 in der Gutenbergstraße aus dem klimatisierten Dienstwagen stiegen, fiel uns die Hitze an wie ein wütendes Tier. Obwohl ich die meiste Zeit versäumten Schlaf nachgeholt hatte, war mir während der Fahrt eines klar geworden: Was Claudia in der vergangenen Nacht ihrem Lover Alexander anvertraut hatte, durfte der Kriminaloberrat für dienstliche Zwecke nicht benutzen. Ich käme in Teufels Küche, sollte herauskommen, welch höchst private Kontakte ich mit einer – wenn auch nur indirekt – in den Fall verwickelten Frau pflegte.

Das Revier lag im Erdgeschoss eines würdigen Altbaus mit rostroter Fassade. Alfred Leonhard schlief immer noch beziehungsweise schon wieder, als wir vor den Schreibtisch der Kollegin traten, mit der Balke am frühen Morgen telefoniert hatte. Hauptkommissarin Elsbet Ulmer war eine kraftvolle Frau mit starken Knochen, die aussah, als würde sie leidenschaftlich gerne Sport treiben. Ständig trug sie ein spitzbübisches Lächeln im Gesicht. Außerdem verfügte sie über einen waffenscheinpflichtigen Händedruck.

»Ein Kollege versucht ihn gerade mit viel Kaffee und guten Worten aufzuwecken. In der Zwischenzeit könnte ich euch schon mal erzählen, was er in der Nacht bei der ersten Vernehmung ausgesagt hat«, schlug sie vor. »Mag vielleicht wer einen Kaffee?«

O ja, den mochte ich. Auch Balke sagte nicht Nein.

Obwohl alle Fenster geschlossen und die Rollläden fast ganz heruntergelassen waren, war die Hitze in dem geräumigen, aber schäbig eingerichteten Altbaubüro kaum erträglicher als draußen. Kurze Zeit später saßen wir zusammen, jeder mit einem Kaffeebecher bewaffnet, Kollegin Ulmer streckte die Beine von sich und berichtete:

»Ein Taxifahrer hat ihn gebracht. Heut Morgen um ...« Sie zog eine dünne Akte heran, warf einen Blick darauf. »... genau acht Minuten vor zwei. Wir haben grad ein bisschen Tumult gehabt. Kleine Schlägerei vor einer Disco in unserem Beritt. Drum konnt ich mich nicht gleich um Herrn Leonhard kümmern. Ausgesehen hat er, als hätte ihn ein Zug überfahren, und wie ich dann endlich Zeit für ihn gehabt hab, da hat er draußen auf dem Flur gehockt und selig geschlafen. Er war dreckig, als hätte er die halbe Nacht im Matsch gespielt. Ich hab ihn dann so einigermaßen wach gekriegt, und er hat mir eine ziemlich konfuse Geschichte erzählt. Angeblich geht's um eine Geiselnahme?«

Der Kaffee schmeckte mir wie selten einer. Stark, süß und heiß. Ich fühlte, wie allmählich die Dumpfheit aus meinem Kopf wich und mein Körper erwachte.

»Wieso angeblich?«

Sie nahm einen großen Schluck aus ihrem Becher, sah mich aufmerksam an. »Hat sich alles ein bisschen komisch angehört, ehrlich gesagt. Aber mir kann's ja Gott sei Dank egal sein. Also, er sagt, er ist seinem Geiselnehmer davongelaufen. Soweit ich aus seinem Gestotter schlau geworden bin, müssen sie irgendwo bei der Solitüde oben gewesen sein, auf der Schillerhöhe. Da ist es nachts ziemlich einsam. Der andere hat seine Geisel kurz allein gelassen, und da hat er die Füße in die Hand genommen und ist abgehauen. Immer den Berg runter, und im Feuerbacher Tal hat er dann das Taxi angehalten.«

»Wie weit ist er gelaufen?«

»Nicht so weit.« Sie hob die muskulösen Schultern, zog den schmalen, ungeschminkten Mund schief. »Zwei, drei Kilometer? Aber im Dunkeln und quer durch den Wald ist das schon ein Stück.«

»Und Ihnen kommt die Geschichte unglaubwürdig vor?«

Wieder hob die Kollegin die Schultern. »Ich erzähl euch nur, was ich gehört hab. Ihr müsst euch einen Reim drauf machen, nicht ich. Genau genommen hab ich seit vier Stunden und dreiundzwanzig Minuten Feierabend. Hab nur noch auf euch gewartet, damit ich die Akte vom Tisch hab. Hier liegt eh schon genug …«

Hilflos wies sie auf ihren billigen Behördenschreibtisch, auf dem es noch chaotischer aussah als auf meinem eigenen.

»Okay.« Ich saugte den letzten Schluck aus meinem Becher und stellte diesen auf einer noch freien Ecke ihres Schreibtischs ab. »Ich schlage vor, wir reden kurz mit ihm, und anschließend packen wir ihn ins Auto, und Sie sind uns los.«

»Die Papiere hab ich schon gerichtet.« Sie schob ein amtliches Dokument über den Tisch, auf dem ein Kugelschreiber mit Werbeaufdruck lag. »Sie wissen ja, wo Sie unterschreiben müssen …«

Während wir auf Alfred Leonhard warteten, rief ich Klara Vangelis an und bat sie, das Observationsteam vor seinem Haus abzuziehen. »Das hat sich erledigt.«

Zehn Minuten später sah ich Alfred Leonhard zum ersten Mal von Angesicht zu Angesicht. Hauptkommissarin Ulmer war zu diesem Zeitpunkt schon auf dem Weg nach Hause und hatte uns freundlicherweise erlaubt, ihr Büro zu benutzen.

Der Immobilienkönig war ein Wrack. Mit hängendem Kopf und trübem Blick torkelte er – von einem bulligen Kollegen umsichtig geführt – durch die breite Tür. Sein Begleiter bugsierte ihn vorsichtig auf einen Stuhl, der exakt genauso aussah wie die Besucherstühle in meinem Büro. Dann zwinkerte er uns aufmunternd zu und ließ uns allein.

Leonhard war fast so groß wie ich, mindestens eins fünfundachtzig, verfügte über einen athletischen, eisern trainierten Körper und in besseren Zeiten sicherlich über ein ebenso robustes Selbstbewusstsein. Jetzt trug er einen Zweitagebart im Gesicht, steckte in einem müllreifen, hellbraunen Anzug und roch alles andere als gut.

»Herr Leonhard?« Als er den Kopf hob, die Augen öffnete und in die richtige Richtung sah, fuhr ich fort: »Wir kommen aus Heidelberg. Mein Name ist Gerlach. Wir haben schon miteinander telefoniert.« Er nickte und schloss die Augen wieder. »Entschuldigen Sie, wenn ich sitzen bleibe«, murmelte er. »Das Händeschütteln können wir ja irgendwann später nachholen.«

»Können wir uns trotzdem kurz unterhalten, oder sollen wir warten, bis wir in Heidelberg sind?«

»Jetzt. Ich will, dass dieser Irre hinter Gitter kommt. Und zwar so schnell wie möglich und für so lange wie möglich.«

Der Erfolgsmensch und zigfache Millionär roch nicht nur, er stank, was nach zwei Tagen Stress, Angst und Hitze nicht verwunderlich war. Er ahnte noch nicht, dass ich bereits wusste, wen er als »Irren« bezeichnete. Und ich war sehr gespannt, was für eine Geschichte er uns nun auftischen würde.

Auch seine italienischen Slipper sahen aus, als wäre er damit kilometerweit durch knöcheltiefen Matsch gewatet. Die Haare, bei denen ich mich nicht entscheiden konnte, ob sie noch dunkelblond oder schon hellbraun waren, standen wirr vom kantigen Kopf ab. Hie und da hing noch ein Blatt oder ein Zweiglein darin. Mitten auf der Stirn prangte eine beeindruckende Beule, daneben klebte ein großes Pflaster. Auch an den Händen waren Kratzer zu sehen. Den angebotenen Kaffee lehnte er angeekelt ab.

»Bin voll mit Koffein bis Oberkante Unterlippe«, murmelte er. »Aber das hilft auch nichts mehr.«

»Jetzt erzählen Sie einfach mal«, sagte ich und lehnte mich zurück. »Wir haben Zeit.«

In meinem Hinterkopf rumorte immer noch eine vage Erinnerung an den Albtraum am frühen Morgen. Ich konnte mich nur an Bruchstücke erinnern, kurze Ausschnitte aus einer wirren Geschichte. Blut war geflossen, viel Blut, und alles war ein absurdes Durcheinander gewesen. Einmal war ein Fremder das Opfer gewesen, vielleicht Leonhard, vielleicht Florian, dann wieder ich selbst. Ich rieb mir die Augen, um die beklemmenden Bilderfetzen zu vertreiben.

Balke legte sein Handy als Aufzeichnungsgerät auf Elsbet Ulmers Schreibtisch und nickte Leonhard freundlich zu.

Mit einer Stimme, als könnte er jeden Moment wieder einschlafen und vom Stuhl sinken, begann Leonhard zu erzählen. Bis zu dem Zeitpunkt, als er mit Florian zusammen sein Büro verließ, war im Wesentlichen alles so abgelaufen, wie ich es mir zusammengereimt hatte. Leonhard tat nach wie vor so, als wäre der Geiselnehmer ein Unbekannter gewesen.

»Im Großen und Ganzen ist das alles ganz friedlich abgelaufen. Nur ein paarmal ist er ausgerastet. Hat in die Decke geballert und rumgebrüllt, dass ich gedacht habe, jetzt ist es aus mit mir. Der Busche war bis Unterkante Oberlippe voll mit irgendwelchen Drogen, wenn Sie mich fragen. Komplett unzurechnungsfähig. Ich habe immer wieder versucht, ihn zu beruhigen.«

»Und das hat geklappt?«

»Mal ja, mal nicht so.«

»Wie hat er ausgesehen?«

Groß sei er gewesen, der Täter, blond. Die Beschreibung passte zur Not auf Florian, da Leonhard nicht sicher sein konnte, ob nicht auch andere Menschen ihn gesehen und beschrieben hatten. In Details wich sie jedoch so stark von der Wahrheit ab, dass ich – hätte ich es nicht besser gewusst – niemals auf den wahren Täter gekommen wäre.

»Geredet hat er, als würde er eher einem … hm … bildungsfernen Milieu entstammen.«

»Dialekt oder Hochdeutsch?«

Leonhard überlegte ein wenig zu lange, bis er die einfache Frage schließlich beantwortete: »Einen kleinen Dialekteinschlag hat er wohl gehabt, das ja.«

»Was hat er eigentlich gewollt?«

»Geld natürlich.« Verdutzt sah er auf. »Was sonst?«

»Hat er welches bekommen?«

»Ich musste gestern mit Careen telefonieren und seine Forderungen durchgeben. Aber das wissen Sie ja wahrscheinlich schon. Heute Mittag sollte die Übergabe sein. Das hat sich jetzt ja wohl erledigt. Sonst sind wir die meiste Zeit ziel- und planlos durch die Gegend gefahren, hin und wieder hat er irgendwo in der Pampa auf einem Parkplatz gehalten und geschlafen. Meistens auf versteckten Waldparkplätzen, wo man den Wagen von der Straße aus nicht sehen konnte. Ich habe auch immer wieder geschlafen. Mal fünf Minuten, mal eine Viertelstunde. Macht einen komplett mürbe, so was. Man wird regelrecht blöd im Kopf.«

»Waren Sie gefesselt?«

»Nein.«

»Warum sind Sie dann nicht schon früher geflohen? Wenn er doch geschlafen hat?«

»Na, hören Sie mal! Der Irre hatte eine Pistole! Ich musste immer hinten sitzen, und die Türen hatten Kindersicherung. Ich hätte quasi über ihn drübersteigen müssen, um rauszukommen.«

»Was für ein Auto war es?«

»Ein Opel, irgendwie dunkelgrün, ein Vectra vielleicht. Ich kenne mich mit Opel nicht so aus.«

Balke sah mich verständnislos an. Ich machte eine sachte Handbewegung, um ihm zu bedeuten, er solle sich nicht einmischen.

»Hat er Sie gezwungen, irgendwas einzunehmen?«, lautete meine nächste Frage.

»Was denn, zum Beispiel?«

»Schlaftabletten, zum Beispiel. Um Sie ruhigzustellen.«

Leonhard nickte erschöpft. Blinzelte. Hob schließlich die Achseln. »Würde Sinn machen, doch. Er hat mir zu trinken gegeben. Aus einer Wasserflasche. Kann mich nicht erinnern, dass er selbst auch daraus getrunken hätte.« Mit einem Mal wurde sein Blick lebhaft: »Der Bursche hat ziemlich Schiss vor mir gehabt. Ich hätte ihn nur zu gerne grün und blau geschlagen, den Knallkopf. Wenn ich wirklich gewollt hätte, dann hätte ihm seine Knarre auch nichts genützt. Aber irgendwie ...« Er sank noch weiter in sich zusammen. »Ich war die ganze Zeit so ... energielos. Regelrecht apathisch. Ja, vielleicht hat er mir wirklich was in den Sprudel getan.«

»Und wie sind Sie ihm dann letztlich doch entkommen?«

»Zum Lachen einfach: Er musste scheißen. Irgendwann in der Nacht – muss schon eine Weile nach Mitternacht gewesen sein, und da musste er auf einmal ganz dringend scheißen. Hatte sich's wohl schon eine Weile verkniffen, aber dann ging's einfach nicht mehr länger. Dummerweise hat er nichts dabeigehabt, um mich zu fesseln oder festzubinden. Ich habe getan, als wäre ich im Tiefschlaf, und wie er außer Sicht war, habe ich leise die Tür aufgemacht und bin los.«

»Ich dachte, die Türen hatten Kindersicherung?«

»Ich bin natürlich nach vorne geklettert. Jetzt war er ja weg.«

»Und weiter?«

»Ich bin in den Wald gelaufen, immer abwärts. Die Stadt musste ja unten sein. Ich kenne mich in Stuttgart nicht besonders gut aus, aber so viel wusste ich immerhin: Es liegt im Tal, und wir waren auf einem Berg. Stockdunkel war's. Wirklich zappenduster. Ich weiß nicht, wie oft ich mich auf die Schnauze gelegt habe. Sie sehen ja ...« Er wies an sich herunter. Deutete auf die Beule an seiner Stirn. »Ich weiß nicht, gegen wie viele Bäume ich gerannt bin ...« Fassungslos wiegte er den Kopf. »Mir ist es vorgekommen, als wäre ich eine halbe Ewigkeit unterwegs gewesen. Als würde die Nacht überhaupt nicht mehr aufhören. Und das hier«, er deutete auf das Pflaster, »hat mir der Irre mit dem Pistolengriff verpasst. Wir haben öfter mal zwischendurch gestritten. Und wie er dann wieder auf irgendeinem Parkplatz angehalten hat, um ein paar von seinen ekligen, staubtrockenen Keksen zu knabbern, uralte Scheißkekse, die er im Auto hatte, da ist mir der Kragen geplatzt, und ich hab ihm gesagt, was ich von ihm halte und von dem, was er mit mir macht. Da ist er dann richtig ausgerastet. Diesmal war's schlimmer als sonst. Und da hat er mir das Ding hier verpasst. Hat geblutet wie verrückt. Sehen Sie sich mein Hemd an ...«

»Haben Sie das Kennzeichen des Autos gesehen?«

»Wie denn wohl?«

»Sie haben Wasser getrunken. Da mussten Sie vermutlich auch mal welches ablassen.«

Dieser einfache und berechtigte Einwand brachte ihn ins Grübeln.

»Hab ich nicht dran gedacht«, nuschelte er schließlich verwirrt. »Blöd von mir, sorry. Klar war ich mal pissen.«

»Wie ist das abgelaufen? Hat er Sie begleitet?«

»Was denken Sie denn? Der Kerl ist ein Idiot, aber er ist nicht blöd. Haben Sie schon mal mit einer Knarre im Genick gepinkelt? Gar nicht so einfach, kann ich Ihnen sagen.«

Trotz seiner gewiss nicht nur gespielten Erschöpfung log er beeindruckend gut. Noch immer verstand ich nicht, was das Theater sollte, weshalb er Florian deckte. Nur weil er ihn von Kind auf kannte? Weil er in seine Tochter verliebt war? Leonhard sah jetzt aus, als würde er demnächst wirklich vom Stuhl kippen, und mir gingen allmählich die Fragen aus. Trotz Kaffee war ich schon wieder müde. Mein Kopf war voller Watte und weigerte sich, noch irgendwelche brauchbaren Gedanken zu formen.

»Okay«, sagte ich also. »Halten Sie eine Autofahrt nach Heidelberg aus?« Balke steckte erleichtert sein Handy ein. »Sie können unterwegs noch ein bisschen schlafen. Später, wenn Sie sich erholt haben, reden wir weiter. Außerdem sollten Sie sich sicherheitshalber von einem Arzt untersuchen lassen.«

»Ist nicht nötig.« Leonhard erhob sich so plötzlich, als hätte er nur auf meinen Vorschlag gewartet. »Mir fehlt nichts außer Schlaf.«

22

Alfred Leonhard war schon wieder im Land seiner unruhigen Träume, als wir die Autobahnauffahrt erreichten. Der Stau am Weinsberger Kreuz hatte sich inzwischen aufgrund von Folgeunfällen zu einer Vollsperrung ausgewachsen, meldete das Radio. So wählte Balke die Alternativroute über die A 8.

Unser Fahrgast bewegte sich hin und wieder auf dem Rücksitz, stöhnte und murmelte im Schlaf. Leider konnte ich auch mit spitzen Ohren nichts verstehen. Ohne uns abzusprechen, hatten wir die vorderen Fenster ein wenig heruntergelassen, um den ranzigen Gestank zu vertreiben, den er verbreitete.

Die A 8 war überraschenderweise völlig staufrei, und auch auf der A 5 lief der Verkehr flüssig, sodass wir Leonhard schon um kurz nach zwölf vor seiner Haustür verabschieden konnten. Er war von alleine wieder aufgewacht, als Balke an der ersten Ampel stoppte.

»Im Lauf des Nachmittags würde ich gerne noch mal ausführlich mit Ihnen reden«, sagte ich zum Abschied. »Wird das gehen?«

»Klar geht das. Aber erst mal muss ich mich umziehen, dieses ganze Zeug in die Tonne stopfen, und dann lege ich mich für mindestens eine halbe Stunde in die Wanne. Ich rufe Sie an, sobald ich wieder vorzeigbar bin, okay? Wir können es doch hier machen, oder muss ich zu Ihnen nach Heidelberg?«

»Kein Problem«, erwiderte ich zuvorkommend. »Selbstverständlich kommen wir zu Ihnen.«

Während der Weiterfahrt nach Heidelberg hatte Balke eine Menge Fragen, die ich alle mit einem einzigen Satz beantwortete: »Er lügt wie gedruckt.«

»Aber warum? Will er den Jungen schützen?«

»Ich nehme es an, ja. Aber fragen Sie mich nicht, wieso.«

Als wir um halb eins auf dem Parkplatz der Heidelberger Polizeidirektion aus dem Wagen stiegen, schien die Hitze neue Rekorde erreicht zu haben. Der silberfarbene Hyundai war immer noch nicht gesichtet worden, und die erhoffte Erleichterung, weil der Fall Leonhard sich seiner Aufklärung näherte, wollte sich nicht einstellen.

»Der ist doch längst in Frankreich«, meinte Balke. »Oder in der Schweiz. Er hat zwölf Stunden Vorsprung. Wäre ja komplett behämmert, wenn er sich noch in Deutschland herumtreiben würde.«

»Er hat kein Geld«, warf ich ein.

»Sind Sie sicher?«

Nein, das war ich nicht. Gut möglich, dass Leonhard Florian ein Bündel Bares zugesteckt hatte, damit er fürs Erste zurechtkam.

Wir fuhren mit dem Aufzug ins zweite Obergeschoss, da ich heute keine Lust auf Treppensteigen hatte. Immerzu kreiselten dieselben Gedanken durch meinen benommenen Kopf: Wenn es Leonhard wirklich nur darum ging, Florian zu decken, welchen Grund hätte er dann gehabt, stundenlang durch den nächtlichen Wald zu rennen und sich den Kopf zu stoßen? War auch das nur Theater gewesen, vielleicht um dem angeblichen Geiselnehmer einen möglichst großen Vorsprung zu verschaffen? Oder sollte alles, aber auch alles völlig anders abgelaufen sein, als ich es mir vorstellte?

»Irgendwie …«, seufzte ich, als ich auf meinen Schreibtischsessel fiel.

Balke warf sich mir gegenüber auf einen der Besucherstühle und sah mich fragend an.

»Diese ganze Geschichte …« Ein akuter Gähnzwang hinderte mich daran, den Satz zu Ende zu sprechen.

Aber mein Mitarbeiter hatte schon verstanden: »Sag ich doch. Alles Irre. Florian, Leonhard, alle verrückt.«

Eine Weile brüteten wir schweigend vor uns hin.

»Der Wahnsinn«, knurrte Balke schließlich. »Wenn das so weitergeht mit der Hitze, dann werden wir demnächst die Siesta einführen müssen.«

»Nichts dagegen einzuwenden.«

Nichts erschien mir im Moment verlockender als Schatten und ein kühles Bett. Aber an beides war vorläufig nicht zu denken. Als Balke verschwunden war, um sich irgendwo etwas Essbares und den nächsten Kaffee zu organisieren, galt mein erster Anruf dem Polizeirevier Ladenburg.

»Schicken Sie bitte einen Wagen zu Leonhard.« Ich diktierte dem von der Hitze ebenfalls halb komatösen Schichtleiter die Adresse. »Ich brauche sein Oberhemd.«

»Der hat wahrscheinlich mehrere Hemden.«

»Das, das er die letzten Tage angehabt hat. Falls er es schon in den Müll geschmissen hat, soll er es wieder herausholen.«

»Und was sollen wir sagen, wenn er fragt, warum?«

»Dann sagen Sie, irgendein Sesselfurzer in Heidelberg hat sich das ausgedacht.«

Die nächste Nummer, die ich wählte, war die unseres kriminaltechnischen Labors, um die Kollegen darauf vorzubereiten, dass demnächst Arbeit auf sie zukam. »Es muss diesmal wirklich schnell gehen, ja? Die Sache hat oberste Priorität!«

»Viertelstunde reicht«, erklärte mir eine junge, muntere Laborantin mit heller Stimme. »So eine Blutgruppenbestimmung, das ist easy.«

Kaum hatte ich aufgelegt, meldete sich mein Telefon. Es waren die Polizisten, die Leonhard um sein Hemd bitten sollten.

»Er macht nicht auf.«

Weil er vermutlich gerade in der Wanne lag. Ich schlug den Kollegen vor, eine Runde um den Block zu fahren und es später noch einmal zu versuchen. Dann warf ich die Brille auf den Tisch, legte mein Gesicht in die Hände, genoss einen Moment der Dunkelheit und Ruhe. Aber schon legte das Telefon erneut los. Dieses Mal war es Lemmle, der Chef der Spurensicherung. »Also, das DNA-Material, das wir im Büro von diesem Leonhard gefunden haben ...«

»Das vom Täter?«

»Ja, genau. Das Material ist eindeutig von diesem Florian Marinetti.«

»Kein Zweifel möglich? Könnte sein, dass er früher schon mal in dem Büro war.«

»Wahrscheinlichkeit neunundneunzig Komma irgendwas. Das Material ist taufrisch, und auf der Rückenlehne haben wir Massen davon gefunden. Haare, Hautschuppen, alles, was uns Spurenmenschen Freude macht. Er hat ja auch ein paar Stündchen drauf gehockt, auf diesem Sessel, gell?«

Damit war nun also amtlich, was bis eben noch nur ein begründeter Verdacht gewesen war: Florian war der Täter. Und Leonhard veranstaltete einen erstaunlichen Zirkus, um ihn aus der Schusslinie zu halten. Der grüne Opel, die vage Täterbeschreibung, seine angebliche Flucht durch den finsteren Wald – alles Lüge, alles Tarnung, vermutlich mit dem Ziel, Florian einen möglichst großen Vorsprung zu verschaffen. Ob Leonhard bewusst war, was er sich damit antat? Ein engagierter Staatsanwalt würde seine Freude an der Geschichte haben: Vortäuschung einer Straftat, Behinderung der Polizeiarbeit, uneidliche Falschaussage und was es sonst noch an schlimmen Dingen gab. Aber natürlich hatte Leonhard hervorragende Anwälte, und am Ende würde er wahrscheinlich mit einer Bewährungsstrafe und ein paar lästerlichen Zeitungsartikeln davonkommen.

Dann war es eine Weile still in meinem Büro. Sehr still. Bald fand ich: zu still. Sönnchens Tastaturgeklapper fehlte mir. Ihr Summen, wenn sie gute Laune hatte, wie eigentlich immer. Ihr Lachen am Telefon. Nicht einmal durch die geschlossenen Fenster drangen noch Geräusche. Auch auf den Straßen draußen schien das Leben zum Stillstand gekommen zu sein. Die Welt hielt den Atem an, als stünde ihr Untergang unmittelbar bevor. Jeder, der irgend konnte, war in den Schatten geflüchtet und vermied unnötige Bewegungen. Hoffentlich würde es bald ein Gewitter geben. Im Radio meinte ich, während der Fahrt entsprechende Warnungen des Deutschen Wetterdienstes gehört zu haben. Aber ich war mir nicht sicher.

Nichts war mehr sicher.

Claudia ging mir nicht aus dem Kopf. Im einen Moment hatte ich ein schlechtes Gewissen, ärgerte mich über mich selbst, weil ich mich wie ein pickliger Jüngling hatte in Versuchung führen lassen, im nächsten war ich enttäuscht, dass so gar kein Lebenszeichen von ihr kam. Kein Anruf, keine SMS, einfach nichts. Als wir uns in der Nacht verabschiedeten, hatte sie mich allerdings schon vorgewarnt. Sie wusste, dass ihr Mann hin und wieder ihr Handy kontrollierte. Deshalb hatte sie mich gebeten, strikte Funkstille zu wahren. Ich hatte Lust, sie anzurufen, unter irgendeinem dienstlichen Vorwand, nur, um ihre Stimme zu hören. Doch ich schreckte zurück, als ich den Hörer berührte. Dass Theresa sich nicht rührte, wunderte mich weniger. Ich hätte nicht sagen können, was mich mehr betrübte, Theresas polarfrostiges Schweigen oder Claudias striktes Kontaktverbot.

Oben auf meinem Aktenstapel lagen die Berichte der Teams, die bis vor wenigen Stunden abwechselnd Leonhards Haus beobachtet hatten. Ich zog sie heran, um sie zu überfliegen, mehr aus Langeweile als aus Interesse. Vorgestern, um elf Uhr drei hatte das erste Team Stellung bezogen. Den Nachmittag über war nichts geschehen, außer dass Frau Leonhard einmal an einem Fenster gestanden hatte, mit dem Handy am Ohr, und heftig gestikulierend telefonierte. Sonst gab es keinerlei erwähnenswerte Vorkommnisse.

Sechzehn Uhr sieben: erste Ablösung. Gegen halb fünf war Felizitas aufgetaucht, die wir kurz zuvor in dem Haus getroffen hatten, wo Lars Scheffler wohnte. Um halb acht war sie wieder in ihren Corsa mit Frankfurter Kennzeichen gestiegen und weggefahren und schon kurz darauf wieder zurückgekehrt. Einige Minuten später waren dann Balke und ich gekommen, was jedoch nicht im Protokoll verzeichnet war. Um Mitternacht die zweite Ablösung. Careen Leonhard hatte das Haus auch die Nacht über nicht verlassen.

Spannend wurde es erst am Dienstagabend. Um kurz nach halb sieben war ein Mann in einem silbernen Mercedes vorgefahren und mit einem Aktenkoffer in der Hand eilig im Haus verschwunden, wo er offensichtlich schon erwartet wurde. Über das Kennzeichen seines Wagens hatten die Kollegen bereits herausgefunden, dass der Besucher Leiter der Ladenburger Volksbankfiliale war. Eine gute Stunde früher hatte Frau Leonhard mir von der Lösegeldforderung berichtet. Der Bankmanager war nicht lange geblieben, nur fünf Minuten etwa. Und dann kam es: Acht Minuten später war Careen Leonhard in Begleitung einer großen Handtasche in ihr grünes BMW-Cabrio gestiegen. Das Observationsteam war ihr weisungsgemäß mit Abstand gefolgt. Sie war in Richtung Autobahn gefahren, hatte diese am Heidelberger Kreuz schon wieder verlassen, war in Richtung Stadt abgebogen, und nach drei, vier Ampeln hatten die Kollegen sie schon aus den Augen verloren. Ob aus Dummheit oder weil Frau Leonhard sie abgehängt hatte, war nicht notiert.

»19:47 – Kontakt zu ZP verloren«, lautete die lapidare Notiz. Das Team war nach Ladenburg zurückgekehrt. Erst zweieinhalb Stunden später war die Zielperson wieder aufgetaucht.

Ich rief die Kollegin an, die bei dieser vergeigten Observation am Steuer gesessen hatte. Sie hatte nicht mal ein schlechtes Gewissen.

»Wir waren nur zu zweit, Herr Gerlach. Die Ampel vor dem Hauptbahnhof ist rot geworden, und wir konnten ja nicht mit Blaulicht und Trara hinterher. Keiner hat gesagt, dass die Geschichte …«

»Okay, okay, kann passieren. War das Absicht, dass Sie an der Ampel hängen geblieben sind?«

»Schwer zu sagen. Sie ist auf die Ampel zugefahren, es war ja immer noch Berufsverkehr, also ziemlich Stop-and-go, und sie ist noch bei Dunkelgelb rüber. Wir waren drei Fahrzeuge hinter ihr, und dann war sie weg. Wir sind völlig eingekeilt gewesen.«

Ich konnte den Kollegen wirklich keinen Vorwurf machen. Um ein Fahrzeug im Stadtverkehr sicher zu observieren, braucht man mehrere Teams in verschiedenen Fahrzeugen und außerdem eine gut funktionierende Logistik.

Wieder das Telefon. Erst nach einigem Hin und Her begriff ich, dass ich mit einem Kollegen aus Landau sprach. Einem Pfälzer Urviech, für das Hochdeutsch eine Fremdsprache war.

»Sie suchen einen Hyundai Accent, stimmt's?«

»Stimmt.«

»Silbermetallic, stimmt's?«

»Stimmt auch.«

»Den hab ich heut Morgen gesehen. Bin auf dem Heimweg gewesen, von der Nachtschicht, und da hat so ein Kärrelchen auf einem Parkplatz gestanden, mit offener Haube. Die Polizei, dein Freund und Helfer, hab ich gedacht und angehalten. Der Fahrer ist ein Student gewesen, mit so blonden Zotteln, richtig?«

»Richtig.«

»Ganz blass ist er gewesen und ziemlich erschrocken, wie ich gekommen bin. War noch in Uniform. Sein Motor ist nicht angesprungen, und er hat sich überhaupt nicht zu helfen gewusst. Er hat auf dem Parkplatz ein bisschen geschlafen, hat er gesagt, und anschließend wollt der Motor nicht mehr anspringen. Ich hab nicht auf die Marke geachtet, aber eine Heidelberger Nummer ist es gewesen, und silbermetallic war er auch. Ich hab ihm dann Starthilfe gegeben, und dann hat er sich arg gefreut und ist fortgefahren.«

»In welche Richtung?«

»Nach Westen. Richtung Frankreich will er, hat er gesagt, bisschen Urlaub machen. Hat auch ziemlich urlaubsreif ausgesehen, der Herr Student. Der ist fix und fertig gewesen, wenn Sie mich fragen.«

»Können Sie mir sagen, wo genau dieser Parkplatz ist?«

Das konnte er. Stolz diktierte er mir die GPS-Daten.

»Und noch was«, sagte der Pfälzer Kollege am Ende. »Er hat ein bisschen geblutet. Am rechten Oberschenkel.«

»Schlimm?«

»War schon verbunden. Aber die Hose, die ist blutig gewesen. Er hat gesagt, er hätt sich beim Packen verletzt. Da hab ich lachen müssen und gefragt, wie man sich denn beim Packen am Bein verletzen kann. Da ist er ins Stottern gekommen, und ich hab ihn in Ruhe gelassen. Konnt mir ja auch egal sein, und außerdem war ich selber sterbensmüd und wollt nur noch ins Bett.«

»Haben Sie nicht gewusst, dass nach dem Hyundai gefahndet wird?«

»Doch, im Prinzip schon, aber …«

»Aber Sie hatten schon Feierabend.«

Jetzt wurde er eine Spur lauter, sein Pfälzisch eine Nuance derber: »Ich hab mir die ganze Nacht um die Ohren geschlagen, verehrter Herr Kollege. Viermal sind wir ausgerückt, dreimal Verkehrsunfall, einmal häuslicher Streit mit alkoholisiertem Ehemann und Frau mit Bratpfanne, und ich bin total k.o. gewesen am Morgen. Und jetzt hock ich schon wieder am Schreibtisch, weil wir nämlich unterbesetzt sind, seit Jahren schon, und da krieg ich Ihren Wisch wieder in die Finger, und da hab ich mich erinnert und Sie angerufen. Ich hätt's genauso gut auch bleiben lassen können.«

»Shit happens«, sagte ich tröstend. »Trotzdem danke.«

23

»Fangen wir einfach noch mal vorne an«, sagte ich, als ich Alfred Leonhard eine Stunde später in seinem Haus wieder gegenübersaß.

Balke hatte ich fast befehlen müssen, nach Hause zu fahren und sich nach der zweiten fast schlaflosen Nacht ein wenig hinzulegen. Vangelis war im Fall Marco Schulz unterwegs, da sich inzwischen ein weiterer, möglicherweise interessanter Zeuge gemeldet hatte. So führte ich das Gespräch allein, was zwar gegen jede Vorschrift war, mir jedoch aus gewissen Gründen ganz gelegen kam.

Leonhard wirkte sehr viel frischer als vor anderthalb Stunden, wenn auch noch ein wenig müde. Der Mann war ein Kämpfer, das war offensichtlich. Er duftete nach einem teuren Badezusatz, trug ein weites, gelbes Poloshirt, das längst reif für die Kleidersammlung war, und dazu weiße Shorts, die an manchen Stellen rötliche Flecken vom Sand eines Tennisplatzes zeigten, gegen die die Waschmaschine vermutlich nichts mehr ausrichtete. Seine sportlich gebräunten Beine und Füße waren nackt. Der Kiefer mahlte ständig, während er mir mit undurchsichtiger Miene ins Gesicht sah.

»Ich habe Sie angerufen, damit wir es hinter uns bringen«, sagte er mit stählernem Blick aus seinen blaugrauen Augen. Einem Blick, der vor mir sicherlich schon viele andere Menschen nervös gemacht hatte. »Und danach will ich erst mal meine Ruhe haben, okay?«

»Wir führen jetzt zunächst nur ein informelles Gespräch. Die offizielle Vernehmung mit Protokoll und so weiter können wir morgen machen. Oder übermorgen. Das hat Zeit.«

Vor ihm stand eine Bierflasche, an der er hin und wieder nippte. Dass sie alkoholfreies Weizenbier enthielt, erkannte ich erst auf den zweiten Blick.

»Wie genau war das also vorgestern Morgen?«

Er zog den Mund in die Breite und sah mir wieder scharf, aber ausdruckslos in die Augen. Als würde er gerade kalten Herzens ein Urteil über mich fällen, das nicht zu meinen Gunsten ausfiel.

»Ja, wie war das? Ich war schon früh im Büro wegen einem Kundentermin. Musste noch einiges vorbereiten. Deshalb war auch die Tür zum Vorzimmer ausnahmsweise zu. Veronika ist um kurz vor halb neun gekommen, das habe ich gehört. Kurz danach war draußen auf einmal Streiterei. Was ist denn da los, habe ich noch gedacht, aber da kracht auch schon die Tür auf, und der Typ steht da, mit seiner Pistole in der Hand. Mein erster Gedanke war, irgendein Spiel, ein Scherz, völlig blödsinnig, so was zu denken, ich weiß. Aber ich konnte mir einfach nicht vorstellen, dass dieser Idiot es tatsächlich ...«

»Herr Leonhard«, fiel ich ihm ins Wort. »Bevor Sie jetzt weiterreden, lassen Sie mich eines klarstellen: Ich weiß, dass der Mann mit der Pistole Florian Marinetti war. Und ich weiß auch, dass Sie den jungen Mann, den Sie einen Idioten nennen, sehr gut und schon sehr lange kennen.«

Wie schon bei meinen ersten Besuchen in diesem Haus saß ich auf der kleinen Couch. Rechts von mir hing das merkwürdige Arrangement mit der alten Flinte an der Wand. Vor mir stand ein großes Glas Wasser, daneben eine apart geschwungene Kanne aus dünnem Kristallglas, die mehr Eis als Wasser enthielt.

Leonhards Mund war offen stehen geblieben. Ich konnte geradezu sehen, wie er mit rasender Geschwindigkeit seine Argumente neu sortierte. Dieser Mann war ein Profi. Schon nach zwei, drei Sekunden hatte er sich wieder im Griff.

»Okidoki.« Endlich suchte sein Röntgenblick ein neues Ziel. »Dann verstehen Sie vielleicht auch, was dann weiter passiert ist.«

»Nur teilweise.«

»Erst mal war ich natürlich völlig perplex. Florian. Mit einer Pistole. Er ist verrückt geworden, war mein erster Gedanke. Er hat irgendwas genommen, das er nicht verträgt.«

»Was wollte er von Ihnen?«

»Ehrlich, ich weiß es nicht. Nicht genau.«

»Er muss doch irgendwas gesagt haben. Ihr Herr Bruckner hat mir gesagt, Sie hätten sich angebrüllt.«

»Erst mal wollte er eigentlich nur mit mir reden.«

»Worüber?«

»Das wollte ich nicht wissen. Ich wollte ihn loswerden.

Ich war im Stress. Anderthalb Stunden später hatte ich einen sehr wichtigen Kundentermin.«

»Mit den Koreanern?«

»Richtig. Wir haben ein paar kleinere Problemchen zurzeit. Nichts Ernstes, aber der Korea-Job würde uns schon ganz gut reinpassen. Ich habe Flo gesagt, er soll verschwinden, ich habe jetzt keine Zeit für ihn, und er soll sich einen Termin geben lassen, wenn er was von mir will, oder mich mal abends anrufen. Und dann hat er in die Decke geschossen, und da war ich dann lieber erst mal still.«

»Was hat er weiter gesagt?«

»Nichts. Er hat auf seinem Sessel gehockt und Löcher in die Luft geglotzt. Ich bin sicher, der Junge war auf Drogen. Ich habe ihn mehrfach gefragt, was er von mir will. Aber es kam nichts mehr. Einmal dachte ich, jetzt kippt er einfach um. Fällt in Ohnmacht, und der Fall hat sich erledigt. Er hat mir …« Leonhard nahm einen großen Schluck aus der Flasche, machte anschließend mit breitem Mund ein genießerisches, schmatzendes Geräusch. »Leidgetan hat er mir. Er hat so fertig ausgesehen, so jenseits von Gut und Böse. Und dann macht er auch noch so einen Scheiß. Dabei … Mein Gott, als Künstler hätte er es vielleicht zu etwas gebracht. Flo hat wirklich …«

»Weshalb sagen Sie ›er hätte‹?«

»Seine Karriere dürfte erst mal einen derben Knick erleiden, oder nicht? By the way: Haben Sie ihn schon geschnappt?«

»Bisher leider nicht. Aber wir haben eine erste Spur. In Richtung Frankreich scheint er unterwegs sein. Interpol ist informiert, weit wird er nicht kommen. Dass er keinen Opel fährt, sondern einen Hyundai, brauche ich Ihnen ja wohl nicht zu erzählen.«

Leonhard sah auf seine Hände. Schien keine Spur von schlechtem Gewissen zu haben, weil er mich belogen hatte. So lief das wohl auch bei seinen Geschäftsverhandlungen.

Man erzählt sich freundlich lächelnd Lügen, und wenn die Gegenpartei es bemerkt, dann ändert man eben seine Strategie. »Ich hätte ihm die Wege ebnen können«, murmelte er kopfschüttelnd. »Kontakte zu Galeristen vermitteln. Zur Presse. Ich kenne eine Menge Leute. Und jetzt macht er so was. So ein Irrsinn. So ein … Blödsinn …«

»Wie ging es weiter?«

»Wie es weiterging? Ich frage ihn immer wieder, was der Unfug soll, was er von mir will, aber er sagt nichts. Einfach nichts. Dann schreit er mich auf einmal an, er will Geld.« Nachdenkliches Nicken, als könnte er es immer noch nicht fassen. »Er hat irgendeinen Mist gebaut in der Nacht davor. Ein Porsche hat dabei eine Rolle gespielt, ich habe sein wirres Gerede nur teilweise verstanden. War mir ja auch völlig egal. Ich wollte, dass der Spuk ein Ende hatte. Mir war gleich klar, er wird mir nichts tun. Aber wie er manchmal mit der Pistole rumgefuchtelt hat … Flo ist nicht besonders praktisch veranlagt, da kann ja alles Mögliche passieren. Ich soll sitzen bleiben und die Klappe halten, hat er mich angebrüllt, und die Finger vom Telefon lassen. Ich frage ihn, wie viel Geld er denn verlangt, und er weiß nicht mal eine Antwort.«

»Haben Sie ihm Geld gegeben?«

»Ich weiß nicht, wie lange wir da so gehockt haben. Aus dem Vorzimmer hat man keinen Mucks mehr gehört. Er muss Veronika einen ziemlichen Schrecken eingejagt haben. Wie geht's ihr eigentlich?«

»Sie liegt im Krankenhaus. Aber sie ist über den Berg.«

»Na, das ist ja endlich auch mal eine gute Nachricht.« Leonhard brachte trotz seiner Erschöpfung ein schräges Grinsen zustande. »Irgendwann habe ich den Krankenwagen gehört. Und dann sind bald Sie und Ihre Leute gekommen.«

»Und Sie haben nichts geredet, die ganze Zeit?«

»Doch, schon. Ich habe immer wieder versucht, ein Gespräch in Gang zu bringen. Habe gesagt, er soll aufhören mit dem Quatsch, und Flo hat gesagt, ich soll die Klappe halten. Später habe ich gesagt, er soll sein Handy ausmachen, weil Sie das orten können und dann sofort wüssten, wer er ist. Er hat gesagt, ich soll meines auch ausmachen. Auf diesem Niveau haben wir uns unterhalten. Ich bin dann ziemlich schnell müde geworden. Die Warterei, diese ätzende Langeweile. Ich bin es nicht gewöhnt rumzusitzen. Ich bin gewöhnt, was zu tun zu haben, ein Ziel zu verfolgen. Und jetzt sitze ich auf einmal da, und Florian fuchtelt mit einer geladenen Waffe vor meiner Nase herum und redet ohne Ende dummes Zeug.«

»Sie haben meine Frage noch nicht beantwortet: Haben Sie ihm Geld gegeben?«

Leonhard nahm einen weiteren Schluck aus seiner Flasche. »Ich habe immer ein bisschen Bargeld im Tresor, für alle Fälle. Das habe ich ihm gegeben. Vier-, fünftausend vielleicht, ich habe nicht nachgezählt.«

»Mit ein paar Tausend Euro kann man keinen neuen Porsche kaufen.«

»An dem Punkt hatte er schon begriffen, dass ihm das Geld nichts nützen wird, weil Sie ihn in Ketten legen, sobald er das Gebäude verlässt. Der Junge hatte wirklich überhaupt keinen Plan.«

»Den hatten dann Sie an seiner Stelle …«

Dieses Mal fiel der Schluck kleiner aus. Die Bierflasche stand inzwischen in einer kleinen Pfütze von Schwitzwasser. Ein melodischer, lauter Türgong ertönte. Es klang nicht wie eines dieser elektronischen Geräte, sondern wie ein richtiger, altmodischer Gong. Leonhard sah mich an. Ich sah ihn an. Schließlich schüttelte er den Kopf. »Ich erwarte niemanden. Hab nur vergessen, das blöde Ding auszuschalten.«

»Einer musste ja schließlich sagen, wo's langgeht«, fuhr er nach einer kurzen Pause fort. »Erst mal abwarten, dachte ich, bis die erste Aufregung sich gelegt hat. Mir war klar, dass Sie nicht angreifen werden. Dass Sie auf Zeit spielen werden. Die hatte ich zwar nicht, diese Zeit, aber was blieb mir übrig?«

»Ihre Tochter hat bei dem Gespräch keine Rolle gespielt?«

»Lizi?« Mehr ungläubig als erstaunt sah er mich an. »Was hat die denn mit der Sache zu tun?«

»Florian liebt sie. Mit dem Porsche ist er in der Nacht in Frankfurt gewesen, um sie zu besuchen. Aber sie war nicht da.«

»Flo und Lizi?« Verwirrt schüttelte er den Kopf und leerte seine Flasche. Er legte den Kopf weit in den Nacken, um auch den letzten Tropfen keine Chance zu lassen. Und vielleicht Zeit zum Überlegen zu gewinnen. »Ich hatte keine Ahnung, wirklich!«

»Er war sehr enttäuscht, als Felizitas ihm sagte, Sie seien gegen die Beziehung.«

Er hörte nicht auf, sich zu wundern. »Das behauptet sie?«

»Er war verzweifelt, weil sie auf einmal nichts mehr von ihm wissen will.«

»Nichts mehr?«

»Vor ein paar Wochen ist mal was gewesen zwischen den beiden.«

»Hab ich gar nicht mitgekriegt.« Leonhard gähnte mit zusammengebissenen Zähnen. »Aber wozu der Porsche?«

»Ich nehme an, er wollte Eindruck auf Ihre Tochter machen. Dachte, wenn er mit einem tollen Auto kommt, dann steigt er in ihrer Achtung. Dann nimmt sie ihn ernst, was weiß ich.« Auch ich spürte plötzlich wieder, dass ich in den vergangenen Nächten zu wenig geschlafen hatte.

»Bescheuert!«, murmelte Leonhard kopfschüttelnd. »Vollkommen bescheuert.«

Ich leerte mein Glas, füllte es wieder auf. Auch die Wasserkanne stand inzwischen in einer Pfütze. Die Eiswürfel waren schon fast komplett geschmolzen. Aus dem Garten meinte ich, ein Knacken zu hören. Dann war es wieder still.

»Liebe macht die Menschen nicht unbedingt klüger«, sagte ich erschöpft.

»Wohl wahr«, sagte Leonhard wie in Trance. »Wohl wahr, weiß Gott!«

Eine Weile schwiegen wir vor uns hin. »Diese irre Hitze«, seufzte er schließlich. »Macht einen fertig, was? Liegt es vielleicht daran, dass er so durchgedreht ist? Ich habe Flo kaum wiedererkannt.«

Er setzte die Bierflasche an, stellte fest, dass sie leer war, sprang mit plötzlicher Energie auf, um Nachschub zu holen. Ich füllte das restliche Wasser in mein Glas. Wieder war von draußen ein knackendes Geräusch zu hören. Vielleicht ein Eichhörnchen. Leonhard kam mit einer neuen Flasche.

»Lizi«, sagte er, als er wieder auf die Couch fiel. »Sie hat also wirklich behauptet, ich hätte was dagegen, dass sie und Flo ...?«

»Daraufhin hat er wohl gedacht, er ist Ihnen nicht gut genug für Ihre Tochter. Vielleicht war er besonders enttäuscht, weil Sie früher immer nett zu ihm waren. Sie haben ihn gemocht, habe ich gehört.«

»Ich mag ihn noch immer, verdammt!« Er drosch mit der flachen Hand auf den Tisch. »So ein Schwachsinn! So! ein! bescheuerter! Schwachsinn!«

»Er hat das Thema Lizi also gar nicht angesprochen?«

»Wenn überhaupt, dann wäre es umgekehrt. Wenn überhaupt, dann wäre mir Flo zu schade für Lizi.«

Nun war ich es, der erstaunt aufblickte. Er zog eine gequälte Grimasse, riss die Augen auf, die ihm immer wieder zuzufallen drohten. »Warum?«

»Weil sie ein Flittchen ist, darum.«

»Ganz schön hart.«

»Ich sage es ungern, aber in diesem Punkt kommt sie leider ganz nach ihrer Mutter. Die hat auch nur ihre Nägel im Kopf und den neuen Friseur, das nächste Paar Schuhe. Lizi ... sie ist ohne jedes Talent. Und, bitte, es fällt mir wirklich nicht leicht, so was über meine eigene Tochter zu sagen – ohne Anstand. Sie wäre Florians Unglück. Und er hat also wirklich geglaubt …?«

Ich hob die Hände. »So reime ich es mir zusammen. Bisher konnte ich ja nicht mit ihm sprechen.«

Wieder kehrte für Sekunden ratlose Stille ein.

»Ist Ihre Frau nicht hier?«, fragte ich dann.

Er hob achtlos die Schultern. »Keine Ahnung, wo die sich wieder rumtreibt.«

»Haben Sie sie nicht angerufen?«

»Mache ich gleich, großes Indianerehrenwort.«

»Sie macht sich bestimmt Sorgen um Sie.«

»Careen neigt normalerweise nicht dazu, sich Sorgen um andere Menschen zu machen. Aber ich rufe sie an, versprochen. Wenn wir hier fertig sind.«

»Letztlich haben Sie Florian geholfen, unbeschädigt aus der ganzen Sache herauszukommen. Warum?«

»Es schien mir die sicherste Variante zu sein. Und irgendwo hat er mir auch leidgetan. Der Junge hat eine Dummheit gemacht, okay, eine Riesendummheit. Aber jeder von uns baut mal Mist. Er ist jung, und da schlägt man schon mal über die Stränge. Und wenn Sie ihn in die Finger kriegen, das war mir klar, dann wandert er für Jahre ins Kittchen. Und das hat er nicht verdient. Außerdem ging es mir auch um meine eigene Sicherheit. Ich hatte keine Lust, von Florian aus Versehen erschossen zu werden. Oder von Ihren Leuten im Zuge irgendeiner Heldenaktion.«

»Damit haben Sie gerechnet?«

»Ich musste es ins Kalkül ziehen. Einmal war wer im Vorzimmer. Das waren Sie, nicht wahr? Da dachte ich, jetzt kracht es gleich.«

»Haben Sie Angst gehabt?«

»Angst?«, wiederholte er nachdenklich. »Nicht, solange er normal war. Aber er hatte immer wieder diese Aggressionsschübe. Über irgendeine Kleinigkeit konnte er sich wahnsinnig aufregen. Wie würde es Ihnen gehen, in so einer Situation?«

»Schusswaffen und Drogen sind eine gefährliche Mischung.«

Jetzt waren Schwimmbadgeräusche zu hören. Kinderkreischen, wie aus einer anderen Welt. Lachen. Fröhlichkeit. Ich gab mir einen Ruck, setzte mich wieder aufrecht hin.

»Florian ist Ihr Sohn, nicht wahr?«

Leonhards Miene gefror. »Wie kommen Sie denn auf diese Idee?«

»Ist das der Grund dafür, dass Sie gegen eine Beziehung zwischen ihm und Felizitas sind? Weil die beiden Geschwister sind?«

Dieses Mal schaffte er es nicht mehr, in Sekundenschnelle auf eine andere Taktik umzuschwenken. »Das ist Blödsinn«, brachte er schließlich heraus. »Wie kommen Sie denn darauf?«

»Haben Sie deshalb dafür gesorgt, dass er uns nicht in die Hände gerät?«

Leonhard legte das inzwischen wieder glatt rasierte Gesicht in die Hände, gab immer noch keinen Laut von sich.

»Kommen wir noch mal zum Thema Geld. Sie sagen, Sie haben ihm ein paar Tausend Euro gegeben. Warum hat er nicht mehr verlangt?«

»Hat er ja. Sie haben ganz recht, mit ein paar Tausend Euro konnte er den Schaden nicht bezahlen. Ich soll Careen anrufen, hat er verlangt. Sie sollte Geld besorgen, eine Million oder zwei oder auch nur eine halbe. Das hat mich schier wahnsinnig gemacht, dass er kein klares Ziel hatte, immer nur diese ewigen Flausen.« Alfred Leonhard, der Immobilienkönig, für den eine Million oder zwei oder eine halbe nur Spielgeld waren, gähnte wieder. »Wir haben uns dann auf eine halbe Million geeinigt. Zu viel Geld verdirbt den Charakter, wenn man es nicht selbst verdient hat.«

»Erzählen Sie mir von der Autofahrt. Aber dieses Mal bitte die Wahrheit.«

Lange betrachtete er seine sehnigen Füße, deren Nägel professionell gepflegt waren. Seine Augenlider sanken herab, wurden gewaltsam wieder nach oben gerissen.

»Erst mal sind wir in Richtung Osten gefahren. Ich, ich bin gefahren. Flo wäre auf den ersten hundert Metern von der Straße abgekommen. Inzwischen hatte ihn eine regelrechte Depression gepackt. Ständig hat er geheult, was er doch für ein armer Pechvogel ist. Dass nichts, aber auch nichts klappt, was er anpackt. Hin und wieder haben wir Pausen gemacht, auf irgendeinem versteckten Parkplatz ein bisschen geschlafen. Es war ja mitten in der Nacht, und wir waren beide ziemlich am Ende. Flo musste weg, das war mir klar. Aus dem Land, und zwar schnell. Früher oder später würden Sie herausfinden, wer er war und mit welchem Auto wir unterwegs waren. Das Ganze war letztlich ein Spiel auf Zeit. Und dann hatte diese elende Schrottkarre auch noch ständig Probleme mit der Batterie. Nach jeder Pause mussten wir sie wieder anschieben. Den Motor einfach laufen zu lassen haben wir uns nicht getraut, weil kaum noch Sprit im Tank war, und an den Tankstellen hängen ja heutzutage überall Kameras. Irgendwie war das schon fast Slapstick. Eine Klimaanlage hatte die Kiste natürlich auch nicht. Das haben wir aber erst am Vormittag gemerkt, als es allmählich wieder heiß wurde.«

»Wo haben Sie den Tag verbracht? Die ganze Polizei Baden-Württembergs hat nach Ihnen gesucht.«

»In einer Scheune bei Markgröningen.«

Das lag nicht weit von Schwieberdingen. Leonhard hatte dort die ersten zehn Jahre seines Lebens verbracht, erfuhr ich. »Den Tag über mussten wir uns verstecken, das war mir klar. Später habe ich Careen angerufen. Sie sollte das Geld besorgen. Damit Flo erst mal versorgt war.«

»Er ist verletzt.«

Leonhard stöhnte auf und griff sich an die Stirn. »Hat sich ins Bein geschossen, der Idiot! Ständig hat er mit seiner Pistole rumgespielt. Regelrecht verliebt war er in das Ding, und irgendwann hat sich dann ein Schuss gelöst, er hatte einen Streifschuss am Oberschenkel und die Beifahrertür ein Loch. Ich habe ihn verbunden und ihm sein Spielzeug weggenommen.«

Ohne Zögern gab Leonhard zu, dass er mich mit der Geschichte von seiner nächtlichen Flucht auf eine falsche Fährte locken wollte, um Florian einen möglichst großen Vorsprung zu verschaffen. Dass er mich von vorne bis hinten belogen hatte, wieder und wieder.

»Aber das mit dem Geld hat dann ja nicht geklappt«, wollte ich sagen, aber in derselben Sekunde wurde mir klar, dass ich falschlag.

Seine Frau hatte ihm das Geld schon gestern Abend übergeben, wo auch immer.

»Haben Sie ihr beigebracht, wie man Verfolger abhängt?«

Leonhard grinste. »Careen ist nicht blöd. Und sie guckt für ihr Leben gerne Krimis.«

Allmählich war mein Kopf wieder leer. Das Wesentliche war geklärt, der Rest hatte Zeit bis morgen, und jetzt galt es, erst einmal Florian zu finden. Ich leerte mein Glas, stemmte mich hoch und sagte: »Ihnen ist klar, dass das hier für Sie nicht das Ende der Geschichte ist?«

»Sonnenklar«, murmelte er wenig beeindruckt. »Flo ist mein Sohn. Ich werde mildernde Umstände kriegen. Er hat ein Recht auf eine Chance, finde ich. Im Gefängnis würde er zugrunde gehen.«

»Weiß er es? Dass Sie sein Vater sind?«

»Jetzt ja.«

»Das Gericht wird auch bei ihm mildernde Umstände sehen. Vielleicht, mit viel Glück, kommt er sogar mit Bewährung davon.«

Leonhard machte keine Anstalten, mich zur Tür zu begleiten. Er sah nicht einmal auf, als ich mich verabschiedete und ihm einen guten Schlaf wünschte. Als ich ein letztes Mal zurückblickte, saß er so zusammengesunken und einsam auf seiner teuren Designercouch wie ein Mensch, der soeben begriffen hat, dass er in seinem Leben so gut wie alles falsch gemacht hat.

Vor der Haustür stürzte mir die Hitze wie eine glühende Wand entgegen. Schon nach wenigen Schritten lief mir wieder der Schweiß in die Augen. Die Luft stand, und die Stille war vollkommen. Als wartete die Welt auf irgendeine finale Katastrophe. Dann, fast eine Erlösung, doch ein Geräusch: Ein kleiner schwarzer Wagen kam langsam die Straße entlang. Der Fahrer schien einen Parkplatz oder eine bestimmte Hausnummer zu suchen. Als er mich bemerkte, wandte er den Blick nach vorn und wurde ein wenig schneller.

24

Während der Rückfahrt ging mir das Bild nicht aus dem Kopf: Leonhards kraftlose Gestalt, seine Hoffnungslosigkeit, sein leerer Blick.

Ging es mir nicht ähnlich? Auch in meinem Leben klappte zurzeit nichts. Mit Theresa war es nun wohl endgültig zu Ende. Wie die Beziehung zu Claudia sich entwickeln würde, ob ich überhaupt wollte, dass sich da etwas entwickelte, wusste ich nicht. Der Stress mit Louise, die ich wohl wirklich vernachlässigt hatte. Der Stress mit Sarah am vergangenen Wochenende, weil ich sie mit ihren sechzehn Jahren nicht zusammen mit ihrem ebenfalls noch minderjährigen Richy nach London zum Shoppen fliegen lassen wollte. Wenigstens die Aufregung um meine Mutter hatte sich gelegt. Sie lebte sich in ihrer neuen Heimat zügig ein, fand jeden Tag neue Freudinnen und Freunde und war im

Begriff, zügig all das nachzuholen, was sie in fünfzig Jahren Ehe verpasst zu haben glaubte.

Ich überlegte, ob ich Theresa vielleicht doch anrufen sollte. Mich entschuldigen. Der Klügere gibt bekanntlich nach. Wollte ich der Klügere sein? Hatte ich nicht auch das Recht, hin und wieder unvernünftig zu sein? Unklug, verstockt, okay, vielleicht auch ein bisschen verbohrt? Es tat mir gut, verstockt zu sein, verdammt noch mal. Nein, es tat mir überhaupt nicht gut. Und zu allem Überfluss diese mörderische, diese nicht nachlassende Hitze und inzwischen auch Schwüle, die einem das Atmen schwer und das Denken fast unmöglich machte.

Das Handy schreckte mich aus meinen freudlosen Grübeleien. Ich war gerade dabei, in weitem Bogen von der Autobahn A 5 auf die A 656 zu wechseln und erschrak so sehr, dass ich um ein Haar gegen die Leitplanke geknallt wäre. Es war die junge Laborantin, die Leonhards Hemd untersucht hatte.

»Sie haben recht gehabt, Herr Gerlach«, sagte sie fröhlich. »Es sind zwei verschiedene Blutgruppen. Eine passt zu Herrn Leonhard, die zweite zu Marinetti.«

»Das hat sich inzwischen erledigt, danke. Er hat sich anscheinend selbst ins Bein geschossen.«

Behauptete Leonhard. Andererseits – heute Morgen um kurz nach sechs war Florian noch am Leben gewesen und Leonhard schon im Stuttgarter Polizeirevier. Ich begann allmählich, Gespenster zu sehen, nichts als Lug und Trug um mich herum.

»Hatten Sie was anderes erwartet?«, fragte die Laborantin neugierig.

»Sagen wir mal: Ich war auf alles gefasst.«

Das Heidelberger Ortsschild kam in Sicht, ich ging vom Gas. Schon wieder das Handy – der Hyundai war gefunden, berichtete Balke munter, der doch eigentlich zu Hause und im Bett sein sollte. Wanderer hatten den herrenlosen Kleinwagen entdeckt, auf einem Waldweg in der Nähe von Nothweiler, nicht weit von der französischen Grenze, etwa fünfhundert Meter von der Kreisstraße K 46 entfernt.

»Wollten Sie nicht schlafen?«, fragte ich.

»Geht nicht. Ich kann einfach nicht.«

»Melden Sie den Franzosen, dass wir ab sofort nach einem Fußgänger fahnden.«

»Per Anhalter wird er nicht weit kommen. Auf den Sträßchen in den Nordvogesen ist nicht viel Verkehr.«

Dummerweise war zurzeit noch unklar, ob der Hyundai noch in Deutschland oder schon jenseits der grünen Grenze stand. Sollte Florian ihn in Frankreich abgestellt haben, würde dies auch in Zeiten der europäischen Union noch eine Menge Papierkram und Zeitverlust bedeuten. Andererseits bestand jetzt kein Grund mehr zur Eile. Das Einzige, was zur Aufklärung des Falls noch fehlte, war Florian Marinetti selbst. Ich bat meinen schlaflosen Mitarbeiter, sich um die Überführung des Wagens nach Heidelberg zu kümmern, und kam als sein Vorgesetzter auch gleich meiner Fürsorgepflicht nach: »Das machen Sie aber nicht selbst, okay? Schicken Sie jemanden hin.«

»Darf ich's Rübe aufs Auge drücken? Der hat im Moment nichts mehr zu tun.«

»Und falls der Wagen wirklich auf der falschen Seite der Grenze steht, dann sollen sie ihn einfach ein Stück zurückschieben«, schlug ich vor.

Wieder am Schreibtisch, rief ich nicht Theresa an, sondern Claudia. Sie war allein zu Hause und freute sich, meine Stimme zu hören. Wir tauschten ein wenig zärtlichen Small Talk aus, bestätigten uns gegenseitig, wie schön es gewesen war in der vergangenen Nacht, die so unendlich weit zurücklag, und sie erzählte mir, ihr Mann habe wie üblich nicht bemerkt, dass sie nachts stundenlang nicht da gewesen war. Ich berichtete ihr, was sich in der Zwischenzeit ereignet hatte, dass Leonhard wieder frei und Florian vermutlich in Frankreich war. Eigentlich hatte ich auch vorgehabt, sie direkt zu fragen, ob Leonhard wirklich der Vater ihres Sohnes war. Aber dann wählte ich doch lieber einen Umweg: »Leonhard mag Florian sehr gern.«

»Flo war so oft bei ihm, als er noch klein war. Später waren er und Lizi sogar auf demselben Gymnasium, auf dem Dietrich-Bonhoeffer in Eppelheim drüben. Hier in Kirchheim gibt es leider kein Gymnasium. Careen und ich haben uns abgewechselt. Meistens habe ich die Kinder morgens in die Schule gefahren, und Careen hat sie am Nachmittag wieder abgeholt. Dann haben sie oft noch bei den Leonhards Hausaufgaben gemacht und gespielt, weil ich bis fünf gearbeitet habe. Und wenn ich Flo später geholt habe, dann war Alfi manchmal schon da. Wie er ihn immer angesehen hat. Die zwei haben sich geliebt. Als hätte Flo damals schon gespürt, dass ...«

»Dass was?«

»Nichts.«

»Dein Mann ...«

»Ben kann nicht mit Kindern umgehen. Der kann überhaupt nicht mit Menschen umgehen. Eigentlich kommt er nur mit mir zurecht. Sobald andere dabei sind, ist nichts mehr mit ihm anzufangen.«

Es klopfte an der Tür, und ich beendete das Gespräch vielleicht etwas zu abrupt. Eine pausbäckige Kollegin in Uniform trat ein.

»Wir haben unten wen sitzen«, begann sie mit unbehaglicher Miene. »Die Kollegen von der Autobahnpolizei haben ihn vor einer halben Stunde gebracht. Der Mann hat an der Raststätte Bruchsal West einen kleinen Auffahrunfall gebaut ...«

»Klingt nicht, als wäre er ein Fall für die Kripo«, warf ich ihr ungnädig an den lockigen Kopf.

»Dummerweise haben wir grad erst gemerkt, dass er zur

Fahndung ausgeschrieben ist. Seit vorgestern schon. Moment ...« Kopfschüttelnd wegen ihrer Vergesslichkeit warf sie einen schnellen Blick auf den Zettel in ihrer Hand, murmelte etwas von »Affenhitze«, sagte dann: »Mühlenfeld. Mühlenfeld heißt er.«

»Du lieber Gott!« Ich griff mir an den Kopf. »Da hat wieder irgendwer vergessen, die Fahndung abzublasen. Das hat sich erledigt.«

»Das glaub ich leider nicht, Herr Gerlach«, widersprach sie tapfer und faltete ihren Zettel kleiner und kleiner zusammen. »Das glaub ich nicht, dass sich das erledigt hat.«

Christian Mühlenfeld war ein unscheinbarer, schüchterner Mann, der in seinem Leben vermutlich oft übersehen, unterschätzt und übergangen wurde. Mit etwas gutem Willen war er eins siebzig groß. Er mochte zwischen Mitte dreißig und Anfang vierzig sein, hatte ein schmales Gesicht, Augen, die nirgendwo Halt fanden, schütteres blondes Haar, mit dem wohl kein Friseur der Welt etwas anfangen konnte. Um die Sache nicht zu hoch zu hängen, hatte ich den gescheiterten Seifenhändler in mein Büro bringen lassen. Balke kam Sekunden später hereingestürzt, wieder einmal mit einer Coladose in der Hand, schnappte sich einen Besucherstuhl und setzte sich auf meine Seite des Schreibtischs.

»Herr Mühlenfeld«, begann ich die Vernehmung in gemütlichem Ton. »Sie haben einen kleinen Unfall gebaut, habe ich gehört.«

Er nickte zerknirscht und wagte nicht, mir in die Augen zu sehen.

»Meine Kollegen sagen, Sie seien – vorsichtig ausgedrückt – ein bisschen verwirrt gewesen.«

Wieder Nicken. Der schmale Kopf sank noch ein wenig tiefer.

»Außerdem hatten Sie Blut an den Händen. Und am Poloshirt auch.«

Jetzt nickte er nicht mehr. Christian Mühlenfeld stellte sich tot und wünschte sich vielleicht auch, es zu sein.

Balkes Atem ging immer noch schwer. Vermutlich war er gerannt, um den Anfang nicht zu verpassen.

»Woher stammt dieses Blut?«, fragte ich nun schon etwas schärfer. »Ich sehe keine Verletzung an Ihnen.«

»Ich …«, begann Mühlenfeld mit dünner Stimme, um dann mit der dümmsten aller Ausreden zu kommen: »Ich weiß es nicht.«

Ich schaltete wieder einen Gang zurück: »Wo waren Sie denn im Lauf des Tages überall?«

»Ich bin herumgefahren. Ich weiß nicht mehr genau, wo.«

Balke blätterte in der Akte, die vor ihm auf dem Tisch lag. »Ihr Wagen ist ein … ein schwarzer Fiat Punto, richtig?«

Dieses Mal nickte er wieder. »Er fährt nicht mehr«, flüsterte er verstört. »Dabei war der Unfall doch gar nicht so schlimm. Etwas mit dem Kühler, sagen sie. Er fährt einfach nicht mehr.«

»Waren Sie vor dem Unfall auch schon so aufgeregt?«

Schuldbewusstes Nicken.

»Sind Sie deshalb dem Lieferwagen hinten reingefahren?«

Wieder Nicken.

»Und was war der Grund für Ihre Aufregung?«

»Das wissen Sie doch.«

»Leonhard?«

Schweigen. Dann plötzlich heftiges Nicken.

»Wir haben mit Ihrem Lebensgefährten gesprochen. Er sagt, Leonhard hat Sie ruiniert.«

Zögerndes Nicken. Schweigen.

»Waren Sie …« Ich verstummte, weil mir in diesem Moment etwas durch den Kopf schoss. Ein kleiner schwarzer Wagen, der langsam eine Straße entlangfuhr. Wann hatte ich ihn gesehen? Wo? Jetzt war das Bild wieder da.

»Sie waren in Ladenburg«, stieß ich hervor, tonlos vor

Überraschung und Entsetzen. »Vor einer knappen Stunde erst.«

»Nein!«, widersprach Mühlenfeld panisch und laut und begleitet von wildem Kopfschütteln. »Wie kommen Sie darauf?«

»Wo waren Sie dann?«

»Auf der Autobahn. Irgendwo. Ich weiß nicht. Ich bin die ganze Zeit herumgefahren. Ziellos. Einfach so. Ich ...«

»Wo haben Sie die vergangenen zwei Nächte verbracht?«

»Vorgestern habe ich in Lörrach übernachtet. Im erstbesten Hotel in der Nähe der Autobahn, das ich fand. Sie können es gerne nachprüfen. Irgendwo im Auto muss noch die Rechnung liegen. Ich weiß nicht. Ich habe sie mit Kreditkarte bezahlt. Sie können es gerne nachprüfen. Nach Italien wollte ich, aber ... In Italien war ich ... oft ... glücklich. Die zweite Nacht, das war irgendwo bei Offenburg, wo genau, weiß ich nicht mehr ... Da hatte ich Italien aufgegeben und war wieder auf dem Weg zurück. Ich dachte, ich hoffte ...«

Ich erhob mich, ging ins Vorzimmer, zog die Tür hinter mir ins Schloss und nahm den Hörer von Sönnchens Telefon.

»Haben Sie die Blutspuren schon untersucht?«, fragte ich die tüchtige Laborantin, mit der ich an diesem Tag schon mehrfach gesprochen hatte.

»Im Moment wollt ich Ihnen eine Mail schicken.«

»Und?«

»A, Rhesus negativ.«

»Leonhard?«

Ich sah ihr stolzes Strahlen durchs Telefon: »Jepp!«

25

»Ein Blutrausch«, keuchte Sven Balke, als er wieder Worte fand. »Was für eine Schweinerei!«

Alfred Leonhard, der erfolgreiche Manager und zigfache Millionär, war nicht einfach ermordet worden, sondern hingerichtet. Niedergemetzelt. Abgeschlachtet.

»Ich glaub, ich muss kotzen!«, stieß Balke nach Sekunden mit belegter Stimme hervor. Auch ich hatte Mühe, meinen Magen zu besänftigen. Bereits jetzt summten Fliegen im Raum herum, obwohl Leonhard nicht viel länger als eine Stunde tot sein konnte. Gegen halb drei hatte ich ihn verlassen, jetzt war es kurz vor vier. Nach dem ersten Augenschein hatte er auf dem Sofa gelegen und geschlafen, als sein Mörder über ihn herfiel. Mit einem großen Messer oder einem Beil vermutlich. Auf der Couch lag noch das zerknautschte, jetzt blutgetränkte Kissen. Der Täter hatte vermutlich denselben Weg genommen wie wir. Da die Klingel nicht funktionierte, hatten wir das Haus umrundet, waren durch die nach wie vor offen stehenden Terrassentüren eingetreten und hatten Leonhard vor der Couch am Boden liegend in seinem Blut gefunden. Immer noch trug er das labberige Poloshirt und die weißen Tennis-Shorts. Die rötlichen Sandflecken waren jetzt nicht mehr zu erkennen in all dem Blut.

Der Kopf war halb abgetrennt und hing grotesk zur Seite. Im rechten Oberarm klaffte ein tiefer Schnitt, so tief, dass der Knochen sichtbar wurde. Als hätte der Täter versucht, den Arm in seiner Raserei abzuschneiden. Leonhard in Stücke zu hacken. Die Couch, das Kissen, der Teppich unter dem Couchtisch, alles, alles schwamm im Blut. Selbst an der Zimmerdecke waren vereinzelte Spritzer zu sehen.

Auf dem Couchtisch lag ein zugeklappter Apple-Laptop, der vor anderthalb Stunden noch nicht da gewesen war.

Daneben drei Ordner, auch diese rot gesprenkelt. Plötzlich meinte ich, ersticken zu müssen, wenn ich mich noch eine Sekunde länger in diesem Schlachthaus aufhielt. Eilig folgte ich Balke ins Freie.

Er hatte inzwischen wieder ein wenig Farbe im Gesicht und organisierte per Handy das Nötige. Glücklicherweise lag der größte Teil des Gartens um diese Uhrzeit schon im Schatten. Noch einmal sah ich auf die Uhr: Jetzt war es genau drei Minuten vor vier.

»Schwer zu sagen, bei der Hitze«, erklärte der Arzt, der zwanzig Minuten später eintraf, auf meine Frage nach dem Todeszeitpunkt. »Die Leiche kühlt ja praktisch überhaupt nicht ab.«

Ein übergroßes Thermometer, das im Schatten eines ahnungslos blühenden Rosenbuschs in der Erde steckte, zeigte sechsunddreißig Grad. Nur anhand des Fortschritts der Blutgerinnung war eine ungefähre Bestimmung des Todeszeitpunkts möglich. Aber den ungefähren Zeitpunkt kannte ich ja längst. Die Geräusche im Garten fielen mir wieder ein, die ich während meines Gesprächs mit Leonhard gehört hatte. War Mühlenfeld schon zu dieser Zeit ums Haus geschlichen? Auch an seinen Schuhen hatte das Labor inzwischen Spuren von Leonhards Blut gefunden. Er war hier gewesen. Er war in dem Raum gewesen. Und das Blut des Immobilienkönigs klebte an seinen Händen.

»Was ist mit der Tatwaffe?«, fiel mir mit peinlicher Verspätung ein.

Die war nirgendwo zu finden, erfuhr ich von einer jungen, kleinen Kollegin mit kalkweißem Mädchengesicht. Inzwischen standen eine Menge Fahrzeuge vor dem Haus. Ohne dass ich irgendwelche Anweisungen geben musste, begannen die Kolleginnen und Kollegen zu tun, was sie auf der Polizeischule gelernt hatten. Die Routine des Schreckens begann: an allen Nachbarhäusern läuten, möglicherweise anwesende Bewohner nach eventuellen Beobachtungen fragen. Die Straßen entlanggehen und mit stoischer Freundlichkeit jeden ansprechen, der etwas wissen könnte. Der vielleicht etwas gehört oder sogar gesehen hatte.

Balke und ich standen immer noch im Garten, und zum ersten Mal, seit ich mir vor Ewigkeiten das Rauchen abgewöhnt hatte, war da wieder die Gier nach einer Zigarette. Aber fast noch mehr sehnte ich mich nach Schlaf. Nach Ruhe, nach Alltag, nach Langeweile. Selbst der sonst so verhasste Papierkram auf meinem Schreibtisch erschien mir plötzlich ungemein verlockend.

»Wenn dieser Irrsinn hier vorbei ist, werde ich mindestens zwölf Stunden schlafen«, murmelte Balke. »Und danach nehme ich den kompletten Resturlaub vom letzten Jahr.« Er schluckte. Und schluckte. »Denken Sie wirklich, Mühlenfeld war's?«, fragte er dann.

»Alle Indizien sprechen gegen ihn.«

»Er sieht gar nicht so aus.«

»Welcher Mörder hat jemals wie ein Mörder ausgesehen?«

Eine stämmige Kollegin vom Kriminaldauerdienst mit früh ergrautem Haar kam um die Ecke. Sie war schon in den Fünfzigern, trug eine mütterliche Miene zur Schau und führte ein höchstens fünf Jahre altes Mädchen mit weißblonden Löckchen an der Hand.

»Das ist die Robina«, machte sie uns bekannt und ging in die Hocke, ohne die Hand des Kindes loszulassen. »Und der große Mann hier, das ist der Herr Gerlach. Der Herr Gerlach ist ein ganz Netter, weißt du? Vor dem musst du keine Angst haben.«

»Ich hab gar keine Angst«, erklärte Robina mit heller Stimme und neugierigem Blick. Glücklicherweise standen wir so, dass sie nicht ins Wohnzimmer sehen konnte. »Bist du der Kommissar, Herr Gerlach? Ich darf nämlich schon manchmal Krimis gucken. Aber nur, wenn ich beim Papa bin. Nicht petzen, ja?«

Ich versprach äußerste Verschwiegenheit und ging ebenfalls in die Hocke. »Was machst du denn hier?«

»Robina hat ein Auto gesehen.« Der Blick, den die Kollegin mir zuwarf, bedeutete, dass die Aussage ernst zu nehmen war.

»Einen Mercedes!«, fügte die Kleine stolz hinzu.

»Wann ist das gewesen?«

»Vorhin.«

Blöde Frage, blöde Antwort.

»Was hat der Mercedes denn für eine Farbe gehabt?«

»Blau. Wie der vom Horst.«

»Wer ist Horst?«

»Na, der Horst.« Robina sah mich an, als müsste sie an meinem Verstand zweifeln.

»Sie ist bei einer Freundin zu Besuch«, erklärte die Kollegin halblaut. »Im Haus schräg gegenüber. Die zwei haben den ganzen Nachmittag im Garten gespielt.«

»Bei der Vanja! Die ist schon sechs!«

»Und was hast du gemacht, als du den Mercedes gesehen hast?«

»Gespielt.«

»Im Garten?«

»Die Mama von der Vanja hat gesagt, wir dürfen nicht auf die Straße.« Sie senkte die Stimme, warf sichernde Blicke über die Schulter. »Aber wir haben's trotzdem gemacht. Die Vanja ist mutig. Die ist schon sechs!«

»Von da, wo die Kinder gespielt haben«, sagte die Kollegin, »kann man das Haus hier prima sehen und alles, was sich auf der Straße tut.«

»Und wie alt bist du?«

»Fast fünf.«

»Und Horst ist dein Papa?«

»Nö. Der ist der Freund von meiner Mama. Mein Papa wohnt in Bonn in einer ganz tollen Villa.«

»Ist der Mercedes dunkelblau gewesen oder hellblau?«

»Dunkel. Wie der Volvo vom Horst.«

»Ist er vorbeigefahren, oder hat er angehalten?«

»Angehalten.«

»Wo?«

»Na, da.« Robina deutete zur Straße hin, die jenseits des Hauses lag, und zog dabei ein Gesicht, als fände sie meine Begriffsstutzigkeit unbegreiflich.

»Weißt du, wie lang er da gestanden hat?«

»Lange. Mindestens eine Stunde oder so.«

»Du weißt, wie lang eine Stunde ist?«

»Seeehr lang. Vanja ist reingegangen, weil sie Pipi musste. Und ich hab gewartet, bis sie wiederkommt. Ich musste nicht Pipi. Und dann ist der Mercedes gekommen. Und er hat gehalten, und der Mann ist ausgestiegen und ist ins Haus gegangen.«

»Wie hat er denn ausgesehen, der Mann?«

Robina seufzte und schien allmählich die Lust an dem Gespräch zu verlieren. »Er hat eine Hose angehabt und ein Hemd.«

»Und Schuhe bestimmt auch.«

Entsetzt sah sie mich an. »Man darf doch nicht barfuß auf die Straße! Weil da doch überall Scherben sind.«

»Und wie die Vanja wiedergekommen ist, war der Mercedes immer noch da?«

»Ja. Wir haben uns angeschlichen und uns hinter einem anderen Auto versteckt, und die Vanja hat gesagt, er ist bestimmt ein Räuber.«

»Wieso ein Räuber?«

»Weil er doch ganz schwarz angezogen war.«

»Und Räuber ziehen schwarze Sachen an?«

»Damit man sie in der Nacht nicht sehen kann.«

Auf die Frage, welcher Typ der Mercedes gewesen war, wusste sie verständlicherweise keine Antwort.

»Aber ein Mercedes ist es gewesen, da bist du dir sicher?«

»Weil er hat doch einen Stern gehabt.«

»Ist irgendwas an dem Mercedes dran gewesen? Irgendwas Besonderes?«

»Die Räder, die haben so komisch gefunkelt.«

»Gefunkelt?«

»Vom Licht. Die Vanja hat gesagt, wenn sie sich mal ein Auto kauft, dann will sie auch so glitzernde Räder haben. Und ich will so ein Radiodings, mit dem man ganz laut Musik machen kann.«

»War hinten vielleicht ein Aufkleber drauf, zum Beispiel? Irgendwas Buntes?«

»Nö.« Robina sah die Kollegin an, die eisern ihre Hand hielt und sie kaum weniger eisern anlächelte. »Krieg ich jetzt noch so ein Bonbon?«

Hier handelte es sich offenbar um einen minderschweren Fall von Bestechung im Amt. Aber auch Süßigkeiten halfen nicht mehr weiter. Robina hatte gesagt, was sie zu sagen hatte. Der Mann war groß gewesen. Aber welcher Mann ist nicht groß für ein nicht einmal fünfjähriges Kind? An einen schwarzen Kleinwagen konnte sie sich nicht erinnern.

Ich bat die Kollegin herauszufinden, wann ungefähr Vanja auf der Toilette gewesen war. Vielleicht wusste die Mutter etwas, die sich die ganze Zeit im Haus aufgehalten hatte. Zu meiner Überraschung gestaltete sich die Kontaktaufnahme sehr einfach. Robina zauberte ein kleines pinkfarbenes Handy aus einer Tasche ihrer sehr kurzen und sehr schmutzigen Hose, drückte einen Kurzwahlknopf und überreichte es der Polizistin. Das Telefonat dauerte nur wenige Sekunden.

»Die Mutter sagt, die Mädchen seien ständig aufs Klo gerannt.« Robina erhielt ihr Handy zurück. »Sie hat ihnen erklärt, dass man bei der Hitze viel trinken muss. Und dann haben sie im Garten am Wasserschlauch ein Wetttrinken veranstaltet, wer am meisten runterkriegt ...«

»Aber irgendeinen Anhaltspunkt müsste sie doch haben.«

»Sie hat die beiden um kurz nach zwei in den Garten gescheucht, weil sie was arbeiten wollte. Ihr Schreibtisch steht an einem Fenster zur Gartenseite.«

Robina wurde offiziell belobigt, erhielt noch ein Extra-Zitronenbonbon und wurde zu ihrer Freundin Vanja zurück eskortiert.

Ich drückte die Kurzwahl zu Klara Vangelis. »Haben Sie schon etwas zu dem blauen Mercedes, der bei Schulz gesehen wurde?«

Das hatte sie. Ein älterer Angestellter von Alfred Leonhard fuhr einen solchen Wagen.

»Linus Hertz heißt er. Der Mann ist schon sehr lange bei Leonhard, leitet die Buchhaltung und ist einer seiner engsten Mitarbeiter. Ich habe am Vormittag lange mit ihm gesprochen. Er behauptet, nichts von diesen angeblichen Entmietungsgeschichten zu wissen, und hält so etwas für völlig ausgeschlossen. Ein Alibi für die Nacht von Sonntag auf Montag hat er nicht. Die zwei Männer sind gegen fünf Uhr morgens erschossen worden. Da schläft jeder normale Mensch natürlich. Und er lebt allein.«

Ich bat sie abzuklären, ob Herr Hertz für die vergangenen zwei Stunden ein Alibi vorweisen konnte.

Im Wohnraum gingen die Spurensicherer und Kriminaltechniker ihrer deprimierenden Beschäftigung nach. Lemmle führte mit dröhnender Stimme das Kommando, gab Ratschläge, fragte nach, verteilte Lob und Tadel. Die Arbeit der Kollegen, die die Nachbarschaft belästigten, lieferte nach und nach weitere Ergebnisse. Ein pensionierter Landschaftsarchitekt, dessen Garten an die Rückseite von Leonhards Grundstück grenzte, hatte Stimmen gehört.

»Die Zwei-Uhr-Nachrichten im Radio waren schon eine Weile vorbei«, erklärte der sehnige, braun gebrannte Mann, der mir für den Ruhestand ein wenig zu jung vorkam. »Männerstimmen. Zwei.«

»Klang es nach Streit?«

»Kann ich nicht sagen.« Mit entschlossener Miene sah er

an mir vorbei. »Nein, eigentlich nicht. Nur einmal, da habe ich gedacht, dem Leonhard ist was auf den Fuß gefallen oder so.«

»Seine Stimme haben Sie demnach erkannt?«

»Natürlich, ja. Die habe ich ja schon tausendmal gehört. Und jetzt ist er tot?«

Ich klärte ihn auf, soweit nötig, behielt jedoch die wesentlichen Dinge für mich.

»Umgebracht? Ich habe ... Ich meine, ich habe gar keinen Schuss gehört. Hat der Mörder vielleicht einen Schalldämpfer benutzt?«

Der muskulöse Mann trug nur eine knappe Badehose, auf der Palmen und Meer zu sehen waren. Sein sportgestählter Oberkörper glänzte von Schweiß und vielleicht auch Sonnenöl.

»Er ist nicht erschossen worden.«

»Sondern?«

»Das darf ich Ihnen im Moment leider nicht sagen. Sie sind also sicher, dass es die Stimme Ihres Nachbarn war, die Sie gehört haben?«

Endlich sah er mir ins Gesicht. Aber nur kurz, dann glitt sein Blick schon wieder ab. »Was heißt schon sicher?«, fragte er plötzlich kleinlaut. »Ich hab auf der Terrasse im Schatten gelegen und vor mich hin gedöst. Und ab und zu auch ein bisschen geschlafen. Einmal war so ein Schrei, so wie: ›Oh!‹ Oder eher: ›Arr!‹ Als wenn sich der Leonhard über irgendwas erschreckt hätte. Oder geärgert.«

Vielleicht war Leonhard im letzten Moment aufgewacht, hatte seinen Mörder noch gesehen, der sich über ihn beugte, mit dem Messer in der Hand. Aber bevor er zu einer Bewegung fähig war, zur Gegenwehr, hatte sein Feind zugestochen.

»Sie haben sich aber keine Gedanken gemacht. Wird es bei Leonhards öfter mal laut?«

»Wo gehobelt wird, fallen hin und wieder Späne«, erklärte

er missmutig. »Und der Leonhard, der ist's halt gewohnt, den Leuten zu sagen, wo's langgeht. Und wenn's nicht nach seiner Pfeife geht, dann kann er schon mal ein bisschen energischer werden.«

»Auch seiner Frau gegenüber?«

»Auch das. Aber schlimmer war's, wie die Kleine noch daheim gewohnt hat, die Felizitas. Da hat's öfter mal richtig gekracht. Die Kleine ist ja nicht grad aufs Mäulchen gefallen. Die hat ihrem Alten ganz schön Kontra gegeben, das kann ich Ihnen sagen.«

»Und Sie meinen, da wäre eventuell noch eine zweite Stimme gewesen.«

»Ich sag ja, ich bin immer mal wieder weggeduselt. Aber ich meine, eine Weile hat er ganz normal mit jemandem geredet.«

Dieser Jemand war vermutlich ich gewesen.

»Wie er diesen komischen Schrei gelassen hat, das war später. Ich glaube fast, davon bin ich aufgewacht.« Der Zeuge sah unbehaglich um sich, als suchte er jemanden, der ihm aus dieser Patsche half. »Aber ich bin auch vorher immer mal wieder aufgewacht und gleich wieder ... Ich weiß nicht ... je länger ich so darüber nachdenke, desto wirrer wird alles. Irgendwann ist auch mal der Türgong gegangen, jetzt fällt's mir wieder ein. Der von den Leonhards, meine ich. Den Ton kenne ich gut. Schließlich wohnt man ja in Hörweite, nicht wahr? Da kriegt man manches mit, das ist ganz unvermeidlich. Auch manches, was man eigentlich gar nicht wissen will.«

»Was erzählt man sich denn so über die Ehe der Leonhards?«

Nun begann er sich zu winden. Wollte nichts Schlechtes über seine Nachbarn sagen. Und gerade dadurch wurde es offensichtlich: Auch in der Nachbarschaft war bekannt, dass in der Beziehung zwischen Alfred Leonhard und seiner Frau nicht alles zum Besten gestanden hatte. Aber in welcher Zweierbeziehung stand schon alles zum Besten? Ich verkniff mir den fälligen Seufzer.

»Streit und Scherben gibt's doch überall mal«, meinte der braun gebrannte Nachbar. »Deshalb bringt man doch nicht gleich wen um.«

Es war nicht zu fassen: Obwohl der Mord am helllichten Tag geschehen war, in einem dicht bebauten Viertel, nachmittags zwischen vierzehn Uhr dreißig und fünfzehn Uhr, obwohl er mehr oder weniger im Freien verübt wurde, während in fast jedem der umliegenden Gärten jemand im Schatten döste oder im Pool planschte, hatte niemand etwas davon mitbekommen.

Eine selbstsichere, wasserstoffblonde Matrone meinte immerhin, ein Auto gehört zu haben. Sie bewohnte das Nachbarhaus auf der Südseite, und das Gespräch fand über den Zaun statt.

»Allerdings nur sehr leise.« Ihre stolze Körperhaltung und die trotz der Leibesfülle eleganten Bewegungen ließen mich vermuten, dass sie irgendwann Ballettunterricht genossen oder erlitten hatte. Das im Sonnenlicht silbern schimmernde Haar fiel locker auf ihre gut gepolsterten Schultern. Sie trug ein dünnes Kleid, das sie sich vermutlich rasch über den Bikini geworfen hatte, bevor sie der Polizei die Tür öffnete.

»Den Motor habe ich nicht gehört. Eigentlich nur die Bremsen. Die haben ein wenig gequietscht. Und dann die Tür, wie sie zugefallen ist. Und später wieder, als er weggefahren ist.«

»Wie lange ist er geblieben?«

»Nicht lange. Zwei Minuten? Drei? Dann habe ich gehört, wie die Tür wieder zugeworfen wurde.«

Sie selbst hatte hinter ihrem Haus am Pool gelegen und einen ungemein fesselnden schwedischen Krimi gelesen, als nur wenige Meter von ihr entfernt der reale Mord geschah, der vielleicht sogar noch blutrünstiger war als das fiktive Verbrechen zwischen ihren Buchdeckeln. Hatte sie nicht doch Stimmen gehört?

Ihre ausdrucksvollen grünen Augen wurden schmal, als sie versuchte, sich zu erinnern. »Natürlich habe ich immer wieder mal Stimmen gehört. Die Häuser liegen nicht so weit auseinander, überall stehen Türen und Fenster offen. Aber ich kann Ihnen beim besten Willen nicht sagen, woher die Stimmen gekommen sind. Ich habe einfach nicht darauf geachtet.«

»Vielleicht noch ein anderes Auto? Später?«

»Nein, oder warten Sie ... vielleicht doch? Stimmen, meine ich.« Mit einer schnellen Bewegung griff sie sich an die Stirn. »Oder nicht? Ich kann es nicht mit Bestimmtheit sagen. Man fängt an, sich alles Mögliche einzubilden, wenn man lange genug darüber nachdenkt.«

26

Lemmle kam mit großen Schritten aus dem Raum, in dem immer noch der tote Alfred Leonhard in seinem Blut lag. Er und seine Mitstreiter konnten erste Ergebnisse vorweisen.

»Die Waffe war ein Messer«, begann er mit seiner durchdringenden Stimme. »Ein ziemliches Ding. Ein Mordsding, sozusagen. Klinge circa zwanzig Zentimeter lang. Allein in der Brust haben wir vierzehn Einstiche gezählt, fünf im Bauchraum, ein paar sogar im Gesicht. Das war ein Irrer, wenn Sie mich fragen.«

»Dieses Messer haben Sie immer noch nicht gefunden?« Ich brauchte nur einige Schritte in Richtung Haus zu gehen, um festzustellen: Der Hirschfänger hing nicht mehr an der Wand.

»Das hat der Täter wohl mitgenommen«, meinte Lemmle.

Dieser Aspekt stützte seine These, als Täter käme nur ein Geisteskranker infrage. So, wie es am Tatort aussah, musste er über und über mit Blut besudelt sein. Wie konnte er – zudem mit einem langen Messer in der Hand – von hier verschwinden, ohne irgendjemandem aufzufallen?

»Dann die Fußabdrücke«, fuhr der Kollege fort, dessen Gesichtsfarbe befürchten ließ, dass ihn demnächst ein Schlaganfall niederstreckte. »Da sind logischerweise die von Ihnen und vom Kollegen Balke. Dann ist da ein Männerschuh, Größe dreiundvierzig oder vierundvierzig. Vom Profil her ein Sportschuh. Den Hersteller finden wir noch raus.«

Mühlenfeld hatte keine Sportschuhe, sondern elegante Slipper mit glatten Sohlen getragen.

Aber auch glatte Sohlen hatte Lemmle im Angebot. »Die Abdrücke sind zu verwischt, als dass wir die Größe exakt bestimmen könnten. Wir haben aber Fotos gemacht und vermessen die später im Labor. Dann kann ich Ihnen mehr sagen.«

Die Nachbarin auf der anderen Seite hatte im fraglichen Zeitraum staubgesaugt und auf ihrem iPod Anton Bruckners *Te Deum* gehört und sonst nichts. An manchen Häusern läuteten meine Kolleginnen und Kollegen vergebens. Man war bei der Arbeit oder im Schwimmbad, zum Shoppen in Mannheim oder zum Kaffeetrinken in Heidelberg oder vielleicht trotz der Gluthitze auf dem Golfplatz. Von Minute zu Minute fiel es mir schwerer, mich noch zu konzentrieren. Schon wieder hatte ich viel zu lange nichts getrunken. Genauer, seit meinem Besuch bei dem Mann, der jetzt tot nur wenige Meter von mir entfernt am Boden lag.

»Himmel noch mal!« Auch Balke war allmählich am Ende seiner Nerven und Kräfte. Er griff sich mit beiden Händen an den Kopf. »Man kann doch nicht einfach so kommen, den Hausherrn in Stücke hacken und anschließend in aller Seelenruhe wieder verschwinden!«

Offensichtlich doch.

»Ich weiß nicht.« Balke entspannte sich, dehnte seine Glieder, dass es knackte. »Dieser Mühlenfeld, ist der wirklich der Typ für so was? Hält der das durch?«

»Er hat es nicht durchgehalten. Er hat nach zehn Kilometern einen Unfall gebaut.«

Außerdem hatte ich schon mit Mördern gesprochen, die ich auf der Straße für einen Priester gehalten hätte. Mit Männern und Frauen, die gebildet waren, kultiviert, mitfühlend, sympathisch. Und irgendwann war irgendetwas geschehen, eine Sicherung durchgebrannt, ein längst vergessener Druck explodiert, und das Unvorstellbare war innerhalb von Sekunden zur bitteren Realität geworden.

»Eines ist jedenfalls sicher«, sagte ich und rieb mir die Augen in der Hoffnung, dadurch wieder klarer zu sehen. »Derjenige, der das angerichtet hat, hat mit seinem Leben abgeschlossen. Dem war es in diesem Moment vollkommen gleichgültig, ob er gesehen wird. Ob er geschnappt wird. Er hat nur noch ein Ziel gehabt – Leonhard tot zu sehen. Dazu gehört eine Menge Hass.«

Mein Handy brummte in der Hosentasche. Eine Nummer aus der Direktion, Oberkommissarin Schnepf. »Wir haben den Fiat von diesem Mühlenfeld jetzt hier«, legte sie ohne Umschweife los. »Und auf dem Beifahrersitz ist eine deutliche Spur. Sieht aus wie der Abdruck von einem blutigen Messer, das er da hingeschmissen hat.«

»Was für ein Messer?«

»Ein ziemlich großes. Können Sie was damit anfangen?«

O ja, ich konnte.

»Das Messer selbst ist nicht im Auto?«

»Bisher haben wir es jedenfalls noch nicht gefunden. Aber die Techniker sind auch noch nicht ganz fertig damit.«

»Lassen Sie sicherheitshalber sämtliche Müllbehälter an der A 5 von der Auffahrt Ladenburg bis – sagen wir – zur Raststätte Bruchsal durchsuchen.«

»Die Sonne ist weg«, stellte Balke mit müdem Blick zum Himmel fest. »Endlich!«

Im Westen stand jetzt eine dunkle Wolkenwand. Unbeweglich. Abwartend. Lauernd.

»Die Frau wäre jetzt da«, verkündete ein mir unbekannter uniformierter Kollege, der wahrscheinlich zur Ladenburger Truppe gehörte. »Sie steht vor der Haustür und will wissen, was los ist. Wieso sie nicht reindarf.«

»Sie weiß noch nichts?«

»Bloß, dass ihrem Mann was passiert ist. Könnten Sie das nicht vielleicht …?«

Ich hätte in diesen Sekunden viel dafür gegeben, die Aufgabe einem anderen aufs Auge drücken zu dürfen. Manchmal ist es nicht lustig, der Chef zu sein.

Careen Leonhard stand bleich, aber gefasst vor der Tür ihres eigenen Hauses, bewacht von einer blutjungen Kollegin, die der Situation sichtlich nicht gewachsen war. Wir schüttelten kurz die Hände.

»Alfi sei etwas zugestoßen, sagt man mir.«

»Gut, dass Sie hier sind. Können wir uns irgendwo im Haus ungestört unterhalten?«

»Im Wohnzimmer? Sie kennen es ja schon.«

»Nein, im Wohnzimmer besser nicht.«

»Dann in der Küche. Da gibt es auch etwas zu trinken. Ich bin am Verdursten.«

Sie versuchte, die Haustür aufzuschließen, bekam jedoch den Schlüssel nicht ins Schloss. Schließlich nahm ich ihr den Schlüsselbund aus der Hand, an dem ein schwarzes Ledermäppchen baumelte, und öffnete. Zur Küche ging es gleich links. Frau Leonhard öffnete ein Kühlgerät vom Format eines mittleren Kleiderschranks, füllte zwei hohe Gläser mit Wasser, tat mit mechanischen Bewegungen Zitronenscheibchen hinein, die fertig geschnitten in einem bunt bemalten Keramikschälchen lagen. Tonlos fragte sie, ob ich auch Eis wolle. Ich lehnte dankend ab, und sie ließ dennoch

Eiswürfel in mein Glas fallen, die aus einer Apparatur an der Außenseite des Kühlschranks rappelten.

»Was ist mit Alfi?«, fragte sie voller Anspannung, als sie mir gegenüber am kleinen Ecktisch saß.

»Es tut mir sehr leid, Ihr Mann ist tot.«

Sie wirkte nicht überrascht. »Und … wie …?«, fragte sie nur mit schmalem Mund und blassen Lippen.

»Ermordet.«

»Da …?« Mit einer schwachen Bewegung des Kinns deutete sie auf die Wand, hinter der sich das Wohnzimmer befand. Es existierte sogar eine Durchreiche, die jedoch nicht aussah, als wäre sie in letzter Zeit benutzt worden. Die Nische davor war vollgestellt mit Krimskrams und einer Vase voller vertrockneter Rosen. Vermutlich aß man meistens in der geräumigen und mit den modernsten Gerätschaften ausgestatteten Küche. »Kann ich …?«

»Besser, Sie sehen ihn jetzt nicht. Es ist kein schöner Anblick.«

»Wie …?«

Auch diesmal klangen ihre Fragen seltsam sachlich, emotionslos, fast desinteressiert. Vielleicht war das einfach ihre Art, mit schlimmen Nachrichten umzugehen.

»Vermutlich mit dem Messer, das unter der Flinte an der Wand hängt. Gehangen hat.«

»Ich habe immer …« Plötzlich schwankte sie, fasste sich an die Brust. Die junge Kollegin, die an die Wand gelehnt zugehört hatte, war schnell und kräftig genug, die schmale Frau aufzufangen.

»Geht's wieder?«, fragte ich, nachdem sie zwei weitere Wassergläser geleert und wieder ein wenig Farbe im Gesicht hatte. Auch ich hatte inzwischen einiges getrunken und fühlte, wie mein Gehirn wieder begann, vorschriftsmäßig zu arbeiten.

Careen Leonhard starrte in ihr leeres Glas. »Ich habe es immer so gehasst, das Gewehr, die Köpfe der toten Tiere, dieses ... andere. Aber Alfi musste es ja unbedingt an der Wand hängen haben. Unbedingt. Und nun ... aber ... wer?«

»Wir wissen es noch nicht.« Ich ließ sie ein wenig zu sich kommen. Schenkte Wasser nach, auch mir, stellte schließlich die unvermeidliche dämliche Frage, die nicht selten zum raschen Erfolg führte: »Fällt Ihnen spontan jemand ein, der für so etwas infrage käme?«

»Für so etwas kommt doch niemand infrage!«, stieß sie mit aufloderndem Blick hervor. »So etwas tut doch kein Mensch! Jedenfalls kein normaler Mensch.«

»Wer Ihrem Mann das angetan hat, war in diesem Moment kein normaler Mensch. Er muss unvorstellbar wütend gewesen sein. Verzweifelt. In eine ausweglose Lage getrieben. Vielleicht alles zusammen.«

»Sie denken, es ging um Rache?«

»Einen Raubüberfall können wir definitiv ausschließen.« Alles, was ich sagte, traf fast zu perfekt auf Christian Mühlenfeld zu, den sensiblen, kultivierten Mann, dem weder Balke noch ich einen Mord zutrauten.

Careen Leonhard führte ihr Wasserglas zum heute ungeschminkten Mund. Verschüttete einiges, ohne es zu bemerken. Leerte das tropfende Glas mit kleinen, nachdenklichen Schlucken. Ihr Blick war jetzt wieder starr und tot. Hin und wieder schüttelte sie ein klein wenig den Kopf, als könnte sie einen bestimmten Gedanken einfach nicht zulassen. Dann starrte sie wieder sekundenlang vor sich hin. Es hatte keinen Sinn und keinen Zweck, sie weiter zu quälen.

»Ich lasse Ihnen einen Arzt rufen«, sagte ich leise und erhob mich. »Haben Sie einen Hausarzt?«

Sie reagierte nicht. Da ich mir nicht sicher war, ob sie mich gehört hatte, wollte ich die Frage wiederholen, aber da griff sie nach ihrer Handtasche, zerrte mit bebender Hand das weiße Smartphone heraus. »Inga? Könntest du ... ja, ich, Careen. Könntest du bitte kommen? Es ist was Schlimmes passiert ... Ja, mit Alfi. Danke. Ich danke dir.«

Sie warf das teure Handy achtlos auf den Tisch, mitten in die Pfütze, die sie soeben selbst verursacht hatte. »Inga ist Ärztin. Sie wohnt gleich um die Ecke.«

»Sie melden sich bitte, wenn Sie sich imstande fühlen, das Gespräch fortzusetzen?«

Dieses Mal war ihr Nicken wieder ein klein wenig fester. Sie klang, als würde sie eine offizielle Erklärung abgeben, als sie sagte: »Ja, das werde ich tun. Ich will, dass er … dieses Schwein … dieses Monster … ich will, dass er bestraft wird. Ich will, dass er leidet. Ich will, dass er …«

Das letzte Wort, das ihr auf der Zunge lag, sprach sie nicht aus. Aber ich verstand sie auch so.

Ich ließ Frau Leonhard in der Obhut der Kollegin zurück, umrundete wieder das Haus, um das Wohnzimmer nicht betreten zu müssen.

Balke hatte sich unter einem Nussbaum ins Gras gesetzt, hielt sein Smartphone mit beiden Händen vor sich und hatte Neuigkeiten: »Rübe hat eben angerufen. Die Pfälzer haben ewig nach einem Spürhund gesucht. Die Hundestaffel ist in Koblenz stationiert, und das dauert natürlich Stunden, bis die vor Ort sind. Aber dann ist einer auf die glorreiche Idee gekommen, einen Förster zu fragen.«

»Hat der Hund die Spur schon aufgenommen?«

Balke sprang auf wie eine gespannte Feder. »Florian ist ein paar Kilometer in Richtung Süden gelaufen. Die Spur ist sehr deutlich, sagen sie, und verliert sich dann ganz plötzlich auf dem Parkplatz der Burg Fleckenstein. Dort hat ihn anscheinend jemand abgeholt.«

»Was ist mit der Pistole?«

»Liegt im Auto unter dem Beifahrersitz.«

»Weiß man schon, seit wann der Hyundai da im Wald gestanden hat?«

»Von dem Parkplatz, wo der Kollege Florian am Morgen Starthilfe gegeben hat, bis zu der Stelle, wo die Wanderer den Wagen gefunden haben, sind es etwas über dreißig

Kilometer. Der Motor war schon kalt, als die Pfälzer die Haube aufgemacht haben. Sie denken doch nicht …?«

Balke brach ab und machte große Augen. Für den Fußmarsch bis zur Burg Fleckenstein hatte Florian vielleicht eine, maximal zwei Stunden gebraucht. Spätestens um neun dürfte er also dort gewesen sein.

»Er hätte alle Zeit der Welt gehabt, hierherzukommen …«

Balke schluckte. »Er hat auf dem Parkplatz wen getroffen, sie sind zusammen zurückgefahren und …«

Was mir völlig fehlte bei dieser Theorie, die im Grunde nicht einmal eine war, sondern nur ein spontanes Gedankenspiel – was mir fehlte, war das Motiv. Und die Kraft, mir vorzustellen, dass Florian zu so etwas fähig war.

»Er hat zwei Tage Zeit gehabt, Leonhard zu erschießen, und hat es nicht getan«, gab ich zu bedenken. »Wieso jetzt? Wieso die ganzen Umstände?«

Hatte die Nachricht, dass Leonhard sein leiblicher Vater war, ihn so aus dem Gleichgewicht gebracht? Wäre es nicht eher ein Grund zur Freude für ihn gewesen, nicht mit Ben Marinetti verwandt zu sein? Aus dem Wohnraum in meinem Rücken drang immer noch das Gemurmel der Spurensicherer, das Klicken einer Kamera, das Klappern irgendwelcher Werkzeuge.

Balke versuchte eine Erklärung: »Er hat in den Tagen davor einfach nicht den Mumm gehabt. Er hätte Leonhard in die Augen sehen müssen.«

»Gibt es inzwischen etwas Neues zum blauen Mercedes?«

»Klara hat angerufen, kurz bevor Sie gekommen sind. Bruckner.«

»Bruckner?«

»Er selbst fährt einen Audi R8. Aber seine Freundin, die hat eine blaue E-Klasse. Vielleicht ist der Audi in der Werkstatt?«

Und Leonhards persönlicher Assistent trug gerne Schwarz.

Ralph Bruckner saß, obwohl es schon fast sechs Uhr am Abend war, noch an seinem Schreibtisch, als wir etwas explosionsartig sein Büro betraten. Er war kreidebleich und sichtlich zu Tode erschrocken, als er von seinen Papieren aufsah. Wir nahmen gar nicht erst Platz.

»Sie waren heute in Ladenburg«, begann ich ohne weitere Förmlichkeiten.

»Das stimmt«, erwiderte er verwirrt.

»Bei Ihrem Chef. Zwischen halb drei und drei.«

»Das stimmt auch.«

»In einem Mercedes?«

Balke hatte exakt ins Schwarze getroffen: Der Audi war seit zwei Wochen wegen eines mittelschweren Unfalls in der Werkstatt, und deshalb fuhr er mit dem Wagen seiner Lebensgefährtin durch die Gegend. »Aber ich n-nehme den auch sonst gerne mal. Der Audi ist mir einfach zu teuer, um im Alltag damit rumzufahren.«

»Was wollten Sie dort?«

»Alfi ein paar Unterlagen bringen und seinen L-Laptop. Die K-Koreaner sitzen immer noch im M-Marriott und kosten uns ein V-Vermögen. Außerdem fangen sie a-allmählich an, ihre a-asiatische Gelassenheit zu verlieren.«

»Sie wollen den Termin morgen nachholen?«

»A-Alfi will.«

»Haben Sie Herrn Leonhard gesprochen?«

»N-natürlich. Wieso stellen Sie mir diese k-komischen Fragen?«

»Wann genau waren Sie dort?«

»W-warten Sie … Gegen halb d-drei hat er angerufen. Moment …«

Um vierzehn Uhr vierunddreißig hatte er eine Mail verschickt. »Und wie ich den ›Senden‹-Knopf drücke, hat das Telefon g-geklingelt, und Alfi war d-dran. Ich b-bin dann gleich los, habe g-geläutet, er hat sofort die T-Tür aufgemacht. Ich habe ihm die O-Ordner g-gegeben und den Laptop, und das w-war's auch schon. Und jetzt s-sagen Sie endlich, was l-los ist, um Himmels w-willen!«

»Wo waren Sie in den zwei Stunden davor und danach?«

»Na, hier, im B-Büro. Seit heute M-Morgen schon.«

»Dafür gibt es wahrscheinlich Zeugen?«

»M-Massenhaft.«

»Hat jemand Sie gesehen, als Sie dort waren?«

»Ein blondes M-Mädchen war auf der S-Straße und hat mich angeguckt, als wäre ich ein Alien.«

Ich ließ meine Schultern sinken und erklärte Leonhards verstörtem Assistenten den Grund unseres Überfalls.

Als wir wieder im Wagen saßen, rief ich Klara Vangelis an. »Knöpfen Sie sich diesen Bruckner mal vor. Sein schlechtes Gewissen riecht man kilometerweit.«

»Und wir nehmen uns Mühlenfeld zur Brust«, sagte ich zu Balke, während ich das Handy wieder einsteckte.

Ganz konnte ich mir den schmächtigen Mann immer noch nicht als Täter vorstellen. Aber vielleicht würde ich mich an den Gedanken gewöhnen müssen, dass auch so ein schmales Sensibelchen zur Bestie werden konnte, wenn die Umstände nur grausam genug waren.

»Fassen wir doch noch mal zusammen«, sagte ich nach einigen stillen Minuten. »Was wissen wir über den Täter?«

Balke spielte das Ratespiel bereitwillig mit: »Erstens: Er hasst Leonhard, wie man einen Menschen nur hassen kann. Zweitens: Er ist am Ende. Er hat mit seinem Leben abgeschlossen. Deshalb ist es ihm – drittens – total egal, ob er erwischt wird. Er hat keinerlei Vorsicht walten lassen. Und viertens: Er hatte keine Waffe dabei. Das heißt, er ist – fünftens – wohl nicht mit dem Plan gekommen, Leonhard umzubringen.«

»Oder er hat gewusst, dass dieser Hirschfänger an der Wand hängt. Was bedeutet, dass er schon mal in Leonhards Haus war.«

Ich kam noch einmal auf Florian zurück, den ich mir ebenso wenig wie Mühlenfeld als tollwütigen Killer vorstellen konnte. »Er ist verletzt. Vielleicht hat Leonhard auch in diesem Punkt gelogen, und er hat sich gar nicht selbst ins Bein geschossen. Vielleicht haben sie sich gestritten, Leonhard hat ihm die Waffe weggenommen und auf ihn geschossen.«

»Dann hat er aber verdammt schlecht getroffen. Der Mann ist Jäger. Der sollte mit Waffen umgehen können.«

Vielleicht war es nur ein Versehen gewesen? Vielleicht hatte der Schuss sich im Handgemenge gelöst? Und was würde das bedeuten für das, was uns im Moment bewegte? Nichts. Gar nichts.

»Hören wir auf«, sagte ich erschöpft. »Das führt zu nichts.«

Als wir wieder am Tatort waren, klang uns aus dem Wohnraum das Klacken von Kofferschlössern entgegen. Die Spurensicherer packten ihre tausend Sachen zusammen. Lemmle hatte uns gehört, kam heraus, sah mich selbstzufrieden an: »Von mir aus kann er dann weg. Soll ich schon mal die Tatortreiniger bestellen?«

Eines wurde mir in diesem Moment klar: Es war keine Tat im Affekt gewesen. Auch, wenn der Täter keine Waffe dabeihatte. Es hatte keinen Streit gegeben, denn den hätte jemand in der Nachbarschaft gehört, keine Eskalation, kein Handgemenge. Er war hereingekommen, hatte Leonhard schlafend angetroffen, den Hirschfänger von der Wand genommen und ihm ohne zu zögern die Kehle durchgeschnitten. Leonhard war vielleicht im letzten Moment noch aufgewacht, hatte seinen Mörder vielleicht erkannt und noch einen halben Schrei ausstoßen können.

»Was ist eigentlich mit der Tochter?«, fragte Balke. »Weiß sie es schon?«

»Rufen Sie sie an? Ich kann nicht mehr.«

Und ich wollte auch nicht mehr. Vielleicht hatte die Mutter sie ja schon informiert, obwohl sie unter Schock stand. Nur um sicherzugehen, wählte ich schließlich doch Felizitas' Nummer. Sie war nicht erreichbar, worüber weder Balke noch ich traurig war. Sie würde noch früh genug erfahren, was ihrem Vater zugestoßen war, an dem sie trotz aller Differenzen und Konflikte offenbar gehangen hatte.

»Fahren wir zurück«, entschied ich, als die Kriminaltechniker verschwunden waren. »Jetzt ist Mühlenfeld an der Reihe.«

Mein Handy brummte, während wir zum Wagen gingen. Wieder einmal war es die tapfere Laborantin. »Die anderen Abdrücke«, erklärte sie aufgekratzt. »Die verwischten mit den glatten Sohlen sind eindeutig von Mühlenfeld.«

27

»Sein Blut klebt an Ihren Schuhen«, begann ich Christian Mühlenfelds zweite Vernehmung in scharfem Ton. »Und an Ihren Händen. Wir haben Abdrücke von Ihren Sohlen in Leonhards Wohnzimmer gefunden. In Ihrem Wagen hat die Mordwaffe gelegen. Wie können Sie uns das alles erklären?«

Keine Reaktion. Der inzwischen dringend des Mordes zum Nachteil von Alfred Leonhard Verdächtige starrte mit steinerner Miene auf die altmodischen Hausschuhe, die ihm irgendeine gute Seele in der Direktion spendiert hatte. Seine Schuhe waren wie alles andere, was er bei seiner Festnahme am Leib getragen hatte, im Labor.

»Was haben Sie mit dem Messer gemacht?«

In seinem Gesicht war nur noch Leere und Erschöpfung. Dieses Mal saßen wir uns nicht – wie beim ersten Gespräch – in meinem Büro gegenüber, sondern im offiziellen Vernehmungsraum der Polizeidirektion. Mühlenfeld antwortete nicht.

»Okay, dann sage ich Ihnen, was Sie damit gemacht haben: Sie haben es weggeworfen. Aber keine Sorge, wir werden es bald finden.«

Plötzlich hasste ich diesen weinerlichen Schwächling an der anderen Seite des Tischs. Ich wollte ihn leiden lassen. Ich wollte seine Tränen sehen. Und vor allem wollte ich sein Geständnis hören. Und dann wollte ich nur noch schlafen.

Ich beugte mich vor, versuchte, seinen Blick einzufangen, aber es gelang mir nicht. »Herr Mühlenfeld, jetzt hören Sie mir mal genau zu.« Ich zählte an den Fingern ab: »Sie waren heute Nachmittag zum passenden Zeitpunkt in Ladenburg. Sie waren in Leonhards Haus. Für beides habe ich gerichtsfeste Beweise. Demnächst habe ich auch die Tatwaffe. Und ich verwette drei Monatsgehälter, dass wir Ihre Fingerabdrücke darauf finden.«

»Nein.« Das Häufchen Elend hatte gesprochen. Immerhin.

»Was, nein?«

»Es …« Er blinzelte. Sein Gesicht wurde weich. Gleich würde er wirklich weinen. Aber noch kämpfte er dagegen an. Ein letzter Rest Selbstachtung steckte noch in ihm. »Es stimmt«, flüsterte er endlich. »Ja, ich war dort.«

Am Mikrofon auf dem Tisch glühte das rote Lämpchen. Die Luft war stickig und verbraucht. Es stank nach Männerschweiß, nach Stress und Wut und Angst.

»Was wollten Sie von Leonhard? Hatten Sie von Anfang an vor, ihn in Stücke zu schneiden?«

Mühlenfeld legte das schmale, käseweiße Gesicht in seine manikürten Hände. Rechts funkelte ein schmaler goldener Ring. »Sie glauben mir ja sowieso nicht.«

»Versuchen Sie es.«

»Sie … Sie haben mich doch längst verurteilt.«

»Urteile sprechen bei uns die Gerichte. Mein Job ist es, die Fakten zu klären. Und es wäre sehr hilfreich, wenn Sie mich ein bisschen dabei unterstützen würden.«

»Fakten!« Er lächte bitter und schrill. »Was sind denn schon Fakten?«

»Dass jemand Leonhard getötet hat, zum Beispiel, ist ein Fakt. Mit einem Messer, das Sie in der Hand gehabt haben.«

Wieder Schweigen.

»Was wollten Sie von ihm? Weshalb waren Sie bei ihm?«

Mühlenfelds Gesicht war jetzt schweißnass. »Sie haben recht«, sagte er so leise, dass ich Sorge hatte, unser Mikrofon könnte nicht empfindlich genug sein. Ich schob es näher an ihn heran. »Es stimmt, ja, ich war dort. Ich habe es gesehen.«

»Was genau haben Sie gesehen?«

»Das ... viele Blut. Aber er war schon tot. Er war schon tot, als ich kam.«

Jetzt liefen wirklich Tränen über seine eingefallenen Wangen.

»Wann waren Sie da?«

»Das weiß ich nicht mehr.«

»Ich habe Sie gesehen. Da dürfte es ziemlich genau halb drei gewesen sein.«

»Möglich, ja. Ich habe Sie auch gesehen. Ich bin hundertmal um den Block gefahren ...«

»Wozu? Was wollten Sie von Leonhard?«

»Ich war auch gestern schon da gewesen. Und vorgestern. Seit vorgestern fahre ich sinn- und planlos herum und weiß mir nicht zu helfen. Ich habe so viele Schulden, ich werde das niemals, niemals bezahlen können. Ich habe keinen Job. Ich weiß nicht einmal, wie ich einen bekommen könnte. Wer nimmt denn schon einen Versager wie mich? Sagen Sie mir doch: wer?«

»Wir sind hier nicht die Arbeitsagentur. Sie waren also bei Leonhard. Das ist ja schon mal was. Wozu? Um mit ihm über einen Zahlungsaufschub zu verhandeln?«

Verzagtes Nicken. Immer mehr Tränen. »Er hat nicht mal aufgemacht. Ich war auch in der Firma. Am Vormittag. Dort war er aber nicht. Auch seine Sekretärin nicht, diese unmögliche Giftspritze. Einer von Leonhards Mitarbeitern hat mir dann gesagt, es sei etwas passiert, und er würde heute nicht mehr kommen. Was genau, wollte er mir nicht verraten. Nur dass Leonhard auf absehbare Zeit nicht zu sprechen sei. Ich dachte, vielleicht steckt seine Firma auch in finanziellen Schwierigkeiten. Obwohl ich mir das nicht vorstellen kann. Er ist so reich, so ... so absurd reich.« Mühlenfeld sah mir zum ersten Mal direkt in die Augen. »Was ist denn passiert? Wo hat er gesteckt die letzten Tagen?«

»Dazu kommen wir später. Nachdem Sie gesehen haben, wie ich aus Leonhards Haus gekommen bin, was haben Sie dann weiter gemacht?«

»Ich bin weggefahren.«

»Wohin?«

»Zur Autobahn. Wie ein Magnet hat es mich immer wieder in Richtung Süden gezogen.«

»Hat mein Anblick Sie so erschreckt?«

»Ja. Sie ...«

»Was?«

»Sie haben mir Angst gemacht. Wie Sie mich angesehen haben, so ... als würden Sie mir drohen.«

»Ich habe Sie doch überhaupt nicht gekannt.«

»Ich weiß. Aber ich ... Meine Nerven. Ich war am Ende, verstehen Sie denn nicht? Ich! Bin! Am! Ende!«

»Fassen wir zusammen: Sie geben zu, heute Nachmittag irgendwann nach halb drei vor Leonhards Haus gewesen zu haben. Nicht zum ersten Mal.«

»An irgendeiner Ausfahrt bin ich wieder umgekehrt. Und ... dieses Mal habe ich mich getraut zu klingeln. Aber die Klingel hat nicht funktioniert. Oder vielleicht hatte er sie ausgeschaltet. Weil er schlafen wollte. Seit Tagen habe ich nicht mehr richtig geschlafen. Dazu diese verrückte Hitze. Mir war so elend. Ich weiß gar nicht, wann ich das letzte Mal etwas gegessen habe ...«

»Kommen Sie zum Wesentlichen. Wir haben nicht ewig Zeit.«

»Ich wollte schon wieder kehrtmachen, mich wieder verdrücken, wie so oft, aber da dachte ich, ich gehe einfach um das Haus herum. Er hat mich gesehen und macht deshalb nicht auf. Weil er nicht mit mir sprechen will. Also bin ich um das Haus herumgeschlichen …«

Von dem Moment, als ich ihn sah, bis zu dem Zeitpunkt, als Mühlenfeld vor Leonhards Haustür stand, war nach seiner Schätzung vielleicht eine halbe Stunde vergangen.

»Vielleicht sogar mehr. Ich habe zwischendurch angehalten und mit Eduard telefoniert. Ich wollte seine Stimme hören, seinen Rat. Aber …«

»Sie sind um das Haus herumgegangen …«

»Es war meine letzte Hoffnung, das müssen Sie doch begreifen! Ihn anzuflehen. Zu winseln, zu betteln. Seine Schuhe hätte ich geküsst, wenn ihn das gnädig gestimmt hätte. Alles hätte ich getan. Alles.«

»Sogar ihn umbringen.«

Jetzt begann er zu schreien: »Das ist eine Unterstellung! Eine böswillige Unterstellung ist das! Sie drehen mir das Wort im Mund herum. Ja, ich gebe zu, ich war dort. Ja, ich habe ihn gesehen, ja! Aber er war schon tot, verstehen Sie nicht? Können Sie sich vorstellen, in Ihrem sturen Beamtenkopf, was für eine Katastrophe das für mich war? Wie er da lag? Tot? In seinem …« Es kostete ihn Mühe, das Wort herauszuwürgen: »Blut?«

»Wieso Katastrophe? War doch ganz praktisch für Sie. So konnte er keine Forderungen mehr stellen.«

»Die Briefe kamen ja nicht von ihm. Die kamen von einer seiner vielen Firmen. Von seinen Anwälten. Und diese Firma und diese Anwälte wird es weiterhin geben. Irgendwelche Halsabschneider werden den Laden weiterführen. Schulden eintreiben. Vielleicht noch gefühlloser, noch skrupelloser als Leonhard selbst.«

»Er war angeblich schon tot ...«

»Ich hatte so gehofft, dass wir doch noch irgendein Agreement finden können. Zwei, drei Jahre Aufschub. Ich weiß nicht, wie, aber wenn ich mehr Zeit gehabt hätte, irgendwie hätte ich es geschafft. Irgendwie hätte ich das Geld aufgetrieben.«

»Was haben Sie gedacht, als Sie um das Haus herumgeschlichen sind?«

»Ich dachte, er muss doch da sein. Irgendwo muss er doch sein. Aber nein, das stimmt ja alles nicht. Im Grunde habe ich längst nichts mehr gedacht. Wie ein Automat bin ich herumgestolpert, wie ein Roboter. Ich musste doch mit ihm reden. Es war ja nicht nur mein Geld, das verloren war. Es war auch das Geld von Eduard. Das, nur das hat mich vorwärtsgetrieben. Sonst wäre ich vermutlich längst gegen einen Brückenpfeiler gefahren. Aber ich durfte nicht nur an mich denken. Eduard, mein Mann, er hat Bürgschaften unterschrieben. Auch er wäre ruiniert ...«

»Sie sind um das Haus herumgegangen ...«

»Und habe mich dabei gefühlt wie ein Einbrecher, wie ein Dieb. Lachen Sie ruhig. Ich würde es an Ihrer Stelle auch tun. Aber was blieb mir übrig? Eduard und ich, wir haben sehr lange ... telefoniert. Ich wollte seinen Trost, und stattdessen hat er mich angeschrien. Angeschrien! Das hat er überhaupt noch nie getan. Ein Weichei hat er mich genannt, einen Versager, einen Hampelmann, der nicht einmal imstande ist, seinem Feind ins Auge zu sehen und ihm die Meinung zu sagen.«

»Sie sind um das Haus herumgegangen ...«

»An der Gartenseite standen die Terrassentüren sperrangelweit offen. Alles war offen. Er ist also doch da, dachte ich und habe leise ›Hallo‹ gerufen, erst ganz leise, dann lauter. Aber niemand hat geantwortet. Und da bin ich ... und da lag er dann.«

»Und Sie?«

»Ich bin weggelaufen wie der Hasenfuß, der ich bin, wie ein erschrecktes Mädchen. In mein Auto gesprungen und …«

»Sie haben den Raum also nicht betreten?«

Panisches Kopfschütteln.

»Wie kommt dann das Blut an Ihre Schuhsohlen?«

»Ich weiß es nicht«, flüsterte er flehend um Verständnis, um Nachsicht, um Mitleid. »Ich habe keine … Erinnerung. Ich weiß es wirklich nicht. Bitte, bitte glauben Sie mir!«

»Ich kann Ihnen sagen, was Sie auf einmal vergessen haben: Leonhard lag auf der Couch, hat geschlafen, Ihr schlimmster Feind ganz wehrlos und nur ein paar Schritte von Ihnen entfernt. Und an der Wand hing praktischerweise ein schönes, langes Messer …«

»Nein! Nein! Er war schon tot! Wie oft soll ich denn noch … Aber ich – ich gebe es zu, ja – für einen Moment, für einen winzigen Moment war ich froh, richtig froh und erleichtert. Dass es doch noch Gerechtigkeit gibt auf der Welt. Dass er seine Strafe bekommen hat. Dass es jemand anderes an meiner Stelle getan hat.«

»Sie hatten also doch vor, ihn umzubringen?«

»Nein. Unsinn. Ich weiß nicht.«

»Das ist Ihr Lieblingssatz: ›Ich weiß nicht.‹«

»Weshalb quälen Sie mich so? Macht Ihnen das Spaß?«

»Weil ich die Wahrheit wissen will. Ein Mensch ist getötet worden. Vielleicht kein besonders netter, aber ein Mensch. Und Sie waren am Tatort. Sie hatten vor, ihn umzubringen. Vielleicht nicht in dem Sinn, dass Sie einen festen Plan hatten. Aber ich wette, Sie haben mit dem Gedanken gespielt, ihm wehzutun. Ihn zu würgen …«

»Was glauben Sie wohl, was Leonhard mit mir angestellt hätte, wenn ich versucht hätte, ihm etwas zu tun?«, kreischte Mühlenfeld. »Sehen Sie mich doch an! Er hätte mich lachend an die Wand geworfen. Sehen Sie mich doch an! Was könnte ich mit meinen fünfundsechzig Kilo gegen einen Kerl wie ihn ausrichten?«

Unbeeindruckt fuhr ich fort: »Sie hatten ein starkes Motiv. Sie hatten die Gelegenheit. Die Waffe, die Sie vergessen hatten, hing griffbereit an der Wand. Und er war völlig wehrlos, weil er geschlafen hat.«

»An der Wand?«

»Jetzt tun Sie nicht so, als hätten Sie es nicht gewusst. Sie waren schon früher in Leonhards Haus.«

»Wie … wie kommen Sie darauf?«

»Woher sollten Sie sonst wissen, wie Sie hineinkommen, wenn niemand die Tür öffnet?«

Er schlug die Augen mit den langen, weichen Wimpern nieder. »Diese Häuser sind doch alle gleich«, murmelte er. »Vorne ist die Tür, hinten ist die Terrasse. Nein, ich war nie dort. Wenn ich Leonhard sprechen wollte, war ich immer in seinem Büro.«

»Sie haben ihn schon früher persönlich gesprochen?«

»Ja, natürlich! Mehr als einmal. Schon vor Wochen war ich bei ihm. Um Gnade wollte ich flehen. Um mein Leben winseln. Es war so … so erniedrigend.«

»Wie hat er reagiert?«

»Seine Sekretärin wollte mich gar nicht zu ihm lassen. Aber dann ist er aus seinem Büro gekommen, hat mich angesehen, als wäre ich … ein Bettler, ein hoffnungsloser Fall, womit er natürlich ganz recht hatte, und dann hat er mich an seine Verwaltungsfirma verwiesen, mit der ich den Mietvertrag abgeschlossen hatte. Es war so … unglaublich … ach!«

»Angeblich lag er also schon am Boden, als Sie kamen …«

»Nicht angeblich.«

»Was mich wundert: Sie sind daraufhin nicht etwa geflohen oder haben – was normal wäre – die Polizei gerufen, sondern sind zu ihm gegangen, um sich alles ganz genau anzusehen.«

Nun begann er, sich auf Amnesie herauszureden. Hatte angeblich alles vergessen von dem Moment an, als er Leonhards Leiche sah, bis er irgendwann auf der Autobahn wieder zur Besinnung kam.

Ich wurde immer lauter und aggressiver, er immer stiller und verwirrter. Seine Hände zitterten und bebten, das Gesicht war in ständiger Bewegung, Tränen tropften auf die lappige Hose, die aus dem Fundus der Direktion stammte wie das Hemd und die altmodischen Hausschuhe.

Ich sah jetzt immer häufiger auf die Uhr. Um sieben war ich mit Louise verabredet, und heute würde ich sie nicht versetzen.

Eine Viertelstunde blieb mir noch.

Ich spielte das uralte Spiel, das fast immer zum Erfolg und Zusammenbruch des Widerstands auf der anderen Seite führt: Ich rückte näher an ihn heran. Machte mich groß. Benutzte den Trick, der früher oder später fast jeden Verdächtigen aus der Fassung bringt: Ich begann immer wieder von vorn.

»Sie haben also daran gedacht, ihn zu töten?«

»Ja«, gestand er gequält. »In meinem Kopf war nur noch Chaos. Ich hatte Gewaltfantasien – bitte, wer hätte die nicht in meiner Situation? Ich war am Ende. Physisch. Psychisch. Finanziell. Meine Beziehung war am Zerbrechen. Aber es wäre vollkommen verrückt gewesen, das müssen Sie zugeben. Ich wollte doch etwas von ihm. Was hätte es mir denn genützt, ihn zu ermorden? Wo wäre der Sinn?«

Noch ein wenig näher, noch ein wenig größer und lauter: »Ganz einfach: Er wollte nicht nachgeben. Er hat Sie abblitzen lassen, wahrscheinlich sogar ausgelacht, und da haben Sie …«

»Nein!«, schrie er und hämmerte mit seinen Künstlerhänden auf den robusten Tisch. »Nein, nein, nein!« Es dauerte lange, bis sein Atem sich wieder beruhigte. »Er war tot, als ich kam«, sagte er dann tonlos und langsam, jedes Wort betonend. »Ich weiß nicht, warum ich diesen verfluchten

Raum betreten habe. Wenn an meinen Händen Blut war, dann habe ich ihn ja offenbar sogar berührt ...«

»Nicht nur das. Sie hatten auch das Messer in der Hand.«

»Sie haben recht, manchmal habe ich wirklich gedacht, vielleicht wird alles gut, wenn er stirbt. Wenn er einen Autounfall hat. Wenn ihn der Schlag trifft. Und ja, in schwachen Momenten habe ich mir vorgestellt, ich würde ihn erschießen. Erschlagen. Mit einem Beil zerhacken. Aber ich ... ich bin einfach nicht der Kerl für so etwas. Ich könnte so etwas nicht. Nie. Nie im Leben.«

Ich lehnte mich zurück, um ihm Raum zu lassen.

Noch zehn Minuten.

»Sie glauben nicht, wozu Menschen fähig sind, wenn sie in die Enge getrieben werden«, sagte ich ruhig. »Sie waren bei ihm und haben das Messer in die Hand genommen. Wo war es denn, das Messer?«

Langsames, verwundertes Nicken. »Irgendwann habe ich gewagt hineinzusehen. Es war sehr dunkel in dem Raum. Weil es draußen so schrecklich hell war. Die Sonne, diese unmenschliche Sonne, die ganze Zeit. Ich konnte gar nichts erkennen. Vielleicht bin ich deshalb ein paar Schritte näher getreten? Ich weiß es doch nicht mehr. In meinem Kopf tobte ein Tornado von Ängsten und Gefühlen und ich ... Könnten wir bitte eine kleine Pause machen? Bitte!«

»Nein.«

»Habe ich nicht ein Recht auf einen Anwalt?«

»Ich habe Sie vorhin lang und breit über Ihre Rechte aufgeklärt. Da wollten Sie keinen Anwalt. Daran erinnern Sie sich hoffentlich noch?«

»Nein. Aber wenn Sie es sagen.«

»Herr Balke, hier neben mir, ist Zeuge.«

»Haha.«

»Wollen Sie einen Anwalt hinzuziehen oder nicht?«

Für einen Moment sah der schmale Mann auf der anderen Seite des Tischs aus, als würde er wieder in Tränen ausbrechen. Und ich wusste immer weniger, woran ich bei ihm war. War er wirklich so harmlos und verstört, wie er tat? Oder vielmehr ein besonders abgefeimter Schauspieler? Balkes Handy summte. Er nahm es ans Ohr, hörte kurz zu, sagte: »Okay, eine Minute«, warf mir einen bedeutungsvollen Blick zu und verließ eilig den Raum.

Nun war ich mit Christian Mühlenfeld allein.

»Woran können Sie sich denn noch erinnern?«, fragte ich in einem Ton, als wäre alles Bisherige nur Theater gewesen. Als wäre ich plötzlich sein Freund, der ihm helfen wollte, mit einem schrecklichen Erlebnis fertigzuwerden.

Tonlos zählte er auf: »Wie ich um die Ecke komme. Die offen stehende Terrassentür. Es war so still. So still. Die Terrassentür ist riesig. Eigentlich sind es gar keine Türen, sondern Glaswände, die man irgendwie im Boden verschwinden lassen kann. Ich habe so eine Konstruktion nie zuvor gesehen. Dann der Schreck. Das Entsetzen. Die Panik. Später ein Parkplatz an der Autobahn. Irgendwo. Ich weiß nicht.«

»Dort sind Sie wieder zu sich gekommen?«

Mühlenfeld hob den Kopf, sah mir in die Augen wie ein geprügelter Dackel. Schwieg.

»Ist Ihnen nicht aufgefallen, dass Sie Blut an den Händen hatten?«

»Nein.«

»Was haben Sie dann gemacht?«

»Ich habe ewig im Auto gesessen, halb tot vor Schreck. Später sind zwei Anhalter gekommen und haben an die Scheibe geklopft. Sie wollten nach Basel mitfahren und sind sehr aufdringlich gewesen. Holländer, die aber recht gut Deutsch konnten. Zum Glück hatte ich die Türen verriegelt.«

»Dann sind Sie weitergefahren?«

Nicken.

»Wie weit?«

»Es war wenig Verkehr. Sonst hätte ich bestimmt schon viel früher einen Unfall gebaut. Lkws haben mich angehupt und überholt. Die Klimaanlage meines Wagens funktioniert nicht richtig. Irgendwann bin ich umgekehrt und wieder zurück in Richtung Heidelberg gefahren. Ich wollte nach Hause. Aufgeben. Ich weiß nicht. Dann hat es auch noch gepiept. Ich musste tanken …«

Balke kam zurück, mit ausdrucksloser Miene, setzte sich wieder, fixierte Mühlenfeld und fiel regelrecht über ihn her: »Wir haben das Messer gefunden. In einem Müllcontainer an der A 5 in der Nähe von Baden-Baden. Daneben lag ein Handtuch, mit dem Sie es sehr gründlich abgewischt haben, bevor Sie es in die Tonne geworfen haben. Ein gelbes Handtuch. Unser Labor hat gelbe Baumwollfasern an Ihren Händen gefunden und in Ihrem Kofferraum. Und jetzt sollten Sie vielleicht wirklich mit einem Anwalt telefonieren.«

Mühlenfeld starrte durch ihn hindurch. Blinzelte. Seine Miene wechselte im Sekundentakt zwischen Unglauben, Verwirrung und etwas, das ich noch nicht deuten konnte. Etwas, das man in den Augen gesunder Menschen nicht sieht. Ich erinnerte mich an einen Satz in Arno Schmidts *Leviathan*, der einmal großen Eindruck auf mich gemacht hatte: »Ihre Augen leuchteten wie die Scheiben brennender Irrenhäuser.«

»Der Kopf«, murmelte Mühlenfeld mit einer Miene, als wiederholte er nur noch, was innere Stimmen ihm vorsagten.

»Was war mit dem Kopf?«, fragte ich leise.

»Fast abgeschnitten«, flüsterte Mühlenfeld. »Und das Blut … Überall … das viele, viele Blut … das Messer …«

»Was war mit dem Messer?«, hakte ich geduldig nach, als es schon wieder nicht weiterging.

»Ich … Sie haben recht, es muss wohl irgendwo gelegen haben.«

»Herr Mühlenfeld«, sagte ich, nun schon wieder drängender. »Kein vernünftiger Mensch würde unter solchen Umständen ein blutiges Messer vom Boden aufheben.«

»Ich war zu diesem Zeitpunkt weit davon entfernt, vernünftig zu sein«, erwiderte er mit tiefem Ernst.

»Das ist mal ein originelles Argument«, musste ich zugeben und hätte fast gelacht. »Aber viel helfen wird es auch nicht, fürchte ich.«

»Sie denken, ich war es«, stellte er fest, als würde ihm das jetzt erst klar. »Sie müssen das denken. Das ist Ihre Aufgabe, Ihr Job. Aber woher hätte ich das Messer denn haben sollen?«

»Den Punkt hatten wir schon: Es hing an der Wand.«

Mühlenfeld wirkte immer noch, als horchte er auf Stimmen in seinem Kopf. »Der Hirschfänger. Ich wusste gar nicht, was das ist, ein Hirschfänger. Leonhard hat es mir erklärt.«

»Sie waren also doch schon früher in seinem Haus?«

»In diesem Punkt habe ich nicht die Wahrheit gesagt, bitte verzeihen Sie. Er hatte mich zu einer seiner Partys eingeladen, die er regelmäßig für Geschäftspartner gibt. Es war ganz schauderhaft. All diese Groß- und Wichtigtuer und ihre hochnäsigen, aufgetakelten Weiber. Ich bin nur hingegangen, weil ich dachte, ich könnte ein paar Worte mit ihm sprechen. Damals steckte ich schon in Schwierigkeiten. War für zwei Monate mit der Miete im Rückstand. Man weiß doch, wie das läuft. Verträge sind das eine, das Wort von Mann zu Mann das andere. Verträge sind Papier. Aber ein Wort, das gilt. Meistens.«

»Konnten Sie mit ihm reden?«

»Ich war da ganz falsch, auf dieser Angeberparty. Aber damals habe ich mir Leonhards makabre Wanddekoration angesehen. Auch die Bilder. Von Kunst hat er etwas verstanden. Das hat mich gewundert. Für Leute seines Schlags ist Kunst ja sonst nur eine Kapitalanlage, die man sich an die Wand hängen kann. Aber in diesem Punkt war er anders. Er hat seine Bilder geliebt, regelrecht geliebt, ist mir damals klar geworden. Zum einen oder anderen hat er mir etwas erklärt. Wie dabei seine Augen geleuchtet haben! Wie ein Kind, das seine Geschenke zeigt ...«

»Sie haben also doch mit ihm gesprochen.«

»Nicht über das, was ich wollte. Das hat er konsequent abgeblockt. Nein, einfach überhört hat er mich, wenn ich versuchte, das Thema ... Das Messer, ich musste es damals sogar in die Hand nehmen. Er wollte mir zeigen, wie schwer es ist.«

»Herr Mühlenfeld«, sagte ich fast heiter. »Wenn Sie sich vielleicht mal einen Augenblick zurücklehnen und versuchen, die Sache mit meinen Augen zu sehen ...«

»Natürlich«, flüsterte er mit niedergeschlagenen Augen. »Ich weiß es doch. Ich weiß doch, dass alles gegen mich spricht. Aber ich war es nicht. Ich würde Ihnen ja gerne den Gefallen tun. Aber ich war es nicht.«

»Übrigens eine pfiffige Idee zu behaupten, Sie hätten das Messer früher schon einmal in der Hand gehabt. Das würde erklären, dass Ihre Fingerabdrücke und Ihre DNA darauf sind. Aber es wird Ihnen nichts helfen. Wir können feststellen, wie alt die Fingerabdrücke sind.«

Wieder Schweigen.

Noch fünf Minuten.

»Hatten Sie Kleidung zum Wechseln im Wagen?«

»Wie?« Verwirrt vom plötzlichen Themenwechsel sah er mich an. Als müsste er überlegen, wer ich war. Wohin es ihn auf einmal verschlagen hatte.

»Als Sie vorgestern losgefahren sind, wohin auch immer, haben Sie da eine Tasche gepackt?«

»Ja, natürlich.«

»Haben Sie sich unterwegs umgezogen?«

»Die Hose habe ich gewechselt, ja. Sie war ganz fleckig. Ich weiß nicht ...«

Drei Minuten noch. Dann musste ich wirklich los. Ich

atmete tief ein, lehnte mich wieder zurück, spielte mit meinem Kuli. Dann sah ich Mühlenfeld in die Augen.

»Ich will Ihnen die Geschichte jetzt mal so erzählen, wie sie wirklich abgelaufen ist: Sie haben gesehen, dass Leonhard auf der Couch lag und schlief. Vielleicht haben Sie wirklich ein paarmal ›Hallo‹ gerufen, aber er ist nicht aufgewacht. Sie sind näher heran, vielleicht um ihn zu schütteln, um ihn zu wecken. Er ist tatsächlich aufgewacht, hat Sie gesehen, vielleicht eine gemeine Bemerkung gemacht …«

Es dauerte einen Moment, dann nickte Mühlenfeld zu meiner Überraschung.

»Und auf einmal war da dieser Hass. Dieser abgrundtiefe, alles überwältigende Hass, die Frustration, die Erniedrigung, der Schmerz, all das hat sich vermischt und ist plötzlich explodiert. Vielleicht hat er Sie auch beleidigt, irgendeine Bemerkung von ihm hat das Fass zum Überlaufen gebracht …«

Wieder Nicken, demütig jetzt. Er hatte aufgegeben. Legte das aschfahle Gesicht erneut in die Hände. Hände, an denen immer noch das Blut seines Feindes klebte, auch wenn man es mit bloßem Auge nicht sehen konnte.

»Sie wussten, wo das Messer hing. Sie brauchten nur zuzugreifen. Und bis Leonhard begriff, war er schon tot.«

Nun reagierte Mühlenfeld überhaupt nicht mehr.

»Als Erstes haben Sie ihm die Kehle durchgeschnitten. Mit aller Kraft, die Sie hatten. Man braucht eine Menge Kraft und Wut, um einen Menschen so zuzurichten, wie Sie es getan haben. Auch mit einem scharfen Messer.«

Immer noch keine Reaktion.

»Warum haben Sie das Messer mitgenommen?«

»Ich weiß es nicht.«

»Dann will ich Ihnen sagen, warum: Weil Sie wussten, dass es Sie überführen würde. Dass das Messer das entscheidende Indiz sein würde, wenn wir es finden.«

Jetzt schwieg er wieder.

»Ich muss jetzt los. Sehen Sie zu, dass Sie einen guten Anwalt finden. Herr Balke wird Ihnen dabei helfen, wenn Sie wollen. Morgen früh sehen wir uns wieder.«

Als Mühlenfeld immer noch nicht reagierte, fragte ich nach: »Sie haben verstanden, was ich gesagt habe?«

»Ja, ich habe verstanden. Sie denken, ich habe ihn umgebracht. Und ich habe keine Chance, das verstehe ich auch. Sie wollen mich vernichten. Und das werden Sie tun, weil Sie es können. Weil Sie die Macht dazu haben. Das verstehe ich alles, ja.«

28

»Was ist denn nur los mit dir, Paps?«, lautete Louises Begrüßung, als wir uns vor dem McDonald's in der Nähe des Bismarckplatzes trafen. Wortwörtlich dieselbe Frage hatte ich ihr gestern gestellt, erinnerte ich mich.

Diese Filiale hatte ich deshalb gewählt, weil sie sowohl für meine Tochter als auch für mich bequem zu Fuß erreichbar war. Sie umarmte mich kurz, und wir reihten uns in die zum Glück überschaubare Schlange ein. Louise wählte einen Big-Mac und Pommes mit zweimal Ketchup und eine große Cola, ich entschied mich nach einigem Überlegen für eine große Cola, Pommes mit zweimal Majo und einen BigMac. Wir fanden einen Tisch mit Aussicht auf die Straße, wo um diese Uhrzeit viel Verkehr herrschte, stellten die Tabletts auf einem glänzenden Holztisch ab, setzten uns auf Stühle, die mit braunem Kunstleder bezogen waren. Fast vermisste ich das amerikanische Plastikdesign, das ich hier eigentlich erwartet hatte.

»Was soll mit mir los sein? Ich habe gedacht, wir reden über dich.«

»Bist du krank? Ist es wegen Theresa? Habt ihr Krach?«

»Hör mal, was soll das denn jetzt?«

»Paps, also echt! Seit Wochen läufst du rum wie ein Zombie. Sarah sagt das auch. Wir haben gedacht, es ist wegen Oma. Aber jetzt ist Oma ausgezogen, und du guckst immer noch dauernd, als würdest du am liebsten jemanden erwürgen.«

»Das bildet ihr euch ein.«

»Es ist wegen Theresa. Weil sie weg ist. Und jetzt habt ihr Krach, stimmt's?«

Ich biss von meinem Hamburger ab, um Zeit zu gewinnen. »Na ja. Ein bisschen.«

»Ständig schnauzt du einen an wegen nichts. Sarah sagt, du führst sogar manchmal Selbstgespräche.«

Auch Louise biss nun herzhaft in ihr Fast-Food-Arrangement. Ketchup quoll heraus, lief über ihre Finger und tropfte auf das Papier, das das Tablett bedeckte. Aber das war okay. Es gehörte zum Stil des Hauses. Ich spülte mit einem großen Schluck der braunen, süßen Limonade nach. Es schmeckte – nun ja – ziemlich göttlich. Ich riss das erste Päckchen Mayonnaise auf, beschmierte mir zünftig die Finger dabei, lutschte sie ab, verteilte die fette, weiße Creme großzügig über die Pommes. Auch die waren so, wie sie sein sollten. Knusprig, salzig, fettig, herrlich. Jetzt erst wurde mir bewusst, dass ich völlig ausgehungert war, weil ich das Mittagessen ganz einfach vergessen hatte.

»Ist es wirklich so schlimm mit mir?«

»Frag Sarah.«

»Dann müssen wir wohl mal wieder Familienrat halten.«

»Was ist denn mit Theresa? Trennt ihr euch? Hast du sie betrogen?«

»Jetzt hör mal zu, meine liebe Louise. Es gibt gewisse Dinge …«

»Also doch. Sarah meint auch, du hättest heimlich was am Laufen. Weil du nie nach Schweden fliegen willst, zum Beispiel, um sie mal zu besuchen. Und ich dummes Huhn hab dich auch noch verteidigt. Schämst du dich wenigstens?«

»Sag mal!« Ich senkte meine Stimme, weil einige aufgekratzte und gruselig aufgebrezelte Teenies am Nachbartisch schon begannen, die Ohren zu spitzen. Am Tisch links von uns saß ein würdiger, weißhaariger Herr einer jungen Frau mit Kopftuch gegenüber. Beide verzehrten mit feierlicher Miene etwas Ähnliches wie wir. »Erstens geht euch das gar nichts an. Und zweitens ist alles überhaupt nicht so, wie ihr es euch zusammenfantasiert. Erst mal musste Oma eine Wohnung finden. Das wolltet ihr doch auch. Wenn sie noch länger bei uns geblieben wäre, dann hätte es irgendwann Mord und Totschlag gegeben.«

»Oma hat sich auch gewundert, wieso du nie nach Schweden wolltest.«

»Wie hätte sie denn bitte schön eine Wohnung finden sollen, wenn ich einfach in Urlaub geflogen wäre?«

»Erstens wolltest du ja nicht für vier Monate weg, sondern bloß für ein Wochenende. Und zweitens ist Oma nicht blöd. Sie kann Deutsch. Sie kann telefonieren und laufen und Straßenbahn fahren. Sie hat zehntausend Freundinnen …«

»Ihr meint, ich hätte mich nicht so viel um sie kümmern müssen?«

»Wegen uns hast du nie so viel Theater gemacht. Zu uns sagst du immer, wir sollen uns selber kümmern. Wir sind erwachsen, sagst du immer. Natürlich nur, wenn's für dich passt.«

»Ihr …« Was sollte ich sagen? Hatte sie nicht recht? »Ihr seid zu zweit. Oma ist allein.«

»Keiner hat sie gezwungen, Opa sitzen zu lassen.«

»Opa hat *sie* sitzen lassen.«

»Wird schon gewusst haben, wieso.«

Mein BicMac wurde zügig kleiner. Das Pommeshäufchen niedriger. Klugerweise hatte Louise gleich ein ganzes Bündel Servietten mitgenommen.

»Auch mal nett, so zu essen«, stellte ich fest.

»Lenk nicht ab, Paps«, sagte Louise.

»Du hast ja recht. Wir haben Krach. Nicht nur ein bisschen.«

»Wieso rufst du sie nicht an?«

»Wieso ruft sie nicht an?«

»Wer ist schuld?«

»Weiß ich nicht. Jeder ein bisschen. Wie üblich.«

»Dann gibst du dir einen Stoß und rufst sie an. Sonst ziehen wir nämlich aus. Wir halten es keinen Tag länger aus, dass du mit so einem Gesicht rumläufst. Sarah hat sogar schon nach WG-Zimmern geguckt.«

»Also wirklich!«

»Heut Morgen hast du dich nicht mal richtig rasiert.«

Ich betastete meine Wangen, den Hals. Okay, da hatte ich in der Hektik wohl einige Borsten übersehen.

»Ich bin momentan arg im Stress. Aber das ist bald vorbei. Spätestens morgen ist es vorbei, versprochen, und dann wird alles wieder besser. Den Täter haben wir schon. Er muss nur noch sein Geständnis unterschreiben. Und dann nehme ich eine Woche Urlaub. Und gleich morgen früh rufe ich Theresa an, versprochen. Wenn ihr Lust habt, können wir ja mal wieder was als Familie unternehmen. Sarah, du und ich.«

Louise nickte mit wohlwollendem Blick. »Klingt cool.«

»Worauf hättet ihr denn Lust?«

»Oper?«

»Ich glaube, ich habe gerade so was wie ›Oper‹ gehört ...«

»Letztes Jahr sind wir zusammen in Frankfurt gewesen. War voll Hammer!«

Puccinis *Turandot* hatten wir gesehen. Und ich hatte geglaubt, ich würde meine Mädchen nie wieder auch nur in die Nähe eines Musiktheaters bekommen.

»Und so was wollt ihr wieder haben?«

»War echt cool. Die Musik und die Kostüme und so.«

Frauen sind für uns Männer nicht immer leicht zu verstehen. Das gilt auch für junge und sehr junge Frauen.

Louise hatte inzwischen nur noch einen Berg Müll und Ketchupschmiere auf ihrem Tablett. Ich vertilgte mit Genuss die letzten Pommes, und anschließend sah es auf meinem Tablett genauso aus wie auf ihrem. Nur, dass die Schmiererei auf meiner Seite weiß war.

»Und jetzt?«, fragte ich. »Noch mal dasselbe?«

»Krass«, meinte Louise anerkennend grinsend. »Ich glaub, wir kriegen dich wieder hin, Paps.«

»Sie möchte unbedingt mit Ihnen sprechen«, hatte Inga Heister am Telefon gesagt, die Freundin und Ärztin von Careen Leonhard. »Sie muss wohl einige Dinge loswerden.«

Nach dem üppigen Essen im Fast-Food-Lokal waren Louise und ich gemütlich zusammen nach Hause geschlendert, beide guter Dinge und fast ausgelassen. Während des Spaziergangs hatte meine Tochter sich manches von der Seele geredet, wozu wir vorher nicht gekommen waren. Am Ende hatte ich sogar meinen Arm um ihre zerbrechliche Schulter gelegt, und wir waren endlich einmal wieder Vater und Tochter gewesen. Kaum waren wir jedoch zu Hause angekommen, da hatte schon wieder mein Handy losgelegt.

Die Ärztin, eine grau gekleidete, unscheinbare Frau in den Fünfzigern mit lustigen, rehbraunen Löckchen, öffnete mir die Tür und führte mich nach oben.

»Ich habe ihr ein Beruhigungsmittel gegeben«, flüsterte sie, bevor wir eintraten. »Eigentlich wollte ich, dass sie sich noch ein wenig schont. Aber sie will unbedingt jetzt sofort mit Ihnen sprechen.«

Als ich Careen Leonhards kleines Arbeitszimmer betrat, war es kurz nach acht. Die Patientin war immer noch blass, aber ihre Augen blickten schon wieder lebhaft. Sie sah mir entgegen wie ein Mensch, der einen wichtigen Entschluss gefasst hat und darauf brennt, ihn in die Tat umzusetzen. Vor einem der beiden hohen Fenster stand ein zierlicher, moderner Schreibtisch mit wenig darauf, in einer Ecke eine farbbeschmierte Staffelei aus hellem Holz mit nichts darauf, daneben ein geblümtes Sofa, auf dem Careen Leonhard mich mit übereinandergeschlagenen Beinen erwartete. Sie trug eine weit geschnittene Bluse und eine über und über mit bunten Farbklecksen verzierte sandfarbene Tuchhose, die für die Öffentlichkeit definitiv nicht mehr taugte. Die hohen Fenster zur Straße hin standen beide offen. Noch immer war es heiß. Noch immer regte sich draußen kein Lüftchen. Einmal meinte ich, in der Ferne das Grollen des kommenden Gewitters zu hören. Auch hier hingen Bilder an den Wänden, meist Landschaften, die vermutlich von der Staffelei der Hausherrin stammten.

Wir schüttelten Hände, wobei Frau Leonhard sitzen blieb und mir ein verlegenes Lächeln schenkte. Frau Heister nahm neben ihrer Patientin Platz, rutschte ein wenig herum, um auf der schmalen Couch eine bequeme Position zu finden. Ich bemächtigte mich mangels anderer Sitzgelegenheiten des Schreibtischsessels.

»Er hat ihr Geld überwiesen«, sprudelte Careen Leonhard los, als hätte sie die Worte seit Stunden zurückhalten müssen. »Alfi. Claudia.«

»Regelmäßig?«

»Jeden Monat achthundert Euro. Er hat ein Konto, von dem ich lange nichts wusste. Aber letztes Jahr, während der SEPA-Umstellung, ist etwas schiefgelaufen. Eine Überweisung ist zurückgekommen oder so. Es war im September, und ich war zufällig wegen einer anderen Sache bei der Bank, und da habe ich mit angehört, wie im Nebenraum eine der Angestellten mit Alfi telefoniert hat. Es ging um einen Dauerauftrag, der nicht ausgeführt werden konnte. Die Angestellte hat sogar den Namen genannt, und ich habe es ganz deutlich gehört: Claudia Marinetti. Und da ...« Hastig zerrte sie ein Taschentuch aus der Hosentasche, schnäuzte sich, schniefte ein wenig. »Welchen Grund Alfi für seine Großzügigkeit hat, können Sie sich denken.«

»Ich fürchte, ich kenne den Grund schon«, sagte ich ruhig. »Trotzdem danke.«

Sie schlug die Augen nieder, knetete ein wenig das Taschentuch. »Außerdem habe ich Sie belogen. Und das tut mir leid.«

»Wie …?«

»Ich habe Ihnen gestern Abend gesagt, Alfi habe angerufen wegen des Lösegelds.«

»Er hat Sie wirklich angerufen. Wir haben es überprüft, und außerdem hat er es mir selbst bestätigt.«

»Aber ich sollte das Geld nicht heute Mittag, sondern schon gestern Abend bringen.«

»Sie haben meine Kollegen sehr professionell abgeschüttelt, Kompliment! Eine halbe Million, richtig?«

Sie nickte.

»Und wo haben Sie das Geld übergeben?«

»Alfi …« Sie schluckte, senkte den Blick. »Er hatte mir die Koordinaten fürs Navi diktiert. Wir haben uns auf einem Parkplatz in der Nähe von Vaihingen getroffen.« Sie sah wieder auf. »Ich hoffe, das ist nicht allzu schlimm?«

Ich schüttelte den Kopf. »Zunächst ist das nur eine Sache zwischen Ihnen und Ihrem Mann.«

»Und Florian«, ergänzte sie leise und sah zur Seite.

Für Sekunden blieb es still. Diesmal war das Donnergrollen schon deutlicher.

»Ich weiß, es ist eine Zumutung«, sagte ich schließlich, »aber ich muss Sie das leider fragen: Wo waren Sie heute zwischen vierzehn und sechzehn Uhr, Frau Leonhard?«

Sie sah mir fest in die Augen, als sie erwiderte. »Ich hatte einen Friseurtermin. In Heidelberg.«

»Es ist wirklich nur eine Routinesache. Wir müssen bei so einem Verbrechen einfach alle infrage kommenden Personen systematisch ausschließen. Darf ich fragen, wie dieser Friseur heißt?«

»Ich … Es ist …«, stammelte sie betreten.

Die Ärztin sah ihre Patientin von der Seite an und gab ihr einen Schubs mit dem Ellbogen.

Die Angestupste warf einen Hilfe suchenden Seitenblick auf ihre Freundin. »Ich … musste … Ich konnte …«

»Waren Sie hier?«

»Aber nein. Nein!«

»Sag es endlich«, flüsterte die Ärztin ihr gerade so laut ins Ohr, dass ich es hören konnte. »Das hat doch jetzt wirklich keinen Sinn mehr.«

Die feingliedrigen Finger krampften sich zu einem Knäuel.

»Careen, ich bitte dich!«

»Ich …« Ein letztes Zögern. »Ich habe eine Beziehung. Zu einem anderen Mann. Er … Er lebt in Heidelberg. Seinen Namen möchte ich nicht sagen.«

»Das müssen Sie leider. Er muss Ihre Aussage bestätigen.«

»Du bist nicht mehr verheiratet, meine Liebe«, sagte die Ärztin drängend. »Du bist frei, verstehst du? Du bist so frei, wie du es dir immer gewünscht hast.«

Frau Leonhard nickte mehrmals, als müsste sie sich diese Tatsache erst noch einprägen. »Es geht schon sehr lange«, murmelte sie mit gesenktem Blick. »Viele Jahre.«

Widerstrebend nannte sie mir schließlich den Namen: »Jan Siebert. Er ist Professor an der Universität und seit acht Jahren geschieden. Aber bitte machen Sie keinen Skandal aus dieser Geschichte. Es ist alles schon schrecklich genug. Ich brauchte einfach jemanden, der mich ein bisschen in den Arm nimmt, nach den letzten Tagen. Ich …«

»Sie müssen sich vor mir nicht rechtfertigen. Wenn Herr Siebert Ihre Angaben bestätigt, ist das Thema für mich erledigt.«

»Zurzeit ist er in einer Sitzung an der Uni. Fakultätsrat. Das dauert mindestens noch bis zehn, und er macht immer das Handy aus bei solchen Gelegenheiten.«

»Was ich übrigens in Anbetracht der Umstände eine Ungeheuerlichkeit finde«, zischte die Ärztin.

»Es gibt eine Nachbarin, die hat mich gesehen. Jan hat ein Haus in Schlierbach. Die Nachbarin war im Garten und hat gesehen, wie ich kam und um kurz nach vier wieder wegfuhr. Sie wird meine Angaben bestätigen.«

Bereitwillig diktierte sie mir Adresse und Handynummer ihres Liebhabers sowie den Nachnamen der Nachbarin: Herbst.

»Bitte denken Sie nicht schlecht von mir«, fügte sie aufgewühlt hinzu. »Sie wissen, dass Alfi ... dass er ... Ich war so viel allein. Alfi hatte seine Firma. Ich hatte Lizi. Lizi war kein einfaches Kind ...«

Ich war wohl der Letzte, der hier jemanden zu verurteilen hatte.

»Eine Katastrophe war es«, korrigierte die Ärztin mit fester Stimme. »Er war ein Tyrann, nun sag es doch! Sprich es doch endlich einmal aus! Er ist mit dir umgesprungen, als wärst du ein Schnäppchen vom Sklavenmarkt. Vor allen Leuten hat er dich als das ewige Dummchen hingestellt, das ihn nur des Geldes wegen geheiratet hat. Und er hatte ja auch weiß Gott genug Geschichten laufen, nebenher. Du musst wirklich kein schlechtes Gewissen haben, Careen.«

»Das war alles, was Sie mir sagen wollten?«, fragte ich, als die beiden Freundinnen verstummten und mich einträchtig ansahen.

Careen Leonhard nickte. »Ich wollte nicht, dass Sie es selbst herausfinden und die falschen Schlüsse ziehen.«

»Weiß Ihre Tochter inzwischen, was passiert ist? Dass ihr Vater ...?«

Trauriges Kopfschütteln. »Ich kann Lizi nicht erreichen. Ihr Handy ist aus. Ich verstehe das nicht.«

»Meine Mitarbeiter haben eine Nachbarin von Felizitas erreicht. Die sagt, sie sei am Morgen in ihr Auto gestiegen und weggefahren. Angeblich hatte sie eine große Reisetasche dabei. Hier ist sie also nicht angekommen?«

Ich erhielt keine Antwort. Die Ärztin musterte mich mit

sachlich kühlem Blick und schien signalisieren zu wollen, es sei Zeit für mich zu verschwinden. Ein kurzes, ungemütliches Schweigen machte sich breit. Schließlich stemmte ich mich aus dem bequemen Schreibtischsessel und verabschiedete mich von den beiden Frauen, die nebeneinander auf dem kleinen Sofa hockten wie zwei deprimierte Teenager.

29

Als ich wieder im Wagen saß, war es einundzwanzig Uhr, und ich war müder als je zuvor. Im Westen flimmerte es jetzt fast ununterbrochen vom Wetterleuchten. Das Gewitter kam näher. Aber noch war es völlig windstill. Im Radio sang Elvis Presley mit Inbrunst *In the Ghetto*. »On a cold and gray Chicago mornin' a poor little baby child is born …«

Ich sang mit, laut und falsch, um mich wach zu halten.

Dann wieder das Handy – Klara Vangelis war immer noch im Büro.

»Mühlenfeld will Sie sprechen.«

»Der hat Zeit bis morgen.«

»Er will ein Geständnis ablegen.«

»Kann er morgen auch noch.«

»Ich glaube, er muss etwas loswerden. Und er will nur mit Ihnen sprechen.«

Offenbar war dies der Abend der Geständnisse.

»Sie fürchten, er überlegt es sich über Nacht anders?«

»Ich fürchte, er tut sich etwas an. Der Mann ist zeitweise völlig apathisch.«

»Können Sie das nicht ohne mich machen?«

»Er spricht nur mit Ihnen, tut mir leid.«

Zehn Minuten später betrat ich – hoffentlich zum letzten Mal für diesen Tag und nicht für lange – wieder die Polizeidirektion. Vangelis erwartete mich im Erdgeschoss.

»Er sitzt schon im Vernehmungszimmer.«

»Sehen wir zu, dass wir es hinter uns bringen. Ich habe allmählich Sehstörungen vor Müdigkeit.«

Meine Mitarbeiterin hingegen wirkte auch nach fünfzehn Stunden Dienst immer noch wach und diszipliniert. Sie schien über unerschöpfliche Energiereserven zu verfügen. In der Hand hielt sie einige Computerausdrucke.

»Es ist über mich gekommen wie eine Naturgewalt«, begann Christian Mühlenfeld sein Geständnis. Sein Gesicht schien noch schmaler geworden zu sein, die Augen lagen tief in den Höhlen, die Hände zitterten und bebten. »Er lag auf dem Sofa – genau, wie Sie gesagt haben –, hat geschlafen wie ein ... Toter. Verstehen Sie, es war, als wäre er schon tot. Minuten vorher hatte Eduard noch einmal angerufen und mich unter Druck gesetzt. Entweder, ich rede mit Leonhard, und zwar umgehend, oder ...« Mühlenfelds Kinn sank auf die Brust. »Oder er verlässt mich. Dieses Mal hat er mich nicht mal mehr beschimpft. Das war das Schlimmste, verstehen Sie? Dass er mich nicht mal beschimpft hat. Er war so ... kalt. So ... unpersönlich. Was sollte ich denn tun? Ich musste doch. Ich *musste* doch ...«

»Leonhard lag also auf der Couch ...«

»Ich habe ihn lange nur angesehen. Überlegt, ob ich ihn wecken soll oder doch besser warten, bis er von selbst aufwacht. Eduards Worte sind mir immerzu durch den Kopf gewirbelt: ›Entweder, du benimmst dich jetzt endlich wie ein Mann und versuchst wenigstens dein Glück. Versuchst, ihn zu irgendeinem Deal zu überreden, oder es ist eben aus.‹ Und dann ... dann ... Ich habe das Messer gesehen. Es war wie ein Zeichen. Eine Aufforderung geradezu, verstehen Sie?«

»Mit einem toten Leonhard konnten Sie keinen Deal mehr machen. Das haben Sie vorhin selbst gesagt.«

»Ich weiß. Aber ich war nicht mehr ich selbst. Der das

getan hat, war ein Wahnsinniger, der mit mir nichts zu tun hat. Die nächsten Minuten … Ich muss wirklich völlig von Sinnen gewesen sein. Die Erschöpfung. Die Angst. Und die Wut, diese grenzenlose Wut, die ich sonst gar nicht bei mir kenne. Ich bin … ich kann …«

Er konnte normalerweise keiner Fliege was zuleide tun – wie oft hatte ich diesen Satz wohl schon gehört?

»Sie haben das Messer genommen«, sagte ich erschöpft. »Und weiter?«

»Aber Sie wissen es doch«, flüsterte Mühlenfeld mit herumirrendem Blick. »Sie haben es mir doch vorhin selbst erzählt.«

»Ich will es aber von Ihnen hören. Fürs Protokoll.«

Er schloss die Augen. »Reicht es denn nicht, dass ich gestehe?«, wisperte er. »Ich war es! Ich habe es getan! Ich habe ihn getötet, verstehen Sie denn nicht? Geschlachtet habe ich ihn wie ein Schwein. Genügt das immer noch nicht?«

»Nein. Das genügt mir nicht.«

Mühlenfeld nagte eine Weile auf der spröden Unterlippe. »Dürfte ich … vielleicht eine Zigarette?«

»Eigentlich ist hier Rauchverbot. Aber okay …«

Vangelis ging hinaus, um jemanden nach Mühlenfelds Zigaretten zu schicken, die unten in der Zelle lagen. Bald kam sie zurück, stellte eine weiße Untertasse auf den Tisch, die einen Sprung hatte, riss ein Fenster auf und setzte sich wieder auf ihren Stuhl. Für eine halbe Minute herrschte Schweigen. Mühlenfelds Lippe würde bald bluten, wenn er weiter so darauf herumbiss. Endlich ging die Tür auf, und ein stämmiger Kollege mit großer Brille warf eine noch unangebrochene Packung Camel Filter auf den Tisch. Seine Miene ließ keinen Zweifel daran, dass er solche Botendienste für unter seiner Würde hielt. Mühlenfeld riss die Packung mit fliegenden Händen auf, schaffte es mit Mühe, einen der Glimmstängel in den Mund zu befördern. Keiner von uns hatte ein Feuerzeug oder Streichhölzer. So erhob sich Klara

Vangelis mit stoischer Miene ein zweites Mal. In der Ferne grollte der Donner.

Mein Handy vibrierte. Es dauerte einige Sekunden, bis ich die richtige Tasche fand.

»Ja?«, sagte ich unwirsch. Ich konnte jetzt keine Störung brauchen. Ich wollte die Sache hinter mich bringen, so rasch wie irgend möglich, und dann nach Hause und ins Bett. Himmlische Vorstellung, ein Bett! Weicher, kühler Stoff! Dunkelheit! Schlaf!

Es war die engagierte Kollegin aus dem Labor, die mich anrief. »Ich hab hier was, Herr Gerlach, das müssen Sie sich ansehen. Dauert bloß eine Minute. Ich glaub, es ist wichtig.«

Klara Vangelis kam mit Streichhölzern. Ich sagte ihr, ich müsse kurz ins Labor.

Für das eine Stockwerk nahm ich den Aufzug.

»Das hier, das ist ein Abdruck von dem Sportschuh.« Die Kollegin deutete auf den riesigen altertümlichen Röhrenmonitor, vor dem sie saß. Das Bild wechselte. »Und der hier stammt von Ihrem Herrn Mühlenfeld.«

»Der hat gerade ein Geständnis abgelegt.«

»Dann hat er gelogen.«

Ein drittes Bild. Eine Vergrößerung.

»Gucken Sie hier: Hier sieht man beide Abdrücke übereinander. Den Sportschuh und die Ledersohle von Mühlenfeld.«

Die Laborantin roch nach Schweiß, Kaffee und einem winzigen Hauch des Parfüms, das sie am Morgen benutzt hatte, vor einer halben Ewigkeit.

Ich sank auf einen Stuhl. »Die Abdrücke überdecken sich«, sagte ich, und plötzlich war mir schlecht.

»Genau. Aber der Sportschuh war zuerst da.«

Als Mühlenfeld Leonhards Wohnraum betrat, war schon Blut am Boden gewesen. Und die Sohlenabdrücke des Täters. Was bedeutete, dass Mühlenfeld unschuldig war.

»Was ist mit dem Sportschuh? Haben Sie den schon mit den Abdrücken im Tunnel verglichen?«

»Aber klar doch.« Wieder ein neues Bild. Nein, zwei Bilder dieses Mal, nebeneinander. »Das hier links ist ein Abdruck aus dem Tunnel, der die beiden Bürohäuser verbindet.«

Der Sohlenabdruck im Staub war wie aus dem Lehrbuch für angehende Kriminaltechniker. Daneben der nicht ganz so deutliche Abdruck in Alfred Leonhards Blut. Ich wollte es nicht sehen. Ich wollte es nicht wissen. Aber es war dasselbe Profil. Kein Zweifel. Rille für Rille.

»Die Sohle sieht aus, als wären die Schuhe noch ziemlich neu.«

Also doch.

»Ich habe das Profil in der Datenbank vom BKA gefunden.« Die Laborantin hatte sich inzwischen in einen Rausch geredet. Den Rausch der Erkenntnisse. »Ein Puma Racing Cat ist es. Leider Gottes ein ziemlich weit verbreitetes Modell. Aber vielleicht hilft's ja trotzdem?«

Also doch Florian. Das war nicht möglich. Es konnte einfach nicht sein.

Erneut wechselte das Bild, jetzt waren wir plötzlich auf den Internetseiten des Sportschuhherstellers in Herzogenaurach. Ein einfacher, unauffälliger weißer Schuh mit dem herstellertypischen schwarzen Schwung an den Außenseiten, offenbar eher für den Alltag gedacht als dafür, wirklich Sport damit zu treiben.

Ich konnte es nicht glauben. Ich wollte es nicht glauben. Aber da gab es nichts zu deuteln. Wie groß mochte die Wahrscheinlichkeit sein, dass ein anderer Mann zufällig die gleichen Schuhe wie Florian in derselben Größe trug und auch noch mit Leonhard zu schaffen hatte? Billige Schuhe, die die meisten Menschen im Umfeld des Immobilienkönigs nicht einmal zu Hause tragen würden.

Als ich das Verhörzimmer wieder betrat, saugte Mühlenfeld wie ein Ertrinkender an seiner Zigarette, und ich war rasend vor Wut. Zwei Stummel lagen schon auf der Untertasse. Trotz des offenen Fensters war der Raum voller Qualm.

Noch im Stehen fuhr ich ihn an: »Warum lügen Sie?«

Verdattert sah er zu mir auf.

»Sie können es gar nicht gewesen sein. Der Täter hat Sportschuhe getragen.«

»Aber ...« Mit fahrigen Bewegungen drückte er die Zigarette auf dem Porzellantellerchen aus, verbrannte sich sogar die Finger dabei. »Aber ich erinnere mich doch. Es ist so gewesen, wie Sie sagten: Ich habe das Messer genommen, von der Wand, habe ihm die Kehle durchgeschnitten, und dann habe ich nur noch zugestochen und zugestochen und zugestochen ... « Pause. Husten. Schniefen. Dann ein verlegenes: »Ich war völlig außer mir. Ich war nicht ich selbst. Ich war nicht bei Sinnen, können Sie sich das denn nicht vorstellen?«

Ich setzte mich endlich. »Doch, das kann ich mir sogar sehr gut vorstellen. Aber Sie waren es trotzdem nicht.«

»Weshalb quälen Sie mich dann die ganze Zeit? Bitte sehr, hier haben Sie Ihren Mörder. Sie haben Ihr Geständnis. Ich werde es unterschreiben. Was wollen Sie denn noch?«

»Die Wahrheit.«

»Das heißt, Sie ... Sie glauben mir immer noch nicht?«

Ich riss die Brille herunter, rieb mir die trockenen Augen. »Woran genau können Sie sich denn nun wirklich erinnern?«

»An ... an nichts, eigentlich. Aber ich fühle es in mir: die Wut, die Raserei, das befriedigende Gefühl, wie das Messer in seine Brust fährt, in sein Herz. In seine Gedärme.«

»Das bilden Sie sich ein.«

Mühlenfeld versuchte, eine neue Zigarette anzuzünden. Scheiterte kläglich. Gab es schließlich auf und zerkrümelte sie auf der Untertasse.

»Ich habe ihn da liegen gesehen«, murmelte er. »Das viele Blut. Der Schock. Dann die Autobahn. Ein riesiger Lastzug hat mich überholt und gehupt, gehupt, gehupt. Ein Volvo, das weiß ich komischerweise noch. Ich hatte selbst einen Volvo, als meine Firma noch existierte. Dadurch bin ich wieder zu mir gekommen, durch das Gehupe. Und habe gemerkt, dass ich kaum schneller als vierzig fuhr. Dann habe ich das Messer entdeckt. Ich muss es wohl mitgenommen haben, fragen Sie mich bitte nicht, wozu und weshalb. Vielleicht ...« Er stieß ein schrilles Lachen aus. Ein Lachen, das mich trotz der erstickenden Hitze frösteln ließ. »Als Andenken? Als Jagdtrophäe, sozusagen?«

Er fummelte die nächste Zigarette aus der Packung. Vangelis wollte ihm Feuer geben, aber ich nahm ihr die Streichhölzer aus der Hand und legte sie vor den Möchtegernmörder hin. Er ergriff das Schächtelchen, fummelte ein Hölzchen nach dem anderen heraus. Erst das dritte brach nicht ab.

»Sie sind Linkshänder?«, fiel mir erst jetzt auf. Plötzlich richtete sich meine Wut gegen mich selbst.

Seine Bewegungen froren ein. »Warum?«

»Weil der Täter Rechtshänder ist, darum. Und jetzt machen wir Schluss mit dem Unsinn. Morgen früh klären wir die Formalitäten. Man wird Ihnen vielleicht das eine oder andere vorwerfen, aber nichts Dramatisches. Schlafen Sie. Schlafen Sie sich aus. Und ich gehe jetzt nach Hause und mache dasselbe.« Ich sah Klara Vangelis an, die sich gerade ein Gähnen verkniff. »Und diese Nacht bleibt mein Handy aus.«

»Eine Sekunde brauche ich Sie noch.« Vangelis deutete auf einige Papiere, die vor ihr auf dem Tisch lagen. »Das hier sind die Nummern, die Marco Schulz in den vergangenen neunzig Tagen angerufen hat beziehungsweise von denen er angerufen wurde«, erklärte sie, als wir wieder zu zweit waren. »Sehen Sie, hier ...«

»Bruckner.« Ich war längst nicht mehr überrascht. »Leonhards Mann fürs Grobe!«

Bruckner hatte gesessen, acht Jahre wegen schwerer Körperverletzung mit Todesfolge. Sein Bewährungshelfer, den ich seit Neuestem sogar persönlich kannte, hat ihm anschließend den Job bei Leonhard vermittelt, wo er sich allem Anschein nach bestens entwickelt hatte. Aber gewisse Kontakte zu seinem früheren Milieu hatte er wohl noch gehabt. Und hin und wieder kam Leonhard, stellte ich mir vor, und sagte: Pass auf, Ralph, wir haben da wieder mal so ein Problemchen, du weißt schon ...

Und Bruckner wusste, was zu tun war. Leonhard kümmerte sich nicht um Kleinkram wie lästige Mieter, die partout nicht ausziehen wollten. Er verfolgte die großen Linien, die strategischen Ziele.

»Lassen Sie ihn die Nacht über observieren«, sagte ich. »Nicht, dass er uns auch noch wegläuft. Morgen früh überlegen wir, wie wir weiter vorgehen. Als ich ihn das letzte Mal gesehen habe, war er schon recht panisch. Kann sein, dass er ziemlich schnell zusammenbricht und gesteht.«

»Warum?«, fragte Vangelis nur.

»Ich vermute, nachdem Leonhard sich nicht hat erpressen lassen, haben Schulz und seine Kumpels sich Bruckner vorgeknöpft.«

Zum vereinbarten Übergabetermin an der Autobahnraststätte am Montagmorgen hatte Bruckner jedoch kein Geld mitgebracht, sondern einen Revolver ...

Draußen donnerte es jetzt regelmäßig und zunehmend lauter. Das lang ersehnte Gewitter rückte näher, schlich sich an. Aber noch immer regnete es nicht.

30

Ich mochte eine Stunde geschlafen haben, vielleicht auch zwei, als mich mein Handy weckte. In meiner Schlaftrunkenheit hatte ich am Ende offenbar doch vergessen, es leise zu stellen. Nur sehr zögernd und widerwillig tauchte ich aus meinem ohnmachtähnlichen Tiefschlaf. Das blöde Ding trillerte und trillerte. Verstummte. Begann von Neuem. Keine Ahnung, wie lange es schon randalierte. In meiner Hosentasche, die vom Bett aus nicht erreichbar war. Das nervtötende Geräusch brach erneut ab, begann nach Sekunden zum dritten Mal. Da meinte es jemand wirklich ernst. Aber alles in mir weigerte sich aufzustehen. Wieder Stille. Und wieder legte es los. So versuchte ich schließlich, mich mit einer Hand auf dem Fußboden abzustützen, während ich mich lang und länger machte, um den Stuhl zu erreichen, über dessen Lehne die verfluchte Hose mit dem dreimal verfluchten Handy hing, ohne das Bett verlassen zu müssen. Noch ein Stückchen.

Das dumme Ding trillerte und trillerte.

Jetzt hatte ich es fast …

Ich verlor das Gleichgewicht und krachte wie ein Mehlsack auf den Fußboden. Nun war ich endgültig wach. Fluchend kam ich auf die Beine, fand fluchend die immer weiter krakeelende und hektisch zitternde elektronische Nervensäge, drückte fluchend den richtigen Knopf.

Es war Claudia.

»Ja?«, sagte ich heiser und plötzlich nicht mehr ganz so wütend.

»Ich muss dich sprechen. Dringend.«

»Sprich.«

Ihre Stimme klang flach und atemlos, als sie sagte: »Nicht am Telefon. Bitte.«

»Wollen wir uns morgen Vormittag treffen? Oder mittags irgendwo eine Kleinigkeit zusammen essen?«

»Jetzt sofort. Kannst du bitte kommen? Bitte!«

»Claudia, ich liege im Bett und bin so gut wie tot.«

»Bitte, Alexander. Ich bitte dich!« Es schwang viel Verzweiflung mit, als sie noch einmal sagte: »Bitte!«

»Geht's um Florian?«

»Ja.«

»Hat er sich gemeldet?«

»Ja. Bitte, bitte komm.«

Es dauerte einige Zeit, bis ich stehen konnte, ohne mich irgendwo festzuhalten. Dann wankte ich ins Bad, warf mir eine Menge lauwarmes Wasser ins Gesicht – kaltes gab es seit Tagen nicht mehr –, kleidete mich an, schon wieder schwitzend, machte mich auf den Weg zu meinem Wagen. Der Motor sprang problemlos an, und ich fuhr, die Fenster ganz heruntergekurbelt, durch die nächtlich ruhigen Straßen der Heidelberger Weststadt in Richtung Kirchheim. Es duftete nach kommendem Regen. Wind war aufgekommen und zauste mein Haar fast so liebevoll, wie Claudia es in unserer Nacht getan hatte.

Allmählich wurde ich wacher, und schließlich gelang es mir sogar wieder, klar zu sehen. Das Gewitter schien nicht näher gekommen zu sein, während ich schlief. Als hätte es auf mein Auftauchen gewartet. Wie ein riesiges, schwarzes Raubtier hing es am westlichen Himmel, matt beschienen vom Mond in meinem Rücken. Ein Raubtier, das sich vollgefressen hatte und nur zum Spaß ein wenig herumschlich und knurrte. Wetterleuchten waberte, fast im Sekundentakt grummelte der Donner in der Ferne.

Während der kurzen Fahrt irrten meine Gedanken ziellos umher. Hakten sich schließlich – wo sonst? – an Florian fest, für den ich mich seit der Nacht mit Claudia fast so verantwortlich fühlte, als wäre ich sein Vater. Es passte einfach nicht, davon war ich mehr denn je überzeugt. Überhaupt nichts passte. Wenn er seinen leiblichen Vater töten wollte – aus welchen wahnsinnigen Gründen auch immer –, warum hatte er es dann nicht in den vielen, langen Stunden getan, in denen sie zusammen im kleinen Hyundai durch die Gegend fuhren? Abends, als es dunkel war, auf einem einsamen Waldparkplatz? Oder schon früher, als sie sich noch im Büro gegenübersaßen? Er hatte eine Waffe, er hatte mehr als genug Gelegenheiten gehabt. Warum also erst zur französischen Grenze fahren, wieder nach Heidelberg zurück – wie eigentlich? –, um dann mit dem Messer …

Warum nicht mit der Pistole? Und warum plötzlich diese Gewaltorgie? Sollte Florian in den Stunden, nachdem er Leonhard verlassen hatte, etwas erfahren haben, etwas so Dramatisches, so Einschneidendes, dass er schließlich beschloss, ihn zu töten? Von Felizitas vielleicht? Hatte sie ihn auf dem Parkplatz im Elsass erwartet und ihm etwas erzählt über ihren Vater, dass sie – vielleicht sogar gemeinsam – Alfred Leonhards Tod beschlossen?

Nein, alles Hirngespinste. Florian war ganz einfach nicht der Typ für so etwas. Dann noch eher Felizitas, obwohl der Tatort wahrhaftig nicht nach einer Täterin ausgesehen hatte.

Natürlich taten Menschen hin und wieder seltsame, verrückte, rational nicht erklärliche Dinge. Aber Florian? Flo? Der junge, künstlerisch begabte Mann, der Gewalt zutiefst verabscheute? Gut, er liebte Felizitas bis zur Selbstaufgabe. Vermutlich würde er alles für sie tun, um sie für sich zu gewinnen.

»I'll do anything for her«, hörte ich noch seine melodische Stimme, die er vielleicht von Claudia geerbt hatte. »Kill and steal and lie.«

Gestohlen hatte er schon für seine Lizi, den Porsche nämlich. Sollte sie ihn auch zu einem Mord angestiftet haben?

Vielleicht, hoffentlich würde ich die Antworten auf all meine Fragen bald erhalten. Außerdem würde ich Claudia wiedersehen. Sie vielleicht – wenn ihr Mann nicht da war – sogar kurz in die Arme nehmen dürfen. Den Duft ihres Haars wieder riechen, die weiche Haut ihres Gesichts an meiner Wange spüren …

Mein Kreislauf arbeitete jetzt wieder im Normalbetrieb. Meine Hände wurden feucht.

Ich bog in die Straße ein, an der das kleine Haus des Ehepaars Marinetti stand. Beide Straßenränder waren vollgeparkt. Erst hundert Meter jenseits meines Ziels fand ich eine Lücke. Nein, keine Lücke, sondern eine Einfahrt. Dort hing sogar ein großes Verbotsschild, das nachdrücklich darauf hinwies, man solle nicht einmal daran denken, hier zu parken. Aber ich würde ja nicht lange bleiben. So lenkte ich den Peugeot in die Einfahrt, ließ ihn dort halb auf dem Gehweg, halb auf der Straße stehen und zog die Handbremse. Der böige Wind trieb Staubwolken die Straße hinunter und in meine Augen. Erste große Tropfen platschten auf die ausgedörrte Erde.

Dann stand ich atemlos vor dem Haus. Durch die Ritzen der geschlossenen Klappläden drang schwaches Licht. Jetzt würde ich hingehen, mit Claudia sprechen, was es zu besprechen gab, vielleicht sogar endlich Florian persönlich kennenlernen, und dann würde alles seinen Gang gehen, und ich durfte endlich, endlich schlafen. Nicht, ohne dieses Mal mein Handy auszuschalten.

Auf mein vorsichtiges Klopfen hin wurde so rasch die Tür geöffnet, als hätte Claudia mit der Klinke in der Hand auf mich gewartet. Sie sah nicht gut aus. Irgendetwas Schreckliches musste geschehen sein, ich sah es auf den ersten Blick. In ihren Augen flackerte eine Mischung aus Angst, Entsetzen, sogar Panik. Und keine Spur von Freude, mich wiederzusehen. Sie öffnete den ungeschminkten Mund, schloss ihn wieder, ohne etwas zu sagen.

»Lässt du mich jetzt rein oder nicht?«, fragte ich ein wenig verstimmt.

Sie nickte stumm, öffnete die Tür gerade so weit, dass ich hineinschlüpfen konnte. Ich wandte mich um, wollte fragen, was denn um Himmels willen los war, warum sie mich mitten in der Nacht gerufen hatte, da wackelte plötzlich die Welt, und es wurde dunkel.

Als ich wieder zu mir kam, war das Erste, was ich sah, Claudia. Sie saß mir gegenüber auf einem blauen Holzstuhl und war … gefesselt.

Wie ich auch.

Meine Arme hingen an den Streben der Rückenlehne fest. Sehr fest. Mit den Beinen war es nicht besser. Ich war mit demselben breiten, silbergrauen Klebeband und auf dieselbe Weise an meinen Stuhl gefesselt wie Claudia. Allerdings klebte – im Gegensatz zu ihr – kein Band auf meinem Mund. Ich hatte mörderische Kopfschmerzen von dem Schlag, der mich offenbar getroffen hatte.

Sekundenlang starrten wir uns an. Ihre weiten Augen waren voller Angst und Verzweiflung. Meine Arme waren so straff festgezurrt, dass ich die Finger kaum noch fühlte. Und mein Kopf dröhnte wie eine eben angeschlagene Kirchenglocke. In meinem Mund war ein ekliger, fauliger Geschmack.

Ich hatte keine Vorstellung, wie lange ich ohne Besinnung gewesen war.

Draußen schien es immer noch dunkel zu sein.

»Morgen, der Herr«, dröhnte eine Stimme hinter mir so laut, dass ich erschrocken zusammenzuckte. »Wieder wach?«

Die Stimme gehörte Ben, Claudias Mann. Ich konnte seine Alkoholfahne schon riechen, bevor ich ihn sah. Wir befanden uns in der Küche, wurde mir jetzt klar. Die Stühle, auf denen wir unfreiwillig saßen, waren Küchenstühle von derselben Art und Farbe wie der, den ich in Florians Zimmer gesehen hatte. Sie standen jedoch nicht am Tisch, sondern frei im Raum, etwa zwei Meter voneinander entfernt. Es waren alte, gut verleimte Holzmöbel, die jemand, vielleicht Claudia, irgendwann liebevoll neu lackiert hatte.

Das bisschen trübe Helligkeit im Raum kam von einem einsamen Lämpchen mit zimtfarbenem Schirm, das auf einem Brett in der Ecke der Küchenbank stand.

»Was soll das?« Meine Stimme klang heiser und unsicher, was mich ärgerte. Ich schüttelte vorsichtig den Kopf, um ein wenig klarer zu werden, ließ es jedoch sofort wieder bleiben, denn die Kopfschmerzen verschlimmerten sich bei der kleinsten Bewegung.

»Dreimal darfst du raten«, erwiderte Marinetti mit schwerer Zunge und trat endlich in mein Sichtfeld. Seine Augen waren klein, das Gesicht aufgedunsen, der Bierdunst ekelerregend.

»Was haben Sie vor?«

»Aufräumen«, erwiderte er nach einigen nachdenklichen Sekunden. »Ordnung machen.«

»So was hier nennen Sie Ordnung?«

»So viele Jahre hab ich immer bloß eingesteckt, mich geduckt, das Maul gehalten. Jetzt bin ich mal dran. Heut bin ich mal dran.«

»Was habe ich Ihnen getan?«

Er grinste mich verächtlich an. »Du fragst noch, du Drecksau?«

Er wusste es.

Claudia hatte den Kopf gesenkt, die Augen geschlossen. Marinetti trat mit zwei überraschend schnellen Schritten hinter sie, packte ihre dunklen, wirren, verschwitzten Haare, riss den Kopf hoch. »Na?«, fragte er mit Blick auf mich. »Erinnerst du dich noch? Oder steigst du mit so vielen Schlampen in die Kiste, dass du dir die Gesichter gar nicht alle merken kannst? Ist doch ein hübsches Schneckchen, meine Claudi, oder nicht? Und im Bett ist sie eine richtige Kanone. So was vergisst man doch nicht so schnell, oder?«

»Hören Sie«, sagte ich und hustete. »Ich weiß überhaupt nicht, was Sie wollen ...« Leugnen war hier die einzige sinnvolle Taktik. Alles abstreiten, ihn verunsichern, Zweifel säen. Hoffentlich hatte Claudia nicht schon gestanden.

»Was ich will?«, brüllte er mich an. »Ich will, dass du wenigstens dazu stehst, du Sau! Dass du dazu stehst, dass du anderen Männern die Frau wegnimmst!«

»Wer spricht denn von wegnehmen?«, murmelte ich und kniff die Augen zu in der Hoffnung, dadurch ein wenig Ruhe in meinem Kopf zu schaffen. Denken zu können, das war jetzt wichtig. Claudia hatte nicht gestanden, sonst würde er damit prahlen. »Das ist alles ein großes Missverständnis. Lassen Sie uns vernünftig reden, und dann wird sich alles aufklären. Wir sind doch erwachsene Menschen.«

»Genau das sind wir: erwachsene Menschen. Und drum müssen wir die Verantwortung für das übernehmen, was wir angestellt haben. Weil wir nämlich keine Kinder mehr sind, sondern erwachsene Menschen, da hast du, verdammt noch mal, ganz recht.«

Endlich ließ er Claudia los, ging halb um sie herum. Mit loderndem, hasserfülltem, fast irrem Blick sah sie zu ihm auf, das Gesicht krebsrot, zerrte erfolglos an ihren Fesseln. Sie wollte etwas sagen, ihren Teil zum Gespräch beitragen, brachte jedoch nicht mehr als »hm, hm, hmhm!« heraus.

»Machst du so was öfter?«, fragte Marinetti. »Oder muss ich mich auch noch geehrt fühlen, dass du ausgerechnet meine Frau gefickt hast?«

»Reden Sie keinen Blödsinn.«

»Wieso sie? Wieso ausgerechnet sie? Gibt's nicht genug geile Schlampen auf der Welt? Kannst du dir keine Nutten leisten von deinem fetten Beamtengehalt?«

»Herrgott noch mal!« Nein, nicht aufregen. Ruhig bleiben, Zeit schinden, die Kräfte schonen. »Auf diesem Niveau unterhalte ich mich nicht. Machen Sie mich los, und lassen Sie uns wie vernünftige Menschen reden. Ich werde Sie nicht anzeigen, das verspreche ich Ihnen. Das ist alles nur ein Missverständnis.«

Marinetti packte einen freien Stuhl, setzte sich so, dass wir ein gleichschenkliges Dreieck bildeten, und sah zugleich drohend und triumphierend abwechselnd mich und Claudia an. Draußen krachte der erste Donner, der seinen Namen verdiente. Der Wind rüttelte wütend an den geschlossenen Fensterläden.

»Sie machen einen Fehler, Marinetti. Wirklich. Einen großen Fehler.«

»Ich hab tausend Fehler gemacht in meinem Leben«, tönte er. »Einer von den größten ist, dass ich das Miststück da geheiratet hab. Aber so was wie du hab ich nie gemacht. Nie. Nie hab ich so was gemacht.«

Kunststück, so wie er aussah! Wenn man so unattraktiv war wie dieser widerliche, nach altem Schweiß stinkende Säufer, dann war Treue kein Verdienst, sondern Schicksal. Aber das sagte ich lieber nicht. Stattdessen sagte ich: »Und was war Ihr allergrößter Fehler?«

»Das geht dich einen feuchten Scheißdreck an, Arschloch!«

Sekundenlang herrschte ratloses, fast verlegenes Schweigen. Marinettis Atem ging schwer und rasselnd. Der Wind draußen nahm immer noch zu. Die Donnerschläge wurden lauter. Das Raubtier ging zum Angriff über.

»Außerdem sagst du ›Herr Marinetti‹ zu mir, verstanden? ›Herr Marinetti‹ heißt das für dich!«

»Könnten Sie nicht vielleicht diese Klebebänder abmachen, Herr Marinetti?«

»Nein, kann ich nicht. Will ich auch gar nicht. Ich bin nämlich nicht so blöd, wie du scheinbar denkst.«

»Mir sterben gleich die Finger ab!«

»Dir stirbt gleich noch ganz was anderes ab, wenn du noch mal versuchst, mich zu verscheißern, Arschloch!«

»Ich habe Sie keine Sekunde für blöd gehalten. Und ich verspreche, dass ich friedlich bin. Ich will, dass wir eine vernünftige Lösung finden. Ich will, dass Sie nicht wieder ins Gefängnis müssen.«

»Du kannst mir versprechen, was du willst, und ich

schneid dich trotzdem nicht los.« Jetzt lallte er fast. Offenbar hatte er in den vergangenen Stunden schon mehr als eine Bierflasche geleert.

Reden, reden, reden. Solange er mit mir sprach, drohte nicht wirklich Gefahr. Wobei ich diese Gefahr ohnehin als nicht allzu groß einschätzte. Der Mann war ein Maulheld. Er würde mir nichts tun. Und demnächst würde er ohnehin einschlafen und, besoffen wie er war, vom Stuhl kippen. Und je länger dieses Gespräch – wenn man es denn so nennen wollte – dauerte, desto größer wurde die Wahrscheinlichkeit, dass er wieder vernünftig wurde. Dass seine Wut verrauchte. Sein Mund stand halb offen, der trübe Blick ging ins Unendliche oder ins Nichts. Claudia und mich schien er vergessen zu haben.

Mein nächster Satz war ein Fehler, wie sich rasch herausstellte: »Sie sollten nicht so über Ihre Frau reden. Sie ist eine anständige Frau. Außerdem ist Claudia die Mutter Ihres Sohnes. Ist das denn nichts?«

»Nenn sie nicht Claudia!«, brüllte er mich geifernd an, plötzlich wieder hellwach vor Zorn. »Das steht dir nicht zu, sie Claudia zu nennen! Dir nicht, Arschloch!«

Ja, brüll du nur! Mach ordentlich Krach! Vielleicht ruft jemand aus der Nachbarschaft die Polizei.

»Wie soll ich sie denn sonst nennen?«

»Gar nicht sollst du sie nennen! Weil sie dich nämlich überhaupt nichts angeht! Weil sie nämlich immer noch *meine* Frau ist und nicht deine. Du hast überhaupt gar kein Recht, über sie zu reden. Überhaupt keins.«

»Ja, sie ist Ihre Frau. Und da war wirklich nichts …«

»Halt's Maul«, sagte er nur und wandte sich ab.

Ich verlegte mich auf eine neue Strategie: »Hören Sie, Herr Marinetti, es wird nicht lange dauern, bis man nach mir sucht. Und Polizisten werden leicht nervös, wenn einem ihrer Kollegen etwas zustößt.«

»Keine Sau wird nach dir suchen, jetzt, mitten in der

Nacht. Und wenn doch, dann wird man dich nicht finden. Nicht schnell genug.«

Schnell genug wofür?

»Noch ist nichts passiert. Dass zwischen Ihrer Frau und mir irgendetwas gewesen sein soll, bilden Sie sich ein. Und jetzt beruhigen Sie sich, machen uns los, und niemand erfährt, was war. Sie haben einen Fehler gemacht, okay, aber jeder Mensch macht mal Fehler. Da muss man ja kein Drama draus machen.« Claudia hatte rasch begriffen, worauf ich hinauswollte, nickte eifrig. »Kein Mensch wird etwas davon erfahren, das verspreche ich Ihnen. Sie machen uns los, ich gehe, und das war's ...«

Marinetti lachte rau und bitter. Nahm einen großen Schluck aus der Flasche, die er unter den Stuhl gestellt hatte. Wischte sich mit dem Handrücken über den feuchten Mund. »Hättst du wohl gern. Klappt aber nicht. Du bleibst da, so lang, wie's mir passt. Und wenn deine Leute dich irgendwann finden, dann werden sie keine große Freude dran haben. Weil dann wird's nämlich zu spät sein.«

»Was haben Sie vor?«, fragte ich mit belegter Stimme.

Er sah mich lange und genau an, erhob sich mühsam, schleppte sich zum Kühlschrank, nahm die nächste Bierflasche heraus, öffnete sie mit einem Handballenschlag an der Kante der Küchenarbeitsplatte, nahm einen endlosen Schluck, setzte sich wieder.

»Was ich vorhab?«, fragte er dann in einem Ton, als führe er ein Selbstgespräch. »Erfährst du noch früh genug, Arschloch.«

Viel Bier konnte er nicht mehr brauchen, bis er die Besinnung verlor. Dummerweise schien er jedoch gut im Training zu sein. Auch Claudia beobachtete ihren Mann jetzt aufmerksam. Dann sah sie wieder mich an, der Blick immer noch voller Alarm und Sorge. Ich lächelte vorsichtig, hob die Schultern. Sie erwiderte das Lächeln nicht. Wie sollte sie auch, mit dem Klebeband im Gesicht. Aber sie zuckte ebenfalls die Schultern. Wir waren auf dem richtigen Weg. Sie hatte nichts zugegeben, ich würde ebenfalls stur alles abstreiten, und früher oder später würde ich ihn davon überzeugen, dass er auf dem Holzweg war …

Aber vielleicht war Marinetti auch längst zu betrunken, um noch irgendetwas einzusehen. Was zugleich gut und schlecht war. Gut, weil er in seinem Zustand kaum noch die Kraft hatte für gravierende Entschlüsse oder gar Taten. Schlecht, weil sich die Sache so noch Stunden hinziehen konnte. Hoffentlich mussten wir nicht auf diesen unbequemen Stühlen sitzen bleiben, bis er seinen Rausch ausgeschlafen hatte. Abgesehen davon hatte er leider völlig recht: Es würde lange, sehr lange dauern, bis mein Verschwinden bemerkt wurde. Bis jemand begann, sich Sorgen um mich zu machen. Und es würde weitere Stunden dauern, bis man mich fand. Die beste, nein, die einzige Möglichkeit war wohl, meine Handygespräche zu überprüfen. Meine Kollegen würden herausfinden, dass Claudia mich angerufen hatte. Würden als Nächstes vielleicht meinen Wagen finden, der nicht weit von hier am Straßenrand stand.

Vor den Fenstern tobte das Gewitter mit jeder Minute heftiger. Aber immer noch dauerte es Sekunden vom Blitz bis zum Donner.

Wie spät mochte es sein? Ich hatte jegliches Zeitgefühl verloren. Sah mich um, drehte den Kopf, so weit es ging, konnte jedoch nirgendwo eine Uhr entdecken. Schließlich fing ich Claudias Blick ein. Sie hatte verstanden, was ich suchte. Ihr Augen schwenkten nach rechts, und tatsächlich: Am Herd leuchtete grün eine Digitaluhr. Zwanzig vor vier. Ich musste ungefähr drei Stunden bewusstlos gewesen sein. Pünktlich um acht würde Sönnchen, meine treue Sekretärin … Unsinn! Die war in Urlaub. Aber Balke und Vangelis, die würden mich vermissen. Allerdings frühestens in vier Stunden. Erst würden sie denken, ich hätte verschlafen. Was in Anbetracht der Umstände weiß Gott kein Wunder wäre.

Um halb neun wollten wir uns treffen, um die Lage zu besprechen und unser weiteres Vorgehen betreffend Mühlenfeld und Bruckner zu beschließen. Glücklicherweise kam es nicht oft vor, dass ich unpünktlich war. Sie würden sich also bald wundern und bei mir zu Hause anrufen. Und dort natürlich niemanden erreichen, denn Louise und Sarah waren um diese Zeit längst in der Schule. Und meine Mutter hatte ich kürzlich ausquartiert.

Mein Handy?

Keine Ahnung, was daraus geworden war …

In diesem Punkt hatte Marinetti also recht: Es konnte eine Ewigkeit vergehen, bevor jemand begann, nach mir zu suchen. Er hatte die Augen jetzt geschlossen, schmatzte hin und wieder leise, rülpste einmal. Ich verhielt mich still in der Hoffnung, er würde wirklich einschlafen. Mindestens eine Minute lang hatte er sich schon nicht mehr bewegt. Vielleicht sogar zwei? Sein Atem ging ruhig und gleichmäßig. Claudias Blick wechselte ständig zwischen ihrem Mann und mir. Schließlich sah sie mich fest an, nickte auffordernd. Sie erwartete, dass ich etwas tat. Vorsichtig zerrte ich an meinen Fesseln. Der alte Holzstuhl knarrte und knackte.

Was auch schon alles war, was ich erreichte. Vielleicht konnte ich mit dem Stuhl hüpfen? Ich versuchte es. Nein. Außerdem: Wohin? Sinnlos. Claudia schüttelte matt den Kopf. Vielleicht konnte ich so stark schaukeln, dass der Stuhl umkippte? Und dann? Er würde nicht in die Brüche gehen bei dieser Aktion, die ich gar nicht erst versuchte, denn anschließend würde ich ziemlich dumm gucken, hilflos und immer noch gefesselt am Boden liegend …

Im Gegensatz zu ihrem war mein Mund nicht zugeklebt. Ich könnte schreien. Um Hilfe rufen. Wodurch unser Peiniger natürlich sofort wieder aufwachen würde. Und kurz darauf hätte ich ebenfalls ein Stück Klebeband im Gesicht. Wenn ich ein Messer in die Finger bekäme … Nicht weit von mir lag sogar eines. Auf der Arbeitsplatte, links von mir, kaum zwei Schritte entfernt. Ein Ausbeinmesser, das scharf genug zu sein schien, um damit mühelos unsere Fesseln durchzuschneiden. Daneben lag die noch ziemlich dicke Rolle mit dem silbernen Klebeband. Aber bevor ich versuchen konnte, meine Fesseln irgendwie zu zerschneiden, musste Marinetti erstens wie ein Toter schlafen. Und zweitens müsste ich eine Idee haben, wie ich in die Nähe der Arbeitsplatte gelangen konnte, ohne ihn wieder aufzuwecken.

Wieder ein Donner. Sehr laut, dieses Mal, sehr nah. Nicht einmal der weckte den leise schnarchenden Säufer. Aber sein Schlaf war jetzt wieder unruhig. Auch Claudia hatte das Messer gesehen. In ihren Augen schimmerte wieder Hoffnung. Von ferne hörte ich ein Brummen. Draußen, auf der Straße. Das Brummen kam näher, ein Lkw. Es wurde immer lauter. Vielleicht eine Gelegenheit, samt Stuhl ein paar Hüpfer in Richtung Messer zu machen. Jetzt war er dröhnend laut, die alten Scheiben klirrten. Und Marinetti schrak hoch. Sah benebelt um sich, begriff, wo er war, was er angerichtet hatte. Seine Miene wurde finster.

»Wie lang hab ich geschlafen?«, fragte er mit schwerer Zunge.

»Fünf Minuten. Höchstens.«

»Gut, dass ihr brav wart. Gibt Pluspunkte.«

»Was muss ich machen, um noch mehr Pluspunkte zu kriegen?« Ich versuchte ein Lachen, und es gelang mir nicht einmal schlecht. »Ich mache, was Sie wollen, damit diese … diese Sache hier zu einem guten Ende kommt.«

»Hier kommt nichts zu einem guten Ende«, erwiderte er fast gemütlich und nahm einen weiteren, behaglichen und lange gluckernden Schluck aus der braunen Flasche. Wieder wischte er sich anschließend den Mund.

»Stimmt übrigens nicht«, sagte er, als er die schon fast wieder leere Flasche zu ihrer Schwester unter den Stuhl stellte. »Flo ist überhaupt nicht mein Sohn. Claudi ist seine Mutter, das stimmt. Aber ich bin nicht der Vater.«

Mit einem Mal schien er beunruhigend nüchtern zu sein. Es gelang mir, einen heiteren Ton anzuschlagen: »Wer behauptet denn so was?«

»Sie hat mir nämlich früher auch schon Hörner aufgesetzt. Jetzt guckst du, was? Bist nicht ihr erster Hengst gewesen und auch nicht der zweite oder der dritte. Was weiß ich, für wie viele Schwänze sie schon die Beine breit gemacht hat. Während ich daheim vorm Fernseher gehockt hab. Sie ist ja so vielfältig interessiert, die gute Claudi: Jazzchor, Literaturgruppe, Theaterabo, Freundinnen treffen, jeden zweiten Abend ist irgendwas. Jeden zweiten Abend, und ich elender, einfältiger Depp …«

»Sie sind kein Depp.«

»Woher willst du das denn wissen?«, dröhnte er, wieder mit reichlich Spucke. »Woher willst ausgerechnet du das wissen?«

»Weil ich normalerweise ein ziemlich gutes Gespür für Menschen habe. Das braucht man in meinem Job.«

»Aber heut liegst du leider mal schwer daneben. Du denkst, ich bin besoffen, und wenn du mich ordentlich vollquatschst, dann kriegst du mich rum, was? Das denkst du doch, oder nicht?«

»Ich halte Sie nicht für dumm, Marinetti. Wirklich nicht.«

»Herr Marinetti!«, brüllte er, bückte sich mit überraschender Geschwindigkeit und warf die Flasche nach mir. Zum Glück weit daneben. Glas knallte, klirrte, Bier spritzte. »Für dich immer noch Herr Marinetti!«

»Ich halte Sie nicht für dumm, Herr Marinetti. Ich habe es keine Sekunde getan.«

»Doch, du hältst mich genau jetzt für dumm, weil du nämlich denkst, ich glaub den ganzen Scheiß, den du die ganze Zeit daherschwätzt. Du denkst, ich bin einer, der nichts gebacken kriegt. Der sich nichts traut. Einer, der keinen Job kriegt, oder wenn, dann wird er nach einer Woche wieder gefeuert. Aber das stimmt nicht. Ich bin nicht blöd.

Und ich hab mich in meinem Leben Sachen getraut, da tätst du staunen, wenn du es wüsstest.«

»Sie haben sogar eine Firma gehabt, nicht?«

Er wurde wieder ruhiger. »Das stimmt ausnahmsweise. Früher hab ich mich super mit Computern ausgekannt. Schon in der Schule. Informatikleistungskurs, immer der Beste. Daheim hab ich einen PC gehabt, da haben die anderen noch geglaubt, ein PC ist was zum Reinpinkeln.«

»Was haben Sie gemacht in Ihrer Firma? Computer verkauft? Oder Software? Service?«

»Software nicht so. Sonst alles. Ich konnt Ihnen so eine Kiste verkaufen, zu Eins-a-Preisen und sie Ihnen hinstellen und in Betrieb nehmen, mit Netzwerk und allem. Und wenn mal was gewesen wär, dann hätten Sie mich angerufen, und am selben Tag wär einer von meinen Leuten auf der Matte gestanden, und ...«

Marinetti brach ab, schüttelte den Kopf, erhob sich umständlich, schlurfte zum Kühlschrank, und die nächste Bierflasche büßte ihren Kronkorken ein. Immer weiter so! Schön weitertrinken – das war das Beste, was er aus meiner Sicht tun konnte. Wenn er das nächste Mal einschlief, würde er nicht so bald wieder aufwachen. Er trank, plumpste auf den Stuhl, trank wieder, rülpste. Dann stellte er vorsichtig die Flasche ab, stemmte sich wieder hoch, streckte den Arm aus und – hielt das Ausbeinmesser in der Hand. Mit gleichmütiger Miene und schleppenden Schritten ging er auf Claudia zu, trat hinter sie, und ich dachte, ich hoffte, er würde ...

Eine schnelle Bewegung, und Claudia hatte eine lange, klaffende und sofort heftig blutende Wunde an der rechten Wange.

Ihr T-Shirt verfärbte sich schon. Ihre Augen schrien um Hilfe. Um Rettung. Um Gnade.

Marinetti sah mich triumphierend an. Wie ein trotziges Kind, das gerade mit voller Absicht sein Lieblingsspielzeug kaputt gemacht hat.

»Und?«, fragte er in fast friedlichem Ton. »Glaubst du immer noch, dass ich mich nichts trau?«

»Um Gottes willen, Mari... Herr Marinetti, was ...? Sind Sie wahnsinnig?«

»Hab ich doch gleich am Anfang gesagt: Ich mach Ordnung. Ich räum auf. Heut räum ich auf.«

»Und wie ... wie sieht das aus, wenn Sie fertig sind mit Aufräumen?«

»Dann ist sie tot«, murmelte er mit dem nichtssagenden Blick eines zutiefst hoffnungslosen Menschen. »Und du bist tot, und ich bin auch tot. Und dann ist endlich Ruhe.«

31

Claudia blutete und zappelte und zuckte und blutete. Aus ihren weiten, dunklen Augen strömten die Tränen, vermischten sich mit dem Blut. Tränkten das T-Shirt.

Wäre ich nicht an diesen elenden Stuhl gefesselt gewesen, dann wäre Ben Marinetti in den nächsten Sekunden gestorben. Nie zuvor hatte ich eine solche Wut in mir gespürt. Einen so bedingungslosen Hass. Und zugleich eine so absolute, demütigende, niederschmetternde Hilflosigkeit. Wie rasend zerrte ich an meinen Fesseln, brüllte sinnloses Zeug, wollte den Stuhl in Stücke reißen. Aber der war solide Schreinerarbeit. Nicht verschraubt, sondern fachmännisch verzapft und sorgfältig verleimt. Ich kann mich nicht erinnern, wie lange ich tobte und brüllte, bis mir schließlich klar wurde, dass es sinnlos war. Der Stuhl war zu stabil. Die Fesseln zu fest. Ich vergeudete meine Kräfte, die ich vielleicht noch brauchen würde. Die ich hoffentlich noch brauchen würde. Um diesem hässlichen, ekligen, mich immer noch dümmlich angrinsenden und nach Bier stinkenden Untier an die Gurgel zu gehen. Marinetti zu prügeln, zu zertrampeln, seinen schweißüberströmten Idiotenschädel zu zermalmen.

Claudia litt jetzt unter akuter Atemnot. Durch die Nase bekam sie in ihrer Panik nicht genug Luft. Ihr Gesicht wurde röter und röter. Auch Marinetti bemerkte es endlich. Zögernd umrundete er ihren Stuhl, riss ihr schließlich mit einer plötzlichen Bewegung – die meinen Atem erneut stocken ließ – das Klebeband vom Gesicht. Sie atmete gierig ein, keuchte, starrte an mir vorbei, sagte nichts.

Marinetti konnte den Anblick vielleicht selbst nicht ertragen und wandte sich wieder mir zu.

»Sei still!«, knurrte er. »Du weckst ja die Leute. Sei still, oder ich mach sie ganz tot!«

Jetzt begriff ich, dass es sich nicht lohnte, meine Kräfte zu schonen. Dass ich keine Chance hatte. Dass wir keine Chance hatten. Er lag ganz richtig: Ich hatte ihn wirklich unterschätzt. Mein Atem ging noch eine Weile keuchend. Mein Puls polterte. Marinetti schlurfte zu seinem Stuhl zurück, wischte die Rechte achtlos an der Hose ab, die beim Abreißen des Klebebands blutig geworden war.

Es war aus.

Wenn nicht bald Rettung kam – und woher sollte sie kommen? –, dann war dies hier, diese Schweinerei, diese stinkende, ärmliche Küche mein unrühmliches Ende. Das Schlucken fiel mir jetzt entsetzlich schwer. Ich würgte, hustete, fürchtete zu ersticken. In meiner Kehle steckte etwas Großes. Etwas, das sich nicht verschlucken oder weghusten ließ.

»Interessiert Sie gar nicht, woher ich weiß, dass Florian nicht mein Sohn ist?«, fragte Marinetti mit höhnischem Blick.

»Doch, natürlich interessiert mich das«, versicherte ich eilig. »Sehr sogar!« Reden, reden, reden. Immerhin siezte er mich plötzlich wieder. Was vielleicht ein gutes Zeichen war. Vielleicht hatte er schon erreicht, was er wollte. Meinen

Respekt wollte er. Angst sollte ich vor ihm haben. Und die hatte ich jetzt, weiß Gott! »Selbstverständlich interessiert es mich, Herr Marinetti.«

»Von Alfi selber weiß ich's nämlich«, erklärte er stolz. »Von Alfred Leonhard persönlich. Er hat's mir gesagt. Auf den Kopf hat er's mir zugesagt, die elende Sau.«

»Und wie lange ... wissen Sie es schon?«

»Geahnt hab ich's schon immer. Er hat ja so gar nichts von mir, der Florian. Ist so ein Softie, ein Warmduscher. Künstler. Vegetarier. Wie soll so einer mein Sohn sein? Und sieht er mir vielleicht ähnlich? Sieht er mir wenigstens ein bisschen ähnlich?«

»Er ist blond wie Sie. Und meine Töchter sehen auch eher ihrer Mutter ähnlich als mir.«

»Aber jetzt ist ihm das Lachen vergangen.«

»Florian?«

»Leonhard. Der hat jetzt nichts mehr zu lachen.«

»Wieso? Was ...?«

»Weil er tot ist. Darum. Tun Sie doch nicht so, als wüssten Sie's nicht.«

»Natürlich weiß ich das, aber ...?«

Woher wusste er es? Aus den Nachrichten natürlich. Leonhard war in der Kurpfalz ein bekannter und angesehener Mann gewesen. Sein spektakulärer Tod war mit Sicherheit in den Nachrichten gemeldet worden.

»Das mit Florian weiß ich erst seit heut. Nein, seit gestern. Heut ist ja schon morgen.«

Und er wusste es von Leonhard selbst. Was nur bedeuten konnte ...

»Sie waren bei ihm?«

»Hatt was zu besprechen mit ihm.« Marinetti konnte mir plötzlich nicht mehr in die Augen sehen. »Wichtige Sachen.«

»Sie waren bei ihm.«

»Mit dem Rad. Bei der Hitze! Aber ich halt das aus, die

Hitze. Macht mir gar nichts aus. Schwitz ich halt noch ein bisschen mehr. Ich halt das aus. Kein Problem.«

»Sie waren bei ihm …«

»Erst hab ich geläutet. Aber er hat einfach nicht aufgemacht, der Drecksack. Da bin ich ums Haus rum, und … er hat Besuch gehabt. Ich hab Stimmen gehört. Ein Mann.«

»Das dürfte ich gewesen sein.«

»Könnt sogar sein, ja.«

Das Knacken im Garten.

»Da hab ich einfach gewartet. Hab mich ins Gras gesetzt, neben dem Haus. In den Schatten. Verstehen konnt ich nichts. Und zum Glück ist der Besuch dann bald gegangen.«

»Was wollten Sie von Leonhard?«

»Na, reden. Hab ich doch gesagt.«

»Worüber? «

Marinetti war jetzt wieder todmüde. Mit kleinen Augen hing er auf seinem Stuhl, spielte mit dem blutverschmierten Messer. »Geld. Über Geld wollt ich mit ihm reden. Manchmal hat er mir was gegeben. Nicht viel. Mal ein paar Hundert. Einmal sogar tausend.«

»Wofür?«

»Alles Mögliche. Sind ja mal Freunde gewesen. Richtig gute Kumpels sind wir gewesen. Früher. Und er hat ja auch mehr als genug.«

»Hat er Ihnen auch was gegeben, als Sie gestern da waren?«

»Hat gesagt, das Wasser steht ihm selber am Hals, und er muss auch gucken, dass er zurechtkommt. Irgendein Projekt hat er vergeigt. Als ob der nicht trotzdem noch genug Geld hätt! Mehr als genug! Soll er halt ein paar von seinen Häusern verkaufen, eine von seinen vielen Firmen, mir doch egal. Aber nix. Zur Sau hat er mich gemacht. Was für ein Versager ich bin. Dass ich ihm auf die Nerven gehe. Schon früher, angeblich, wie wir noch Freunde gewesen sind. Und am Ende hat er's dann gesagt: dass ich nicht mal meine Frau schwängern kann. Und dann hat er mich rausgeschmissen.«

»Und Sie sind gegangen?«

Marinetti nickte kaum merklich. Sah aus, als könnte er es selbst nicht fassen. »Bin auf mein Rad gestiegen und hab mich verpisst, genau. Wie immer. Wie der Trottel, der ich immer gewesen bin.«

Und dann war Florian gekommen. Hatte den Streit zwischen seinen beiden Vätern vielleicht sogar mit angehört ...

Sekundenlang war es still. Totenstill. Nur Claudias Atem war noch zu hören. Und vor den Fenstern rauschte eintönig der ersehnte, erlösende Regen, vielleicht schon länger, ich wusste es nicht. Das Rumpeln des Gewitters, das vorübergehend nachgelassen hatte, schien wieder lauter zu werden. Das Unwetter kam zurück. Claudias Atem ging flach. Ihre Miene war entspannt, die Augen hatte sie geschlossen. Vielleicht hatte sie die Besinnung verloren. Vielleicht stellte sie sich tot.

»Hätt ich schon viel früher machen sollen«, murmelte Marinetti, der jetzt kaum noch geradeaus sehen konnte. »Ihm mal ordentlich die Meinung sagen. Aber ich hab ja immer alles in mich reingefressen. Und am Ende hat er's dann gesagt, das mit Claudi ... Jahrelang, jahrelang haben sie's getrieben, die zwei. Und dass Flo ... «

»Dass er nicht Ihr Sohn ist.«

Reden, reden, reden. Aber was nur?

Marinetti nickte mit glasigem Blick. »Mein Leben hat er versaut. Mein ganzes Leben. Versaut, versaut, versaut.«

»Und dabei waren Sie doch Freunde.«

Die Luftfeuchtigkeit schien in den vergangenen Minuten explodiert zu sein. Der Regen, natürlich. Jetzt war es in dieser verdammten Küche nicht nur heiß wie in der Wüste, sondern auch noch feucht wie im Regenwald. Der Schweiß lief mir in Bächen übers Gesicht, den Nacken hinab, den Rücken. Das Atmen fiel mir unsagbar schwer. Aber ich musste jetzt etwas sagen. Dringend. Irgendwas. Florian – vielleicht war er damit noch zu packen.

»Was ist eigentlich mit Florian? Clau... Ihre Frau hat mir am Telefon gesagt, er hätte sich gemeldet?«

Schläfriges Nicken. »Hat angerufen«, verstand ich mit Mühe. »Am Nachmittag ... Frankreich.«

»Geht's ihm gut?«

Wieder Nicken.

»Wohin ist er unterwegs?«

»Hat er nicht gesagt ... wird schon wissen ... alt genug.«

»Ist er allein?«

Marinettis Blick wurde wieder ein wenig klarer und aufmerksamer. »Wieso?«

»Wir haben Hinweise, dass er vielleicht in ein Auto gestiegen ist.«

»Von einem Auto hat er nichts gesagt. Aber ich hab auch nicht selber mit ihm geredet. *Sie* ist am Telefon gewesen. Ich geh sowieso nie ran. Mich ruft eh keine Sau an.«

Sein riesiger Kopf baumelte hin und her. Die Lider wurden schwer und schwerer.

Ich versuchte es mit einem neuen Ton, leiser, versöhnlicher: »Sie sind nicht der erste Mann, der erfährt, dass seine Frau ...«

Ganz schlecht.

»Schnauze!«, fuhr er mir über den Mund. »Halt endlich mal die Schnauze, Arschloch!«

Genau das würde ich bestimmt nicht tun. Aber was konnte ich noch sagen? Was konnte ich ihn noch fragen? Was? Ich brauchte eine Idee. Dringend.

Vielleicht so: »Früher waren Sie also mal richtig dicke Freunde?«

Lahmes Nicken. Aber dann bequemte er sich doch zu einer Antwort: »Wie wir noch auf der Schule waren. Alfi hat damals schon immer der Tollere sein müssen, der Schnellere, der Schlauere. Er ist der gewesen, auf den die Tussen geflogen sind. Der seinem dummen, dicken Freund hie und da eine übrig gelassen hat. Seinem Freund, den sonst keine angeguckt hat. Der Alfi hat auch immer Geld gehabt. Dabei sind seine hochnäsigen Alten gar nicht so reich gewesen, wie sie immer getan haben. Denen hat's ja überhaupt nicht gepasst, dass ihr toller Alfred sich mit Gesocks wie mir abgegeben hat. Mit Proleten, die in der Schule miese Noten haben und anfangen zu schwitzen, wenn man sie irgendwas fragt. Das Gesicht von seiner Alten hätten Sie sehen sollen, wenn ich mal wieder vor der Tür gestanden hab.«

Seine Stimme wurde immer leiser und undeutlicher. Er konnte nicht mehr weit davon entfernt sein, einzuschlafen, und dieses Mal hoffentlich richtig und für lange. Claudia hatte sich seit Minuten nicht mehr bewegt. Ihr Kopf hing schräg herab. Vielleicht hatte sie wirklich das Bewusstsein verloren. Natürlich hatte sie Blut verloren, aber auch nicht so viel, dass sie davon ohnmächtig werden könnte. Der Stress vielleicht. Der Schock. Die Todesangst. Verlockende Vorstellung: schlafen zu dürfen. Seine Ruhe haben, endlich.

Aber an Schlafen durfte ich jetzt nicht einmal denken. Wenn Marinetti das nächste Mal wegdämmerte, dann kam meine Zeit. Noch immer hatte ich keinen Schimmer, was ich dann tun würde. Immerhin hatte ich in den vergangenen Minuten gespürt, dass die Verleimung des Stuhls allmählich doch ein wenig nachgab. Wieder und wieder spannte ich die Muskeln an, zerrte jedes Mal ein wenig stärker an der Lehne. Und jedes Mal schien mein Bewegungsspielraum eine Winzigkeit größer zu werden. Wenn ich es schaffte, den Stuhl zu zerstören, dann waren meine Hände frei, und dann war ich gerettet.

Marinetti glotzte schläfrig vor sich hin. Die dritte Flasche unter seinem Stuhl war noch halb voll, aber er trank nicht mehr. Warum fielen diesem geisteskranken Trampeltier nicht endlich die Augen zu? Wieder ein Donner. Diesmal hatte ich den Blitz gesehen, durch die Ritzen der geschlossenen Fensterläden. Drei Sekunden. Einen Kilometer war das Gewitter noch entfernt. Es kam wieder näher. Was schlecht war, da jeder Donnerschlag das schnarchende Schwein aufwecken konnte, falls es irgendwann endlich einschlafen sollte. Der Regen rauschte und rauschte. Hatte ich eigentlich die Fenster zugemacht an meinem Wagen? Ich konnte mich nicht erinnern. Vermutlich nicht. Ich hatte ja nur wenige Minuten bleiben wollen. Wenn er doch nur endlich, endlich einschlief.

Wieder zerrte ich an der Rückenlehne des Stuhls. Wieder gab sie ein wenig mehr nach. Ich musste aufpassen, durfte keine lauten Geräusche machen. Mithilfe von Claudia war nicht mehr zu rechnen, so wie sie dasaß, mit hängendem Kopf, das hellblaue T-Shirt dunkel von Blut und Tränen.

Die Beine? Was war mit den Stuhlbeinen? Wenn ich aufstehen könnte und gehen, dann könnte ich den Stuhl vielleicht irgendwie zertrümmern, ein Messer erreichen und mir mit ein wenig Geschicklichkeit und Glück die Fesseln durchschneiden. Ich stemmte die Beine vorsichtig auseinander, der Stuhl knarrte, knackte, auch die Verleimung der Stuhlbeine schien nicht mehr die beste zu sein. Warum trank der Volltrottel denn kein Bier mehr?

»Vergessen Sie's«, hörte ich ihn mit geschlossenen Augen murmeln. »Die Dinger sind zwar schon ein bisschen wackelig. Aber stabil sind sie trotzdem. Die kriegst du nicht kaputt. Ich vielleicht. Du nicht.«

»Warum wollen Sie Ihr Leben wegschmeißen? Sie haben doch nichts Schlimmes getan. Ihre Frau ist verletzt, okay, aber das wird wieder. Was Sie mit mir gemacht haben, vergessen wir. Von Ihrer Frau lassen Sie sich scheiden …«

»Schnauze!«, brüllte er und starrte mich aus blutunterlaufenen Augen an. Nie zuvor hatte ich einen solchen Hass gesehen. Und eine so hoffnungslose Verzweiflung.

»Sie müssen vor Gericht, das ist klar. Aber es gibt jede

Menge strafmildernde Gründe. Ich werde für Sie aussagen. Es wird …«

»Bist du taub?«, schrie er mit knallrotem Kopf, kam mühsam auf die Beine, suchte und fand das Messer. »Fresse halten, sag ich! Du quatschst mich nicht mürbe. Du nicht!«

»Liegt Ihnen denn überhaupt nichts mehr am Leben? An Ihrer Zukunft?«

Langsam, schwankend kam er näher. »Nein«, murmelte er plötzlich wieder zerstreut und mit abirrendem Blick. »Meine Zukunft, die ist schon lang vorbei. Mein Leben ist immer ein Scheißleben gewesen. Ein Drecksleben, das auf den Müll gehört.«

Er kam näher und näher. Das Messer kam näher. Der Regen rauschte, seine Sohlen quietschten auf den Fliesen.

»Es ist nicht so leicht, einen Menschen zu töten«, sagte ich mit bebender Stimme. »Überschätzen Sie sich nicht. Das ist nicht so einfach, das …«

»Doch«, widersprach er schwankend. »Es ist sogar sehr einfach. Viel einfacher, als wie man denkt.«

Unaufhaltsam kam er näher. Wie das Gewitter draußen. Das blutverschmierte Messer in seiner Rechten blitzte im trüben Licht. Auf einmal kostete es mich große Mühe, meine Lungen mit Luft zu füllen. Hektisch zerrte ich an meinen Fesseln. »Woher wollen Sie das wissen?«, stieß ich in verzweifelter Wut hervor. »Sie haben doch keine Ahnung!«

Während ich den letzten Satz hervorwürgte, fiel mein Blick auf seine Schuhe. Weiße Sportschuhe, Puma, mit Blut bespritzt. Und es war ganz sicher nicht das Blut seiner Frau. Er trug dieselben Schuhe wie Florian! Vielleicht ein Weihnachtsgeschenk von Claudia. An beide. Der angebliche Vater und der Sohn, der ihm kein bisschen ähnlich sah, im Partnerlook. Nicht Mühlenfeld hatte Leonhard getötet und auch nicht Florian.

»Weil ich's weiß, darum«, erwiderte Marinetti mit einem Grinsen, das wohl Überlegenheit ausdrücken sollte, aber nur seine Dummheit zur Schau stellte. »Weil ich's schon mal gemacht hab.«

»Leonhard.«

»Genau. Ich bin nämlich umgekehrt. Diesmal hab ich genug gehabt von seinen Frechheiten. Endgültig genug.«

Er verharrte, noch einen halben Schritt von mir entfernt, sah über mich hinweg, kaute gedankenverloren auf der Backe. »Diese Sau. Diese elende Sau. Schwimmt im Geld, und mir will er nicht mal fünfhundert geben. Was ist das denn für den? Ein Fliegenschiss ist das für den! Und dabei hab ich doch ... Ohne mich wär der Alfi doch ...«

»Was? Was wäre er ohne Sie?«

»Nichts. Gar nichts wär er.«

»Wieso?«

»So, jetzt wissen Sie's.« Marinetti hatte wieder dieses hämische Grinsen in den Mundwinkeln. Weidete sich an meiner Angst, an meinem Entsetzen. Und nichts, absolut nichts ist schlechter, als wenn dein Feind deine Angst wittert.

»Wann genau waren Sie dort?«

»Hab nicht auf die Uhr geguckt. Wieso wollen Sie das wissen?«

Reden, reden, solange es noch geht.

»Nur so. Nein, Quatsch, ich will Sie nicht anlügen. Es war noch jemand dort. Aber nach Ihnen. Erst hatte ich den in Verdacht.«

»Der war's nicht. Ich bin's gewesen, ich. Und jetzt wird er nie wieder von so primitiven Typen wie mir belästigt, der Alfi, das gottverdammte Großmaul!«

Wieder blitzte dieses schmale, vermutlich tödlich scharfe Messer in seiner Hand. Eine halbe Ewigkeit stand er vor mir, ließ die Klinge funkeln. Wischte sie schließlich an seinem ohnehin schon blutverspritzten Poloshirt ab. Sah – auf einmal fast wohlwollend – auf mich herab. Auf sein nächstes Opfer. Auch Löwen sollen einen liebevollen Blick haben, wenn sie eine Antilope anspringen.

»Und es ist nicht das erste Mal gewesen, wenn Sie's genau wissen wollen.«

»Sie ... Sie haben ...?«

»Schon ewig her. Nach dem Abi war's. Und drum schuldet der Alfi mir was. Sehr viel ist er mir schuldig gewesen. Weil ohne mich wär der Alfi nie und nimmer das geworden, was er geworden ist.«

»Wie das?«

»Der Alfi hat natürlich ein Einserabi hingelegt. Mein Schnitt – na ja, studieren wollt ich ja sowieso nicht. Seine Alten haben ihm eine Reise geschenkt. Nach Australien. Acht Wochen ist er weg gewesen. Und ständig hat er mir Karten geschickt, damit ich ordentlich neidisch bin. Ich hab sie alle weggeschmissen. Keine davon hab ich gelesen. Keine.«

Plötzlich erstarrte er, als lauschte er auf ferne Geräusche. Die Hand mit dem Messer sank herab. Die Augen hatte er wieder fast geschlossen. Selbst im Stehen schwankte er.

»Wen?«, fragte ich leise.

»Irgendwie hab ich an ihm gehangen. Hab ihn bewundert, heimlich. Wollt so sein wie er. Cool. Überlegen. Clever. Hat aber nicht besonders gut geklappt, ehrlich gesagt. Einmal, da hat er schon studiert, und wir haben in einer versifften Kneipe in Mannheim gehockt und gesoffen. Das Studieren hat ihm überhaupt keinen Spaß gemacht, vom ersten Tag an nicht. Und da sagt er auf einmal: ›Ben, wieso machen wir nicht zusammen eine Firma auf? Studieren ist doch scheiße. Studieren ist was für Saftsäcke, die später Lehrer werden und ihr Leben lang VW fahren.‹ Reich wollt er werden, richtig reich, nicht bloß so ein bisschen. Und dafür, hat er gemeint, macht man am besten eine Firma auf.«

»Was für eine Art Firma sollte das werden?«

»Er hat überhaupt keinen Plan gehabt. Bloß die Idee, dass er reich werden will.«

»Diese Firma hat er dann ja auch bald gegründet. Allerdings nicht mit Ihnen zusammen, wenn ich richtig informiert bin.«

Marinetti schüttelte den Kopf, verlor um ein Haar das Gleichgewicht dabei. »Nachdem alles so gelaufen war, wie er sich das ausgedacht hat, ist von einer gemeinsamen Firma auf einmal keine Rede mehr gewesen. Dabei haben wir an dem Abend sogar noch überlegt, *Leonhard & Marinetti*, das klingt doch gut. Wär doch ein richtig toller Name für eine Firma gewesen. Wir haben natürlich Startkapital gebraucht, logisch. Seine Alten konnten ihm nichts geben. Bei denen war nichts zu holen und bei meinen zweimal nicht. Das Geld für seine tollen Klamotten und den BMW – tiefergelegt, Spoiler, getönte Scheiben – hat er von seiner Tante zum Abi gekriegt. Und soll ich Ihnen sagen, was ich gekriegt hab? Fünfhundert Märker hab ich gekriegt, von meinen Alten. Mehr ist nicht drin gewesen.«

Er verstummte, hatte sich wieder in irgendwelchen alkoholvernebelten Erinnerungen verloren. Auf einmal schwankte er wieder. Betrachtete plötzlich das Messer, als könnte er sich nicht erklären, wie es in seine Hand gekommen war.

Wenn ich mich nur hätte bewegen können! Marinetti war jetzt so betrunken, so erschöpft, so müde, dass ich ihn mit der flachen Hand hätte von den Füßen schubsen können. Aber ich war gefesselt. An einen Stuhl, der tatsächlich wesentlich stabiler war, als ich gehofft hatte.

Ich musste dringend etwas sagen. Solange er redete, stach er nicht zu. Hoffte ich. Und vielleicht würde es mir am Ende ja doch noch gelingen, ihn von der Sinnlosigkeit seines Tuns zu überzeugen. Ihm einen Weg in ein vielleicht nicht komfortables, aber wenigstens friedliches Leben zu weisen.

Wachte Claudia wieder auf? Hatte sie sich nicht eben bewegt? Sie atmete ruhig, das konnte ich deutlich sehen. Ihre Lider flackerten manchmal. Jetzt bewegte sich auch ihr Mund, als wollte sie sprechen. Aber dann wurde ihr Gesicht plötzlich wieder entspannt. Die Miene fast friedlich. Beneidenswert.

»Wie ist er denn nun an das Startkapital gekommen?«

»Na, durch mich natürlich!« Marinetti schmatzte. Taumelte zu seinem Stuhl zurück, als hätte ich mit meiner Frage eine tonnenschwere Last auf seine Schultern geladen, krachte darauf, dass ich für einen Moment dachte, der Stuhl würde unter seinem Gewicht zerbersten. Aber er hielt. Er knarrte furchterregend. Aber er hielt.

»Was?« Verwirrt riss er die Augen auf, sah hektisch um sich. »Hä?«

»Sie haben das Startkapital für Leonhards Firma organisiert ...«, half ich ihm auf die Sprünge.

Marinetti nickte. Entspannte sich. »Einen Fünfer-BMW hat er zum Achtzehnten gekriegt, von seiner reichen Tante. Gebraucht, aber bloß zwei oder drei Jahre alt. Und eine Stange Geld dazu, damit er ihn ein bisschen herrichten kann. Hab ich ihm natürlich helfen müssen. Für so Sachen hat er mich immer gebraucht, den dummen, dicken Ben. Spoiler hab ich ihm drangeschraubt, vorn und hinten, eine Mords-Stereoanlage eingebaut mit Bassboxen, so groß, dass er fast keinen Kofferraum mehr gehabt hat. So eine richtige Angeberkarre halt. Sind dann viel zusammen unterwegs gewesen damit. Einmal hat er einen Unfall gebaut. Eine Radfahrerin, nachts auf der Straße zwischen Wiesloch und Nußloch. Sie ohne Licht, aber er wär trotzdem dran gewesen, weil er ziemlich besoffen war in der Nacht. Und wissen Sie, was dann passiert ist? Da sagt der Alfi, das alte Schlitzohr: ›Du bist gefahren, Ben. Du hast nicht viel getrunken. Wir sagen den Bullen einfach, du bist gefahren.‹«

»Und Sie haben ihm den Gefallen getan.«

Marinetti schloss die Augen mit einer Miene, als wäre er auch noch stolz auf seine Heldentat. »Sogar zum Gericht hab ich gemusst. Drei Monate Führerschein weg, drei Punkte in Flensburg und hundert Stunden irgendwas Soziales arbeiten. Und dann ist der Alfi allein mit seinem BMW durch die Gegend gebrettert und hat reihenweise Tussen abgeschleppt, und ich hab in einem Altersheim die Scheiße aus den Klos gekratzt.«

»Aber Sie wollten immer noch zusammen eine Firma gründen …«

Das Gewitter schien sich allmählich wieder zu entfernen. Der Regen rauschte monoton, aber eindeutig schwächer.

»Sind schon ziemlich blau gewesen, an dem Abend in der Kneipe in Mannheim. Kurz vor Weihnachten war's, das weiß ich noch. Erst waren wir auf dem Weihnachtsmarkt gewesen, haben ein paar Glühweine gekippt, und später sind wir noch in die Kneipe. Wir brauchen natürlich Geld, hat er gesagt und ist ganz nah an mich rangerückt. Und er weiß auch schon, wo er's herkriegen kann, das Geld. Aber ich muss ihm helfen. Allein kann er's nicht machen. ›Aber du, Ben‹, hat er gesagt. ›Du kannst so was, das weiß ich. Du kannst so Sachen.‹«

»Und zwar?«

»Seine Tante ist schon über achtzig gewesen, keine Kinder, der Mann seit zwanzig Jahren tot und hat ihr eine Menge Schotter hinterlassen. Stinkreich war die Alte. Alfi war sicher, dass er alles erbt, wenn sie stirbt, oder wenigstens das meiste. Von den Weibern hat er ja immer alles gekriegt. Egal, wie alt sie sind. Der Alfi muss einer Frau bloß mal ein bisschen in die Augen gucken, und sofort will sie ein Kind von ihm. Die Villa hätt der Alfi gekriegt, das Geld, die Aktien, die Gemälde sind vielleicht auch einiges wert gewesen, hat er gemeint. Wenn nur die Tante tot wär.«

»Aber sie ist nicht gestorben.«

»Wir müssen ein bisschen nachhelfen, hat der Alfi gemeint, sonst wird die alte Hexe am Ende noch hundert. Und wenn er ›wir‹ gesagt hat, dann hat er natürlich mich gemeint.«

»Sie sollten dafür sorgen, dass sie nicht hundert wird …«

Marinettis Kopfwackeln ließ sich zur Not als Nicken deuten. »Sie hat Tabletten gebraucht«, nuschelte er. »Grüne, rote, weiße, blaue. Sie hat auch eine Hilfe gehabt. Eine Frau, die ist jeden Tag gekommen und hat geputzt und gekocht und so. Die hat ihr immer die Tabletten hergerichtet. In so einem Plastikkästchen mit drei Fächern, für morgens, mittags, abends. Und der Alfi hat sich alles genau überlegt gehabt. In Walldorf hat sie gewohnt, die Tante. Der Alfi hat gewusst, was für Tabletten die Alte nimmt und wo die sind und wie sie aussehen.«

»Sie sollten mit den Tabletten irgendwas machen?«

Dieses Mal fiel Marinettis Nicken deutlicher aus. »Nachts sollt ich ins Haus schleichen. Der Alfi hat die Kombination von der Alarmanlage gewusst. Und eine Kopie vom Haustürschlüssel hat er auch schon gehabt. Und er hat mir alles genau erklärt: Durch die Haustür rein – ein Riesenhaus ist das gewesen und ziemlich einsam gelegen –, die Alarmanlage ausschalten, dann drei Stufen rauf, Licht durft ich natürlich keins machen, die zweite Tür rechts, das war die Küche. ›Und falls du doch erwischt wirst‹, hat er gesagt, ›dann kriegst du ein paar Monate auf Bewährung wegen Einbruch oder so. Den Schlüssel hast du irgendwo gefunden, sagst du einfach, wenn du erwischt wirst. Aber du wirst nicht erwischt. Da wohnen lauter alte Leute in dem Viertel, da ist nachts kein Mensch auf der Straße.‹ Ich sollt in die Küche gehen, das Kästchen mit den Pillen hat auf der Anrichte neben dem großen Fenster gelegen. In der Küche war es nie ganz dunkel, weil da Licht von der Straßenlaterne reingekommen ist.«

»Und dann haben Sie die Tabletten ausgetauscht.«

»Alle, die im linken Fach drin waren, sollt ich wegschmeißen und dafür drei von den großen grünen reintun. Hat auch alles prima geklappt, und ich bin schon auf dem Weg zur Haustür gewesen, da geht auf einmal das Licht an, und so eine blöde kleine Töle rast kläffend auf mich zu. Von dem

Hund hat der Alfi natürlich nichts gesagt. Und oben auf der Galerie taucht auch noch die Alte auf, weiße Haare, das Nachthemd, das runzlige Gesicht – alles wie im Gruselfilm. Kein Gebiss im Maul, und das ist sperrangelweit auf gestanden, das Maul ohne Zähne. Der Töle hab ich einen Tritt verpasst, und da fängt die Alte auf einmal an zu kreischen. Wie am Spieß hat die geschrien und geschrien. Der Hund hat sich von allein verzogen. Aber die Alte … Da musst was passieren, das war klar. Ich also die Treppe rauf, aber sie hat immer weitergekreischt. Ich hab sie gepackt, und sie hat immer noch geschrien wie eine Wahnsinnige und hat angefangen, mich zu kratzen. Dabei ist sie zwei Köpfe kleiner gewesen wie ich. Und dann hat sie auf einmal nicht mehr gekreischt.«

Er verstummte, kaute auf der Backe, glotzte in irgendeine Ecke.

»Hab ihr einfach den dürren Hals zugedrückt, und dann ist sie still gewesen. Ganz still ist sie auf einmal gewesen. Hat noch ein bisschen ›chhh … chhh‹ gemacht, und dann ist sie tot gewesen. Sie kann gar nicht erstickt sein. Vielleicht Herzschlag, was weiß ich. Hab sie dann einfach die Treppe runtergeschmissen und bin gegangen.«

»Und weiter?«

»Nix weiter. Am übernächsten Tag ist in der Zeitung gestanden, dass sie die Treppe runtergefallen ist. Ihr Doktor muss ein Volldepp gewesen sein. Total irre: Ich bring die Alte um, und nix passiert. Einfach nix, verstehen Sie? Der Alfi hat seine Kohle gekriegt, auf einmal ist er Millionär gewesen, und keine alte Sau ist auf die Idee gekommen, seine Tante könnt nicht von allein die Treppe runtergefallen sein.«

Lange war es still. Der Regen war jetzt kaum noch zu hören. Und Marinetti hatte offenbar vergessen, wo er sich befand. Wer ich war. Was in der Nacht alles geschehen war. Endlich griff er ohne hinzusehen unter seinen Stuhl, setzte die Flasche an und leerte sie in einem Zug.

»Ist überhaupt nicht schwer, wen tot zu machen.« Bittend, mit einem Mal fast unterwürfig sah er mich an. Glauben Sie mir, ich weiß es, sagte sein Blick. Die Uhr am Herd zeigte jetzt Viertel nach fünf. Draußen wurde es allmählich hell. Plötzlich bemerkte ich, dass Claudia aufgewacht war und ihren Mann mit ein wenig irrem, verständnislosem Blick anstarrte.

Hatte sie sich in den vergangenen Minuten nur tot gestellt? Oder wirklich vorübergehend das Bewusstsein verloren? Wieder bewegte sich ihr Mund, ohne dass etwas zu hören war.

»Ich bin ...«, murmelte Marinetti erschöpft, aber vielleicht auch erleichtert, weil er endlich die Wahrheit hatte erzählen dürfen. »Ich bin nie richtig drüber weggekommen, wissen Sie? Immer wieder spüre ich diesen dürren Scheißhals in den Händen. Wie sie zappelt und zuckt und auf einmal nicht mehr zuckt. Das Rumpeln auf der Treppe hör ich jede Nacht. Das Knacken von ihren alten Knochen. Jede Nacht. Jede, jede gottverdammte Scheißnacht.«

»Ben!«, flüsterte Claudia fassungslos. Das erste Wort, das ich seit Stunden von ihr hörte. »Ben, um Gottes willen!« Ihre Stimme klang völlig fremd.

»Hat er ...« Sollte ich es wagen? Ja, ich wagte es, denn Marinetti musste beschäftigt werden. »Er hat Ihnen einen Teil von dem geerbten Geld abgegeben, nehme ich an.«

Marinetti nickte, jetzt wieder unendlich müde. Todmüde. Lebensmüde.

Ich traute mich nicht, auch noch zu fragen, wie hoch die Belohnung ausgefallen war. Einige Hunderttausend vermutlich, Mark, damals noch. Die es Marinetti ermöglichten, seine eigene Firma zu gründen. Die er schon zwei Jahre später krachend gegen die Wand gefahren hatte.

»Lassen Sie es gut sein«, sagte ich leise, aber deutlich. »Geben Sie sich einen Ruck, und machen Sie uns los. Es hat doch keinen Sinn, alles noch schlimmer zu machen.«

»Ist eh alles im Arsch«, hörte ich ihn wie in Trance flüstern. Mehr zu sich selbst als zu seinen beiden schreckensstarren Zuhörern. »Alles im Arsch ... Sterben ... Sterben und fertig, ja.«

»Ben!«, keuchte Claudia. »Red doch nicht so, mein Gott!«

Wieder war es für eine halbe Ewigkeit still. Marinetti atmete flach und regelmäßig. Das Licht in den Ritzen der Fensterläden wurde von Minute zu Minute heller. Draußen auf dem nahen, so nahen Gehweg Stimmen, Schritte, das gedämpfte, rücksichtsvolle Klappen von Autotüren. Ein Motor wurde angelassen. Ein Wagen fuhr leise weg. Das Messer entglitt Marinettis Hand, klapperte am Boden. Und schon war er wieder wach. Mit einem Stöhnen, als lasteten alle Sünden der Menschheit auf seinen Schultern, hob er es wieder auf. Dann glotzte er mich so ausdruckslos an, wie nur ein Toter einen ansehen kann oder ein Vollidiot. Ich saß da, bewegungslos, starrte zurück.

Mit einem Mal war mir klar: Jetzt würde ich sterben. Bald würde für mich die ewige Dunkelheit anbrechen, und ich saß hier und starrte meinen Mörder an wie das berühmte Kaninchen die Schlange. Wenn mir doch nur etwas einfallen würde! Irgendetwas. Aber nichts. Mein Kopf war leer. Vielleicht, wenn Claudia ... Aber auch die hatte offenbar keine Idee. Nicht den einen, uns beide rettenden Gedanken. Immer noch starrte sie ihren Mann an, der ein zweifacher Mörder war und bald ein vierfacher Mörder sein würde.

Wenn jetzt jemand an der Tür läutete? Die Post? Ein Paketbote? Unsinn, morgens um zwanzig vor sechs! Totenstill war es wieder. Hier drinnen und dort draußen. Dort, wo das Leben war. Wo bald wieder die Sonne scheinen würde. Diese unerträgliche, apokalyptische Sonne, die einem den Verstand raubte und die Kraft und allen Lebensmut.

Theresa fiel mir ein. Die Nacht, die wenigen Stunden mit Claudia. Die mich inzwischen völlig vergessen zu haben schien. Immer weiter ihren Mann anstarrte, der nicht der

Vater ihres Sohnes war. War ich glücklich gewesen, in den Stunden mit ihr? Ich konnte mich nicht mehr erinnern.

Theresa ...

Louise ...

Nutzlose Bilder, sinnlose Gedanken wirbelten durch meinen Kopf wie eine Schar Küken, wenn die Katze kommt. Claudia schluckte hin und wieder. Was, wenn sie gar nicht so hilflos war, wie sie tat? Wenn sie in Wirklichkeit gerade dabei war, ihre Fesseln zu lösen? Irgendwie? Wenn sie sich plötzlich schreiend auf ihren Mann stürzte, ihm das Messer entriss? Auf den Mann, den sie ihr halbes Leben lang verachtet und dennoch ertragen hatte? Damit ihr Sohn einen Vater hatte? Einen schlechten zwar, doch immerhin einen Vater?

Draußen, wo das Licht war und das Leben eine neue Runde begann im ewigen Reigen, war jetzt immer öfter Bewegung und Verkehr. Autos fuhren vorbei. Gelb zuckendes Licht und das Dröhnen eines schweren Diesels, der immer wieder anhielt. Die Straßenreinigung? Die Müllabfuhr? So früh am Morgen?

Wann würde jemandem auffallen, dass ich nicht in meinem Bett lag? Wem? Mit den Zwillingen war nicht zu rechnen. Die kamen morgens längst ohne mich zurecht. Und wenn sie nach der Schule nach Hause kamen, würden sie nicht überrascht sein, mich nicht anzutreffen. Was für ein Tag war heute? Mittwoch. Nein, Donnerstag schon. Arbeitstag. Bürotag.

Theresa?

Sie würde sich vielleicht irgendwann wundern, dass ich nicht ans Handy ging. Falls sie überhaupt versuchen sollte, mich anzurufen, was ich nicht für sehr wahrscheinlich hielt. Sie würde denken, ich wolle nicht mit ihr sprechen, und sich wieder ihrer Ingrid zuwenden.

Balke?

Vielleicht gab es gerade in diesem Moment eine neue Entwicklung im Fall Leonhard? Vielleicht verlangte Mühlenfeld dringend ein weiteres Gespräch, weil …

»Sie …« Ich musste mich räuspern, weil meine Stimme nicht mehr recht funktionierte. »Als Sie bei Leonhard waren, Sie haben das Messer einfach liegen lassen …«

Er sah mich lange an. Nickte schließlich. »Ich hab so einen Brass gehabt auf das Arschloch. So einen Brass hab ich gehabt. Dass er mir das auch noch genommen hat, dass ich Flos Papa bin. Dass ich nicht mal ein Kind zuwege gebracht hab. Keins, auf das ich besonders stolz gewesen bin, weiß Gott. Aber immerhin ein Kind. Einen Sohn. Aber nicht mal das … Nicht mal das …«

»Früher oder später hätten wir Spuren von Ihnen auf dem Messer gefunden.«

Was redete ich da? Gleichgültig. Jede Minute, die ich länger redete, länger überlebte, war eine winzige, winzige Chance auf Rettung. Marinetti könnte in Ohnmacht fallen. Einen Schlaganfall erleiden. Ein Meteorit könnte das Dach durchschlagen und Millisekunden später seine Schädeldecke. Ein Lkw könnte von der Straße abkommen und durch die Wand brechen. Das Grummeln des Gewitters rückte wieder näher. Ein Blitz könnte einschlagen und das Haus in Brand setzen, und dann würde die Feuerwehr kommen … Das Unwetter bewegte sich im Kreis über uns, als wollte es das Ende des Dramas nicht verpassen.

»War mir doch scheißegal. Alles war mir scheißegal … Alles.«

»Haben Sie danach noch mal zugestochen? Nachdem Sie ihm die Kehle durchgeschnitten haben?«

»Weiß ich nicht. Zweimal, dreimal, zehnmal. Weiß ich nicht.«

Vor dem Haus hielt ein Auto. Jemand stieg aus. Schwere, hallende Schritte kamen näher. Sollte etwa doch …? Die Schritte gingen vorbei. Wurden leiser. Auch Marinetti hatte gehorcht.

»Der Typ vom Backshop um die Ecke«, erklärte er mir mit abfälligem Grinsen. »Ist spät dran heut. Um sechs machen sie auf. Hab oft Brot bei ihm gekauft, früher. Und Weckle geholt fürs Frühstück.«

Früher ...

Jetzt war es kurz nach halb sechs. Wieder ein paar Minuten überlebt. Claudia schloss die Augen. Schüttelte stumm den Kopf mit dem wirren, schweißfeuchten Haar.

»Was soll das heißen, dass du nicht Flos Vater bist?«, fragte sie heiser.

»Das, was es heißt!«, brüllte er. »Tu doch nicht so ...«

»Wer sagt das?«

»Alfi sagt das.«

»Es stimmt aber nicht«, behauptete sie mit fester Stimme. »Er hat es immer geglaubt, weil er es hat glauben wollen. Aber es stimmt nicht. Du bist Flos Vater und sonst niemand.«

Sie öffnete die Augen wieder und warf mir einen schnellen, ernsten Blick zu, der ausdrücken sollte, dass sie die Wahrheit sprach.

»Hör auf!«, schrie ihr Mann. »Hör jetzt auf!«

»Ben!«, keuchte sie. »Was soll das werden? Was soll das werden, sag?«

»Schnauze«, brummte er, jetzt nicht mehr böse, sondern fast gutmütig. Verständnisvoll. »Sei still!«

»Was hast du vor mit uns?«

»Wirst du schon noch merken.«

»Du machst keine Dummheiten, ja? Lass uns vernünftig reden, Ben. Du hast mich genug gestraft für das, was ich getan habe. Es war nicht richtig, ich weiß. Es war nicht richtig, dass ich dich so oft angelogen habe. Aber wir beide haben doch auch gute Zeiten gehabt, oder nicht?«

»Schnauze!«, murmelte er und betrachtete wieder sein verfluchtes, verfluchtes Messer.

»Haben wir gute Zeiten gehabt, ja oder nein? Auch mit

Florian. Du magst ihn doch. Auch wenn du ständig über ihn schimpfst, im Grunde magst du ihn doch. Im Grunde bist du ein guter Kerl, Ben. Und natürlich bist du sein Vater. Das ist doch was, oder etwa nicht?«

Mit einem Mal keimte wieder Hoffnung in mir. Das war vielleicht genau der Ton, mit dem man ihn noch überreden konnte. Falls überhaupt irgendjemand auf der Welt ihn noch zu irgendetwas überreden konnte. Er schien ernsthaft über ihre Worte nachzudenken. Kaute wieder auf der Backe.

Ob Leonhard Florians Erzeuger war oder Marinetti oder sonst irgendjemand, war mir in diesem Moment so gleichgültig wie das Wetter in Peking. Claudia war eine so unfassbar gute Lügnerin, ich wusste längst nicht mehr, was ich ihr glauben konnte. Vielleicht gab es wirklich noch einen dritten Mann? Vielleicht war Florian das Ergebnis eines One-Night-Stands? Nichts interessierte mich in diesen Sekunden weniger.

Der nächste Donner. Laut, dieses Mal, sehr laut. Das Gewitter war schon fast wieder über uns.

»Sei still!«, presste Marinetti schließlich hervor, immer noch wütend, aber spürbar verunsichert.

Nicht nachlassen!, dachte ich flehend. Bitte, Claudia, mach weiter!

»Doch, das bist du, Ben«, sagte sie warm. »Ein guter, anständiger Kerl. Auch wenn ich viel an dir rumgemeckert habe, im Grunde habe ich dich immer gemocht. Nur dich. Das mit Alfi, das tut mir leid. Ehrlich. Es tut mir schon seit Ewigkeiten leid. Aber ich war einsam, weißt du? Sehr einsam war ich damals. Du bist ...« Sie stockte, ihr Blick irrte ab. »Herrgott, Ben, du bist im Gefängnis gewesen, und ich war eine junge Frau. Eine Frau, die ... du weißt schon.«

»Und mit dem da?«, fragte er rau und plötzlich wieder mit Hass in der brüchigen Stimme. »Tut dir das auch schon seit Ewigkeiten leid?«

»Was … was meinst du?«

»Dass du mit dem da rumgemacht hast? Schon vergessen?«

»Aber … wie kommst du denn auf so was, Ben?«

Ja! Ja! Es gelang ihr so unglaublich gut, ehrlich erstaunt zu wirken. Jahrelange, jahrzehntelange Übung hatte eine Meisterin der Lüge aus ihr gemacht.

»Du bist fort gewesen!«, lallte Marinetti. »Mitten in der Nacht. Ich hab genau gehört, wie du gegangen bist. Du hast geglaubt, ich schlaf. Hab ich aber nicht. Ich hab nicht geschlafen.«

Claudia war inzwischen zu müde, um schnell genug zu reagieren. Ihr Mund öffnete sich stumm, schloss sich wieder. Immer noch sickerte Blut aus ihrer Wunde. Helles Blut.

Wieder ein krachender Donner.

»Hast gedacht, ich merk nichts«, brummelte Marinetti und betrachtete die Klinge, an der immer noch Schlieren von Blut klebten, obwohl er sie schon abgewischt hatte. »Hast gedacht, der Ben, der Idiot, der pennt und kriegt wieder mal nichts mit.«

Claudia hatte sich schon wieder gefangen.

»Du hast recht, und du hast nicht recht«, sagte sie mit fester, ruhiger Stimme. So, wie man mit einem gerade etwas bockigen, aber sonst ganz verständigen Kind spricht. »Der Herr Gerlach wollt mit mir reden, weißt du? Über Florian. Sie hatten eine neue Spur, nicht wahr?«

Die Frage galt mir. »Ja, das stimmt«, bestätigte ich eifrig. »Eine Spur nach Stuttgart, wir waren ihm ziemlich dicht auf den Fersen, und ich habe gedacht, wenn wir Kontakt mit ihm aufnehmen, dann ist es vielleicht gut, wenn seine Mutter dabei ist. Er hat ja immerhin eine Pistole gehabt …«

»Blödsinn!«, fiel Marinetti mir scharf ins Wort. »Alles Blödsinn. Ich seh's doch, Claudi. Ich seh's dir doch an, was du in der Nacht gemacht hast. Wenn beim Frühstück dieses

Blitzen in deinen Augen ist, wenn du so vor dich hin lachst, ohne dass du es überhaupt merkst, dann weiß ich doch, was in der Nacht gewesen ist.«

»Aber nicht in dieser Nacht, Ben. Der Herr Gerlach hat mich angerufen, sie brauchen mich, dringend. Ich wollte Flo helfen, das musst du doch begreifen, Ben! Drum hat der Herr Gerlach mich holen lassen. Mit einem Streifenwagen. Nur deshalb, weil ich mit Flo reden sollte.«

Marinettis Miene wurde unsicher wie die eines Kindes, das sich in Lügen verstrickt hat und keinen Ausweg aus der selbst gestellten Falle sieht.

»Und wo seid ihr gewesen? Wo habt ihr geredet?«

»Bei der Polizei natürlich. Was denkst du denn?«

»Und dann?«

»Er ist uns entwischt«, sagte ich. »Leonhard war zu diesem Zeitpunkt noch bei ihm. Wir mussten sehr vorsichtig sein. Auf der Autobahn ging es noch ganz gut. Aber bei Stuttgart sind sie von der Autobahn runter, und nachts, bei wenig Verkehr, da muss man viel Abstand halten. Er ist durch Leonberg gefahren, und bei Gerlingen war er dann auf einmal weg.« Das war nicht allzu weit weg von der Wahrheit. »Und dann sind wir zusammen wieder zurückgefahren.«

»Und warum hast du nichts gesagt?«

»Ich wollte dich nicht wecken.«

»Ich hab nicht geschlafen.«

»Doch, Ben. Ich hab's gehört. Man hört es, wenn du schläfst. Das weißt du.«

Unendlich langsam nickte er. Legte zögernd, widerstrebend, widerwillig das Messer auf die Arbeitsplatte, dorthin, wo es ganz zu Anfang gelegen hatte.

Es funktionierte! Er gab auf!

»Ich ... Ich bin aber aufgewacht«, murmelte er. »Wie die Tür gegangen ist. Und dann hab ich das Auto gehört. Ich hab sogar durch die Ritzen geguckt. Es ist kein Polizeiauto gewesen. Ich bin kein Depp, Claudi! Auch wenn du das immer denkst. Ich bin kein Depp.«

»Es war ein Dienstwagen von der Kripo«, beeilte ich mich zu erklären. »Nicht alle Polizeiautos sehen aus wie Polizeiautos.«

»Natürlich bist du kein Depp«, sagte Claudia voll mütterlicher Wärme. »Du hast viel Pech gehabt im Leben, aber du hast dich immer tapfer geschlagen. Und jetzt, bitte, Ben, mach uns los, und dann reden wir, und alles wird gut, du wirst sehen.«

Wie ich sie bewunderte! Wie ich sie liebte für jeden Satz, den sie sagte, für jedes einzelne Wort. Das fette, besoffene, linkische Riesenbaby war jetzt warme Knete in ihren Fingern.

»Weiß nicht.« Marinetti wand sich noch ein bisschen. Wollte noch ein wenig umschmeichelt und gebeten werden. Und dann plötzlich wieder fest: »Nein.«

Aber sie spürte, sie war nah am Ziel. Änderte ihre Taktik um eine Winzigkeit. Ab sofort gab sie die verständnisvolle, aber strenge Mama: »Komm jetzt, Ben, schneid uns los. Was passiert ist, geht keinen was an.« Sie sah mich an. »Nicht wahr, Herr Gerlach, wenn ich keine Anzeige erstatte, dann passiert Ben gar nichts, oder?«

»Das ist richtig. Das ist absolut richtig.«

»Und Sie werden ihn auch nicht anzeigen, oder?«

»Nein. Das hier ist eine Sache zwischen Ihnen und Ihrem Mann. Eine Familienangelegenheit ...«

Dieses Mal krachte der Donner so laut, dass wir alle drei zusammenfuhren.

»Und was ist mit der Tante vom Alfi?«, fragte Marinetti mit misstrauischem Blick in meine Richtung.

»Verjährt«, log ich tapfer. »Selbst wenn ich wollte, die Staatsanwaltschaft interessiert sich nicht mehr dafür. Außerdem gibt es ja längst keine Beweise mehr.«

Er nickte, schon halb befriedigt, aber nach wie vor unsicher. Blinzelte ängstlich. Wie ein Kind. Wie das verschreckte Kind, das er tief im Inneren immer noch war.

»Siehst du, Ben«, sagte Claudia ruhig und gut. »Und jetzt komm. Schneid mich los. Schneid den Herrn Gerlach los. Und dann geben wir uns alle die Hand, und alles ist wieder gut, okay?«

Immer noch rang er mit sich. Schielte zu Claudia, zu mir, wieder zurück, verzerrte den Mund, als hätte er Magenschmerzen. Schnaufte. Keuchte. Und dann, endlich erhob er sich mühsam, kam wackelnd auf die Beine, packte das Messer, schleppte sich zu Claudia, murmelte etwas, das ich nicht verstand. Einen halben Schritt vor ihr blieb er noch einmal stehen. Schwankte. Atmete wie ein Walross. Kämpfte ein letztes Mal mit sich.

In der Sekunde, in der Claudia sich wieder frei bewegen konnte, würde ich gerettet sein. Marinetti war so betrunken, so erschöpft, dass sie spielend mit ihm fertigwürde, ihm das Messer wegnehmen konnte, mich losmachen. Oder ihn mit einer der Bratpfannen, die an der Wand über dem Herd hingen, niederschlagen. Obwohl ich diesen Part gerne selbst übernommen hätte.

Marinettis Atem beruhigte sich.

»Ben«, sagte sie schmeichelnd und sah ihn von unten her mit klaren Kinderaugen an. »Komm jetzt. Mach schon!«

»Ich ...«, lallte er unglücklich, »... ich weiß nicht ...«

»Aber ich weiß es, Ben. Ich weiß, was gut für dich ist. Also los, gib dir einen Ruck.«

»Ja, gut«, brummte er. »Bestimmt hast du recht. Du hast ja meistens recht. Aber nicht immer! Immer nicht!«

»Kein Mensch hat immer recht. Mal hast du recht, mal hab ich recht. So ist das im Leben. Und dann muss man miteinander reden, und dann wird alles gut. Lass uns reden. Aber nicht so, bitte. Und nicht, wenn der Herr Gerlach dabei ist. Das willst du doch auch nicht, oder?«

Er nahm das Messer in die linke Hand. Zögerte und plagte

sich wie ein Achtjähriger auf dem Drei-Meter-Brett, der den Sprung nicht wagt.

Schließlich stieß er einen großen Seufzer aus und sagte, mehr zu sich selbst: »So geht das nicht.«

Er nahm das Messer wieder in die rechte Hand, trat mit zwei schweren Schritten hinter sie. Packte mit der linken ihr Haar, riss den Kopf zurück und schnitt ihr die Kehle durch.

Mit einem halb stolzen, halb betretenen Grinsen im Gesicht sah er mich an.

»Das müssen Sie verstehen«, sagte er mit plötzlich überraschend klarer Stimme. »Sie verstehen das doch, oder?«

Er ließ Claudias Kopf los. Kam auf mich zu, langsam, den Blick auf den Boden gerichtet, als hätte er Angst zu stolpern. Noch zwei Meter. Noch anderthalb, noch zwei Schritte, noch einen. Jetzt war er schon halb hinter mir.

Mit der Kraft meiner Todesangst warf ich den Oberkörper nach vorne und wieder zurück. Der Stuhl kippte, ich krachte auf den Rücken. Aber dieses idiotisch stabile Möbelstück zerbrach einfach nicht. Ich war immer noch gefesselt, lag auf dem Rücken wie ein riesiger Käfer und konnte nicht einmal mit den Beinen zappeln.

Marinetti betrachtete mich von weit oben herab, als wäre ich ein kurioses Tierchen, das er gleich aufheben und betrachten oder einfach zertreten würde. Langsam, schnaufend beugte er sich herunter, die Messerklinge kam näher. Schien ein letztes Mal zu zögern, kam noch näher, berührte schließlich zärtlich meinen Hals. Ich sah seine Augen, sah darin nichts als Leere und Verlegenheit und Angst und Wahnsinn. Dann weiteten sich auf einmal die trüben Augen meines Mörders, ein Ruck ging durch seinen massigen Körper … ein dröhnendes Krachen … Das Messer …

32

Dass ich noch lebe, verdanke ich meinem guten alten Peugeot.

Der Besitzer des Hauses, in dessen Einfahrt ich ihn abgestellt hatte, wollte morgens gegen halb sechs zur Arbeit fahren und fand den Weg versperrt. Wutentbrannt – es war nicht das erste Mal, dass jemand seine Ausfahrt blockierte – rief er die Polizei. Die Streife kam gegen Viertel vor sechs, ein Kollege, nicht mehr weit vom Pensionsalter entfernt, und eine auch nicht mehr ganz junge Kollegin. Man begutachtete das Malheur, versuchte den Halter des Verkehrshindernisses telefonisch zu erreichen und rief schließlich achselzuckend den Abschleppwagen.

Das Erste, was ich sah, als ich wieder wagte, die Augen zu öffnen, und begriff, dass ich nicht tot war, war Theresa. Eine Woge von Glück und Erleichterung überrollte mich. Sie wandte mir den Rücken zu, hatte ihr Handy am Ohr, schien zu lauschen oder auf eine Verbindung zu warten. Ein Kollege in Uniform beugte sich mit sorgenvoller Miene über mich, sprach beruhigend auf mich ein.

»Wird alles wieder, Herr Gerlach. Der Arzt ist schon unterwegs.«

Ich spürte einen Schmerz am Hals, dort, wo das Messer gewesen war, doch ich schien nicht ernstlich verletzt zu sein. Ich konnte schlucken. Ich konnte mich räuspern, ich konnte den Mund öffnen und Babygeräusche machen. Auch Theresa trug heute merkwürdigerweise eine blaue Uniform, was mich verwirrte und vorübergehend fürchten ließ, einen irren Traum zu träumen. Vielleicht geschah so etwas, wenn man auf dem Weg vom Leben zum Tod war? Wer konnte das wissen? Erst als sie zu sprechen begann, in ihr Handy, in breitem Kurpfälzisch, begriff ich: Die Blonde war nicht Theresa. Sie war die Kollegin, die mich gestern oder vorgestern oder vor hundert Jahren nach Ladenburg chauffiert hatte. Jetzt wandte sie sich um, lächelte mich an. Nie war mir ein Lächeln so schön vorgekommen, so warm, so von Herzen kommend. Willkommen zurück, sagte dieses Lächeln. Alles wird gut.

Ihr war die Namensgleichheit aufgefallen zwischen dem Halter des uralten Peugeot mit abgelaufenem TÜV und dem Chef der Kriminalpolizei, der witzigerweise ebenfalls Gerlach hieß. Als Nächstes war der Kollegin – immer noch überschwemmt mich Dankbarkeit, wenn ich an sie denke – der Gedanke gekommen, dass ein Polizist normalerweise nicht ohne Not fremder Leute Einfahrten zuparkte. Man telefonierte erneut, bat den bereits eingetroffenen Fahrer des Abschleppwagens um Geduld, vertröstete den fluchenden Hausbesitzer, der zur Arbeit musste. Glücklicherweise wusste die Kollegin halbwegs Bescheid über den Fall Leonhard, glücklicherweise erreichte sie jemanden in der Direktion, der noch mehr wusste, und sie erfuhr, dass das Haus der Marinettis ganz in der Nähe lag. Die beiden, deren Schicht inzwischen schon zu Ende war, gingen zur angegebenen Adresse, fanden die Haustür unverschlossen, hörten plötzlich einen Mann brüllen – ich konnte mich überhaupt nicht erinnern, gebrüllt zu haben –, rissen geistesgegenwärtig die richtige Tür auf, die entsicherten Waffen in den Händen, sahen Marinetti, das Messer, eine blutüberströmte Frau auf einem Stuhl, den Mann am Boden und schossen sofort.

Ben Marinetti wurde von fünf Kugeln getroffen und war vermutlich tot, bevor sein schwerer Körper auf dem Boden aufschlug.

Bei Claudia war schon kein Puls mehr zu fühlen, aber an diesem finsteren, trostvoll verregneten, immer noch schwülen Morgen war endlich das Glück wieder auf unserer Seite. Der Notarzt kam schnell, nach nicht einmal drei Minuten stürmte er in die enge, schon jetzt überfüllte Küche, war gerade auf dem Rückweg von einem Einsatz bei einem Auffahrunfall auf der B 3 gewesen, und Augenblicke später war Claudia schon auf dem Weg ins Uniklinikum, wo bereits die Telefone schrillten.

Ob sie überleben wird, ist jetzt, eine Woche nach dieser Nacht, noch immer ungewiss. Sie hat sehr viel Blut verloren. Es war wirklich und wahrhaftig eine Sache von Sekunden, hat mir der Arzt erklärt, später, als ich wieder aufnahmefähig war. Glücklicherweise hatte ihr Mann – wie übrigens viele Täter – in der letzten Sekunde zurückgezuckt, nicht mit der nötigen Kraft und Entschlossenheit geschnitten und deshalb nur eine der beiden Halsschlagadern verletzt. Ob Claudia, falls sie überlebt, ihre schöne Stimme noch haben wird, kann zurzeit niemand sagen.

Ralph Bruckner ist längst wieder auf freiem Fuß. Klara Vangelis hat ihn vierundzwanzig Stunden lang vernommen, und von ihr durch die Mangel gedreht zu werden ist wahrlich kein Sonntagsspaziergang. Aber er blieb stur, stritt alles ab, wieder und wieder. Er gab zu, die Rocker zu kennen, sie zu ihrem Mieterterror angestiftet und sie später dafür bezahlt zu haben, angeblich ohne Wissen seines Chefs, aber natürlich mit dessen Geld. Doch er stritt konsequent ab, Marco Schulz und René Scholpp erschossen zu haben. Er stritt ab, jemals eine Schusswaffe besessen zu haben, jemals auf diesem Autobahnparkplatz gewesen zu sein, und schon gar nicht in der fraglichen Nacht. An seinen Händen waren keine Schmauchspuren nachzuweisen, Zeugen waren nicht aufzutreiben, brauchbare Spuren nicht zu finden. Vielleicht wird der Doppelmord am Ende zu denen gezählt werden müssen, die niemals aufgeklärt werden.

Den Peugeot werde ich nicht verschrotten lassen, habe ich mir in den vergangenen Tagen überlegt. Runkels Schwager hat schon eine noch recht gut erhaltene Servolenkung aufgetrieben, die nur etwas über hundertfünfzigtausend Kilometer hinter sich hat, und einige andere wichtige Teile. Es wird teuer werden, teurer vermutlich als ein zehn Jahre jüngerer Gebrauchtwagen. Aber ich kann mich einfach nicht von meinem treuen Kombi trennen. Auch meine Mädchen sind seit Neuestem dafür, ihn zu behalten, obwohl sie das Auto, das einige Monate älter ist als sie, im Grunde hassen.

Theresa kam noch am selben Tag zurück, nachdem sie von meinem Unglück erfahren hatte. Seither umsorgt sie mich, besucht mich regelmäßig, hört sich auch zum hundertsten Mal mit Interesse meine Geschichte an, die ich nicht aufhören kann, wieder und wieder zu erzählen. Dass zwischen Claudia und mir etwas war, scheint sie zu ahnen. Aber sie ist rücksichtsvoll und großherzig genug, keine Fragen zu stellen. Auch über Ingrid wird nicht gesprochen. Vielleicht kommt das noch. Irgendwann später, wenn die Zeit reif ist dafür.

Was aus Florian geworden ist und aus seiner Lizi, die am selben Tag verschwand wie er, wissen wir nicht. Bisher gibt es keine Spur von den beiden. Vermutlich hat er sich die blonden Locken abgeschnitten, vielleicht die Haare gefärbt. Womöglich ist er jetzt mit seiner großen Liebe zusammen, wie er es sich erträumt hatte. Und sie hat nun endlich Respekt vor ihm, nach allem, was er Verrücktes getan hat in der viel zu frühen Hitze jener unseligen drei Tage im Mai.

Alexander Gerlach ermittelt in der Vergangenheit.

Coveränderungen vorbehalten

Wolfgang Burger

Die dunkle Villa

Ein Fall für Alexander Gerlach

Piper Taschenbuch, 352 Seiten
ISBN 978-3-492-30569-3

Als Kriminaloberrat Alexander Gerlach nach einem Sturz vom Rad das Bewusstsein wiedererlangt, erinnert er sich nur schemenhaft daran, von einem Mann gestoßen worden zu sein. War es Fred Hergarden, der sich selbst vor Tagen des Mordes an seiner Frau Vicky, einer jungen Schauspielerin, bezichtigt hatte? Deren Tod liegt jedoch bereits Jahrzehnte zurück, und damals deutete nichts auf einen Mord hin. Ist etwas dran an Hergardens spätem Geständnis, und besteht tatsächlich ein Zusammenhang mit Gerlachs Unfall?

PIPER

Leseproben, E-Books und mehr unter **www.piper.de**